Vertraglich verliebt

Shanghai Love Affairs 1

Liebesroman

Karin Lindberg

Lektorat: Katrin Engstfeld
http://www.kalliope-lektorat.de/
Umschlaggestaltung: www.kreativi-production.de

Alle Rechte vorbehalten.
Jede Verwertung oder Vervielfältigung dieses Buches – auch auszugsweise – sowie die Übersetzung dieses Werkes ist nur mit schriftlicher Genehmigung der Autorin gestattet. Handlungen und Personen im Roman sind frei erfunden. Ähnlichkeiten mit lebenden oder verstorbenen Personen sind rein zufällig und nicht beabsichtigt.

Copyright © Karin Lindberg
www.karinlindberg.info

All rights reserved.
ISBN: 978-3-7396-7283-0

www.bookrix.de

Vertraglich verliebt

Prolog

Hongkong

Julia drehte sich in ihrem Hotelzimmer im Mariott-Hotel vor dem Spiegel. Ihre Freundin Danielle hatte nicht zu viel versprochen, die Visagistin war wirklich eine Koryphäe auf ihrem Gebiet. Ihre Augen leuchteten intensiv unter dem dezenten Lidschatten und strahlten mit dem kobaltblauen Abendkleid um die Wette. Das Kleid hob ihre leicht gebräunte Haut hervor und es passte wie angegossen, Danielle hatte einen absoluten Volltreffer mit dem sündhaft teuren Fetzen gelandet. Julia schüttelte den Kopf, das hatte ihre Freundin wirklich *toll* eingefädelt. Sie kam sich mit der perfekt sitzenden Hochsteckfrisur und dem Glamour-Make-up fremd vor, musste aber zugeben, dass sie wirklich umwerfend aussah.

Ihren Nerven war das jedoch egal. Julia öffnete einen Piccolo aus der Minibar und trank ihn direkt aus der Flasche, um sich zu beruhigen. Dabei nahm sie sich vor, Danielle beim nächsten Mal zu widerstehen. Nach dem dritten Schluck legte sich das Nervenflattern etwas; ein warmes Gefühl breitete sich vom Magen her langsam in Julia aus. Sie schaute auf die Uhr und stellte das Fläschchen auf den Kühlschrank. Was sollte es. Was konnte ihr denn schlimmstenfalls passieren? Für den heutigen Abend hatte sie ihre Hausaufgaben gemacht, sie sprach fließend Englisch und keiner würde sie enttarnen oder gar rauswerfen, wenn sie sich nicht gerade bis zur Besinnungslosigkeit betrank oder sonst wie danebenbenahm. Danielle hatte sogar dafür gesorgt, dass Julia eine auf ihren eigenen Namen ausgestellte persönliche Einladung bekommen hatte. Es konnte also fast nichts schiefgehen. Das hoffte sie zumindest inständig. Mit diesem Versuch der Selbstaufmunterung machte Julia sich auf den Weg.

Kapitel 1

Damian schloss seine Manschetten etwas energischer als notwendig und zog die Fliege gerade. Schon wieder eine dieser langweiligen Galas. Er verabscheute Pflichtveranstaltungen, die ihn den ganzen Abend kosteten, generell. Dass sein Bruder ursprünglich zugesagt hatte und nun in Südamerika unterwegs war, machte die Sache nicht besser. Damian seufzte. Lucas war sein feierfreudiges Negativ, er besuchte vermutlich auf der Geschäftsreise in Brasilien eine Party nach der anderen und hatte jede Nacht eine neue hübsche Brasilianerin im Bett.

Damians Pflichtgefühl hatte gewonnen, obwohl es unerwartete Turbulenzen im Geschäft gab, die ihm die Laune verdarben. Ein Sturm an der Ostküste hatte immense Schäden verursacht und die außerplanmäßigen Prämien verhagelten ihm nun das Halbjahresergebnis. Unvorhergesehenes hasste er wie die Pest. Und als ob das nicht genug gewesen wäre, musste er sich nun auch noch um das Problem mit seiner Mutter kümmern. Er konnte immer noch nicht ganz glauben, dass er sich gestern dermaßen verplappert hatte.

Shanghai, einen Tag zuvor

Schweißgebadet war er aufgewacht. Es hatte einen Moment gedauert, bis er begriffen hatte, dass die Sirene sein klingelndes Telefon war. Er hatte den Kopf müde zum Wecker gedreht. Um diese Uhrzeit konnte es nur Charlotte sein, sie hatte nie ein Gefühl für die Zeitverschiebung zwischen Asien und Europa entwickelt. Die Ahnung, worum es bei ihrem Anruf gehen würde, hatte ihn schaudern lassen wie unter einer Eisdusche.

„Guten Morgen, Mutter. Solltest du nicht schlafen? In England ist es schon spät. Was gibt's?"

„Aber Damian. Kein spezieller Grund für meinen Anruf. Es ist nur schon so lange her, dass wir uns gesprochen haben, und ich habe deine Stimme vermisst."

Damian musste wider Willen schmunzeln. Normalerweise hätte er ihr das auch sofort abgenommen. Seine Adoptivmutter war die fürsorglichste Person, die man sich vorstellen konnte. Sie übertrieb es gelegentlich mit ihren Zuneigungsbekundungen, was aber vermutlich an den Umständen seiner Kindheit lag. Denn eigentlich war Charlotte seine Tante und ihr Ehemann George sein Onkel, sie hatten ihn und seine Geschwister nach dem Krebstod seiner leiblichen Mutter adoptiert. Damian und Lucas waren sehr bald dazu übergegangen, die beiden als ihre Eltern anzusehen. Trotzdem konnte er ihrem Unterton entnehmen, dass nicht nichts *der Grund ihres Anrufes war. Ihm wurde leicht übel.*

„Ihr fehlt uns hier auch. Wie geht es euch denn? Hält sich George endlich an seine Diätvorgaben?" Einen zweiten Herzinfarkt würde sein Adoptivvater wahrscheinlich nicht überleben, daher war Charlotte unablässig bemüht, seinen Lebenswandel zu kontrollieren. Das gelang ihr besser, seit George nicht mehr arbeitete und in den Ruhestand gegangen war.

„Ach was, natürlich nicht. Unverbesserlicher Dickkopf! Wenn ich es nicht besser wüsste, würde ich meinen, ihr Jungs wärt seine direkten Klone. Er langweilt sich manchmal ein wenig und kann die Füße ja nicht still halten, obwohl er wegen seines Herzens kürzertreten sollte. Und der Blutdruck ist auch viel zu hoch."

„Das überrascht mich nicht. Aber zu dieser Jahreszeit sollte es doch genug Gesundheitsförderliches zu tun geben, womit er sich die Zeit vertreiben kann. Lange Spaziergänge, Ausritte und so weiter. Also, Mutter, was ist der Grund deines Anrufes zu dieser Uhrzeit?"

„Darling, du kommst wie immer zügig zum Punkt. Ich habe natürlich nicht angerufen, um zu klagen. Erzähl mir lieber ein wenig von dir! Gibt es Neuigkeiten? Datest du jemanden?"

Er rollte mit den Augen. Das konnte doch nicht wahr sein!

„Seit wann benutzt du denn derart vulgäre Ausdrücke, du hast wohl zu viele Fernsehsoaps geschaut!"

Es war ein halbherziger Versuch, das Unaufhaltsame hinauszuzögern. Dass sie dieses Thema nicht langsam ad acta legen und akzeptieren konnte, dass er es vorzog, alleine zu leben! Hoffentlich machte sie die Drohung, die sie Lucas gegenüber ausgesprochen hatte, nicht wahr. Vor Kurzem hatte Charlotte ihn angerufen und ihm ganz trocken mitgeteilt, dass sie ihre Zelte in England abbrechen wolle und sie in Hongkong wieder aufschlagen würde, wenn die Brüder nicht in naher Zukunft beide eine Frau an ihrer Seite hatten.

Sie habe genug davon, darauf zu warten, dass die beiden eine Familie gründeten. Diese Nachricht hatte Damian und Lucas gleichermaßen in Panik versetzt, hatten die Brüder doch, so unterschiedlich sie auch waren, beide kein Interesse daran, ihr Singledasein aufzugeben.

Charlotte lachte kurz auf und antwortete fröhlich glucksend: „Das hört man doch jetzt überall. Aber lenk nicht ab und beantworte meine **vulgäre** *Frage, Darling."*

Damian atmete tief ein, bevor er zur Antwort ansetzte: „Ja, Mutter. Ich habe eine Freundin. Entschuldige, dass ich nicht als allererstes mein Liebesleben mit dir bespreche."

Jesus! Wie kopflos von ihm, sich derart aus dem Fenster zu lehnen. Seine freche Antwort überraschte ihn selbst.

„Neeeeein!! Wirklich?! Ach, du meine Güte. Dass ich das noch erleben darf!"

Charlottes sonst melodische Stimme klang plötzlich schrill. In Damian machte sich ein mulmiges Gefühl breit. Welcher Teufel ritt ihn? Er war zwar weit weg und hatte lange genug Zeit, sich etwas auszudenken, bis sie sich das nächste Mal sahen, aber es lag ganz und gar nicht in seiner Natur, seine Mutter anzulügen.

„Wie heißt sie? Wie alt ist sie? Wo lebt sie? Wie habt ihr euch kennengelernt? Damian, ich freue mich so für dich! Du

lügst mich doch nicht an, oder?" Charlottes Stimme überschlug sich beinahe.

"Mutter, noch bin ich nicht verlobt, bitte lass die Kirche im Dorf. Habe ich dich je angelogen?" Ihm brach der kalte Schweiß aus. Sie kannte ihn zu gut. Schnell kreuzte er die Finger und schickte einen flehenden Blick Richtung Himmel.

"O komm schon, du alter Griesgram, lass mich die erfreulichste Nachricht des Jahres etwas auskosten. Erzähl mir von ihr. George, hörst du? Damian hat eine Freundin!" Damian war mittlerweile aus dem Bett aufgesprungen und raufte sich die Haare, während er nach Antworten suchte. Jetzt zog sie auch noch seinen Vater mit hinein. Die kleine Lüge uferte bereits aus, bevor er ihr ein richtiges Kleid gegeben hatte.

"Ähm. Ja, sie ... ist klug, hübsch und groß und ..."

"Was macht sie denn? Wo lebt sie? Ach ja natürlich, sie lebt doch wohl auch in Shanghai?"

Damian musste das Telefon in einigem Abstand zum Ohr halten, da Charlotte in ihrer Euphorie ins Telefon brüllte. Er hatte lebhaft vor Augen, wie die zierliche Person am anderen Ende der Leitung bereits im Morgenmantel im Ohrensessel saß, das altmodische Telefon am Ohr und bei den aufregenden Neuigkeiten aus China über das ganze Gesicht strahlte.

"Ich weiß wirklich nicht, ob ich das mit dir am Telefon erörtern möchte. Es ist noch sehr früh, weißt du."

Auf Damians Stirn bildeten sich langsam kleine Schweißperlen, während er händeringend versuchte, sich passende Eigenschaften für seine imaginäre Partnerin einfallen zu lassen. Am anderen Ende spürte er ein kurzes Zögern, bevor Charlotte erneut sprach: *"Du liebes bisschen. Sie ist jetzt gerade bei dir, oder? Daran hätte ich denken können – bitte verzeih deiner dummen Mutter!"*

Auch wenn er nicht vorgehabt hatte, ihr noch mehr Lügen aufzutischen, entschied Damian, dass eine weitere Notlüge die Sache nicht dramatisch verschlimmern würde.

"Könnte man so sagen."

„Herrjemine. Entschuldige. Hätte ich gewusst, dass ... Aber nun gut. Ich werde es mir merken. Das trifft sich ganz ausgezeichnet, ich habe vor, in zwei Wochen ein paar Tage nach Hongkong zu kommen. Eigentlich wollte ich das Haus wieder bewohnbar machen, da ich ja, wie dir Lucas sicherlich brühwarm erzählt hat, vorhatte, für einige Zeit nach Asien zu kommen. Wir brauchen einen Erben! Vielmehr du, als der zukünftige Viscount Harrington. Aber wie es scheint, muss ich mir, was dich betrifft, keine Sorgen mehr machen! Über Lucas will ich gar nicht erst nachdenken." Sie stöhnte ins Telefon. *„Na ja, ähm, aber es trifft sich jedenfalls ganz hervorragend, dann kann ich sie gleich kennenlernen!"*

Grandioser Mist. Das konnte doch nicht wahr sein. Er spürte seine Halsschlagader schnell pochen. Diese Suppe würde schwer auszulöffeln sein.

„Äh. Ja. Wie schön! In zwei Wochen ..."

Damian wurde endgültig schlecht.

„Mein lieber Junge. Ich störe euch Turteltäubchen dann nicht länger. Entschuldige die Störung. Ich melde mich morgen wieder. Gute Nacht!"

Damit legte sie auf, ohne eine Antwort abzuwarten.

Heilige Mutter Gottes! Nachdem er das Telefon weggelegt hatte, versuchte Damian, sich zu beruhigen, indem er im Zimmer hin und her stolperte. Es hätte nicht schlechter laufen können. Wie konnte er nur auf die Idee kommen und eine Freundin erfinden? Aber sie hatte ihn mit ihrer Drohung ziemlich unter Druck gesetzt und ihm erschien die Notlüge in dieser Situation nicht so schlimm wie die Konsequenz, seine Mutter in naher Zukunft permanent mit heiratswilligen Kandidatinnen um sich zu haben. Dass sie aus einer Partnerin gleich die Mutter seiner Kinder machte, konnte er sich wirklich nicht vorwerfen.

Es war kein guter Start in den Tag gewesen. Aber nun war es zu spät und er musste zusehen, dass er aus dieser Nummer herauskam.

Auf dem Weg zur Limousine kam ihm die Idee, dass er sich, wenn er schon nicht darum herum kam, auf der Gala wenigstens in Ruhe nach einer Lösung der Angelegenheit umsehen konnte. Der Gedanke, dass Charlotte für eine gewisse Zeit ihren Wohnsitz nach Asien verlegen könnte, um sich höchstpersönlich um ihren Herzenswunsch zu kümmern, ließ Damian erneut schaudern. Allein die Vorstellung war vernichtend und Grund genug, einen kleinen Schwindel für die Viscountess Harrington, seine Adoptivmutter, vorzubereiten. Nachdem er ihr die Lüge bereits so fein aufs Brot geschmiert hatte, war es in jeder Hinsicht sinnvoll, aus ihr eine halbe Wahrheit zu machen. Dafür musste er sich nun leider aufs Parkett begeben und sich im High-Society-Trubel ein wenig umsehen. Ihm war durchaus bewusst, dass er als einer der begehrtesten Junggesellen unter den Expatriates hier in China galt. Heute konnte er sich diesen Status vielleicht einmal zunutze machen. Sogleich hob sich seine Stimmung erheblich.

Als der schwarze Mercedes mit verlängertem Radstand vor dem Club stoppte, strich Damian die makellos schwarzen Ärmel glatt und stieg aus dem Wagen, nachdem sein Fahrer ihm die Tür geöffnet hatte.

„Ich rufe nachher an, ich bleibe sicher nicht lange, Sammy."

„Selbstverständlich, Sir. Guten Abend." Der schmale Chinese nickte und wich einen Schritt zurück, um Platz zu machen. Damian erwiderte den Gruß knapp und steuerte zielstrebig auf das Eingangsportal des Sitzes der Hongkong Trades Society zu. Nur ein paar Stunden, dann hatte er den Tag überstanden. Zwei uniformierte Pagen öffneten ihm die Eingangstür. Eine verspiegelte Wand in der Eingangshalle zwang jeden Eintretenden zur Überprüfung seines Erscheinungsbildes. Damian warf einen flüchtigen Blick auf sein eigenes Spiegelbild. Der Smoking saß perfekt, die Schuhe glänzten, seine markanten Gesichtszüge wirkten ernst und ein bisschen abgespannt, aber er wusste, dass man ihn nach dem gängigen Schönheitsideal gerade darum als sehr attraktiv bezeichnen würde.

Er lächelte im Weitergehen ein paar Bekannten zu und beschloss, seine Aufgabe sportlich zu nehmen. Er war zuversichtlich, hier zum Ziel zu kommen, er musste nur die Augen offen halten und im richtigen Moment zuschlagen.

Damian trat aus dem Fahrstuhl und sah sich kurz um, bevor er sich auf den Weg zum Zentrum der Gala machte. Im Portal zwischen Eingangs- und Ballsaal bot ihm ein Ober Champagner an, den Damian dankend ablehnte; er nahm stattdessen ein Mineralwasser mit Limone – an dem er sich fast verschluckte, als er gewahr wurde, dass Eleonora Winterhaven direkt auf ihn zuschwebte.

Für eine Flucht war es zu spät. Sie musste bereits nach ihm Ausschau gehalten haben.

„Guten Abend, Damian!", flötete die wasserstoffblonde Tochter eines Hotelmilliardärs mit zuckersüßer Stimme, „wie schön, dich hier zu sehen! Man hat bereits gemunkelt, du würdest uns heute Abend mit deiner Gesellschaft beehren!" Damian rang sich ein Lächeln ab und deutete einen Kuss auf ihre Wange an.

„Hallo, meine Liebe. Du siehst bezaubernd aus." Sie mochte ursprünglich recht hübsch gewesen sein, hatte aber im Bemühen, Paris Hilton zu imitieren, ihre natürliche Schönheit nahezu ruiniert. Man konnte es nicht anders sagen, aber sie war komplett zerschnippelt. Eleonora versuchte sich in einem koketten Augenaufschlag, der dank Botox gründlich misslang.

„Ich bitte dich. Der alte Fetzen ... Aber du siehst wie immer frisch aus wie der Frühling."

„Vielen Dank, Eleonora. Hast du abgenommen?"

„Oh, du alter Charmeur!", dabei klopfte sie ihm mit ihrer Clutch auf den Arm.

Seine Gesprächspartnerin konnte unmöglich mehr als einen Zentner auf die Waage bringen, was bei ihrer hochgewachsenen Statur der Magersucht gefährlich nahe kam. Size Zero war definitiv nicht nach seinem Geschmack. Wenn Eleonora nicht seit Jahren immer mal wieder versucht hätte, bei Damian zu landen, wäre ihm das alles gleichgültig gewesen, aber so zwang sie ihn immer wieder, sich mit ihr zu beschäftigen. Frauen wie sie gaben offenbar nie auf, auch wenn sattsam bekannt war, dass er überhaupt keine Frau an seiner Seite haben wollte, egal, ob dick oder dünn.

Er musste Eleonora so schnell wie möglich loswerden. Damian tat so, als hätte er einen Bekannten entdeckt, murmelte eine flüchtige Entschuldigung und hastete ohne weitere Erklärung davon.

Nachdem Julia den Taxifahrer bezahlt hatte, stieg sie mit klopfendem Herzen aus dem Wagen und warf sich noch eine Handvoll Tic Tacs ein, obwohl ihr Danielle verboten hatte, welche mitzunehmen. Aber weil der zuckrige Süßkram sie beruhigte, pfiff sie auf Danielles Ge- und Verbote. Sowieso – wenn sie daran dachte, wie es gekommen war, dass sie hier saß, auf dem Weg zu einer Charity-Veranstaltung, wo sie niemanden kannte und Werbung für ein Hilfsprojekt machen sollte, das nicht ihres war, vergaß sie fast die Nervosität vor Wut über ihre Freundin. Natürlich schuldete sie Danielle das ein oder andere, aber dass sie die Lebensmittelvergiftung gestern mal wieder dazu benutzt hatte, sie zu etwas zu überreden, was sie gar nicht wollte, war typisch für Danielle.

Shanghai, einen Tag zuvor

„Auf gar keinen Fall! Vergiss es!"

„Du musst ...!"

Danielles dünne Stimme klang gequält. Julia hatte echtes Mitleid mit ihrer Freundin, dennoch ärgerte sie sich über die Selbstverständlichkeit ihrer Aussage.

„Ich muss gar nichts!", rief sie und schnitt nachdrücklicher, als sie beabsichtigt hatte, mit den Händen durch die Luft.

„Bitte!", würgte Danielle hervor, während sie versuchte, sich vor der Kloschüssel aufzurichten. Julia schwankte einen Moment zwischen Mitleid und Wut. Keinesfalls wollte sie

Danielle bei der Wohltätigkeitsveranstaltung in Hongkong vertreten. Obwohl sie sich in besseren Kreisen zu bewegen wusste, widerstrebte es ihr zutiefst, die Werbetrommel in aller Öffentlichkeit zu rühren – selbst wenn es um Danielles Projekt ging. Julia scheute das Rampenlicht, sie hasste es, sich vor anderen in Szene setzen zu müssen.

Eine weitere Welle der Übelkeit schüttelte Danielle. Julia machte grübelnd sich auf den Weg in die kleine Ecke des Apartments, in dem sich die Küchenzeile verbarg, und holte ein Glas Wasser für ihre Freundin, um ihr etwas Privatsphäre in ihrem Elend zu gönnen. Wahrscheinlich würde sie das Wasser sowieso nicht lange im Körper behalten, sie sollte es trotzdem versuchen.

Das Bimmeln ihres Mobiltelefons lenkte Julia einen Moment ab. Auf dem Display blinkte „Mama". Ihre Mutter würde sie jetzt nicht auch noch ertragen. Sie stellte auf lautlos um und ging zurück zu Danielle. Verdammt, wieso war Lebensmittelsicherheit in China immer noch ein solch großes Problem? Hätte Danielle sich doch nicht die blöden Frühlingsrollen auf dem Markt gekauft! Aus eigener Erfahrung wusste Julia, dass es Tage dauern konnte, bis Danielle wieder halbwegs auf dem Damm war. Schlechtes Timing. Es war Pech, dass ausgerechnet morgen schon die Veranstaltung im Aberdeen Club in Hongkong stattfinden würde, an der Danielle unbedingt teilnehmen wollte. Seit sie als Kind Zeugin eines schweren Unfalls auf einer Landstraße in China geworden war und miterlebt hatte, wie ein Kind auf offener Straße sterben musste, weil keiner helfen wollte, hatte sie es sich auf die Fahne geschrieben, arme Kinder zu unterstützen. In Danielles Welt hieß Hilfe allerdings in erster Linie finanzieller Beistand.

„Hier, Danielle, versuch, etwas Wasser zu trinken. Ich will nicht, dass du dehydrierst!"

Danielle griff nach dem Glas, ihre Hände zitterten leicht. Sie war völlig fertig und konnte morgen unmöglich in Hongkong sein. Das war klar wie Kloßbrühe, stimmte Julia aber nicht gerade fröhlich, denn sie wusste, dass sie ihrer Freundin nicht lange widerstehen konnte und sich am Ende doch für ihre Zwecke einspannen lassen würde. Es wäre nicht das erste Mal. Angefangen hatte das schon, als Danielle mit vierzehn Austauschschülerin für ein Jahr bei Familie Schröder wurde. Mit ihrem Charme und dem treuen Hundeblick hatte Danielle es damals schon in null Komma nichts geschafft, alle in der Familie zu bezaubern und ihren Willen am Ende immer durchgesetzt. Und das wollte etwas heißen, denn Julias Mutter war normalerweise unerbittlich, was ihre strengen Regeln betraf. Danielle hatte erst Julia dazu gebracht, dreimal die Woche mit ihr die Hunde des örtlichen Tierheims auszuführen, obwohl Julia Angst vor Hunden gehabt hatte. Dann hatte sie Mutter Schröder davon überzeugt, eine Katze aus dem Tierheim zu adoptieren, obwohl Katzenhaare im sterilen Reihenhaus der Familie bis dahin undenkbar gewesen waren.

Und das war nur der Anfang von Danielles Veränderungsfeldzug gewesen. Natürlich war nicht alles mit der Überwindung festgefahrener Strukturen verbunden gewesen, wie Julia zugeben musste. Ohne Danielles Einfluss hätte sie womöglich niemals in London studiert. Danielles Stöhnen holte Julia in die Gegenwart zurück. Sie seufzte. Mit welcher Ausrede konnte sie Danielles Plänen entkommen? Einen Tag Urlaub zu nehmen, war kein Problem, sie hatte seit Antritt ihres Jobs als Assistant Manager vor sieben Monaten quasi rund um die Uhr im Hotel gearbeitet. Ihr Boss würde keine Einwände haben, da war sie sich sicher. Leider wusste Danielle das. Julia zog eine Grimasse und reichte Danielle eine weitere Rolle vierlagiges Klopapier. Diese wischte sich den Mund mit einer halben Rolle ab, bevor sie Julia müde den Kopf zuwandte.

„Versprich mir, dass du nach Hongkong fliegst. Bitte! Es bedeutet mir sehr viel. Mehr als viel", betonte sie nochmals mit zittriger Stimme. Julias Widerstand war bereits auf Gartenzwerggröße geschrumpft. Der Rest wackelte bedenklich. Wer konnte diesen grünen Augen schon widerstehen? Selbst in

ihrem armseligen Zustand war Danielle wunderschön. Ihr kastanienbraunes Haar war zu einem lockeren Pferdeschwanz zusammengebunden, einige Strähnen hatten sich durch die Anstrengung gelöst und klebten ihr am verschwitzten Gesicht. Ihre sonst rosige Pfirsichhaut sah allerdings ziemlich blass aus und unter ihren Augen lagen dunkle Schatten.

„*Ja, gut, ich mache es. Spar dir deine Kräfte für was anderes, du Nervensäge*", *kapitulierte Julia seufzend. Die Klospülung rauschte und erstickte jeden weiteren Kommentar, der Julia auf der Zunge lag.*

Und nun war sie unterwegs zu Danielles Veranstaltung und ärgerte sich, dass sie dem Hundeblick ihrer Freundin nicht doch einfach widerstanden hatte.

Auf der Fahrt hatte sie mehrmals nach der Einladung in ihrem Täschchen gekramt, um sicherzugehen, dass sie ihren Eintritt zum Ball nicht verdaddeln würde. Etwas Derartiges sah ihr aber auch nicht ähnlich, sie war eine sehr gewissenhafte Person und es musste eher an ihrer Nervosität liegen als an nicht vorhandener Schusseligkeit. Sie atmete tief durch und wappnete sich innerlich für den Kampf. Das pompöse Gebäude beeindruckte sie nicht sonderlich, daran war sie alleine durch ihren Job in einem Luxushotel gewöhnt, aber ohne mentale Unterstützung auf einem Ball aufzutauchen, wo sie niemanden kannte, bereitete ihr Unbehagen. Nachdem sie ihre Einladung kurz vorgezeigt hatte, öffneten ihr zwei Pagen die hohen Eingangstüren.

Julia zupfte sich das Kleid zurecht, als sie durch die Eingangshalle in Richtung Fahrstuhl stöckelte. Der Marmorboden war sehr glatt und sie musste sich mehr als üblich konzentrieren, mit den hohen Schuhen eine gute Figur zu machen. Ihr Atem ging flach, als sie in den Aufzug einstieg. Eigentlich konnte sie nicht von sich sagen, dass sie schüchtern war, aber sich unter so vielen fremden Menschen mit Danielles Mission zu bewegen, ließ ihren Puls ungewohnt heftig schlagen. Neben ihr unterhielt sich ein älteres Ehepaar über den bevorstehenden Abend. Sie hatten sich beide ordentlich herausgeputzt. Trotz der übertriebenen Aufmachung wirkten sie nett, vielleicht würde es ja gar nicht so schlimm werden. Aus irgendeinem Grund gab ihr das die nötige Zuversicht, den bevorstehenden Ball erfolgreich zu überstehen.

Als sich die Türen des Lifts öffneten, ließ ihr der betagte Gentleman den Vortritt. Der Abend schien bereits in vollem Gange zu sein, sie konnte sich also gleich ins Getümmel stürzen. Je eher sie die nötigen Kontakte für Danielles Charity knüpfen würde, desto besser. Bevor sie durch die großen Flügeltüren eintrat, nahm sie sich ein Glas Champagner vom Tablett einer Hostess.

Beim Betreten des Ballsaals hatte Julia Glück. Ihre Nervosität wurde ihr, bevor sie wieder aufflammen konnte, umstandslos von zwei älteren Damen genommen, als die eine Julia anrempelte und um ein Haar ihren Champagner über das sündhaft teure Kleid schüttete.

„Hoppla!", entfuhr es ihr. „Oh, entschuldigen Sie, Miss. Wie ungeschickt von mir!"

Julia blickte in das freundliche Augenpaar einer älteren Dame. Sie schätzte sie auf Mitte sechzig, ihr Gesicht war etwas eingefallen und die Haare bereits ergraut. Sie trug ein schlichtes Abendkleid, dazu aber sehr teuer wirkenden Saphirschmuck. Schlichte Eleganz steht älteren Damen gut, dachte Julia, bevor sie antwortete: „Das macht doch nichts, kann ja mal passieren."

„Ich habe nicht aufgepasst, Catherine, siehst du? Ich bin ganz und gar nicht multitaskingfähig!" Catherine, vermutlich wie die Anremplerin um die 60 Jahre alt, kicherte, was gar nicht zu ihrem herausgeputzten Äußeren passte. Catherine war von Kopf bis Fuß in goldene Pailletten gekleidet, die Lippen blutrot geschminkt und Diamantohrringe baumelten an ihren Ohrläppchen. Aber die grauen Augen blitzten amüsiert und nahmen ihrem Erscheinungsbild die Strenge.

„Wie unhöflich von uns, erst rempeln wir Sie an und dann stellen wir uns noch nicht mal vor! Meine ungeschickte Cousine Elisabeth Carlton", deutete sie auf die Anremplerin, „und ich bin Catherine Redford, sehr erfreut. Endlich mal ein frisches Gesicht hier, wir kennen uns noch nicht, oder?"

Julia unterdrückte ein Grinsen. „Nein, in der Tat, wir kennen uns noch nicht. Ich bin Julia Schröder, sehr erfreut." Und schon war sie in ein Gespräch über Danielles Projekt mit den beiden Damen vertieft, die sie interessiert über *Every Life Matters* ausfragten.

Julia hatte sich gerade warmgeredet und begann, sich zu entspannen, als sie sich beobachtet fühlte. Sie nippte an ihrem Champagner und sah sich um, bis ihr Blick auf zwei blaugraue Augen traf, die sie intensiv musterten. Der breitschultrige Unbekannte nickte ihr kaum merklich lächelnd zu, es war äußerst – intim, wie er sie mit seinem Blick zu durchleuchten schien. Er musste sie verwechseln. Einen solchen Mann hätte sie kaum vergessen, wenn sie ihm schon einmal begegnet wäre, denn er war attraktiv, äußerst attraktiv. Julia spürte die Hitze in ihrem Gesicht und senkte verlegen den Blick. Schüchternheit in Bezug auf Männer war eigentlich nie ihr Problem gewesen. Allerdings hatte sie in letzter Zeit kein Mann wirklich interessiert. Sie war mehr auf ihre Selbstständigkeit und Unabhängigkeit fixiert gewesen, da blieb einfach kein Platz für einen Partner an ihrer Seite. Ihre Gesprächspartnerin riss sie aus ihren Überlegungen. Julia schloss für eine Sekunde die Augen, um sich zu besinnen, und kehrte zur gewohnten Professionalität zurück; obwohl die Musterung des gutaussehenden Fremden ihre Haut im Nacken kribbeln ließ.

Zu ihrer Runde gesellten sich zwei weitere Damen, die mit ihren Gesprächspartnerinnen bekannt waren, und hielten Julia in eine Diskussion verwickelt, bis eine Glocke ertönte, das Zeichen für das Dinner. Eine allgemeine Unruhe verbreitete sich, die Gespräche wurden unterbrochen, man verabschiedete sich, um die reservierten Plätze einzunehmen. Julia blieb kurz stehen, um sich zu orientieren. Sie hatte vergessen zu schauen, an welchem Tisch sie sitzen würde. Am Saaleingang entdeckte sie eine der Hostessen mit Listen zur Tischordnung und steuerte auf diese zu, als sie plötzlich von einer warmen männlichen Hand eingefangen wurde, die ihren Arm geschickt bei sich unterhakte.

„Darf ich Sie an Ihren Tisch bringen?" Sie sah in ein markantes Gesicht mit unglaublich blaugrauen Augen.

Julias Herz begann schneller zu klopfen, als sie den frischen, männlichen Geruch einatmete, der sie so sanft einlullte wie eine Meeresbrise.

„Huch, Entschuldigung. Damit habe ich nicht gerechnet."

„Verzeihen Sie, bitte. Wie aufdringlich von mir. Verraten Sie mir Ihren Namen?"

„Ähm ... ja ... selbstverständlich. Schröder ... ähm ... Julia Schröder."

„Ein deutsches Mädchen in Hongkong zwischen britischen Expatriates, das ist eine interessante Entdeckung. Schröder klingt auf jeden Fall sehr deutsch, habe ich recht? Sehr erfreut, Damian Stanhope."

Der unwiderstehliche Mr. Stanhope drehte sich elegant in ihren Weg, stand ihr dann direkt gegenüber und streckte ihr lächelnd seine Hand entgegen. Ihr ohnehin schon heftig schlagender Puls schnellte in ungeahnte Höhen, als sie die schlanken, kraftvollen Finger auf ihrer Haut spürte.

Er hatte etwas an sich, das sie nervös machte.

Es fehlte nur noch ein Handkuss, dachte Julia, dabei war er schätzungsweise gerade mal Anfang dreißig, aber bei ihm würde etwas so Veraltetes seltsamerweise authentisch wirken. Dieser Mann verkörperte eine ungeheure Männlichkeit und Julia spürte, wie ihre Knie weich wurden.

„Gleichfalls. Ähm. Ja. Ich muss schon sagen, Sie haben mich mit Ihrem Überfall ganz schön aus dem Konzept gebracht." Julia versuchte, möglichst charmant zu lächeln, damit er ihr nicht ansah, wie eiskalt er sie erwischt hatte. Mr. Stanhope hingegen schien wenig beeindruckt zu sein. Er hatte ein echtes Pokerface.

Sie ärgerte sich über ihre heftige Reaktion, denn genau das Unvorhergesehene war eigentlich ihr täglich Brot. Im Hotelgewerbe gab es ständig unplanbare Ereignisse und Änderungen, auf die man sich nicht vorbereiten konnte. Improvisationstalent war als Assistant Manager gewissermaßen eine Grundvoraussetzung, die sie sonst aus dem Effeff beherrschte.

„Ich verstehe." Seine blaugrauen Augen beobachteten sie interessiert, während er sie freundlich anlächelte und makellos weiße Zähne hervorblitzten. Dabei strahlte er etwas Raubkatzenhaftes aus, als ob er auf etwas lauern würde – und als sei Julia die Beute. Was natürlich lächerlich war, sie war schließlich kein scheues Reh!

„Dann wollen wir doch mal sehen, wo wir heute Abend sitzen." Damit ließ er ihre Hand los, die er einen Moment zu lange festgehalten hatte.

Es fühlte sich an, als hätte er sie verbrannt.

Julia unterdrückte den Impuls, ihre Hand zu schütteln, um das seltsame Gefühl zu vertreiben. Vielleicht war ihr der Champagner bereits zu Kopf gestiegen, denn sie verhielt sich wirklich äußerst albern.

„Kommen Sie?" Seine Stimme war klar und melodisch, aber Julia konnte einen belustigten Unterton darin wahrnehmen. Er bot ihr seinen Arm, den sie umstandslos annahm.

Julia wurde schnell klar, dass ihr Begleiter ihr ohnehin keine Wahl gelassen hätte und seine letzte Aussage zwar als Frage formuliert, aber als Aufforderung gemeint war. Trotzdem fühlte es sich gut an und ihre Verunsicherung legte sich erfreulicherweise etwas. Er führte sie zielstrebig Richtung Tisch Nummer achtundvierzig.

Auf dem Weg nahm Julia wahr, dass einige Gäste zu ihnen herüberschauten. Er nickte gelegentlich jemandem zu, blieb aber nicht stehen. Ihr Unbehagen kehrte schlagartig zurück, es war merkwürdig, so von Fremden angestarrt zu werden, und sie fragte sich, ob sie sich gerade aus einem ihr unbekannten Grund zum Idioten machte.

Sie ignorierte das Starren, so gut es ging, und war froh, als sie den Tisch endlich erreicht hatten und ihr Damian den Stuhl galant zurechtrückte. Gerade rechtzeitig, sie hatte schon befürchtet, ihre Knie würden jeden Moment nachgeben. Vielleicht hatte sie doch etwas von Danielles Krankheit abbekommen, das flaue Gefühl im Magen sprach dafür.

„Vermutlich sind wir die einzigen beiden Gäste, die heute Abend ohne Begleitung hier sind. Was für ein Zufall." Ein Lächeln spielte um Damians Mundwinkel, was ihm sehr gut stand, dann nahm er neben ihr Platz.

„Aber wirklich ... Wie wussten Sie, dass Sie auf dem Platz neben mir sitzen?"

„Das hat mir Ihr Name verraten, Teuerste. Ich habe nämlich meine Hausaufgaben gemacht und wusste, an welchem Tisch ich sitze. Und Ihren Namen habe ich bereits beim Eintreffen gelesen. Ich weiß gerne, mit wem ich es zu tun habe, so kann man unliebsame Überraschungen vermeiden." Er nahm die Stoffserviette vom Teller und breitete sie auf seinem Schoß aus. Sein Gesicht zeigte keine Regung. „Nicht, dass ich Sie als unliebsame Überraschung bezeichnen würde, eher das Gegenteil", fügte er trocken hinzu.

Damian Stanhope war der Inbegriff des perfekten englischen Gentlemans – höflich und steif, wie er da in seinem teuren Smoking kerzengerade neben ihr saß.

„Tatsächlich?", lachte Julia einen Ticken zu laut und trank schnell einen Schluck, um es zu überspielen.

„Ja, tatsächlich. Es hätte mich durchaus schlechter treffen können." Jetzt lachte er, was ihn gleich viel sympathischer wirken ließ. Anscheinend gab es eine Menge Leute, die er nicht an seinem Tisch hätte haben wollen. Es überraschte sie nicht, dass Damian Stanhope polarisierte, denn er wirkte auf sie, als würde er unter kühl berechnetem Einsatz von Charme über Leichen gehen, um seine Ziele zu erreichen.

„Wieso sind Sie eigentlich alleine hier, Miss Schröder?"
Bei dieser Frage zog sich ihr Magen leicht zusammen.

Wie, zum Henker, kam er plötzlich darauf? Unter seinem durchdringenden Blick spürte sie, wie die Hitze an ihrem Hals nach oben kroch und sie erneut errötete. Sie hatte sich aber schnell wieder gefasst.

„Wir leben doch in einer emanzipierten Welt, Mr. Stanhope, stimmen Sie dem nicht zu? Und bitte, nennen Sie mich Julia."
Er runzelte erst die Stirn, dann lächelte er, offenbar amüsiert.

„In der Tat, in der Tat. Sehr emanzipiert, Julia. Und bitte, nennen Sie mich Damian." Dann setzte er das Wasserglas an seine sinnlichen Lippen und trank einen Schluck, er sah plötzlich aus, als sei er tief in Gedanken versunken. Eigentlich hatte sie ihm noch erklären wollen, dass sie nur für Danielle eingesprungen war, aber er wirkte so weit weg, dass sie befürchtete, er würde es gar nicht mitbekommen. Dazu würde aber später vielleicht noch genug Zeit sein. So ein gesetztes Abendessen war bekanntlich nicht in einer halben Stunde vorbei.

Damian unterdrückte ein Grinsen. Es war tatsächlich eine glückliche Fügung gewesen, dass sein Bruder lieber Schürzen in Brasilien jagte, als seinen Verpflichtungen in Hongkong nachzukommen. Seine Laune war um mindestens vierhundert Prozent gestiegen, seit er eine mögliche Lösung für sein Problem vor Augen hatte. Julias unverbrauchte Eleganz war ihm bereits bei ihrem Eintreten aufgefallen. Sie hatte etwas Besonderes an sich, das sie von der Masse abhob. Er betrieb höflich Konversation mit den Gästen an ihrem Tisch und überlegte nebenbei, wie er den Sack zuziehen konnte.

„Darf ich fragen, was Sie tun, wenn Sie nicht gerade an einer Abendgala teilnehmen?"

Er stellte die Frage beiläufig und hoffte, sie fühlte sich von ihm nicht bedrängt. Was Frauen anbelangte, war er sicherlich ein wenig eingerostet. Julia schmierte sich etwas Butter auf ein kleines Brötchen, das ihnen eben vom Servicepersonal als Appetizer aufgetischt worden war.

„Ja, natürlich. Aber seien Sie nicht enttäuscht, wenn es ganz und gar nicht spektakulär ist", erwiderte Julia. Sie lächelte ihn an, dabei kamen ebenmäßig weiße Zähne zum Vorschein. Sie war wirklich außergewöhnlich hübsch.

„Ach, wissen Sie, kaum einer unter den Anwesenden springt täglich durch einen brennenden Reifen."

Ihr offenes Lachen gefiel ihm immer mehr, auch wenn ihre Unsicherheit dahinter spürbar war. Vielleicht war es auch das, was sie so anziehend machte.

„Ich arbeite als Assistant Manager in einem Fünf-Sterne-Hotel in Shanghai."

„Tatsächlich? Das ist ja interessant."

Bingo, dachte Damian.

„Und der Vergleich mit dem brennenden Reifen war gar nicht so falsch. Wenn Sie wüssten, mit wie vielen Kunstgriffen ich täglich jonglieren muss, dann …"

„Entschuldigen Sie, bitte, ich wollte Ihnen keinesfalls zu nahe treten."

„Ach, nicht der Rede wert. Ich meine nur, viele unserer Hotelgäste – und, bitte, nehmen Sie es nicht persönlich, aber es sind bevorzugt die Reichen, Mächtigen – haben die wildesten Ideen, was man in einem Hotel veranstalten oder bekommen kann." Sie rollte erst mit den Augen und schüttelte dann den Kopf, um ihre Worte zu unterstreichen.

„Ich verstehe. Ich hoffe, ich kann Sie im Laufe des Abends davon überzeugen, dass ich ein angenehmes Exemplar meiner Gattung bin. Die Neureichen sind ja die Schlimmsten, dazu würde ich mich nicht zählen."

Damian lehnte sich zwinkernd in seinen Stuhl zurück. Es gefiel ihm, dass sie kein Blatt vor den Mund nahm.

Er beobachtete sie. Julia Schröder kommunizierte mit den anderen Tischnachbarn ebenso liebenswürdig wie mit ihm. Ihre natürliche Art erzeugte eine entspannte Atmosphäre in der ganzen Runde.

„Sagen Sie, Julia. Was hat Sie nach China verschlagen?"

Julia überlegte einen Moment und ihr schossen dabei allerhand Gedanken durch den Kopf. Sie war in China gelandet, weil sie sich zu Hause schon immer eingeengt gefühlt hatte mit einer Mutter, die Kontrolle als zweiten Vornamen trug, und einem Zollbeamten als Vater, für den Regeln das A und O waren. Julias Mutter hatte ihr schon früh zu verstehen gegeben, dass sie besser die Tochter von Rosanna, der Schwester ihres Vaters geworden wäre. Sie und ihre Tante ähnelten sich nicht nur äußerlich, sondern auch vom Wesen her sehr.

Rosanna war eine ausgeflippte Künstlerin, die ihr in den Augen der Mutter von Kindesbeinen an Flausen in den Kopf gesetzt hatte. Rosannas Leitspruch von Seneca hatte ihr damit durch viele familiäre Krisen geholfen: Glücklich ist nicht, wer anderen so vorkommt, sondern wer sich selbst dafür hält.

Julia war sich darüber im Klaren, dass sie es nur ihrer Tante und Danielle zu verdanken hatte, dass sie den Absprung aus dem Spießerleben ihrer Eltern geschafft hatte. Aber sie hielt es für unangebracht, einem völlig Fremden ihre ganze Lebensgeschichte zu erzählen, deswegen wich sie der Frage aus.

„Oh, das ist eine lange Geschichte. Hat irgendwas mit Neugier, Selbstfindung und Unabhängigkeit zu tun."

„Verstehe." Mr. Stanhopes blaugraue Augen musterten sie wachsam.

„Was hat *Sie* nach China verschlagen?", lenkte sie ihn von sich selbst ab.

„Touché, Madame." Damians Lippen verzogen sich zu einem breiten Grinsen, „Sie kämpfen mit offenem Visier."

„Aber doch nicht als Dame", gab Julia gespielt entrüstet zurück. „Ich denke nur, eine Lebensgeschichte packt man nicht eben in drei Sätze."

Ihre Miene war fast ausdruckslos, aber der Ton ihrer Stimme verriet, dass sie das Thema nicht vertiefen wollte und er wollte nicht unhöflich wirken. Aber so wie er sie einschätzte, hatte sie ihre Gründe. Er kannte wenige Frauen, die alleine zu einem Ball erschienen, auf dem sie niemanden kannten.

„Da haben Sie allerdings recht, die meisten Menschen benötigen für so was viele Hundert Seiten."

„Lesen Sie gerne?"

„Natürlich. Wenn ich Zeit dazu habe."

„Was mögen Sie?"

„Sie sind aber auch ziemlich direkt, meine Liebe." Er spielte mit der Dessertgabel, während er kurz schwieg. „Ich mag die deutschen Dichter. Altmodisches Zeug, das heutzutage kaum noch jemanden aus unserer Generation interessiert." Damian legte das Besteck an seinen Platz zurück. „,Denn wir sind nur die Schale und das Blatt. Der große Tod, den jeder in sich hat, das ist die große Frucht, um die sich alles dreht.' Das war Rilke, na, sind Sie noch wach?"

„Ich finde es interessant, wie kommen Sie dazu?" Er spürte ihre blauen Augen auf sich ruhen.

„Ich habe eine Zeit lang in Deutschland studiert und auch dort gelebt", sagte er korrekt auf Deutsch mit seiner weichen, englischen Stimme.

„Oh! Das hätte ich nicht gedacht. Ich bin Deutsche und Sie sprechen nahezu akzentfrei!"

„Vielen Dank für die Blumen. Ihr Englisch ist aber auch absolut einwandfrei. Hätte Ihr Name nicht Ihre Herkunft verraten, könnte ich Sie für einen *Native Speaker* halten."

„Ich war eine ziemliche Streberin", gab sie grinsend zu. „Aber Sie sind demnach auch ganz schön rumgekommen, wie? Studium in Deutschland? Ich dachte, Männer wie Sie studieren in Oxford?", fuhr sie wieder auf Englisch fort.

„Das habe ich auch", antwortete er lachend. „Und Sie? Was mögen Sie? Ich möchte Sie nicht mit meiner Lebensgeschichte langweilen."

„Ich habe mich sehr für Literatur bzw. Schreiben interessiert, bis mir klar wurde, dass die meisten Schriftsteller kaum genug zum Leben haben."

„Jetzt haben Sie mich neugierig gemacht." Damian betrachtete sie aufmerksam.

„Meine absolute Lieblingsschriftstellerin ist Jane Austen, meine Lieblingsbücher ‚Stolz und Vorurteil' und ‚Verstand und Gefühl'. Ich bin immer noch beeindruckt davon, wie sie es als Frau geschafft hat, sich in einer Männerdomäne zu dieser Zeit zu behaupten. Auch wenn sie natürlich nie unter ihrem Namen veröffentlicht hat, sondern immer nur mit ‚By a lady' als Autorin anonymisiert wurde."

„In der Tat. Das passt zu Ihnen. Sie wirken auf mich, als wüssten Sie ganz genau, was Sie vom Leben wollten. Ziemlich eigenständig für eine so junge, hübsche Dame."

„Ja, das bin ich wohl. Ist das schlimm? Glücklicherweise leben wir im einundzwanzigsten Jahrhundert und mittlerweile gibt es zumindest im Westen mehr Frauen mit einem Studienabschluss als Männer." Ihre blauen Augen blickten ihn mit einem Hauch von Belustigung an.

„Nein, nein. Es ... gefällt mir", sagte er mehr zu sich selbst als zu ihr. Sie war wirklich eine interessante Persönlichkeit und auf eine Art und Weise, die er sich nicht erklären konnte, faszinierte ihn die junge Deutsche.

„Wie bitte? Ich habe Sie gerade nicht ganz verstanden, es ist so laut hier."

„Ach, nichts. Sehr bemerkenswert, Ihre Interessen, Julia." Er beobachtete, wie sie das Weißweinglas an ihre himbeerfarbenen Lippen hob und einen großen Schluck nahm. Womöglich konnte er die Suche tatsächlich abschließen. Er brauchte nur noch einen Plan für das Wie.

Julia war es nicht gewohnt, mehrgängige Menüs mit verschiedenen Weinen serviert zu bekommen. Normalerweise stand sie auf der Seite des Veranstalters und des Personals. Sie musste aufpassen, dass der Alkohol ihr nicht völlig die Sinne benebelte, und sie nahm sich vor, ab jetzt nur noch Wasser zu trinken. Ihr charmanter Tischnachbar schien von vorneherein dem Alkohol abgeneigt zu sein, womit er ihren ersten Eindruck bestätigte. Offensichtlich jemand, der – außer es ging um Geschäfte – niemals über die Stränge schlagen würde.

Zum Glück wurde gerade das Dessert abgeräumt, sodass der förmliche Teil der Veranstaltung vorbei war. Zwischen den Gängen hatte es diverse Reden gegeben, und Damian hatte sie aufgeklärt, wer welche Rolle dabei spielte. Sie war froh, als Damian sich vom Tisch verabschiedete und sie seiner starken Präsenz enthoben war. Er hatte eine seltsame Wirkung auf sie gehabt – sie war sich nur noch nicht im Klaren darüber, ob sie das gut oder schlecht fand. War auch vollkommen egal, sie würde ihn kaum jemals wiedersehen.

Julia mischte sich unter die Gäste und fand ein paar Gesprächspartner, denen sie Danielles Projekt schmackhaft machen konnte. Sie standen in der Nähe der Tanzfläche, die bereits gut gefüllt war. Ihr Handy verriet ihr, dass es bald Mitternacht sein würde, und sie ihre Pflicht erfüllt hatte.

Als sie sich gerade verabschiedete und gehen wollte, sah sie Damian. Er steuerte direkt auf sie zu. Julia schaute sich unauffällig um, wen er wohl anpeilte.

„Habe ich Sie endlich gefunden, Julia! Ich suche schon die ganze Zeit nach Ihnen, um Sie für einen Tanz zu entführen." Damian lächelte gewinnend und seine blaugrauen Augen strahlten sie an.

Es war ganz klar, dass er kein Nein akzeptieren würde. Der hochgewachsene Brite verfügte unbestreitbar über ein großes Selbstvertrauen, dem man sich kaum erwehren konnte.

Julia starrte ihn für eine Sekunde ungläubig an und ihr Bauch zog sich erneut zusammen. Es blieb ihr keine Zeit zu antworten oder überhaupt irgendwie zu reagieren, da hatte er sie bereits aufs Parkett gezogen.

Wenigstens konnte sie tanzen und würde sich nicht hoffnungslos blamieren – am Ende hatten sich die Kurse in der zehnten Klasse doch noch ausgezahlt. Leider handelte es sich um einen schnellen Walzer, der es erforderte, dass sie ihm näher kam, als ihr lieb war. Damian besaß perfektes Taktgefühl, er wirbelte sie gekonnt über den glatt polierten Holzboden und betörte ihre Sinne mit seinem einzigartig frischen

Geruch nach Zitronen und Meer. Sie war sich seiner Nähe allzu bewusst, als er das Gespräch wieder aufnahm. „Ich habe einen Vorschlag für Sie."

Julia hob den Kopf, sodass sie ihm direkt in die blaugrauen Augen sah und ihr Blut rauschte noch schneller durch die Adern als ohnehin schon.

Was er wohl meinte, dachte sie, während sie eine Runde nach der anderen drehten, bis ihr endgültig schwindelig war.

„Ich brauche Sie in zwei Wochen als meine Begleitung, für ein paar Tage." Seine weiche, englische Stimme klang professionell, er wirkte sogar ein wenig kühl.

„Entschuldigen Sie?" Sie musste sich verhört haben. Julia riss die Augen auf und trat ihm dabei ungeschickt auf den Fuß.

„Bitte sagen Sie nicht gleich Nein." Damians blaugraue Augen ruhten durchdringend auf ihr.

„Ich verstehe nicht ganz, was Sie meinen."

„Wie gesagt, ich brauche in zwei Wochen eine Begleitung für drei Tage. Es wird nichts zwischen uns passieren, Sie brauchen sich deshalb keine Sorgen machen. Ich bin ganz und gar kein Gigolo." Kein belustigter Unterton, es musste also sein Ernst sein. Dabei wirkte er distanziert und bestimmt.

Ihr Gehirn hatte Damians Aussage noch nicht ganz verarbeitet, aber ihr Bauch fuhr bereits Achterbahn. Aus einem seltsamen Grund heraus fand sie es im ersten Moment sehr verlockend, ihn für drei Tage zu begleiten. Gleichzeitig war sie sogar ein wenig enttäuscht, dass er ihr *kein* unmoralisches Angebot gemacht hatte, das wäre von einem Kerl wie ihm wirklich reizvoll gewesen.

Als die rationale Informationsverarbeitung endlich abgeschlossen war, stellte sich allerdings ein ganz anderes Gefühl ein. Empört sollte sie sein! Sie kannte den Mann ja gar nicht – und er hatte ihren zwiespältigen Eindruck vollends bestätigt. Julia straffte sich.

„Tut mir leid, ich glaube, für derartige *Aufträge* gibt es sicher Hostessen oder so was."

Sie betonte dabei „Aufträge" besonders nachdrücklich, um ihm klarzumachen, dass sie nicht käuflich war. So nötig hatte sie es auch wieder nicht. Sie war gekränkt, von ihm ein derartiges Angebot unterbreitet zu bekommen.

Es kam einer kalten Dusche gleich, und endlich konnte sie wieder klar denken. Sie befreite sich aus seinen Armen.

„Wenn Sie mich jetzt bitte entschuldigen würden."

„Julia, gehen Sie noch nicht! Wie kann ich Sie erreichen?"

Seine Augen nagelten sie förmlich fest. Es war ganz offensichtlich, dass er gewohnt war zu bekommen, was er wollte. Aber nicht bei ihr! Julia machte einen Schritt rückwärts und dann auf dem Absatz kehrt. Für diesen Abend hatte sie genug.

Sie hatte den Ballsaal bereits verlassen, als er sie einholte.

„Julia, warten Sie!"

Er sagte nicht mehr, hielt sie am Arm fest und drehte sie zu sich um. Julia war völlig überrumpelt, ihr Körper reagierte automatisch und versuchte, ihn abzuschütteln.

„Geht's noch? Ich denke, das geht eindeutig zu weit!"

„Verdammt. Entschuldigung!"

Er sah für einen Moment verwirrt aus, hatte sich jedoch schnell wieder im Griff.

„Wirklich, Julia. Ich wollte Sie nicht überfallen. Aber ich dachte, wir haben uns so gut verstanden und ..."

Was glaubte er eigentlich, wer er war? Als ob sie *das* nötig hätte. Vermutlich meinte er genau das, was er verneint hatte. Nämlich, dass sie ihm drei Tage zur als Nutte zur Verfügung stehen sollte.

Auf gar keinen Fall würde das passieren! Dass Männer wie er immer glaubten, mit Geld könnte man alles und jeden kaufen, eine Frechheit!

Ihre anfängliche Verwirrtheit schlug in Wut um und sie hatte Mühe, ihre Stimme zu kontrollieren.

„Nein, danke. Was erlauben Sie sich eigentlich! Ich brauche keine Almosen. Und käuflich bin ich schon gar nicht. Für *das* müssen Sie sich jemand anderen suchen."

Damit ließ sie Damian alleine zurück. Er ließ sie ziehen und folgte ihr nicht weiter.

Als Julia das Gebäude verlassen hatte, atmete sie ganz tief durch. Ihr Herz pochte wild und sie hatte das Bedürfnis, sich zu setzen. Aber es standen zu viele Leute um sie herum, als dass sie sich gehen lassen konnte. Deswegen straffte sie sich und bat einen der herumstehenden Pagen, ein Taxi zu rufen. Als sie ihr Handy aus der Tasche kramte, bemerkte sie, dass ihre Finger noch leicht zitterten. Der Typ hatte sie völlig aus dem Konzept gebracht.

Ach, wäre sie doch niemals hergekommen! Sie würde Danielle wirklich sagen müssen, dass es die letzte Akquisitionstour für ihr Projekt gewesen war.

Selbst als sie im Hotel angekommen war, ärgerte sie sich noch, dass aus der netten Konversation am Ende so ein Desaster geworden war. Sie fühlte sich wackelig auf den Beinen, der Abend war zunächst so gut verlaufen. Vielleicht hatte sie die falschen Signale ausgesendet und Mr. Stanhope hatte ihre – zugegebenermaßen flirtige – Aufmerksamkeit falsch verstanden. Trotzdem begriff sie nicht, wie er annehmen konnte, dass sie käuflich war. Wobei, so gesagt hatte er es nun auch wieder nicht. Er hatte sie wirklich auf dem falschen Fuß erwischt.

Normalerweise war sie für verrückte Dinge aller Art zu haben. Aber es blieb dabei – als Hostess konnte und wollte sie sich nicht die Zeit vertreiben. Am Ende war es auch völlig egal, denn der Abend war vorbei und sie würde ihn jetzt wirklich nie wiedersehen. Als Julia ihre Clutch ablegte, warf sie einen Blick auf ihr Smartphone: zwei Anrufe von Danielle. Sie hatte gar nicht bemerkt, wie spät es geworden war. Sie steckte das Telefon wieder ein. Unter keinen Umständen würde sie ihre Freundin jetzt zurückrufen und vom desaströsen Ende der Gala berichten.

Julia schälte sich vorsichtig aus dem Kleid. Vielleicht konnte Danielle es zurückgeben oder umtauschen. Der Fetzen war viel zu teuer, um in ihrem Schrank zu Mottenfutter zu werden.

Außerdem war sie sauer auf Danielle, ohne ihre blöde Krankheit wäre das alles nie passiert. Um ihrem Ärger Luft zu machen, griff sie noch mal nach dem Smartphone und schickte ihr eine SMS, in der sie schrieb, dass sie das allerletzte Mal in ihrem ganzen Leben an einer Veranstaltung als Platzhalter teilgenommen hatte. Julia öffnete eine neue Tic-Tac-Packung und kippte sich ein paar Bonbons direkt in den Mund. Irgendwie fühlte sie sich danach besser. Insgeheim wusste sie, dass sie Danielle als Blitzableiter benutzt hatte, aber ihr schlechtes Gewissen hielt sich in Grenzen. Ihre Freundin konnte das ab, außerdem kannte sie Julias manchmal hitziges Temperament.

Damian hängte seinen Smoking seufzend auf einen Bügel und strich die Falten glatt. Eigentlich sollte er nach diesem Tag hundemüde sein, stattdessen war er hellwach und aufgewühlt. Er musste irgendwie aus diesem Schlamassel mit seiner Mutter herauskommen. In diesem Punkt hatte er gnadenlos versagt. Er hatte gespürt, dass Julia seine Gesellschaft nicht als unangenehm empfunden hatte. Sie eignete sich, je länger er darüber nachdachte, wirklich perfekt dafür, seine Freundin zu spielen. Jung, hübsch, unverbraucht und keine hochnäsige Erbschleicherin. Allem Anschein nach hatte er es gründlich verbockt. Aber so schnell würde er nicht aufgeben!

Zuerst musste er herausfinden, wie und wo er sie erreichen konnte. Das sollte kein Problem sein, der Name Stanhope war ein Begriff und er hatte Kontakte, die ihm weiterhelfen würden. Schnell tippte er zwei E-Mails an Bekannte, die ihm noch einen Gefallen schuldeten. Danach fühlte er sich schon viel ruhiger. Wo ein Wille war, da war auch ein Weg. Das war schon immer sein Motto und im Geschäftsleben fuhr er damit bisher sehr erfolgreich. Einige böse Zungen hatten sogar behauptet, dass er mit seiner geringen Anpassungsbereitschaft den einen oder anderen Geschäftspartner regelmäßig zur Weißglut brachte. Das war es jedoch garantiert nicht gewesen, womit er es sich mit der jungen Frau heute verdorben hatte.

Erfahrungsgemäß war es doch eher so, dass Frauen darauf standen, wenn Männer wussten, was sie wollten.

Allerdings musste er sich eingestehen, dass er das Ganze etwas feinfühliger hätte angehen können. Das würde ihm eine Lehre sein, der gleiche Fehler passierte ihm nie zweimal. Damian nahm sich ein Soda aus dem Kühlschrank und setzte sich auf die Terrasse der Hongkonger Stadtvilla. Im Juni konnte es zwar schon unerträglich heiß und schwül werden, aber es war eine ungewöhnlich milde Nacht. Die tropische Hitze würde Hongkong dennoch bald erreichen, das konnte er spüren.

Kapitel 2

Shanghai

Danielle lag in einen Krimi vertieft auf dem Sofa und hörte erst, dass Julia zur Tür hereingekommen war, als diese ihren Koffer auf den Boden knallte. Offenbar war ihre Freundin immer noch schlecht gelaunt.

„Julia, da bist du ja schon!"

„Hi." Julias Miene war ausdruckslos. Aber Danielle kannte sie gut genug, um zu wissen, dass sie innerlich kochte. Ihr war klar, dass Julia die Veranstaltung nur besucht hatte, um ihre vermeintliche Schuld ihrer Familie gegenüber zu verringern, was natürlich quatsch war. Danielle verstand bis heute nicht, warum Julia nicht einfach annehmen konnte, dass die Familie Fane ihr das Studium finanziert hatte, um mit Danielle gleichzeitig an einer Uni studieren zu können. Ihre Eltern hatten verstanden, dass Julia Danielles beste Freundin war, und hatten es gerne gemacht.

Und Geld war nun wirklich kein Thema, über das man bei den Fanes lange nachdenken musste. Aber Julia und ihr komischer Stolz sahen das anscheinend auch nach Jahren noch anders. Danielle unterdrückte ein Seufzen.

Das war jetzt nicht der richtige Zeitpunkt, um eine Diskussion vom Zaun zu brechen, dass Julia endlich die Ratenzahlung an ihre Eltern stoppen sollte. Außerdem wusste sie, dass es ohnehin vergebliche Liebesmüh war. Julia konnte sturer sein als ein alter Esel.

„Warte, soll ich dir helfen?" Danielle war im Begriff aufzustehen.

„Nein, lass mal. Geht es dir besser?" Julia sah ein wenig blass aus, bemerkte Danielle, anscheinend hatte sie nicht allzu viel geschlafen.

„Ja, doch. Würde ich sagen." Sie lächelte ihre Freundin an.

„Schön."

Julia räumte ihre kleine Tasche aus und warf alles achtlos auf den Boden. Sogar das Kleid war in Gefahr, am Ende noch einige Knitterfalten abzubekommen. Es stand offensichtlich noch schlimmer um die Laune ihrer Freundin, als Danielle nach der SMS angenommen hatte.

„Julia, komm doch erst mal her."

Danielle setzte sich auf und klopfte auf den Platz neben ihr.

„Weißt du, eigentlich habe ich nicht viel Zeit. Mein Chef hat eben angerufen, er hat einige Ausfälle und hat gefragt, ob ich heute Abend doch arbeiten könnte."

Danielle atmete hörbar aus.

„Nicht dein Ernst. Die beuten dich doch gnadenlos aus in dieser Klitsche."

„Die ‚Klitsche' ist eines der besten Hotels in Shanghai. Da beutet mich niemand aus, so ist das eben, wenn man weiterkommen möchte auf der Karriereleiter."

„Na, wie du meinst. Aber was war gestern los?"

Julia winkte ab und schüttelte den Kopf. Dabei spielte sie mit einer Packung Tic Tacs. Klappe auf, Klappe zu.

„Ach, das war eigentlich okay. Es lief alles gut, ich habe alle deine Karten verteilt und viele Leute angesprochen und dann kam dieser komische Typ zu mir."

„Komischer Typ?" Danielle horchte auf. Es war lange her, dass Julia ihr so offensichtlich etwas verheimlicht hatte.

„Es war nichts."

„Nach ‚nichts' klingt es nicht. Was meinst du? Hat er dich belästigt?"

„So in etwa."

„Betatscht?" Danielles Augen wurden groß.

„Nein, nein. Nicht so." Julia winkte ab und seufzte.

„Was dann? Lass dir doch nicht alles aus der Nase ziehen!"

„O Mann. Es ist doch auch egal."

„Nein, nein, nein, Ma'am, so leicht kannst du mich nicht abspeisen!"

Julia rollte mit den Augen, stopfte sich drei kleine Bonbons in den Mund und begann zu lutschen.

„Also, es kam ein gutaussehender Engländer auf mich zu und hat mich angesprochen und zufällig saßen wir am gleichen Tisch."

„Das klingt doch erst mal nicht so übel."

„Ja, das dachte ich auch. Wir haben uns ganz gut unterhalten und nachher hat er mich zum Tanzen aufgefordert und dann hat er mir so ein unmoralisches Angebot unterbreitet."

Danielle hielt einen Augenblick den Atem an.

„Und, weiter?", hauchte sie dann. „Hat er dich geküsst? Dir seine Nummer gegeben?"

„Nichts weiter. Ich habe abgelehnt. Das war's."

„Und deswegen bist du so sauer?" Danielle musterte ihre Freundin genau und bemerkte eine verräterische Röte auf ihren Wangen. Sie wartete schon so lange darauf, dass Julia endlich jemanden treffen würde, der sie interessiert. Sie konnte doch nicht nur ihr ganzes Leben für die Arbeit geben wie in den letzten Jahren.

„Ja", schnauzte Julia.

„Ich glaub dir kein Wort. Du stehst auf den Typen! Oh my goodness! Ich dreh durch und bin ja so neidisch! Mein letzter Sex ist ja schon Wochen her …"

„Mensch, Danielle. Da ist nichts und ich steh so was von gar nicht auf den Typen. Diskussion beendet."

„Ha! Toll. Wie heißt er?"

„Sein Name tut nichts zur Sache, nachher willst du noch die Kupplerin spielen oder so. Deine Familie kennt doch Gott und die Welt. Vergiss es. Er wollte mich engagieren, ein paar Tage mit ihm zu verbringen."

„Was? Wie aufregend ist das denn? Ein junger Robert Redford! Du wirst natürlich Ja sagen!"

„Was soll daran toll sein? Und ich werde gar nichts tun."

„Ich habe selten eine originellere Anmache erlebt. Du hast hoffentlich ein Foto von ihm gemacht?"

„Spinnst du? Ich hab natürlich *kein* Foto! Und es war keine Anmache, ich sage dir, es war ihm ernst."

Klappe auf, Klappe zu. Dass Julia immer diese schrecklichen Zuckerdinger naschen musste. Es hatte Danielle schon während ihrer gemeinsamen Studienzeit genervt, dass überall die durchsichtigen Tic-Tac-Dosen herumflogen. Sie schluckte einen Kommentar dazu herunter und bohrte weiter nach.

„Und wenn schon. Seit wann bist du so prüde?"

„Bin ich doch gar nicht." Julia rückte ein Stück von Danielle ab und schickte Blitze aus ihren blauen Augen in Danielles Richtung.

„Was ist dann das Problem?"

„Ach, lass mich doch in Ruhe. Ich muss arbeiten."

„Jetzt schon? Du bist doch eben erst angekommen!"

„So ist das nun mal. Wir sehen uns!"

„Das sieht mir mehr nach Flucht aus, Frollein!"

Julia hastete aus der Wohnung und ließ ihre Freundin grinsend zurück. Danielle freute sich, dass es endlich mal wieder jemand geschafft hatte, Julia aus der Reserve zu locken. Normalerweise brachte ihre Freundin wenig aus der Ruhe und dass es sich bei dem Störenfried um einen gutaussehenden Mann handelte, machte die Sache nur noch besser. Egal, ob sie ihn nun wiedersehen würde oder nicht. Hauptsache, Julia bemerkte, dass man nicht als asexuelles Wesen leben musste, obwohl man einen anstrengenden Job hatte. Wenn sich ihr so eine Gelegenheit bieten würde, würde sie sofort Ja sagen. Ihr Liebesleben war derzeit nämlich eher langweilig und ein wenig unverbindliche Abwechslung mit einem heißen Kerl wäre ihr nur willkommen gewesen. Mr. Perfect wollte einfach nicht auftauchen und von lahmen Beziehungen hatte sie nach den letzten drei Idioten genug. Danielle pfiff leise vor sich hin und war hochzufrieden mit sich selbst, dass sie ihre Freundin dazu gebracht hatte, nach Hongkong zu fliegen.

Julias Laune war unterirdisch. Beim Verlassen des Hauses hatte sie noch ihre Mailbox abgehört, auf der ihre Mutter eine fünfminütige Standpauke hinterlassen hatte, warum sie nicht endlich ihre Reise nach Hamburg plante, um – wie es sich für eine gute Tochter gehört – ihrer Mutter bei der Planung ihres sechzigsten Geburtstages zu helfen. Eigentlich wäre sie schrecklich gerne für ein paar Tage nach Hamburg geflogen, gerade im Hochsommer genoss sie es, der Hitze Shanghais für kurze Zeit zu entfliehen, aber finanziell war das derzeit schlicht und ergreifend nicht drin. Die Miete war fällig, der Computer irreparabel im Eimer und auch sonst sah es auf ihrem Konto zappenduster aus. Glücklicherweise funktionierte ihr Smartphone noch, sodass sie zumindest ihre Mails checken und Nachrichten im Internet lesen konnte.

Julia seufzte innerlich und atmete einmal tief durch, als sie im Hotel angekommen auch noch erfuhr, dass sie heute Dienst am Empfang schieben sollte. Während sie die Kleidung wechselte und Jeans und Shirt gegen ein dunkles Kostüm und weiße Bluse tauschte, ärgerte sie sich im Stillen, dass ihr Chef das nicht vorher gesagt hatte, denn sie hatte nur die unbequemen Pumps dabei. Bereits nach kurzer Zeit brannten ihre Fußsohlen und sie wünschte sich nichts sehnlicher, als die Schuhe auszuziehen und ihre Füße auf dem alten Marmorboden kühlen zu können.

„Julia, du machst ja heute ein Gesicht! Ist alles in Ordnung?" Ihre amerikanische Kollegin April hatte ebenfalls Dienst. Wenigstens ein Lichtblick. Die beiden waren in den letzten Monaten so was wie Freundinnen geworden und halfen sich oft gegenseitig aus, wenn es mal eng wurde.

„Frag nicht, es ist ein scheiß Tag!" Sie rollte mit den Augen.

„So schlimm? Dabei hattest du doch gerade erst frei!" April legte den Kopf schief und sah sie mitfühlend an. Die quirlige Dunkelhaarige arbeitete ebenso hart wie sie und war auch aus ähnlichen Gründen wie Julia nach Shanghai gekommen. So hatten sie sich überhaupt erst angefreundet, als ihr April erzählte, dass sie aus den USA wegwollte, weil ihre Familie ihr permanent auf die Nerven ging und ihr Leben bestimmen wollte, und zwar in eine Richtung, die Aprils eigenen Zukunftsvisionen diametral entgegengesetzt lag. Julia seufzte kurz, bevor sie antwortete: „Boah. Frag nicht. Es ist schlimmer. Das war kein Urlaub, es war eine Tortur!"

„Das klingt ja fast schon wieder ... interessant." April schaute todernst, aber ein kleines Zucken um den Mundwinkel verriet sie. „Wir müssen unbedingt mal wieder was zusammen unternehmen, dann kannst du mir alles erzählen!"

Julia musste wider Willen schmunzeln und zog eine Grimasse. „Gerne erzähle ich dir die Soap-Folge 2021 aus der Serie ‚Shanghai Mandarin Oriental – Assistentinnen unter sich'. Nein, im Ernst, total gerne. Ich schau heute Abend gleich in meinen Dienstplan und dann halten wir was fest."

„Cool! Ich freu mich!" Das Gespräch wurde von einem anreisenden Gast unterbrochen, den April mit professioneller Freundlichkeit in Empfang nahm.

Ansonsten war wenig zu tun und Julia schaute sich gelangweilt in der Lobby um. Der in der Welt der Reichen und Schönen übliche Pomp war in China dermaßen uferlos, dass sie immer noch darüber staunen konnte. Die Hotellobby war weitläufig, riesige Marmorsäulen sollten den Eindruck erwecken, man sei in einem Palast, und ihrer Meinung nach verfehlten sie die Wirkung nicht. Springbrunnen plätscherten in kleinen Nischen, mehrere Sitzgruppen mit tiefen Sesseln und vergoldeten Lehnen auf großen Orientteppichen luden zu gedämpften Gesprächen ein. In einem Fünf-Sterne-Hotel wie diesem durfte es an nichts fehlen. Neben ihr arbeiteten noch drei weitere Personen an der Rezeption, jeder Mitarbeiter hatte seinen eigenen kleinen Schalter mit Computer, um Gäste persönlich betreuen zu können. Service und Freundlichkeit wurden selbstverständlich großgeschrieben. Neben den hohen Eingangstüren befand sich der Schalter der beiden Concierges, die stets höflich und zuvorkommend jedem Gast Wünsche von einer simplen Taxibestellung über die Buchung eines Stadtführers bis hin zu den extravagantesten Trips erfüllten.

Der Abend erwies sich als nicht besonders aufregend und sie war froh, dass sie keine Nachtschicht dranhängen musste.

Julia überflog gerade den Entwurf eines Newsflyers, als ihre Aufmerksamkeit auf ein Pärchen gelenkt wurde, das mehr als nur angetrunken aus der Hotelbar in Richtung Lift schlingerte. Sie hingen aneinander wie die Kletten, mit Sicherheit waren sie nicht miteinander verheiratet. Der kleine, übergewichtige Glatzkopf betatschte die dunkelhaarige Kostümträgerin und sie knutschten heftig, während sie auf den Lift warteten. Der goldene Ring an seiner linken Hand war nicht zu übersehen.

Julia wandte den Blick ab. Sie erlebte fast täglich Szenen dieser Art und sie fragte sich, ob es üblich war, auf Geschäftsreisen Frauen abzuschleppen und fremdzugehen. Es war ihr jedenfalls zuwider. April schien es ähnlich zu gehen, denn sie warf ihr einen Blick zu, der Bände sprach.

Ein Blick auf das Computerdisplay zeigte Julia, dass sie es für heute fast geschafft hatte. Sie hatte zwar keine Doppelschicht hinter sich, konnte ihre Füße dank Pumps jedoch kaum noch spüren.

Als sie vom Computer aufsah, blieb ihr Blick auf einer flüchtig vertrauten Gestalt am Eingang hängen. Ihr Herz machte einen großen Satz.

Was wollte *er* denn hier? Und wieso kam er direkt auf sie zu? Hastig senkte sie den Kopf.

Oh. Gott. Hoffentlich erkannte er sie nicht ... hoffentlich erkannte er sie!

Ihr Bauch konnte sich nicht mit dem Kopf einigen, was richtig war. Oder irgendwie doch, sie wollte es nur nicht zugeben. Natürlich wollte sie, dass er sie erkannte. Andererseits fühlte sie sich ihm hier ziemlich ausgeliefert, sie würde von der Rezeption schlecht weglaufen können.

„Hallo, Julia. Was für ein Zufall, dich hier zu treffen." Ein Lächeln umspielte seine Mundwinkel. Ihr Mund war staubtrocken und sie musste sich räuspern, bevor sie antworten konnte.

„Hallo, Mr. Stanhope. Ja, wirklich. Was für ein Zufall!"

Bewusst kehrte sie zur förmlichen Ansprache zurück, um zu unterstreichen, was sie über den Ausgang ihrer Begegnung am Vortag dachte.

Seine blaugrauen Augen schienen sie zu durchleuchten. Julia rang sich ein Lächeln ab und hoffte, es sah natürlicher aus, als es sich für sie anfühlte.

„Was kann ich für Sie tun?", krächzte sie mit klopfendem Herzen.

Damians Erscheinung war genauso perfekt wie auf dem Ball, er hatte bloß den Smoking gegen einen gut sitzenden, wahrscheinlich sogar maßgeschneiderten, dunkelblauen Anzug getauscht, der seine breiten Schultern betonte. Erst jetzt fiel ihr auf, dass er einen guten Kopf größer war als sie.

Julias Beine bestanden nur noch aus Wackelpudding und sie musste sich am Tresen vor ihr festklammern, um einen festen Stand zu haben. Außerdem spürte sie Aprils Blicke. Glücklicherweise befand sich ihre Kollegin außer Hörweite, beneidete Julia aber wahrscheinlich darum, den gutaussehenden Businessmann bedienen zu dürfen. Wenn es nach Julia gegangen wäre nur zu gerne, aber Damian stand leider vor ihrem Tresen.

„Bitte. Nenn mich Damian. Über das Mister waren wir doch schon lange hinaus."

Seine Augen blitzten, davon abgesehen war seine Miene ernst und undurchdringlich.

Verdammt, er sah einfach zu gut aus.

Als sie bemerkte, dass sie auf seine Hüften starrte, war es schon zu spät. Es musste ihm aufgefallen sein, denn ein breites Grinsen erschien auf seinem Gesicht und ein seltsamer Glanz trat in seine Augen. Peinlich berührt senkte sie den Blick. Wie dumm von ihr, sich so unprofessionell zu verhalten. Das war sonst ganz und gar nicht ihre Art.

„Gut, dann, Damian. Was kann ich für dich tun?" Ihr Gesicht glühte und sie wünschte sich an einen anderen Ort.

„Oh. Da gäbe es sicher einiges." Ein spöttisches Grinsen umspielte seine Mundwinkel, dann machte er eine längere

Pause, bevor er weitersprach. Sie erlaubte sich nicht, das „*Einiges*" in ihren Gedanken weiterzuspinnen. „Ich habe Interesse an einer Suite hier im Hotel. Könntest du sie mir zeigen?"

Julia schluckte.

„Es geht mich ja nichts an, aber – hast du gestern nicht gesagt, du lebst hier in Shanghai?" Endlich, sie hatte ihre Schlagfertigkeit wiedergefunden. Wurde aber auch Zeit.

„Darf ich mir deswegen keine Hotelzimmer ansehen?" Seine melodische Stimme klang amüsiert.

„Ähm. Doch. Natürlich", antwortete sie etwas hastig.

„Das freut mich", gab er mit einem leichten Nicken zurück.

Er machte sich allen Ernstes über sie lustig. Womöglich war er ihretwegen hier. Der Gedanke war in ihrem Kopf aufgetaucht, bevor sie ihn unterdrücken konnte. Als sie zögerte, zog er eine Augenbraue in die Höhe. Eine seltsame Unsicherheit hatte sie befallen, sie wollte unter keinen Umständen mit ihm alleine in einer riesigen Suite sein. Julia schluckte erneut und versuchte, den Gedanken abzuschütteln. Sie war doch sonst nicht so … schüchtern. Sie straffte ihren Rücken und rang um Professionalität.

„Ich muss erst checken, ob derzeit eine Suite frei ist."

Hoffentlich war keine Suite frei.

„Ich bin mir sicher, du wirst etwas finden." Damians Selbstsicherheit stand in krassem Kontrast zu ihrer Nervosität. Vielleicht sollte sie eine Ausrede erfinden und April mit ihm hochschicken? Wahrscheinlich würde er aber sogar darauf bestehen, dass sie selbst mitkam. Julia verwarf den Gedanken und versuchte, sich auf die Suiten zu konzentrieren. Sie benötigte mehrere Klicks, bis sie endlich das richtige Fenster geöffnet hatte, in dem sie sehen konnte, welche Kategorien verfügbar waren. Leider hatte er recht. Ein großes Luxushotel wie das *Mandarin Oriental* verfügte natürlich über unglaublich viele Suiten, von Luxus bis Megaluxus und am Ende gab es sogar noch eine Ultraluxus-Suite, Scheich-Size und Schnickschnack für den exquisitesten Geschmack.

„Wir haben verschiedene verfügbar ...", setzte Julia an.
Damian unterbrach sie ungeduldig.
„Machen wir es kurz, ich möchte die größte sehen. Wir wissen doch alle, dass *size matters.*"
Eingebildet war er also auch noch. Als Julia ihn ansah, konnte sie keine Regung in seinem Gesicht feststellen. Womöglich war ihm gar nicht bewusst, was er da gerade von sich gegeben hatte. Oder er hatte ein wirklich gutes Pokerface. Das brachte sie ein wenig runter. Nein, das würde sie schon selber packen, womöglich würde er April das Angebot machen, das sie ausgeschlagen hatte. Sie konnte April unmöglich in solch eine Verlegenheit bringen.
„Gut. Einen Moment, ich muss noch eine Karte einlesen, damit ich die Suite öffnen kann und wir oben Zutritt haben. Auf diese Etage darf selbstverständlich nicht jeder Hotelgast."
Julias Hände zitterten leicht, als sie die Zimmerkarte mit dem Magnetchip durch das Lesegerät zog. Hoffentlich bemerkte er nicht, wie nervös sie war. Sein unerwartetes Erscheinen hatte sie kalt erwischt. Sie war wirklich überhaupt nicht darauf vorbereitet gewesen, ihn nach dem ersten Vorfall wiederzusehen.
Wenn sie wenigstens in einem repräsentablen Zustand gewesen wäre, nach dem langen Tag sah sie garantiert schrecklich aus. Sie wusste, dass sich aus ihrem Haarknoten einige Strähnen gelöst hatten, ihr nicht vorhandenes Make-up verbarg keine Augenringe oder Rötungen, die sich vermutlich überdeutlich auf ihrem Gesicht abzeichneten. Sie bot ganz sicher keinen schönen Anblick. Eigentlich umso besser, vielleicht schreckte ihn das ab, einen zweiten Anlauf zu nehmen, sie von seinen komischen Plänen zu überzeugen. Wenn er sie um ein Date gefragt hätte, dann ... aber so? Im Leben nicht!
Julia nahm die Magnetkarte und bedeutete Damian, ihr zu folgen. April tat schwer beschäftigt, aber Julia war klar, dass sie die Szene aufmerksam verfolgt hatte, ihr würde sie nachher auch noch eine Geschichte erzählen müssen.

Auf dem Weg zum Lift konnte Julia Damians Blick im Rücken spüren. Ärgerlich unterdrückte sie den Anflug von Freude, dass sie doch die Pumps trug, die ihre Beine optisch verlängerten und sie so wenigstens von hinten einen ansehnlichen Anblick bot. Ihr Herz klopfte immer noch zu schnell, als der Lift endlich kam und sie einstiegen. Sie nannte dem Liftboy das Stockwerk und schon schossen sie in andächtiger Stille nach oben. Damian wirkte unverschämt souverän, während er neben ihr stand und gelassen darauf wartete, dass sie im gewünschten Stockwerk ankamen. Die Fahrt dauerte gefühlte drei Stunden. Sie las ständig in irgendwelchen Liebesromanen, dass die Erotik in Aufzügen nur so am Überkochen war. Auf dieser endlos langen Fahrt nach oben herrschte lediglich peinliches Schweigen, sonst nichts. Von Liftboys war in Romanen natürlich auch nie die Rede.

Damians extreme Coolness verärgerte Julia, warum war sie nicht so abgebrüht wie er? Dabei hätte sie ihm gerne gezeigt, dass er überhaupt keine Wirkung auf sie hatte. Sie spürte seinen Blick, wusste aber nicht, was sie sagen oder tun sollte, da er keine Anstalten machte, das Schweigen zu unterbrechen.

Als sich die Türen endlich öffneten, ging sie erleichtert voran und stöckelte sich ihrer selbst sehr bewusst über den flauschigen Flurteppich, um nur ja nicht zu stolpern.

Außerdem wiegte sie die Hüften etwas mehr als nötig hin und her, denn sie spürte zu ihrer Genugtuung, dass seine Augen auf dieselben geheftet waren. Julia öffnete die Tür zur Emperor-Suite, dabei erklärte sie Damian deren Vorzüge, nur um überhaupt etwas zu sagen. Es war ihr halbwegs klar, dass ihn die Suite nur am Rande interessierte. Er war ganz bestimmt ihretwegen hier.

„Diese Suite hat eine Größe von einhundertsechzehn Quadratmetern, vom Eingang gelangt man direkt in das Ankleidezimmer, neben dem Schlafzimmer gehören ein Speisezimmer und ein Wohnzimmer dazu. Im Badezimmer befindet sich außer der Dusche und der Badewanne noch ein Jacuzzi. Auf der Dachterrasse gibt es einen kleinen Pool und auch einen weiteren Kamin." Sie hörte selbst, dass ihre Stimme mechanisch klang und ihr Atem viel zu schnell ging, als wäre sie eben die dreiundsechzig Stockwerke nach oben gelaufen.

Damian nickte ihr freundlich zu, sie glaubte einen Moment, in seinen Augen ein triumphierendes Blitzen zu entdecken. Dann war es verschwunden und die Inkarnation des unnahbaren britischen Gentlemans stand wieder vor ihr.

„Wunderbar. Dann zeig mir alles." Um ihre Unsicherheit zu überspielen, plapperte sie drauflos und erzählte über handgewebte Teppiche und feinsten schwarzen Aksehir-Marmor, die für die Böden und das Bad dieser Suite ausgewählt worden waren. Als Julia ihre Führung schließlich im Badezimmer abschloss, setzte sich Damian auf die Kante des Jacuzzi.

„Vielen Dank. Das war sehr aufschlussreich. Hast du den schon mal benutzt?", fragte er Julia ohne eine Regung, während er mit seinen schlanken Fingern über den Rand der Whirl-Wanne strich. Damians blaugraue Augen waren auf sie gerichtet und jedes noch so feine Härchen an ihrem Körper richtete sich auf. Wahrscheinlich lief sie zu allem Übel auch noch rot an. Julia spürte die verräterische Hitze in ihrem Gesicht. Bevor sie antworten konnte, stand Damian auf und trat einen Schritt näher an sie heran. Sie wich instinktiv zurück, noch mehr Nähe konnte sie nicht ertragen. Seine bloße Anwesenheit ließ ihren Körper vibrieren.

„Keine Angst. Ich will dich nicht vergewaltigen, das ist nicht mein Stil. Ich bin in der Tat nur hier, um noch mal mit dir zu sprechen. Ich würde sagen, gestern ist etwas unglücklich verlaufen. Entschuldige bitte mein forsches Auftreten."

Er stand immer noch so dicht vor ihr, dass sie die Mischung aus Zitrone und Meer wahrnehmen konnte, die ihn umgab. Er hielt ihren Blick gefangen und das Bedauern, das sie in seinen Augen erkannte, wirkte echt. Dass er das Gespräch auf den gestrigen Abend gelenkt hatte, ermöglichte es ihr, ihre Gedanken wieder in die richtigen Bahnen zu lenken.

„Schön, dass du das zugibst. Ich fand es wirklich unangebracht. Aber deswegen bist du extra hierhergekommen?" Sie reckte ihr Kinn ein wenig nach vorne und verschränkte die Arme vor der Brust. Damian ging an Julia vorbei aus dem Bad und setzte sich leger in die riesige Sitzecke des Wohnzimmers.

Das drei Meter lange Sofa war so platziert, dass man einerseits auf den Kamin sehen konnte, andererseits einen grandiosen Blick über die Stadt hatte. Julia drehte sich zu Damian um, der die Skyline von Shanghai betrachtete. Es war bereits dunkel und Millionen von Lichtern strahlten um die Wette. Normalerweise hätte sie die Gelegenheit genutzt, ehrfürchtig mit nach draußen zu schauen, aber heute war ihr der Ausblick mehr als egal.

„Man sagt mir tadellose Manieren nach. Wenn meine Mutter wüsste, dass ich dich derart überfallen habe, würde sie mir die Leviten lesen." Sein Gesicht blieb regungslos. „Trotzdem will ich etwas von dir."

Wieder dieser durchdringende Blick. Julia schluckte.

„Ich habe ja bereits angedeutet, dass ich eine Begleitung für ein paar Tage suche. Und ich muss sagen, es hat mir Spaß gemacht, mich mit dir auf der Gala zu unterhalten."

Julias Misstrauen kehrte zurück.

„Welche Art von Begleitung suchst du genau? Dass ich keine Hostess bin, hatten wir ja schon geklärt!"

Er schlug die Beine übereinander und wippte mit dem Fuß, während er sie mit hochgezogener Augenbraue beobachtete.

„Ich habe nicht vor, mir deine Liebesdienste zu erkaufen, falls du das meinst. Ich brauche eine Art, sagen wir, Gesellschaftsdame."

„Und darf ich fragen, wieso du jemanden dafür bezahlen musst? Warum willst du ausgerechnet mich? Du wirkst nicht so, als ob du eine Frau überzeugen müsstest – mit Geld."

Er lachte.

„Nein, das ist sicher nicht mein Problem. Das Ding ist vielmehr, ich *will* keine Frau."

Julia stand immer noch, war mittlerweile aber etwas näher gekommen und nahm schließlich doch auf einem Sessel neben dem Sofa Platz.

„Ich verstehe trotzdem nicht ganz, wie du ausgerechnet auf mich kommst."

„Ich denke, das muss ich dir vielleicht nicht erklären. Fakt ist aber, ich würde dich gut dafür bezahlen." Sein Gesichtsausdruck war fordernd. In diesem Moment konnte sie sich gut vorstellen, wie Damian als Verhandlungspartner war: hart und unerbittlich, wenn es um das Erreichen seiner Ziele ging.

„Was hätte ich denn zu tun?", fragte sie zögerlich. Der Mann hatte von Anfang an ihr Interesse geweckt und ihre angespannte finanzielle Lage bewegte sie nun doch dazu, sich sein Anliegen näher anzuhören.

„Du würdest mich in Hongkong besuchen und mich auf diverse Veranstaltungen begleiten und meine Mutter treffen."

„Das ist alles?" Irgendwo musste doch ein Haken sein, das war zu einfach.

„Ich würde dich als meine Freundin vorstellen." Damian zuckte mit den Schultern, als ob er über das Wetter sprechen würde. Für ihn war es offenbar wirklich nur eine simple Geschäftsangelegenheit. Arroganter Schnösel.

„Das muss ich nicht verstehen, oder? Ehrlich gesagt, habe ich wenig Lust, an einem Schwindel teilzunehmen." Sie runzelte die Stirn und reckte ihr Kinn erneut ein wenig nach vorn.

„Glaub mir, Julia. Ich kann sehr überzeugend sein. Und wie gesagt, es wäre für dich sehr lukrativ."

Das war ihr bereits klar geworden. Trotzdem, sie hatte ihre Prinzipien. Was dachte der Kerl sich!

„Tut mir leid. Vielleicht wirke ich anders auf dich, aber ich bin nicht käuflich. Du glaubst wohl, mit deinem selbstherrlichen Auftreten kannst du mich einschüchtern!"

„Komm schon, Julia. Sind wir nicht alle käuflich, wenn der Preis stimmt?" Damian legte den Kopf etwas schief, seine melodische, englische Stimme klang leider verdammt sexy.

Trotzdem, die Art und Weise, wie er mit ihr sprach, missfiel ihr dann doch.

„In welcher Welt lebst du eigentlich? Such dir eine andere." Sie winkte ab und stand abrupt auf.

Seine Miene verfinsterte sich schlagartig. Damit hatte er wohl nicht gerechnet. Vermutlich meinte er, dass eine einfache Hotelangestellte wie sie sich die Finger nach einem *Job* wie diesem lecken würde. Grundsätzlich hätte sie nichts dagegen gehabt, drei Tage aus ihrer Welt zu verschwinden, wenn er nur nicht so kühl und berechnend auf sie gewirkt hätte. Julia hatte keine Ahnung, was in ihm vorging, und es widerstrebte ihr, so einfach zu haben zu sein.

Ein kleines Teufelchen in ihrem linken Ohr tanzte, wenn sie ehrlich war, bereits seit gestern wild und hatte sie in den letzten Minuten deutlich hörbar angefeuert, Ja zu sagen. Das bestätigte Julia in ihrem Verhalten, es nicht zu tun. Schwierigkeiten waren, wenn das Teufelchen ins Spiel kam, vorprogrammiert, und darauf hatte sie, beim besten Willen, nun mal gar keine Lust.

Ihr Schalk gab nicht so leicht auf; eine Stimme flüsterte etwas von tollen Abenteuern und wie dringend sie das Geld bräuchte. Julia runzelte die Stirn und presste die Faust um die Tic-Tac-Box in ihrer Blazer-Tasche. Dann antwortete sie kühl: „Wenn ich dir noch mehr vom Hotel zeigen kann, mache ich das gerne. Ansonsten habe ich dem nichts hinzuzufügen."

Damian sah für einen Moment so aus, als ob er jemanden ermorden könnte. Seine Miene veränderte sich aber nach einem Sekundenbruchteil wieder und glitt zurück in den nahezu ausdruckslosen Ausgangszustand. Professionell. Distanziert.

Undurchdringlich. Wahrscheinlich machte es ihm nichts aus und er ärgerte sich nur, dass er seine Zeit mit ihr verschwendet hatte. Aber das konnte ihr letzten Endes egal sein.

„Nein, danke. Ich denke, ich habe alles gesehen. Ich danke dir für deine Zeit. Ich finde alleine nach draußen." Damit ließ er sie stehen und verließ die Suite grußlos.

Im ersten Moment gefiel ihm seltsamerweise, dass Julia nicht sofort auf sein Angebot eingegangen war. Auf eine primitive Art und Weise weckte sie damit seinen Jagdinstinkt.

Aber Geduld war nicht seine Stärke und auf dem Weg zu seinem Penthaus rang Damian mit sich und seinem Ärger, dass seine Mission nicht erfolgreich gewesen war. Er hatte ganz und gar nicht damit gerechnet, dass sie nicht auf sein Angebot eingehen würde. Das brachte seinen Zeitplan entschieden durcheinander.

Als sein Fahrer ihm die Tür der Limousine öffnete, stieg Damian nur mit einem knappen Nicken aus und stapfte schlecht gelaunt zum Haus. Der Concierge trat aus seinem Kabuff, um ihn zu begrüßen, aber auch ihn bedachte er nur mit einem leichten Kopfnicken und stieg in den altertümlichen Aufzug. Damian machte sich nichts aus einer Wohnung im fünfzigsten Stock, er genoss es vielmehr, in einem Haus zu leben, das schon einige Jahre auf dem Buckel hatte, das Stil mit Tradition verband. Er hatte sich deswegen ein ganzes Stockwerk eines alten Hauses am Bund, der bekannten Uferpromenade Shanghais, gekauft und dieses komplett renovieren lassen. Bisher gab es dort so gut wie keine Wohnungen, war es doch ein beliebtes Viertel für Restaurants, Banken und Cafés. Wohnraum war hier für den Normalbürger viel zu teuer.

Der Aufzug war so klein, dass maximal drei Personen darin Platz fanden, und die Fahrt in den sechsten Stock dauerte länger als vorhin in den dreiundsechzigsten. Aber das alte Gebäude hatte etwas, das ihm gefiel. Es war genau das Gegenteil der banalen Mainstream-Architektur, die im neureichen China derzeit in war. Er mochte das Außergewöhnliche, nicht nur bei Gegenständen und Gebäude – aus diesem Grunde war ihm Julia auf dem Ball ins Auge gestochen, denn nichts an ihr war mittelmäßig.

Noch bevor sich die Tür des Lifts öffnete, klingelte sein Telefon. Dass er in der letzten halben Stunde Ruhe gehabt hatte, war ein glücklicher Zufall gewesen. Eigentlich wollte ständig jemand etwas von ihm, das war sein Lebenselixier. Der geschäftliche Erfolg gab ihm ein Gefühl der Sicherheit und seinem Leben einen Sinn. Es war Cynthia, seine Architektin, die um einen Termin bei ihm bat, sie hatte noch ein paar Kleinigkeiten mit ihm zu besprechen. Da sie wirklich gute Arbeit geleistet hatte und er den Umbau seines Penthauses gerne so zügig wie möglich abschließen wollte, bot er ihr an, morgen in seinem Büro vorbeizukommen. Damian öffnete die Tür zu seiner Wohnung und verabschiedete sich von Cynthia.

Nachdem er aufgelegt hatte, telefonierte Damian kurz mit seiner Mutter, um ihr zu sagen, dass er sich auf ihren Besuch freue. Wenn er insgeheim gehofft hatte, dass sie es sich mit der Reise anders überlegt hatte, dann wurde er eines Besseren belehrt. Sie ließ durchblicken, dass sie Zweifel hatte, was seine Freundin anbelangte. Er konnte es ihr nicht verdenken, hatte er doch in den letzten Jahren keinerlei öffentliche Techtelmechtel, geschweige denn eine ernsthafte Beziehung gehabt. Er versicherte ihr, dass er es sehr ernst meine und dass sie schon sehen würde, wie perfekt sie zusammenpassten.

Während er sein Jackett auf einen Bügel hängte, dachte er über Julias Widerspenstigkeit nach, sie imponierte ihm einerseits, andererseits hatte er nicht vor, das Spielchen übermäßig in die Länge zu ziehen. Nach seinen Recherchen musste sie an einem für sie finanziell attraktiven Nebenverdienst interessiert sein und er wollte wirklich nichts Unmenschliches von ihr. Seine Nachforschungen hatten ergeben, dass sie sehr wenig Geld hatte, dass sie außerdem in einfachen Verhältnissen aufgewachsen war und es unter allen Umständen zu etwas bringen wollte. Eine Kämpfernatur. Genau deswegen war sie die perfekte Fake-Freundin. Charlotte würde ihm niemals eine Size-Zero-Silikonpuppe abnehmen.

Er war sicher, dass er seinen Willen durchsetzen würde, und arrangierte noch am selben Abend eine Sendung für Julia, die sie am nächsten Morgen erhalten würde. Er wollte ihr eine kleine Entscheidungshilfe zukommen lassen. „Nein" war kein

Wort, das Damian hinnahm, wenn er sich etwas in den Kopf gesetzt hatte. Ihre Unsicherheit bei seinem Spontanbesuch im Hotel hatte ihm gezeigt, dass er sie nicht völlig kaltließ, sie ihn nicht unattraktiv fand. Da sie jedoch nicht sofort auf sein Angebot eingegangen war, bestand keine Gefahr, dass sie weitergehend an ihm interessiert war. Das ersparte ihm unnötige Komplikationen, was berücksichtigt werden musste. Er wollte unter keinen Umständen riskieren, dass sie sich Hoffnungen auf mehr machte.

Kapitel 3

Damian brütete gerade über den letzten Monatsergebnissen, als das Telefon auf seinem Schreibtisch klingelte. Er sah auf dem Display, dass seine Sekretärin ihm ein Gespräch durchstellen wollte.

„Lydia, was gibt's? Haben Sie die Sendung arrangiert?"

„Natürlich, Mr. Stanhope. Ähm. Es ist jemand am Telefon, der behauptet, er wäre Ihr Vater. Es ist jedenfalls nicht Mr. Stanhope senior. Soll ich ihn abwimmeln?"

Kälte kroch an seiner Wirbelsäule nach oben und er erstarrte. Das konnte nicht sein.

„Hat er einen Namen gesagt?"

„Nein, Sir, er meinte, Sie wüssten schon, wer er sei, und es wäre dringend."

Was sollte das Dreckschwein schon wollen! Seine Nackenhaare stellten sich auf.

„Na gut, stellen Sie durch." Seine Sekretärin konnte ja schließlich nichts für seine Vergangenheit.

„Gut, Mr. Stanhope, einen Moment."

Obwohl er sich nicht aufregen wollte, klopfte Damians Herz bis zum Hals, während er stocksteif im dunklen Ledersessel auf das Gespräch wartete.

„Ja!", blaffte er in den Hörer.

„Hallo, mein Sohn."

Er erkannte die dunkle Stimme sofort wieder. Wie hätte er sie jemals vergessen können. Ihm wurde übel.

„Hat dich der Alkohol noch gar nicht dahingerafft?"

„Na, na, wer wird denn so gehässig sein! Ich wollte nur mal hören, wie es meinem Ältesten so geht …"

„Spar dir die Floskeln. Warum rufst du an?"

„Ich bin momentan nicht ganz flüssig und da dachte ich …"

Die Stimme seines Vaters klang rau und verbraucht, der schleimige Versuch, sie weicher zu machen, unterstrich eher den verlebten Eindruck.

Natürlich. Obwohl er seit sechs Jahren nichts von ihm gehört hatte, konnte Damian sich kaum vorstellen, dass sich sein Erzeuger in irgendeiner Weise geändert hatte.

„Vergiss es. Ich habe vor langer Zeit mit dir abgeschlossen und will nichts mit dir zu tun haben. Und Geld siehst du von mir schon gar nicht."

Damian spürte seine Halsschlagader pochen, es fiel ihm schwer, die Fassung zu wahren. Zu viel Wut und Ärger hatten sich in all den Jahren aufgestaut. Der miese Kinderschänder hatte das Leben der Familie zerstört, vor allem das seiner Schwester, an der er sich jahrelang vergangen hatte.

„Du hast doch genug, ich habe gar nichts, kann nicht mal meine Miete bezahlen!"

„Das ist nicht mein Problem! Von mir aus kannst du in der Gosse verrotten."

„Aber, Damian, ich bin dein Vater ..."

Damian platzte fast der Kragen.

„Wie kannst du es wagen …! Du bist nichts als ein mieses Dreckschwein, das meine Schwester missbraucht, seine Frau und uns Kinder misshandelt hat. Ruf mich nie wieder an. Ich warne dich!"

Für einen Moment herrschte Schweigen. Damian wollte schon auflegen, als sein Vater erneut die Stimme erhob. Deutlich weniger zart säuselnd sagte er: „Wenn du mir nicht gibst, was ich will, gehe ich an die Öffentlichkeit. Ich bin mir sicher, die *Sun* wäre einem Exklusivinterview über die Stanhope-Dynastie und das schwarze Schaf, das hungern muss, ganz und gar nicht abgeneigt."

Damian sah für einen Moment rot. Er umfasst die Kante seines Schreibtisches und presste sie, bis ihn der Schmerz in die Gegenwart zurückkatapultierte. Erst als er sicher war, dass er seine Stimme unter Kontrolle hatte und nicht losbrüllen würde, antwortete er zwischen zusammengepressten Zähnen: „Ich lasse mich nicht von dir terrorisieren. Über unsere Familie wurde bereits vor Jahren alles berichtet, was es gibt."

„Das werden wir ja sehen. Du überweist mir zwanzigtausend Pfund, du hast eine Woche. Ansonsten ..."

Damian knallte den Hörer aufs Telefon. Es war unfassbar. Er ballte die Hände zu Fäusten, dass seine Knöchel weiß hervortraten, sprang auf und lief unruhig durch sein Büro. Dass dieser Mann, den er abgrundtief hasste, sich erdreistete, anzurufen und Forderungen zu stellen, ging über seinen Verstand.

Dieser – *Mensch* war schuld am Unglück einer ganzen Familie. Und all die alten Fragen waren wieder da, als ob sie nie verschwunden gewesen wären: Wie konnte sich jemand nur an seiner eigenen Tochter vergehen? Wie wäre die Krebskrankheit seiner Mutter verlaufen, wenn sie wegen diesem Schwein nicht ihren Lebenswillen verloren hätte? Wäre sie überhaupt krank geworden? Und das Schlimmste – die Tatsache, dass sich seine Schwester von der gesamten Familie losgesagt hatte, weil sie mit niemandem aus ihrer Vergangenheit mehr etwas zu tun haben wollte. Die optische Ähnlichkeit der Zwillinge mit ihrem Vater mochte damit auch zu tun gehabt haben. Dieser Mann hatte einfach alle in der Familie zerstört. Die Wut übermannte Damian schließlich doch und er fegte seinen Schreibtisch leer, alle Papiere flogen wild durch das Zimmer.

„Hey, was ist denn hier los?" Der Firmenanwalt, Jan von Berghaus, stand in der Tür und sah ihn schockiert an.

Damian fuhr herum, noch immer zitternd vor Wut.

„Lass mich allein!", donnerte er.

Jan machte einen Schritt auf ihn zu, seine warmen braunen Augen vor Bestürzung geweitet.

„Damian, du bist weiß wie eine Wand und verwüstest gerade dein Büro, ich werde ganz sicher nicht gehen, bevor ich weiß, was los ist!"

„Mein Erzeuger hat gerade angerufen."

„Nein!", entfuhr es Jan.

Der Deutsche war auch Damians Freund und kannte zumindest in groben Umrissen die familiären Zusammenhänge.

„Doch."

„Warum?" Jan setzte sich auf einen der Stühle vor Damians Schreibtisch.

„Das Übliche. Alle paar Jahre ruft er an und will Geld. Er hat nun erstaunlich lange gewartet, sechs Jahre sind es seit dem letzten Mal."

„Was hast du gesagt?"

„Dass er mich mal kreuzweise kann. Von mir sieht er keinen Cent. Er hat schon genug angerichtet, von mir aus kann er verhungern. Oder verdursten, er ernährt sich ohnehin nur flüssig, der alte Säufer."

Jan fuhr sich durch die Haare, Damian lief immer noch aufgebracht durch sein Büro.

„Was wirst du jetzt tun?"

Damian blieb stehen und überlegte kurz.

„Ich rufe King an. Er wird für mich herausfinden, was das Dreckschwein im Schilde führt."

„King?"

„Er ist ein sehr fähiger Privatdetektiv, ich lasse hin und wieder Erkundigungen über Tamara durch ihn anstellen. Auch wenn sie sich von ihrer Familie losgesagt hat, möchte ich doch wenigstens wissen, dass es ihr einigermaßen gut geht." Damian ließ sich in seinen Stuhl fallen. Mit einem Mal fühlte er sich unglaublich müde. Er hatte zu sehr darauf vertraut, nie wieder etwas von seinem leiblichen Vater zu hören.

„Gut. Lass mich wissen, wenn ich etwas für dich tun kann." Jan zögerte, fuhr dann aber fort: „Wann hast du denn das letzte Mal mit Tamara gesprochen?"

„Ach, das ist lange her. Im Laufe ihrer Therapie hat sie sich von uns entfernt. Sie sagte, sie könne uns nicht mehr ansehen, sie müsse einfach mit ihrer Vergangenheit abschließen und neu anfangen. Und das betraf eben auch uns, ihre Brüder. Wir wurden unserem Vater äußerlich immer ähnlicher." Damian war wieder aufgestanden und hatte sich ans Fenster gestellt. Seine Anspannung ließ nach, zurück blieb eine dumpfe Traurigkeit. Er vermisste seine große Schwester. Sie war nach dem Tod der Mutter ein wichtiger Halt im Leben der Zwillinge gewesen – bis sie verschwand.

„Ich bin für dich da. Jederzeit."

„Danke, Jan. Du bist mir ein treuer Freund. Ich weiß es zu schätzen, aber ich denke, das muss ich erst mal alleine lösen."

Jan kommentierte das nicht weiter und stand auf.

Damian drehte sich um und fragte: „Was wolltest du?"

„Nicht so wichtig, das klären wir später." Damit verließ Jan Damians Büro. Damian ließ den Blick auf der Skyline von Shanghai ruhen, sah aber nichts. Erinnerungen aus seiner Kindheit, Bildfetzen jagten einander vor seinem inneren Auge. Nie würde er die bedrückende Atmosphäre seiner frühen Kindheit vergessen, erst nach Jahren hatte er kapiert, was sein Vater nachts mit Tamara angestellt hatte. Er hasste den Mann.

Er atmete ein paar Mal tief durch und begann dann, die wild verstreuten Papiere vom Boden aufzusammeln.

„Nein, Mama, es ist alles in Ordnung ... Warum ich mich nicht melde? ... Du weißt doch, dass ich einen Job habe. Und es sind immer noch sechs Stunden Zeitverschiebung nach Hamburg, das ist nicht so einfach."

„Ich habe dich in den letzten Tagen bestimmt fünfmal angerufen und du hast es nicht nötig, zurückzurufen? Hast du denn wenigstens den Flug gebucht? Du hast doch so lange in einem Reisebüro gejobbt, bevor du so weit weggezogen bist. Das müsstest du doch hinkriegen, oder willst du etwa nicht? So langsam hab ich nämlich das Gefühl, es liegt daran!"

Julias Magen bestand nur noch aus einem Klumpen und ihr Hals war wie abgeschnürt. Natürlich hatte sie noch keinen Flug gebucht, die mindestens siebenhundert Euro hatte sie momentan einfach nicht übrig. Aber wenn sie ihrer Mutter das jetzt sagen würde, käme die gleiche Gardinenpredigt wie immer. Mein Kind, ich habe es dir doch gleich gesagt, das ist nichts für dich, bleib in Hamburg und such dir einen anständigen Mann, bla, bla, bla. Unerträglich!

Deswegen antwortete sie nur: „Ich kümmere mich am Wochenende darum, Mama, gerade habe ich keine Zeit. Aber es war schön, dass wir mal wieder gesprochen haben!"

Das Haustelefon klingelte, als sie auflegte, und der Pförtner informierte sie, dass ein Bote auf dem Weg nach oben sei. Ungewöhnlich, denn sie erwartete niemanden. Als sie die Tür öffnete, stand ein Lieferant mit einem Bouquet vor ihr. Es musste sich um ein Versehen handeln, aber er bestand darauf, dass die Sendung für sie, Julia Schröder, sei. Verwirrt nahm sie die Blumen entgegen.

Julia suchte eine passende Vase für den monströsen Strauß apricotfarbener Rosen.

Rosen.

Kein Mensch schickte ihr Blumen, sie bekam noch nicht mal Werbung für irgendwelche Girly-Magazine. Das kleine Teufelchen meldete sich wieder und flüsterte ihr zu, dass die Blumen nur von Damian sein konnten. Sie hatte die beiliegende Karte noch nicht geöffnet. Aber warum sollte *ER*, von allen Menschen dieser Welt, ihr Rosen schicken? Ihre Hände waren feucht vor Aufregung, als sie die Karte aufklappte.

Schmachten lassen
Sei der Schönen Pflicht!
Nur uns ewig schmachten lassen,
Dieses sei sie nicht.
Gotthold Ephraim Lessing

Liebe Julia,
in diesem Sinne, gib Dir einen Ruck. Herr Lessing könnte nicht besser treffen, was mir durch den Kopf geht, wenn ich an Dich denke. Ich habe bei meinem Vorschlag wirklich keine Hintergedanken. Alles Weitere besprechen wir persönlich.
Damian

Julias Hände zitterten. Sie konnte sich nicht mehr erinnern, wann sie das letzte Mal so derart charmant umworben worden war. Sie verdrehte die Augen und musste gegen ihren Willen grinsen. Die Idee, sich als seine Freundin auszugeben, war einfach verrückt.

Nur: verrückt gut oder verrückt schlecht?

„Was haben wir denn da?" Danielle kam gerade aus dem Badezimmer, fertig angezogen für die Rückreise. Hätte der Bote nicht etwas später kommen können? Danielles Kommentare würden nicht auf sich warten lassen.

„Blumen", antwortete sie daher nur einsilbig, obwohl ihr Herz noch wie verrückt pochte.

„Das sehe ich, du Dummchen. Sind sie von deinem Typen?"

„Es ist nicht *mein* Typ." Glücklicherweise hatte sie Danielle nichts von seinem Besuch im Hotel erzählt. Sonst hätte sie sich die halbe Nacht anhören müssen, dass sie da unbedingt mitspielen sollte. Danielle riss Julia die Karte aus der Hand und stieß einen spitzen Schrei des Entzückens aus, als sie sie gelesen hatte.

„Damian also. Wundervoll! Du wirst natürlich Ja sagen!"

„Gar nichts werde ich", zischte Julia. „Und außerdem muss ich jetzt los, ich kann nicht zu spät zur Arbeit kommen."

„Versprich mir, dass du es machst!"

„Das werde ich nicht tun. Und jetzt komm her!"

Julia umarmte ihre Freundin und drückte ihr einen dicken Schmatzer auf die Wange.

„Es war sehr schön, dich hier zu haben. Lass uns bald wieder treffen, okay? Und melde dich sofort, wenn du angekommen bist."

„Ja, Mama", erwiderte Danielle grinsend. „Ich hab dich auch lieb. Und mach mir Dummheiten, Süße. Du brauchst mal etwas Spaß."

„Pff. Ich muss …"

Bevor sie das Haus verlassen konnte, musste sie dringend auf die Toilette, Kaffee loswerden – und Danielle entkommen.

Eilig verschwand sie im Badezimmer, das noch feucht von Danielles Duschorgie war.

Plumps.

Fuck!

Wie hatte das passieren können? Sie sprang von der Klobrille auf und sah ihr Handy im Wasser der Kloschüssel versinken. Wie hatte sie nur vergessen können, dass sie das Handy in die Hosentasche ihrer Jeans gesteckt hatte? Nachdem Julia es herausgefischt und abgetrocknet hatte, konnte sie nur noch feststellen, dass es hinüber war.

Großartig! Genau das, was ihr noch gefehlt hatte. Es war gerade mal sechs Monate alt und für ihre Dummheit bekam sie auch kein neues Handy auf Garantie. Sie wusch sich schnell die Hände und verließ das Badezimmer.

Unfähig, ihrer Wut Luft zu machen, drückte sie Danielle noch einmal kurz. Sie verschwieg, dass sie ihr Telefon geschrottet hatte, Danielle wäre imstande und hätte ihr direkt ein neues geschickt. Und Julia hasste es, wenn Danielle ihr teure Geschenke machte.

Dann stiefelte sie eilig aus der Wohnung, um wenigstens pünktlich zur Arbeit zu erscheinen, einen Rüffel vom Chef brauchte sie heute nicht auch noch.

Es gab Tage, die flogen nur so dahin. Und es gab Tage, an denen aus einer Minute eine ganze Stunde wurde. So wie heute. Der Minutenzeiger bewegte sich scheinbar kaum, der Arbeitstag wollte einfach kein Ende nehmen. Andererseits, solange sie arbeitete, musste sie sich nicht mit ihren privaten Problemen herumschlagen.

Ohne Handy fühlte Julia sich nackt. Sklavin der Elektronik. Sie konnte sich nicht einmal daran erinnern, wie es war, ohne ein Handy zu sein. Nicht erreichbar, kein Kontakt zur Außenwelt. Kein Computer, kein Telefon. Sie war zurück in der Steinzeit! Unfassbar! So viel Dummheit konnte ja nur bestraft werden. Nicht mal April war heute da, der sie ihr Leid hätte klagen können, die Amerikanerin hatte ihren freien Tag.

Julia blieb allerdings keine Muße, länger zu grübeln, denn sie wurde vom Chef der Bar gerufen, er brauchte ihre Hilfe. Als Assistant Manager war Julia die rechte Hand vom Hotelmanager und da dieser bereits Feierabend hatte, musste sie einspringen. Was konnte jetzt schon wieder sein? Wahrscheinlich hatte irgendein Depp vergessen, das Eis aufzufüllen oder die Cola zu bestellen. Genervt machte sie sich auf den Weg. Als der Lift seine Türen öffnete, konnte sie schon hören, worum es tatsächlich ging. Dass die Chinesen nicht endlich kapierten, wie viel beziehungsweise wie *wenig* Alkohol sie vertrugen. Aber in China gehörte es wohl zur Kultur, sich bis zur Besinnungslosigkeit zu besaufen. Trotz der langen Zeit im Land war ihr aber schleierhaft, weshalb diese Unsitte sich so hartnäckig hielt.

Zu ihrer Verwunderung stellte sie fest, dass es sich um ein junges Mädchen, nicht um einen Mann handelte. Schätzungsweise knapp zwanzig, ein Noch-Teenager, der sich die Seele aus dem Leib kotzte. Die Barangestellten standen nur nichtsnutzig herum und zuckten mit den Schultern. Das Mädchen hatte eine Freundin an ihrer Seite, die vergeblich an ihr zerrte, um sie fortzuschaffen. Julia versuchte, das betrunkene Mädchen anzusprechen, aber es war sinnlos. Sobald sie mit dem Würgen aufhörte, war sie in einem fast komatösen Zustand. Das sah nicht gut aus. Julia gab dem Chef der Bar zu verstehen, dass er einen Krankenwagen rufen sollte, in den Händen von Sanitätern war die Betrunkene am besten aufgehoben.

Es dauerte nicht lange, vielleicht zehn Minuten, bis zwei Sanitäter mit einem Rollstuhl ankamen, Julia war mittlerweile in Schweiß gebadet. Warum musste so was immer passieren, wenn sie gerade das Kommando hatte? Schrecklich! Irgendwann passierte noch mal etwas richtig Schlimmes mit einem dieser jungen Dinger, die ihre Grenzen nicht kannten. Sie hatte sich an das ziemlich aufgelöste andere Mädchen gewandt, fasste sie an den Schultern und redete beruhigend auf sie ein, dass ihre Freundin jetzt in den richtigen Händen sei, dass es ihr bestimmt bald besser gehen würde. Julia hoffte wirklich, dass die junge Frau keine Alkoholvergiftung hatte und mit einem einfachen Kater davonkommen würde. Nachdem sie abtransportiert war, wies Julia die Angestellten leise, aber bestimmt an, das Chaos, ohne weiteres Aufsehen zu erregen, zu beseitigen.

Die Gäste waren genug gestört worden, sofern sie es bis zum bitteren Ende der Szene überhaupt ausgehalten hatten. Julia musste sich nun noch darum kümmern, den verbliebenen Gästen eine Entschuldigung zu überbringen und einen kostenlosen Drink als Entschädigung anzubieten. Sie hatte sich bis jetzt noch nicht in der Bar umgesehen. Die Szene war wohl kaum unbemerkt über die Bühne gegangen. Menschen waren allerorts fürchterlich sensationsgeil. Zu ihrer Erleichterung war die Bar schwach besucht.

Ihr Herz stolperte, als sie in einer Ecke Damian mit einem anderen Mann sitzen sah. Die beiden schauten in ihre Richtung, Damian lächelte und nickte ihr aufmunternd zu. Großartig, der schon wieder! Das hatte ihr noch gefehlt. Außer Damians Tisch waren noch zwei weitere besetzt, sie begann dort, sich bei den Gästen zu entschuldigen, und bot ihnen ein Getränk aufs Haus an.

Sie atmete flach, obwohl sie sich bemühte, besonders cool zu wirken, während sie sich Damians Tisch näherte. Die beiden Männer begrüßten sie freundlich.

„Guten Abend. Entschuldigen Sie bitte den unerfreulichen Zwischenfall."

„Hallo, Julia. Kein Problem – so etwas erleben wir nicht zum ersten Mal. Als Expatriate in Asien ist man solchen Kummer gewöhnt. Bitte setz dich zu uns. Darf ich dir Jan von Berghaus vorstellen? Er ist Anwalt in unserer Firma."

Jan streckte ihr seine kräftige Hand entgegen, die sie lächelnd ergriff und kurz schüttelte.

„Hallo, bitte nennen Sie mich Jan", sagte er auf Deutsch. Er sah sehr nett aus, in seinen braunen Augen blitzte der Schalk.

Der leise Verdacht beschlich sie, dass Damians Anwalt voll im Bilde über das war, was Damian vorhatte.

Wie peinlich!

„Guten Tag. Freut mich", brachte sie etwas steif heraus. Ihre Wangen brannten. Zum Glück war das Licht in der Bar gedämpft, sodass ihre schreckliche Neigung zum Erröten vielleicht unbemerkt blieb. „Darf ich ein Getränk aufs Haus für euch bestellen? Es tut mir wirklich sehr leid, dass ihr gestört worden seid", kehrte sie zum Englischen zurück, ein schwacher Versuch, ihre professionelle Haltung zurückzugewinnen.

Jan erhob sich grinsend und sagte: „Ja, gerne, ich nehme einen Whiskey Sour. Entschuldigt mich bitte einen Moment."

Toll. Wieso ließ er sie mit Damian alleine? Er *musste* etwas wissen. Am liebsten wäre sie im Erdboden versunken.

„Ich nehme einen frisch gepressten Orangensaft."

„Wirklich? Du kannst alles von der Karte bestellen!"

„Danke, ich bin glücklich mit einem Saft."

„Okay, wie du möchtest. Ich bin gleich zurück."

Julia machte Anstalten zu fliehen, Damian hielt sie aber am Arm fest und verhinderte so ihr Entkommen. Seine Hand auf ihrem Oberarm verursachte eine Gänsehaut auf ihrem Körper. Sie setzte sich, damit er sie wieder losließ. Es schien, als ob er seine Hand nur widerwillig von ihr löste. Sie konnte die Wärme an der Stelle, wo er sie berührt hatte, spüren und rieb sich am Arm, um das Prickeln zu vertreiben.

„Ich habe mehrmals versucht, dich anzurufen. Wieso hast du dein Telefon ausgeschaltet?" Julia riss die Augen auf.

Sein Gesichtsausdruck war mit einem Mal streng. Der unnahbare englische Gentleman war *not amused*. Sie fühlte sich sofort schuldig.

„Woher hast du meine Telefonnummer?", ging sie in die Verteidigung.

„Das bleibt wohl mein Geheimnis." Damians blaugraue Augen blickten sie so durchdringend an, dass sie schlucken musste. In ihnen spiegelte sich das Feuer des Kamins, leichte

Schatten lagen auf seinem Gesicht, sein Haar war ein wenig zerzaust, was ihn nur noch attraktiver wirken ließ. Julia senkte den Blick. Ach ja, das Telefon. Sie ließ ihre Schultern hängen. Normalerweise ging sie ohne das Ding nie irgendwohin.

„Es ist kaputt."

„Aha."

Das Schweigen wurde unbehaglich. Er wirkte so verdammt lässig auf sie, während sie auf dem Sofa herumrutschte wie eine Klavierschülerin beim Vorspiel.

„Hast du meine Sendung erhalten?"

„Ja. Vielen Dank. Die Blumen sind wundervoll."

„Das freut mich. Und wie lautet deine Antwort?"

Was sollte sie tun? Finanziell gesehen hatte sie nach dem Telefondesaster gar keine andere Wahl ...

Du Idiotin! Man hat immer eine Wahl, beschimpfte sie sich selbst. Das Teufelchen hüpfte aufgeregt auf ihrer Schulter und nickte heftig mit dem Kopf.

Julia liebte es, Konventionen zu brechen, schon immer. Seit sie ein kleines Mädchen gewesen war, versuchte sie, aus dem konservativen Gefängnis der Eltern auszubrechen, was sie schließlich nach Shanghai gebracht hatte. Der Gedanke an ihre Eltern gab ihr einen Ruck. Ihre Mutter wäre von der Vorstellung entsetzt gewesen, dass Julia sich als Begleitung eines reichen Mannes bezahlen lassen könnte. Ihr Vater wäre wahrscheinlich sogar dermaßen schockiert, dass er nichts sagen und wochenlang hinter seiner Zeitung vergraben schweigen würde.

„Ja. Ich mache es."

Dabei verschwendete sie in diesem Moment keinen Gedanken daran, was dabei für sie herausspringen würde. Die Rebellin in ihr hatte die Oberhand gewonnen.

Damians und Julias Blicke trafen sich. Für einen Moment glaubte sie, Erleichterung darin zu sehen. Sie musste wirklich von allen guten Geistern verlassen sein, so was mitzumachen. Sie wartete auf ein schlechtes Gefühl, aber in ihrem Bauch prickelte es, als hätte sie einen Eimer Brause geleert. Ein

Schnaps wäre jetzt genau das Richtige, noch war sie jedoch im Dienst, daher kam das natürlich nicht infrage.

„Wunderbar. Wie kann ich dich erreichen? Es gibt noch ein paar Kleinigkeiten vorab zu klären."

„Ich habe, wie gesagt, momentan kein Telefon. Du kannst mir eine Adresse sagen, dann komme ich dorthin. Ich habe morgen frei."

„Gut. Dann komm bitte morgen um zwölf in mein Büro."

Er zog eine Visitenkarte aus der Innentasche seines Anzugs und reichte sie ihr. Die Berührung seiner kräftigen, langen Finger ließ sie zusammenzucken, als ob sie einen elektrischen Schlag bekommen hätte. Er hatte es scheinbar auch gespürt, denn er sah sie verwirrt an und fuhr sich durch seine dunkelblonden Haare, die danach noch ein wenig zerzauster aussahen. Julia seufzte.

Als Jan plötzlich wieder auftauchte, verabschiedete sich Julia unter dem Vorwand, sich um die Getränke kümmern zu müssen. In ihrem Inneren tobte ein Gefühlschaos. Vorfreude, Angst, Spannung, Unsicherheit, Nervosität ... und Erregung.

Sie hatte tatsächlich zugesagt! Ihr Herz machte einen Satz beim Gedanken daran, bald ein Abenteuer mit einem verdammt gutaussehenden Mann zu erleben.

Einige Minuten später wurden die beiden Freigetränke vor Damian und Jan von einer Barangestellten abgestellt. Damian hatte sich noch ein paarmal nach Julia umgesehen, aber nachdem sie mit allen Gästen gesprochen hatte, war sie wieder verschwunden.

„Und. Macht sie es?", fragte Jan und holte Damian damit ins Hier und Jetzt zurück.

„Ja. Hattest du jemals Zweifel an meiner Überzeugungskraft?" Damian lächelte siegesgewiss. Dabei war er sich seiner Sache ein paar Stunden zuvor gar nicht mehr so sicher gewesen. Er hatte stundenlang nur ihre Mailbox erreicht und seine anfängliche Nervosität war am Nachmittag schließlich in Ärger umgeschlagen. Aus diesem Grund war er überhaupt erst auf die Idee gekommen, sie noch einmal bei der Arbeit aufzusuchen, und zwar mit dem Ziel, die Sache ein für alle Mal in trockene Tücher zu bekommen. Was ihm schließlich auch gelungen war.

Jan schüttelte den Kopf und prostete Damian zu. „Nein, aber mir war nicht bewusst, dass deine Julia so eine zuckersüße Vertreterin ihres Geschlechts ist."

Damian gefiel es nicht, dass Jan so über seine blonde Wahlpartnerin sprach. Die Sache mit Julia war etwas rein Geschäftliches und sein Anwalt hatte sich nicht für sie zu interessieren.

„Sie ist nicht für dich verfügbar, Jan. Jetzt fängst du schon an wie Lucas." Er kniff die Augen ein wenig zusammen.

Jan grinste ihn an.

Wieso grinste der Kerl so dämlich?

„Du bist ganz schön besitzergreifend. So kenne ich dich ja gar nicht. Und du bist dir ganz sicher, dass es etwas rein *Geschäftliches* ist? Natürlich!"

Damian konnte den Sarkasmus förmlich aus Jans Mund tropfen sehen. Dieser dämliche Advokat wusste nie, wann er zu weit ging.

„Halt die Klappe. Wir sollten gehen", kläffte Damian und ließ Jan sitzen. Er hatte keine Lust, sich mit seinem besten Freund über Julia zu unterhalten. Er fand sie *süß*!

Jan und Julia. Was für ein lächerlicher Gedanke. Das kam nicht infrage. Jan würde morgen den Vertrag mit Julia durchgehen und dann würde er ihn von Julia fernhalten, um Komplikationen zu vermeiden. Nach dem Deal konnte Julia selbstverständlich tun und lassen, was sie wollte. Bis dahin hatte er, Damian, Exklusivrecht.

Damian rückte sich die Krawatte zurecht und grinste. Jetzt konnte seine Mutter kommen. Er freute sich sogar auf ihren Besuch. Danach würde sie ihn zumindest für ein paar Monate in Ruhe lassen mit dem Geschwätz, dass er sich endlich eine Frau suchen sollte.

Kapitel 4

Sie hatte es tatsächlich getan.

Julia stand auf der Straße und schüttelte grinsend den Kopf. Die Passanten machten einen Bogen um sie. Als sie sich bewusst wurde, dass sie den Fußgängerverkehr behinderte, ging sie über die Straße zu einem Café. Dort holte sie sich einen Coffee to go und blieb beim Verlassen des Ladens in den Anblick des Bürokomplexes der Stanhope Enterprises Shanghai International versunken stehen.

Der Wolkenkratzer machte seinem Namen alle Ehre, Hunderte von Metern hoch, überall Spiegelglas, Stahl und exquisiter Marmor. Jan war sehr zuvorkommend gewesen, sachlich und professionell. Dabei war der Gegenstand des Vertrages eher ein Witz.

Julia hatte unterschrieben, dass sie Damian als seine Partnerin, Lebensgefährtin, Freundin begleiten würde und dass sie alles, was man in der Öffentlichkeit damit verband, auch tun würde, sofern andere Personen anwesend waren. Es war explizit ausgeführt, dass er sie in Gegenwart anderer Personen anfassen durfte (nicht unsittlich), sie küssen durfte (Mund, Gesicht, Hände, Nacken) und dass er sie „Darling, Sweetheart, Honey oder Baby" nennen durfte. Außerdem hatte sie sich zur Verschwiegenheit verpflichtet, das hieß, sie durfte nicht mal Danielle von diesem Vertrag erzählen, wenn sie nicht eine riesige Vertragsstrafe riskieren wollte.

Total abgefahren!

Als ob sie *das* jemandem erzählen würde. Ihre Freundin würde sie als komplett verrückt in ein Sanatorium einweisen lassen. Danielle hatte ihr zwar den Rat gegeben zuzusagen, aber nur weil ihr klar war, dass Julia niemals auf so ein Angebot eingehen würde. Im Grunde ihres Herzens war Danielle nämlich ein Hasenfuß. Ihr würde sie auf keinen Fall etwas davon erzählen, sie hatte keine Lust, sich für ihr Abenteuer zu rechtfertigen. Ein Punkt im Vertrag hatte Julia allerdings ins Stocken gebracht, § 13 hatte die „Nachtruhe" behandelt. Sie stimmte mit ihrer Unterschrift zu, dass sie, wenn nötig, mit Damian ein Zimmer teilen würde. Darin stand auch, dass sie, sobald sie alleine waren, zu nichts verpflichtet war.

Es kribbelte in ihrem Bauch, sie war also zu nichts verpflichtet, aber was, wenn sie es freiwillig tun würde?

Ups.

Ihre Gedanken hatten sich verselbstständigt ... Sie las einfach zu viele Kitschromane, in denen sich alles nur um das Eine drehte. Damian war ganz sicher kein Ritter auf einem weißen Pferd, der darauf wartete, sein Aschenputtel zu finden. Dass sie dafür bezahlt wurde und einen detaillierten Vertrag abgeschlossen hatte, war jedenfalls denkbar unromantisch.

Inzwischen war es ihr komischerweise mehr oder weniger egal. Nein, sie freute sich sogar darauf, ihrem Alltag für drei Tage entfliehen zu können. Außerdem raubten ihr die permanenten Geldsorgen den Schlaf. Alles in allem war sie also richtig froh. Unfassbar! Obwohl sie jetzt schon davon profitierte. „Hier hast du noch ein Telefon", hatte Jan am Ende gesagt und ihr ein nagelneues iPhone überreicht. Jan hatte ihr gleich das Du angeboten, mit einem augenzwinkernden Hinweis, dass es ihm zu umständlich sei, zwischen englischen und deutschen Konventionen zu wechseln. Angesichts des iPhones mussten ihre Augen tellergroß geworden sein, sie hatte ein „Wow!" nicht unterdrücken können. Wenn sie daran zurückdachte, schämte sie sich ein bisschen.

Jan hatte schelmisch gegrinst und ihr damit über die Verlegenheit hinweggeholfen. Er sah wirklich nicht schlecht aus in seinem dunkelblauen Anzug mit den sanften braunen Augen und dunkelbraunen, dezent in Form gegelten Haaren.

„Du darfst es behalten, auch nach der, ähm, Aktion", hatte Jan hinzugefügt. „Damian möchte, dass du erreichbar für ihn bist." Was in ihren Ohren fast ein wenig nach abrufbar geklungen hatte – der englische Gentleman herrschte über Reich und Untertanen. Aber in ihrem Bauch flatterten ein paar Schmetterlinge, beim Gedanken daran, dass er sie womöglich bald anrufen würde ... Julia rief sich zur Ordnung.

Zu ihrer Enttäuschung hatte Jan ihr angeboten, sie hinunterzubegleiten. Sie hatte angenommen, dass sie Damian treffen würde. Na ja, sein Interesse an ihr war eben rein geschäftlich. Wie dumm von ihr, zu glauben, er würde sich die Mühe machen, Hallo zu sagen. Sie hatte sich bedankt und Jans Angebot abgelehnt, er hatte sie nur noch zum Fahrstuhl geleitet. Ein bisschen störte es sie dennoch, dass Damian sich keine Zeit für sie genommen hatte. Julia nahm den letzten Schluck aus ihrem Kaffeebecher und ermahnte sich still. Sie durfte auf keinen Fall vergessen, dass die ganze Scharade nur ein Geschäft war, ansonsten hatte sie ein Problem. Das war klar wie Klärchen.

Sie durfte auf keinen Fall Gefühle für Damian entwickeln. Dass sie ihn körperlich anziehend fand, konnte sie nicht leugnen, aber damit würde sie umgehen müssen. Von Damian, so attraktiv er war, hielt sie sich besser fern, das spürte sie.

Julia warf den leeren Becher in einen Mülleimer und rief ein Taxi. Die Straßen waren voll und sie kamen nur langsam voran. Wenn sie Geld hätte, würde sie sich eine Vespa zulegen, aber davon konnte sie im Moment nur träumen. Vielleicht würde nach dem Kauf eines neuen Notebooks und der Hamburgreise ja noch etwas übrig bleiben und sie konnte sich nach einer gebrauchten umsehen. Leider hatte sie keine Ahnung von Motoren. Peter hätte ihr da sicher helfen können, war aber zu weit weg.

Peter ... eine einvernehmliche Trennung, bevor sie nach Shanghai gegangen war. Ihre Karriere war ihr einfach wichtiger gewesen, weg aus Deutschland, so weit weg wie möglich. China hatte sie schon immer fasziniert, da hatte sie die einmalige Gelegenheit beim Schopfe gepackt, als ihr die Stelle in Shanghai angeboten worden war. Dabei hatte Peter ihr gutgetan, er war ihr Ruhepol gewesen und immer für sie da. Mit ihm konnte sie sich – freundschaftlich – bis heute gut unterhalten. Damian war ein ganz anderer Typ, sie konnte sich schwer vorstellen, dass so etwas Freundschaftliches mit ihm möglich war. Aber er war ja auch kein Date, sondern eine Geschäftsbeziehung. Nicht mehr. Erneut ermahnte sie sich, ihr Herz aus der Sache herauszuhalten. Ob mit oder ohne Pferd, selbst die hoffnungslose Romantikerin in ihr sah ein, dass Damian kein Prinz Wunderbar war. Sie und er ... eher würden Pinguine und Eisbären heiraten.

Damian lehnte sich im ledernen Chefsessel zurück und drehte den schwarzen Montblanc zwischen seinen Fingern. Sie hatte tatsächlich unterschrieben.

Alles andere war von jetzt an ein Kinderspiel. Schauspielern war er gewohnt, er spielte jeden Tag eine Rolle. Eine Scheinbeziehung mit Julia zu führen, würde kein Problem sein, sie war eine tolle Frau, mit der man sich gut unterhalten konnte. Ob sie ihren sinnlichen Mund ... Damian hielt inne und schalt sich einen Narren.

Wenn sie wüsste, was für ein krankes Wesen in ihm verborgen war, hätte sie sicherlich niemals unterschrieben. Daran hatte ihn der Anruf seines Erzeugers noch einmal erinnert. Er hatte die gleichen Gene wie dieses Schwein, man konnte nie wissen, wann seine Veranlagung bei ihm vielleicht durchbrach. Genau deshalb war es wichtig, dass er sich nicht dazu hinreißen ließ, etwas mit ihr anzufangen. Er hatte nichts gegen einen gelegentlichen One-Night-Stand, gepflegten Sex, der ohne weitere Verpflichtungen ablief, aber Julia war dafür definitiv die falsche Frau. Sie hatte etwas Besseres verdient.

„Na, auf welcher Insel bist du gerade?"

Jan riss ihn aus den verbotenen Tagträumen. Damian räusperte sich und stand auf, um Jan den Vertrag zurückzugeben, den er eben unterzeichnet hatte.

„Ich war dabei, das Meeting mit Smith heute Nachmittag durchzuspielen."

„Lügner." Jan klopfte ihm auf die Schulter. „So, wie du dreinschaust, hast du die Kleine gerade in Gedanken flachgelegt. Bist du dir sicher, dass du das ausschließlich für deine Mutter machst?"

„Wofür denn sonst? Ich habe kein persönliches Interesse an ihr. Du weißt sehr gut, dass eine Beziehung für mich nicht infrage kommt. Mein Vater ist ein pädophiles Arschloch und Lucas und ich sind sein Ebenbild."

„Damian, zum millionsten Mal – du siehst vielleicht aus wie er, aber ansonsten habt ihr Brüder *nichts* von eurem Vater. Und lenk nicht ab, ich habe nämlich schon den Eindruck, sie wäre dir nicht völlig gleichgültig."

„Ach ja? Und wie kommst du zu dieser grandios schwachsinnigen Annahme?"

„Zum Beispiel, weil du durch die Scheibe geglotzt hast, als ich mit ihr die Verträge durchgegangen bin."

„Ich wollte nur sichergehen, ob sie wirklich unterschreibt."

Jan lachte schallend.

„Ja, klar."

Sein Freund klimperte mit den Wimpern und spielte ganz offensichtlich Julia, wie sie die Verträge unterschrieb.

In Damians Magen hatte sich ein Knoten gebildet und er fühlte den unwiderstehlichen Impuls, Jan eins mitten auf die Nase zu geben.

„Komm. Verschwinde aus meinem Büro, oder hast du nichts zu tun? Dann muss ich mir vielleicht überlegen, ob ich einen Anwalt wie dich nicht zu teuer bezahle", erwiderte Damian grimmig und klopfte leicht mit dem Füller auf den Tisch.

„Damian, du kannst doch nicht dein ganzes Leben wie ein Klosterbruder führen. Lass es einfach zu!"

Damian schob seinen Stuhl schwungvoll nach hinten und stand energisch auf.

„Da gibt es nichts zuzulassen. Mein Leben als *Klosterbruder* gefällt mir. Und jetzt lass mich in Ruhe, ich habe zu tun."

„Hast du mit dem Detektiv gesprochen?"

„Ja. King wird sich in ein paar Tagen dazu melden. Und jetzt lass mich endlich arbeiten, verdammt noch mal."

Damit schob er seinen Freund aus dem Büro, lehnte sich von innen an die verschlossene Tür und seufzte. Warum mussten ihn ständig alle damit nerven, dass er eine Frau brauchte?

Es klopfte leicht an der Tür und er wollte gerade losbrüllen, dass Jan verschwinden solle, als seine Architektin schüchtern den Kopf hereinschob.

„Störe ich?", hörte er ihre klare Stimme vorsichtig fragen.

„Nein, Cynthia, meine Liebe. Kommen Sie herein." Damian gab ihr ein Küsschen auf die rechte und dann die linke Wange, führte sie zur ledernen Sitzecke und bot ihr einen Platz an.

„Was kann ich für Sie tun? Gibt es noch offene Fragen? Ich dachte, wir hätten alles ausgewählt und entschieden?"

Cynthia ließ sich elegant auf dem kleinen Zweisitzer nieder und schlug die schlanken Beine übereinander. Sie strich eine Strähne ihres glatten, leicht rötlichen Haares aus dem Gesicht. Damian war nicht entgangen, dass sie interessiert an ihm war. Sie hatten in den letzten zwölf Monaten häufig miteinander zu tun gehabt, die Renovierung seines Penthauses war ein langwieriger Prozess gewesen.

„Vielen Dank, Damian, sehr freundlich. Wie Sie vielleicht wissen, haben mein Kollege und ich uns getrennt. Ähm. Beruflich meine ich. Und ich bin gerade dabei, mein eigenes Architekturbüro aufzubauen." Sie lächelte verlegen, eigentlich war sie sogar recht hübsch, hatte in etwa die gleiche Statur wie Julia. Damian lehnte sich lässig im Stuhl zurück und wartete darauf, dass Cynthia fortfuhr. „… und da wollte ich fragen, ob ich Ihr Objekt als Referenz benutzen dürfte. Es wäre ideal für meine neue Website und Infobroschüren."

Daher wehte also der Wind. Er atmete tief ein und überlegte. Eigentlich mochte er nicht, wenn sein Privatleben auch nur im Entferntesten an die Öffentlichkeit getragen wurde, andererseits – vielleicht konnte sie ihm behilflich sein. Ihm kam eine zündende Idee.

„Cynthia, also ich weiß nicht …"

„Sagen Sie nicht gleich Nein, Damian, bitte!", fiel sie ihm flehend ins Wort.

Er runzelte die Stirn. Dann fasste er sie scharf ins Auge. Ihr Körper spannte sich an.

„Sie wissen ja, wie das im Leben läuft, meine Liebe. Eine Hand wäscht die andere."

Sie blinzelte leicht verwirrt.

„Was meinen Sie? Ich würde alles tun! Es ist mir wirklich außerordentlich wichtig!"

„Gut, ich habe eine kleine Bitte als Gegenleistung."

Sie richtete sich im Sessel auf und hob das Kinn, fast ein wenig herausfordernd.

„Ich bin ganz Ohr …?"

„Ich bräuchte jemanden, der für mich etwas erledigt, äh, shoppen geht … wenn Sie das für mich erledigen, dann könnten wir ins Geschäft kommen."

Ihr Gesichtsausdruck wechselte von leicht verwirrt zu bestürzt. „Wie meinen Sie das, Damian? Fehlt noch etwas für das Penthaus? Ich hoffe, es war alles zu Ihrer vollsten Zufriedenheit, ich dachte …"

„Nein", unterbrach er sie ungeduldig. „Sie haben beim Penthaus ganze Arbeit geleistet. Ich möchte etwas anderes, dass Sie für, für, äh, meine Freundin Kleidung einkaufen gehen. Ich benötige eine rundum Ausstattung für sie. Von Abendrobe bis Casual Chic sollte alles dabei sein. Sie hat in etwa Ihre Statur, etwas hellere Haare, blaue Augen. Ich denke, Sie haben dieselbe Größe."

Cynthias Augen waren groß geworden. Sie stotterte.

„Ähm. Was? Gr… Größe?" Damian war klar, dass er seine Innenarchitektin komplett überfahren hatte, aber es war ihm egal, dennoch wollte er sie nicht vor den Kopf stoßen.

„Kleidergröße, meine ich."

„Ja. Äh. Natürlich. Sie trägt auch 38?" Sie knetete die Hände in ihrem Schoß.

„Ja. Das dürfte perfekt passen, haben wir einen Deal? Ich zahle natürlich für alles. Und als Gegenleistung dürfen Sie so viele Bilder, wie Sie wollen, für die Website und Flyer benutzen. Mit Ausnahme von meinem Schlafzimmer. Das ist dann doch etwas zu privat, nicht wahr?"

„Sicher. Toll. Danke." Sie lächelte ihn verlegen an, war offenbar aber total baff und brachte kein weiteres Wort heraus.

„Sie sind eine hervorragende Innenarchitektin, Cynthia, ich bin sicher, Sie werden in null Komma nichts einen neuen Kundenstamm aufgebaut haben. Keine Sorge. Ich empfehle Sie auch gerne weiter."

„Vielen Dank, das ist sehr freundlich." Sie schien sich einen inneren Ruck zu geben. „Wie Sie vielleicht wissen, haben wir uns nicht gerade in Freundschaft getrennt und da die Firma Carl gehört, fange ich wieder bei null an. Den ein oder anderen Kunden kann ich sicher davon überzeugen, dass ich besser bin, aber es ist nicht leicht."

„Das verstehe ich, wirklich. Also wenn Sie Referenzen brauchen, schreibe ich gerne ein paar Zeilen für Ihre Seite."

Cynthia strahlte. Beiden war klar, dass sie mit dem Namen Stanhope eine Bombenreferenz bekommen würde.

„Das wäre toll. Wirklich. Aber bezüglich der Garderobe. Gibt es ein Limit?"

Damian zuckte mit den Augenbrauen.

„Nein. Kaufen Sie einfach, was Sie für angemessen halten, was man so für fünf Tage benötigt. Wir haben Termine, Abendveranstaltungen und auch sonst einiges vor. Also lieber etwas mehr als zu wenig. Und vergessen Sie nicht die Schuhe. Ich habe keine Ahnung welche Größe, aber das finde ich noch heraus." Cynthias rehbraune Augen wurden groß.

„Ähm. Gut. Ja. Bis wann brauchen Sie die Sachen? Ich lasse sie ins Penthaus liefern?"

„Nein, in unser Stadthaus in Hongkong. In einer Woche. Und ein Koffer wäre auch nicht verkehrt. Dann haben wir ja alles geklärt! Toll." Damian wollte nicht unhöflich sein, aber er hatte noch viel zu tun und für ihn war die Sache damit erledigt. Cynthia schien zu verstehen und stand auf. Sie strich ihren dunkelblauen Bleistiftrock glatt und streckte ihm die Hand hin.

„Auf Wiedersehen, Damian." Damian nahm die Hand und gab ihr ein Küsschen auf die Wange.

„Danke, Cynthia, ich vertraue auf Ihren Geschmack. Aber ich weiß ja, der ist ausgezeichnet, sonst hätte ich nicht gefragt." Er lächelte sie an und begleitete sie zur Tür.

Sein Tag war gerettet! Wieder eine Sorge weniger.

Kapitel 5

Eine Woche später trat Julia endlich die Reise nach Hongkong an. Sie war ziemlich aus dem Häuschen. Bevor sie es für den Flug abschaltete, prüfte sie das neue Smartphone noch einmal auf Mails und sah, dass Danielle geschrieben hatte. Julia hatte es vermieden, auf die Mails und WhatsApp-Nachrichten ihrer Freundin einzugehen. Sie kannte sich gut genug, um zu wissen, dass sie Danielles inquisitorischen Fragen kaum lange standhalten konnte. Wenn Danielle auch nur den Hauch einer Ahnung davon bekam, dass sie doch zugesagt hatte, war sie geliefert. Daher mied Julia den Kontakt, bis sich alles etwas beruhigt hatte, tippte allerdings ein paar unverbindliche Zeilen, aus denen Danielle unmöglich etwas entnehmen konnte. So ganz wohl war ihr nicht dabei, aber sie hatte nicht die geringste Lust auf permanente Stalkingattacken, denn Danielle war die neugierigste Person, die sie kannte.

„Ist Ihr Gerät abgeschaltet?" Die Stewardess beugte sich mit einem Stirnrunzeln nach vorne, Julia drückte hastig auf den Button und nickte. Das Flugzeug befand sich schon auf dem Rollfeld. Sie verstaute das iPhone in ihrer Handtasche und schaute nach draußen. In Julias Bauch tanzten Schmetterlinge und ein kleines Teufelchen Rock'n'Roll. Es ging also tatsächlich los! In wenigen Stunden würde sie für drei Tage ihre Sorgen vergessen und in ein anderes Leben schlüpfen. Sie ermahnte sich, ihren Vorsätzen treu zu bleiben und nicht mehr zu erwarten als das, was vereinbart war. Mit einem Kopfschütteln beendete sie die Überlegungen und versuchte, sich auf das Onboard-Magazin zu konzentrieren, das sie aus dem Netz vor sich genommen hatte. Es gelang ihr nur mittelprächtig, bis sie über einen Artikel stolperte, der das Nachtleben Hongkongs anpries. Obwohl Julia schon ein paar Mal in Hongkong gewesen war, kannte sie die beschriebenen Locations nicht, die Touristenfallen mied sie generell und die interessanten Clubs waren in der Regel vollkommen unerschwinglich. Sie fragte sich, ob sie diesmal vielleicht mit Damian dort hinkommen würde. Durch ihr Leben mit Danielles Familie hatte sie zwar eine ungefähre Vorstellung davon, wie die Stanhopes lebten, und war darauf gefasst, dass das Stadthaus sehr luxuriös ausgestattet war, aber reichen Expatriates in Asien gefiel meist ein für europäische Verhältnisse ausgefallener Lebensstil. Mit Luxus und exzentrischen Marotten konnte sie nach der langjährigen Freundschaft mit Danielle gut umgehen, der Reichtum anderer Leute beeindruckte sie nicht mehr so wie früher.

Julia war zufrieden mit dem, was sie hatte und konnte problemlos akzeptierten, dass nicht alle Menschen gleich lebten. Aber wie war seine Familie? Sie würde sich Mühe geben, Damian nicht zu enttäuschen. Er hatte angedeutet, dass seine Mutter tadellose Manieren verlangte: Was das betraf, hatte sie nichts zu befürchten – selbst vor einer Engländerin nicht. Leider hatte Damian es versäumt, ihr mehr Hintergrundinformationen zu geben, sie musste sich also auf das verlassen, was sein Anwalt ihr mitgeteilt hatte. Jan hatte gesagt, sie würde Damian auch zu offiziellen und geschäftlichen Veranstaltungen begleiten. Außerdem sollte eine Art Garderobe für sie arrangiert sein, wofür sonst hätte sie ihre Konfektionsgröße und Schuhgröße angeben sollen? Jan hatte das Thema nur gestreift. Je mehr sie darüber nachdachte, desto nervöser wurde Julia und sie brachte dann auch keinen Bissen von dem Frühstück herunter, das ihr serviert wurde.

Hongkong

Der dreistündige Flug zog sich wie Kaugummi, trotz Businessclass hatte sie Mühe, still zu sitzen; das Adrenalin, das durch ihre Adern rauschte, machte sie schier wahnsinnig. Irgendwann war es geschafft und nachdem die Maschine aufgesetzt hatte, schnappte sie sich ihr Handgepäck und war einfach froh, der Enge des Flugzeuges zu entkommen. Sie rechnete nicht damit, dass Damian sie vom Flughafen abholen würde, er hatte sicher Besseres zu tun. Als sie auf dem Weg nach draußen war, klopfte ihr Herz dennoch bis zum Hals.

Am Ausgang erwartete sie aber nur ein kleiner chinesischer Mann mit einem Schild, auf dem „Miss Schröder" stand. Natürlich war er nicht da. Es war doch klar, dass er sie nicht abholen würde. Sie spürte einen Stich der Enttäuschung, obwohl sie sich vorgenommen hatte, genau das nicht zuzulassen.

Die Fahrt vom Flughafen würde eine knappe Dreiviertelstunde dauern, teilte ihr der Chauffeur, Sammy, in verhältnismäßig gutem Englisch mit, bevor er losfuhr. Er war leger gekleidet, sein schwarzes Haar war ordentlich frisiert und im Ohr hatte er ein blinkendes Bluetooth-Set. Wahrscheinlich in permanenter Erwartung von Anweisungen durch seinen Boss, dachte Julia schmunzelnd.

Die Fahrt lenkte sie von ihrer Nervosität etwas ab. Das tropische Klima Hongkongs hatte den Vorteil, dass die Vegetation rund um die Stadt sehr grün und alles dicht bewachsen war. Komplett anders als in Shanghai, dort war kaum mehr Grün zu finden. Als sie eine der vielen Brücken überquert hatten und eine Straße, in der sich viele Restaurants aneinanderreihten, passierten, meldete sich ihr Magen. Es war bereits früher Nachmittag und sie hatte kaum etwas gegessen. Einen Moment überlegte sie, ob sie Sammy bitten sollte, anzuhalten, denn sie hatte nichts zu essen mitgenommen, ließ es dann aber bleiben – die Restaurants sahen nicht so aus, als hätten sie Fast Food.

Schließlich hielt der Wagen, Julia nahm ihre Tasche und berührte den Türgriff. Die Tür öffnete sich im selben Moment von außen – der Chauffeur war ihr zuvorgekommen. Eine kleine Schamwelle stieg vom Zwerchfell bis in Julias Stirn, sie hatte Sammys Job übernommen. Das durfte ihr in der Rolle als standesgemäßer Freundin nicht passieren. Sie atmete einmal tief durch und stellte sich erneut der feuchten Hitze Hongkongs, die so anders war als in Shanghai. Sofort bildete sich ein leichter Schweißfilm auf ihrer Haut. Julia schaute sich um.

Am Ende einer Steintreppe, die zum Haus führte, wartete eine rundliche, freundlich dreinblickende Frau, die irgendwie sehr britisch aussah. Das hinter diesem Empfangskomitee aufragende Haus war fast genauso pompös, wie sie es sich ausgemalt hatte. Ein weißes, stuckverziertes Stadthaus, das Normalsterbliche als Palast bezeichnet hätten. Aber auf diesem Kontinent waren die Dimensionen anders, wenn man genügend Geld hatte.

Die Frau kam Julia entgegen und nahm ihr die Tasche ab.

„Hello, Darling", flötete sie im breitesten Cockney, „ich hoffe, Sie hatten eine gute Reise. Ich bin Sally, das Hausmädchen." Julia musste erneut schmunzeln, der englische Dialekt, der meist in East London gesprochen wurde, war ihr sehr vertraut aus ihrer Londoner Studienzeit mit Danielle. Julia fühlte sich sofort wohl in Sallys Gegenwart. „Danke, alles ist gut gelaufen. Ich bin Julia."

Sie betraten gemeinsam die kühle Eingangshalle. Sally führte Julia zu einer zweiflügeligen Tür und sie betraten einen großzügigen Salon. Es war eindeutig ein englisches Haus!

Dicke Teppiche waren auf den blank polierten Holzböden drapiert, überall standen Mahagonimöbel und altertümlich wirkende Stehlampen, alte Gemälde zierten die tapezierten Wände. Ein überdimensionaler Kamin bildete das Zentrum des hohen Raums. Davor warteten grüne Sessel und geblümte Sofas, auf denen dicke Kissen zum Sitzen einluden.

„Nehmen Sie doch Platz, Miss. Sie haben bestimmt Hunger nach der langen Reise! Ich habe ja so viel eingekauft, es ist nur selten, dass wir das Haus noch mal voll haben, hier. Ich hoffe, Sie mögen die britische Küche? Ansonsten finden wir da bestimmt auch eine Lösung, Hauptsache, Sie fühlen sich hier wohl, Miss." Sally plapperte aufgeregt vor sich hin und ihr rundliches Gesicht glänzte vor Aufregung.

„Äh. Ja. Danke." Julia wusste nicht so recht, was sie darauf erwidern sollte.

„Warten Sie bitte, ich komme gleich wieder. Möchten Sie einen Tee?"

„Ja, gerne." Natürlich, Tee. Julia lächelte und fühlte sich augenblicklich in ihre Zeit in England zurückversetzt. Als Sally verschwunden war, schlenderte sie ein wenig im Zimmer umher und bewunderte die antiken Möbelstücke der Familie.

Die Stanhopes mussten wirklich auf eine lange Familientradition zurückblicken, sogar ein sehr echt wirkender mittelalterlicher Wandteppich mit Jungfrauen und Einhörnern hing in einer Nische. Er war von einer durchsichtigen Plexiglaswand geschützt. Nachdem sie ihn ausgiebig bewundert hatte, ließ Julia sich schließlich in ein Sofa plumpsen, streckte die Füße von sich und zählte die Kristalltropfen am Kronleuchter, um sich selbst zu beruhigen. Worauf hatte sie sich nur eingelassen, sie wurde immer nervöser.

Nach einigen Minuten kehrte Sally mit Gurkensandwiches und Earl Grey zurück.

„Bitte, lassen Sie es sich schmecken. Sammy hat Ihren Koffer schon nach oben gebracht, ich begleite Sie gleich und zeige Ihnen das Zimmer. Darf ich Ihnen sonst noch etwas bringen?"

„Nein, danke. Das ist sehr gut."

Sally zögerte einen Moment, dann meinte sie etwas verlegen: „Verzeihen Sie, Miss Julia, dass ich das so sage, aber ich bin so glücklich, dass der zukünftige Viscount endlich eine junge Dame ins Herz geschlossen hat. Das wird seine Mutter sehr erleichtern. Es ist ja nicht mehr so üblich, an Erben zu denken, aber die Stanhopes sind da wirklich sehr traditionell."

Julia verschluckte sich an ihrem Tee.

Viscount?

Ach, du lieber Gott!

Adelig? Wie konnte ihr das entgangen sein?

Weil sie ihre Hausaufgaben nicht gemacht hatte. Und dabei hatte es ihr mindestens hundert Mal in den Fingern gejuckt,

„Damian Stanhope" zu googeln. Aber sie hatte es sich verboten, weil sie gedacht hatte, dass sie ihn nach den drei Tagen sowieso nicht wiedersehen würde.

Mist.

Hätte sie mal! Womöglich suchte er doch nach mehr als nur nach einer Fake-Freundin. Aus welchem Grund hatte er sich sonst blond und blauäugig ausgesucht, wenn nicht als potenzielle Zuchtstute für kleine Viscounts?

„Ähm. Ja. Natürlich", beeilte sie sich zu sagen.

Ihr war der Appetit vergangen. Unter Umständen würde das Schauspiel doch einige Überraschungen bereithalten. Sie wusste praktisch gar nichts über ihren „Freund" und seine Familie. Damian musste ihr dringend Nachhilfe geben, denn sie hatte nicht vor, sich zum Vollidioten zu machen. Ob er ihr allerdings reinen Wein einschenken würde, was die Traditionen anbetraf ... unbehaglich suchte Julia nach ihrer Box mit den Tic-Tacs.

Sally brachte sie auf ihr Zimmer. Ihr blieb gemäß den Planungen, die ihr Damian kurz per SMS mitgeteilt hatte, noch eine gute Stunde Zeit. Daher beschloss sie zu duschen, um sich frisch zu machen. Sie versuchte, sich nicht über den Kommandoton der Kurznachricht zu ärgern. Irgendwie hatte sie eine etwas freundlichere Behandlung erwartet. Sein Ton klang eher, als sähe er sie wie eine Untergebene. Das konnten ja nur drei tolle Tage werden, grummelte sie still vor sich hin.

Julia schaute sich im Zimmer um, wenigstens das war nett eingerichtet. Es war hell und großzügig, verfügte über ein eigenes Badezimmer mit einer frei stehenden Badewanne samt goldenen Armaturen und über eine kleine Duschnische mit einer blank geputzten Glastür. Erst als sie ins Zimmer zurückkehrte, entdeckte Julia das Paket auf dem Bett. Wie hatte sie es vorhin übersehen können? Lag sicherlich am Schock über die Botschaft, dass Damian nicht nur superreich, sondern auch noch ein zukünftiger Viscount war. Julia öffnete es und fand ein bodenlanges Abendkleid, das mit goldenen Pailletten bestickt war. Die Träger waren so dünn, dass sie keinen BH darunter tragen konnte. Oder nur einen trägerlosen, den sie leider nicht dabei hatte. So ein Mist.

Was soll's, dachte sie. Das konnte sie jetzt auch nicht mehr schocken.

Neben dem Kleid lagen schwarze High-Heel-Sandaletten und eine Karte.

Ich denke dein, wenn mir der Sonne Schimmer vom Meere strahlt;
Ich denke dein, wenn sich des Mondes Flimmer in Quellen malt.
Ich bin bei dir, du seist auch noch so ferne, du bist mir nah!
Die Sonne sinkt, bald leuchten mir die Sterne
O wärst du da!
(Goethe)

Meine liebe Julia,
ich freue mich, Dich gleich zu sehen.
Damian

Etwas over the top, aber romantisch, dachte Julia. Sie unterdrückte energisch den aufkeimenden Verdacht, dass an der Zuchtstutenidee etwas dran sein könnte. Obwohl es nur Show war, freute sie sich, dass Damian sich neben der Kommando-SMS die Mühe gemacht hatte, ihr eine persönliche Notiz zu schreiben. Diese Freude wollte sie sich nicht verderben. Seine Handschrift war kräftig und markant, genau wie sein Auftreten. Julia flocht sich die Haare seitlich nach hinten, sodass ihre blonden Haare über die linke Schulter nach vorne fielen.

Das Kleid passte wie angegossen und der Ausschnitt war so tief, wie ihn sonst nur Danielle für sie ausgesucht hätte, und zwar, um ihr eins auszuwischen. Da Julias Brüste eine 80C gut ausfüllten, hatte sie auch ohne Push-up ein beachtliches Dekolleté, das in diesem Kleid perfekt zur Geltung kam. Julia war zufrieden mit ihrem Spiegelbild und fühlte sich zumindest äußerlich gewappnet, ihrer „Schwiegermutter in spe" entgegenzutreten. Innerlich zitterte sie jedoch ein wenig und hoffte, dass Damians Mutter nicht das Ebenbild einer grauen Eminenz des britischen Hochadels war. Sie öffnete die Tür einen Spalt und lauschte ins Treppenhaus. Nichts regte sich. Die Stille war beunruhigend, daher schaltete sie den Fernseher ein und suchte nach einem Musikkanal. Anscheinend war außer ihr und den Angestellten derzeit keiner im Haus. Es war kurz vor neunzehn Uhr als Sally an ihre Tür klopfte.

Julia sprang auf, weil sie dachte, es sei Damian. Als sie die Tür öffnete, stand Sally vor ihr und sie hatte Mühe, ihre Enttäuschung zu verbergen.

„Miss Julia, Damian ist gleich da, er bat mich, Ihnen Bescheid zu geben."

„Natürlich, ich hole nur noch eben meine Tasche."

Kurz ärgerte sie sich darüber, dass er ihr das nicht persönlich gesagt hatte. Schließlich besaß sie dank ihm ein Telefon und er hatte ihre Nummer.

So langsam fühlte sie sich wirklich wie die Angestellte, die sie letzten Endes auch war. Vielleicht war es auch ganz gut, dass er die Grenzen so klar absteckte, dann würde sie wenigstens nicht in Versuchung kommen, mehr in Damian Stanhope zu sehen als ihren Arbeitgeber für drei Tage.

Der Ärger, den sie leider trotz ihrer Überlegungen nicht loswurde, beschleunigte ihren Puls. Mit jeder Treppenstufe nach unten stieg ihr Adrenalinpegel um zwei Grad – sie sah das Teufelchen förmlich warmlaufen: Es saß auf ihrer Schulter, rauchte grinsend eine Zigarre und freute sich auf den Abend. Let the show begin!, schien über seinem Köpfchen blinkend zu leuchten.

Die schwarze Limousine brauchte in der Rushhour immer fast doppelt so lange für die kurze Strecke vom Büro zur Villa, dabei hatte er vorgehabt, Julia zu Hause zu begrüßen und sie nicht gleich auszuführen. Den ganzen Tag war Damian ungewöhnlich unruhig gewesen. Er hatte sogar Lust gehabt, sie vom Flughafen abzuholen, aber wichtige Termine hatten es verhindert. Einerseits wäre es für die Scharade auch nicht nötig gewesen, andererseits hätte ihnen ein wenig Aufwärmphase gutgetan. Er war nervös. Es ließ sich schlecht mit seinem Verständnis von Ehrwürdigkeit vereinbaren, dass er seine Mutter so vorführte und eine junge Frau in eine recht ungewöhnliche, unkonventionelle Situation brachte.

Seine Überlegungen wurden durch das Klingeln seines Telefons unterbrochen.

Als sie vor dem Haus hielten und Julia einstieg, telefonierte Damian noch immer mit seinem Finanzchef, es fehlten wichtige Unterlagen für ein Bankenmeeting am kommenden Montag. Er nickte Julia zu und der Wagen setzte sich wieder in Bewegung. Ein Hauch von Lavendel stieg Damian in die Nase. Er wendete den Kopf ab und schaute aus dem Fenster, aber er konnte sich nicht mehr konzentrieren, daher würgte er den CFO kurzerhand ab. Er ärgerte sich, dass Julia ihn durch ihre schiere Anwesenheit aus dem Konzept gebracht hatte, und setzte zu einer kühlen Begrüßung an. Als er sie sah, stockte ihm jedoch für einen kurzen Moment der Atem: Sie sah einfach umwerfend aus. Obwohl sie ein gutes Stück von ihm entfernt saß, spürte er die Wärme ihres Körpers.

Er rief sich zur Vernunft und erinnerte sich seiner guten Manieren.

„Guten Abend, Julia. Wie ich sehe, hast du das Päckchen gefunden. Es steht dir hervorragend." Diese Begrüßung kam ihm leicht über die Lippen. Das Kleid war wie für sie gemacht und schmeichelte Julias Teint und ihrer Figur.

Ihre Wangen röteten sich und sie schlug die Augen nieder. Sie war ganz offensichtlich sehr nervös, aber auch sie hatte einen bleibenden Eindruck bei ihm hinterlassen. Er hoffte, ihre Wirkung auf ihn würde mit der Zeit nachlassen, denn er hatte Mühe, sich zu konzentrieren. Und das gefiel ihm gar nicht, er brauchte einen kühlen Kopf.

„Danke, Damian. Gleichfalls", antwortete sie einsilbig.

„Ich hoffe, du hattest eine angenehme Reise und wurdest von der guten Sally angemessen in Empfang genommen? Es tut mir leid, dass ich nicht früher hier sein konnte ..."

„Ja, vielen Dank. Kein Problem, ich habe sowieso nicht damit gerechnet, dass du mir persönlich den roten Teppich ausrollen würdest."

Sie lächelte unsicher. Wie dumm von ihm. Julia hatte natürlich keinerlei Ahnung, was auf sie zukam. Er ärgerte sichdarüber, dass er sie nicht angerufen hatte, um alles genau mit ihr zu besprechen, bevor sie nach Hongkong gekommen war. Damian hatte in der letzten Woche zwar mehrmals das Handy in der Hand gehabt, hatte es aber letzten Endes doch wieder beiseite gelegt, weil er keine Ahnung gehabt hatte, was er ihr sagen sollte. Damian Stanhope unsicher! Wann hatte es das jemals gegeben.

Er fühlte sich nicht wohl in dieser Rolle und hatte deswegen alles weitgehend verdrängt, bis zu diesem Abend. Unter normalen Umständen wäre es ihm niemals in den Sinn gekommen, ein solches Schauspiel zu arrangieren. Erneut kam er zu dem Ergebnis, dass die ganze Sache eine ziemlich exzentrische Idee von ihm gewesen war. Aber nun gab es kein Zurück mehr, und wenn er eine Tugend für sich beanspruchte, dann war es Konsequenz. Er würde zu Ende bringen, was er angefangen hatte, egal, wie sehr er es bedauerte.

„Entschuldige bitte, ich bin wirklich ein miserabler Gastgeber. Ich habe dir noch gar nichts von den Plänen für die nächsten Tage erzählt. Während des Dinners ist Zeit, alles zu besprechen. Meine Sekretärin hat einen Tisch in einem ruhigen Lokal reserviert. Meine Mutter kommt erst morgen."

Julias Kopf schnellte herum und ihre Augen waren weit aufgerissen, sie fing sich aber sofort wieder und faltete ihre Hände im Schoß.

„Oh. Okay. Damit habe ich nicht gerechnet. Aber stimmt, wir haben natürlich einige Dinge, die wir festlegen sollten."

Offensichtlich fühlte sie sich in seiner Gegenwart unbehaglich. Damian konnte es ihr nicht verdenken. Sein Bruder zog ihn ständig damit auf, dass er sich wie ein griesgrämiger Einsiedler benahm – aber er war, wie er war, Lächeln, Scherzen, süßliche Konversation betreiben lag ihm nicht. Und er hatte einfach keine Lust, seine Zeit mit Vergnügungen zu vergeuden und in dieser Hinsicht auch noch eine Rolle zu spielen, um andere an der Nase herumzuführen, weil es am Ende doch nur dazu führte, dass jemand verletzt wurde. Also konzentrierte er sich auf das, was er konnte. In den nächsten Tagen würde er eine Ausnahme machen müssen, aber im Rahmen seiner Möglichkeiten, andernfalls würde seine Mutter ihm niemals abnehmen, dass er und Julia ein Liebespaar waren.

Der Wagen stoppte und Damians Fahrer öffnete Julia die Tür. Er selbst wartete nicht auf Sammy, sondern umrundete den Wagen in langen Schritten und bot Julia seinen Arm, auf den sie nach einem kurzen Zögern ihre Hand legte. Sie wirkte immer noch schüchtern, daher lächelte er ihr aufmunternd zu.

„Wenn ich bitten darf, Madame?"

Natürlich und unverkrampft sah anders aus, er war in derartigen Dingen total aus der Übung. Falls er es denn jemals beherrscht hatte.

Immerhin konnte er auf sein Kavaliersbenehmen zurückgreifen, er wollte ihrer spürbaren Verunsicherung entgegenwirken. Es war in seinem eigenen Interesse, dass Julia sich in seiner Gegenwart wohlfühlte und nicht wie ein scheues Reh neben ihm zitterte.

„Enchanté." Julia lächelte ihn an und er verlor sich im Blau ihrer Augen. Er räusperte sich. „Dann wagen wir uns in die Höhle des Löwen. Ich verspreche dir, es wird dich keiner fressen." Er versuchte es mit einem Lächeln, wahrscheinlich wirkte er leicht dümmlich dabei.

Herrgott, sogar seine Hände waren feucht!

„Von Löwenhöhlen stand aber nichts im Vertrag", scherzte Julia schwach.

„Nicht?", flachste er augenzwinkernd, „Jans Gehalt wird sofort gekürzt – wie konnte er diesen wichtigen Prüfungsort für einen Gentleman nur unterschlagen!"

„Na, mit einem Gentleman an meiner Seite kann ja fast nichts schiefgehen, nicht?"

„Stets zu Ihren Diensten, Madam."

Er hatte es noch nicht verlernt. Flirten war also doch wie Fahrradfahren. Und – merkwürdigerweise gefiel es ihm.

Dieser Sinneswandel verwirrte Julia ein wenig. Damian war plötzlich ein anderer Mensch. In der Limousine hatte er noch kalt und abweisend auf sie gewirkt und ein paar Sekunden später strahlte er sie an, als würde es kein Morgen geben. Als er sie so intensiv mit seinen blaugrauen Augen fixiert hatte, hatte ihr Herz direkt ausgesetzt zu schlagen, um anschließend mit doppelter Geschwindigkeit wieder einzusetzen.

Ihr Puls hatte sich gerade einigermaßen beruhigt, als ihr wieder einfiel, weswegen sie gekommen waren. Die Show begann! Julia drückte Damian am Arm und als er sich ihr zuneigte, fragte sie: „Was für ein Club ist das? Sind hier eher deine geschäftlichen oder privaten Kontakte?"

„Meine Liebe, wenn man so lebt und arbeitet wie ich, dann hängt das alles irgendwie miteinander zusammen. Aber das Gros liegt doch eher bei geschäftlichen Kontakten."

„Ähm. Versteh mich nicht falsch, aber das klingt einsam."

Zu ihrer Überraschung lachte Damian, es war ein tiefes, volles Lachen, das irgendwie ansteckend war.

„Ich dachte, du bist Assistant Manager und nicht Psychologin? Du und meine Mutter, ihr werdet euch gut verstehen."

„Hä? Wieso das denn?"

„Lass dich überraschen, und jetzt komm, ich zeige dir alles und außerdem habe ich einen Bärenhunger."

Damian zog sie mit sich und führte sie endlose Gänge entlang, durch Geschäfte, Sportparks und die verschiedenen Ebenen des Clubs. Alles machte einen äußerst exquisiten Eindruck. Die goldenen Türen, der Marmor in allen öffentlichen

Bereichen, der Ausblick auf die Bucht und die unfassbar riesigen Jachten taten ihr Übriges, sie zu beeindrucken. Das Leben, das die Fanes in England führten, war nicht im Geringsten mit diesem überdimensionierten Angebot an Luxus zu vergleichen, etwas Derartiges hatte sie noch nie gesehen. Inmitten all des Prunks und der Größe des Komplexes fühlte sie sich überraschend verkrampft und anlehnungsbedürftig.

Damians Arm bot ihr den nötigen Halt, dass sie nicht direkt auf dem Absatz wieder kehrtmachte. Er schien ihre Beklommenheit zu spüren und drückte ihre Hand aufmunternd. Als sie seine warmen, starken Finger auf ihrem Arm spürte, vergaß sie ihre Scheu für einen Moment und kümmerte sich mehr um das warme Prickeln, das von seiner Hand auf ihren ganzen Körper überging.

Damian führte sie einen langen Gang entlang, nachdem sie noch einmal einige Stockwerke nach oben gefahren waren. Ihre Absätze versanken in dem edlen Teppich, der die Böden im Innenbereich dieses Gebäudekomplexes bedeckte.

Sie fuhren mit dem Lift in die achtundzwanzigste Etage, wo sie zu Abend essen wollten. Als sich die Türen des Aufzugs öffneten, stand ein Pärchen vor ihnen, das nach einem kurzen Überraschungsmoment zurücktrat und Damian überschwänglich begrüßte. Er stellte Julia als seine Freundin vor, was ihr unverhohlen ungläubige Blicke einbrachte. Die untergewichtige Brünette war offenbar nicht nur überrascht, Julia empfand ihren Blick als abschätzend bis herabsetzend.

„Mein lieber Damian, damit haben wir nun wirklich nicht gerechnet, dich hier zu treffen mit ..." Der Hungerhaken ließ den Satz in der Schwebe und schaute wie ein Geier, dem das Abendessen von einer Hyäne weggeschnappt worden war. Sie spuckte Julia die Worte förmlich vor die Füße.

„Aber Sophia, wie ungezogen! Was soll Damians Begleitung von uns denken? Entschuldigen Sie, ich denke, wir müssen auch los. Nice to meet you", versuchte ihr gutaussehender Begleiter zu retten, was zu retten war.

„Peter." Damian nickte knapp in Peters Richtung. „Wir sehen uns dann nächste Woche bei der Sommerkonferenz. Sophia." Den Geierhaken grüßte er nur knapp, als er Julia sanft an dem sonderbaren Paar vorbeischob.

„Was war *das* denn?", fragte Julia, als sie außer Hörweite waren. „Gibt es einen Grund, warum ich behandelt werde, als wäre ich ein Alien?"

„Ähm." Damian räusperte sich. „Die gute Sophia dachte eine Zeit lang, dass ... Es liegt nicht an dir. Du bist tadellos. Wahrscheinlich hat es damit zu tun", er zögerte, blickte sie an und lächelte, als er weitersprach, „... dass es schon eine Weile her ist, seit ich in Damenbegleitung gesehen wurde."

„Wie lange genau?" Da steckte doch mehr dahinter, Julia schob ihre natürliche Zurückhaltung beiseite. Das wollte sie dann doch näher wissen.

„Um ehrlich zu sein, habe ich hier noch nie mit einer Dame privat diniert. Weder hier noch sonst irgendwo in Hongkong." Er grinste geheimnisvoll.

Julia konnte es nicht fassen. Er machte sich wahrscheinlich lustig über sie. Ja, das musste es sein. Oder, viel schlimmer: Womöglich war er schwul und hatte wegen seines adeligen Backgrounds Angst vor einem Coming-out! Die maßgeschneiderten Anzüge, das steife Auftreten ...

„Das ist ja wohl ein Witz!", platzte es aus ihr heraus.

„Nein, meine Liebe. Es ist mein voller Ernst." Dabei durchbohrten seine blaugrauen Augen sie förmlich und seine Hand strich ihr leicht über den Rücken.

Ihr Körper reagierte mit einer Gänsehaut. Sie schauderte.

Der Mann hatte sie doch nicht alle.

Als sie um die Ecke bogen, hatten sie das Restaurant erreicht und wurden von einer jungen Chinesin zu ihrem Tisch gebracht. Glücklicherweise, wie Julia fand, trafen sie auf diesem kurzen Stück keine weiteren Bekannten Damians. Die Chinesin rückte ihren Stuhl zurecht und goss ihnen eisgekühltes Wasser in die bereits auf dem runden Tisch stehenden

Gläser. Nachdem Damian die Getränkebestellung aufgegeben hatte, nahm er Julias Hand und strich sanft mit dem Daumen über ihren Handrücken. Julia war zu überrascht von dieser erneuten Intimität, die er zur Schau stellte, als dass sie hätte reagieren können.

„Es tut mir leid, was eben auf dem Flur passiert ist. Sophia ist eine, sagen wir mal, ewige Verehrerin von mir. Sie vergaß ihre Manieren aus lauter Eifersucht", erklärte er ihr. Er hielt immer noch ihre Hand.

„Ach ja?", war das Einzige, was sie herausbrachte. Der Daumen, der sie streichelte und ein Prickeln auf ihrer Haut verursachte, verlangte ihre ganze Aufmerksamkeit.

„Es tut auch nichts zur Sache, vergiss sie einfach. Sie kann dir sowieso nicht das Wasser reichen."

Sie hielt den Atem an. Was das wohl wieder hieß?

„Niemand möchte ein Skelett in den Armen haben, Julia. Mir ist absolut schleierhaft, weshalb diese Ladys sich fast zu Tode hungern."

Das klang nicht so, als ob er von Männern sprach. Irgendwie war sie erleichtert darüber.

„Hm. In deiner Jetset-Welt sind mir bisher nur runtergehungerte Frauen begegnet, ich falle ja auf wie ein pinker Schwan mit meinem teutonischen Körperbau."

„Du fällst nicht nur auf, weil du weibliche Rundungen besitzt. Da ist mehr ..." Leider ließ er den Satz unvollendet, weil der Kellner genau in diesem Moment mit den Getränken auftauchte. Damian ließ ihre Hand los.

Julia grübelte über die Bedeutung seiner Aussage, während er sich versicherte, dass das, was er bestellen wollte, für sie in Ordnung war. Anschließend verschwand der Ober lautlos und ihr Gegenüber lehnte sich im Stuhl zurück. Sie saßen in einer ruhigen Ecke. Julia konzentrierte sich auf das Glas eisgekühlten Weins, an dessen Außenrand sich kleine Perlen bildeten, die schließlich nach unten tropften. Sie ließ ihren Blick zum Glas des enthaltsamen Briten wandern.

„Du trinkst keinen Wein?", fragte sie. Auch beim Galadinner hatte er keinen Alkohol getrunken, erinnerte sie sich, und als er mit Jan im Hotel bei ihr war, hatte er Orangensaft bestellt. Vielleicht war er trockener Alkoholiker? Eigentlich passte das gar nicht zu ihm. Er wirkte stets so korrekt, pflichtbewusst und professionell.

Damian lachte.

„Nein, ich trinke keinen Alkohol. Du siehst aus, als überlegtest du, welche Horrorgeschichte sich dahinter verbirgt. Ist das so ungewöhnlich?"

„Öhm. Na ja. Eigentlich schon."

Damian trank einen Schluck von seinem Soft-Longdrink, bevor er antwortete.

„Kann sein. Aber ich gewinne nichts durch Trinken, ich finde, man kann nur verlieren. Ich habe kein Interesse daran."

„Sollte ich lieber keinen Wein trinken?"

„Du kannst tun und lassen, was du möchtest, ich habe mir sagen lassen, dass es angeblich ein großer Genuss sein kann. Ich teile diesen Genuss einfach nicht, das sollte dich aber nicht davon abhalten. Und nein, meine zukünftig Angetraute muss diese Neigung nicht teilen, um glaubwürdig zu sein."

Damian nahm wieder ihre Hand und drückte sie aufmunternd. Julia zuckte unwillkürlich zusammen.

Er hatte es natürlich gespürt. Mist.

„Julia, auch wenn du es vielleicht nicht magst, ich fürchte, in den nächsten Tagen wirst du gewisse Dinge aushalten müssen. Wenn du jedes Mal wie ein aufgescheuchtes Kaninchen reagierst, wenn ich dich anfasse, wird meine Mutter es uns nie abnehmen, dass wir ein Liebespaar sind."

Oh, wenn er nur wüsste. Jede Berührung war wie ein Stromschlag, der ihren ganzen Körper zum Vibrieren brachte. Besser sie behielt diese Wahrheit für sich.

„Ja, sicher. Entschuldigung. Ich werde schon lockerer werden." Sie senkte den Blick, damit er nicht bemerkte, wie weit er daneben lag.

Glücklicherweise kam das Essen und sie musste nicht weiter darauf eingehen. Erst als sie das duftende Entenfilet vor sich hatte, fiel Julia auf, wie hungrig sie war. Die Aufregung hatte ihr zwar den ganzen Tag den Appetit verschlagen, aber jetzt meldete er sich zurück.

„Ich denke, wir sollten ein paar Eckdaten zu unserer, hm, Beziehung festlegen. Womit fangen wir an?" Damian steckte sich einen Bissen Hühnchen mit den schwarzen Essstäbchen in den Mund.

„Ja, dringend! Sag du."

„Gut, wo haben wir uns kennengelernt?"

„Speeddating." Julia gelang es, ihm einen Moment lang ernsthaft in die Augen zu schauen, konnte aber nicht an sich halten, als sie seinen konsternierten Blick sah, und lachte laut los. „Das ist ja mal wieder typisch Mann. Wie soll ich das wissen?"

Er lächelte schwach. „Okay. Okay. Wie wäre … ich habe einen Geschäftspartner in dein Hotel gebracht und du bist mir dort in die Arme gelaufen?"

„Hm. Ich weiß nicht. Das klingt so gar nicht nach dir."

„Na gut. Was machst du denn sonst, also wenn du nicht im Mandarin Oriental arbeitest?"

„Da bleibt mir nicht viel Zeit … Also ich bin gerne draußen, auch wenn man hier nicht oft den blauen Himmel sieht. Mein Mountainbike steht noch in Hamburg, sonst würde ich in meiner Freizeit öfter mal biken gehen. Machst du so was?"

„Radfahren in Shanghai? Nein, ich bin ja nicht lebensmüde. Du bist auch nicht gerade kreativ. Mein Gott, wenn wir nicht mal ein Kennenlernen kreieren können, dann haben wir eine lange Nacht vor uns!", rief er in gespielter Verzweiflung.

„Pass auf. Ich habe meine Freundin Danielle zum Flughafen gebracht und dort hast du mich mit deinem Trolley umgerannt, weil du zu sehr in ein Telefonat vertieft warst. Du hast deinen Kaffee über mein weißes Shirt gekippt und als Entschädigung wolltest du mich neu einkleiden, was ich abgelehnt habe."

„Moment mal, warum solltest du das denn ablehnen?" Damian wirkte erstaunt.

„Weil ich keine Almosen nötig habe, Blödmann." Julia nippte an ihrem Wein.

„Jetzt werde mal nicht frech, Fräulein Hotelmanager", gab er zurück. „Wie albern, ehrlich. Natürlich solltest du annehmen, wenn ich den Schaden, den ich verursacht habe, ersetzen möchte, das wäre sonst einfach nicht die Kategorie Frau, die zu mir passt." Für einen Moment sah er durchaus aus wie der Snob, der er war.

„Ich kann doch ein T-Shirt waschen! Moderne Frau! Schon mal davon gehört? Etwas, das dir noch nie begegnet ist und dich total umhaut!"

„Na gut. Ich habe am Ende zwar nicht dein Outfit ersetzt, aber deine Telefonnummer bekommen. Und, bingo, ich habe dich dafür als Entschädigung zum Essen eingeladen und der Rest ist Geschichte."

„Ja", sie rieb sich am Kinn, „das könnte gehen."

„Sehr gut. Dann haben wir ja nur noch ungefähr drei Dutzend Fragen zu klären. Das schaffen wir in einer Stunde."

„Geduld ist nicht gerade deine Stärke, hm?" Sie blitzte ihn amüsiert unter gesenkten Wimpern an.

„Nein. ‚Ungeduld, die Untugend der Intelligenten'", deklamierte er in gespielt hochmütigem Ton.

„Gut, wir kennen uns also noch nicht so lange, und dank deiner Untugend wurden wir doch recht zügig ein Paar."

„So in etwa. Ja, das passt."

„Willst du mich nicht fragen, wie ich lebe?"

„Ähm." Damian wirkte verlegen.

„Was ist?"

„Na ja", druckste er herum, „ich habe nach der Gala ein paar Nachforschungen angestellt."

„Du hast ... was?" Sie war zu erstaunt, um ärgerlich zu sein.

„Julia, du bist doch einfach davongelaufen und ich musste wissen, wie ich dich erreichen konnte."

„Fein. Ist ja auch egal. Also, dann weißt du ja, dass ich mir die Wohnung mit jemandem teile. Dass ich Taxi fahre, weil ich kein Geld für eine Vespa habe, dass ich …"

„Es tut mir leid", unterbrach er sie kleinlaut.

„Was tut dir leid? Dass du mir nachspionierst und es mir bis jetzt nicht gesagt hast? Toll! Echt toll." Jetzt war sie doch sauer.

„Komm schon. Es ist ja nicht so, dass ich dir aufgelauert habe oder so – zumindest nicht wirklich." Er wirkte fast ein wenig zerknirscht.

„Das wäre ja wohl auch noch schöner. Dann weiter im Text." Sie verschränkte die Arme vor der Brust.

„Bitte …"

„Fein. Du weißt, wie ich lebe. Wie lebst du? Ach, lass mich raten. Du bist superreich und hast ein ganzes Stockwerk in irgendeinem Ultrawolkenkratzer."

Damian seufzte und fuhr sich durch die Haare.

„Ehrlich gesagt habe ich eine Wohnung am Bund. Und die Wohnung ist nicht in einem *Ultrawolkenkratzer*, sondern im sechsten Stock."

„Fotos? Ich muss ja wissen, wie die Bude eingerichtet ist."

„Julia, ich habe mitbekommen, dass du sauer auf mich bist. Können wir das für einen Moment beiseitelegen und uns auf das Wesentliche konzentrieren?"

„Mach ich doch." Julia schob ihre Unterlippe unbewusst nach vorne.

„Oh. Gott. Frauen!", seufzte er und trank etwas genervt seinen Pseudo-Longdrink aus.

Sie aßen stumm ein paar Bissen von den verschiedenen Tellern, bevor Damian wieder zu ihrem ursprünglichen Thema zurückkehrte.

„Erzähl mir von deiner Familie … bitte."

„Ich habe einen Bruder, mit dem ich mich nicht sonderlich gut vertrage, und meine Eltern waren seit jeher dagegen, dass ich etwas anderes mache, als heiraten und Kinder bekommen."

„Oh. Das klingt ja irgendwie ziemlich frustrierend."

„Ja, es hat nicht jeder so ein Glück wie du und wird mit dem goldenen Löffel geboren."

Damian ließ die Stäbchen fallen und straffte sich.

„Tatsächlich. Was du nicht alles weißt. Jetzt pass mal auf. Du hast ganz und gar keine Ahnung."

„Nein? Habe ich nicht? Was dann?"

„Meine Mutter ist an Bauchspeicheldrüsenkrebs erkrankt und gestorben, als ich kaum älter als drei war und mein leiblicher Vater ist ein Alkoholiker und dazu noch ein asoziales Schwein."

Julias Kinnlade klappte nach unten.

„Wie bitte?", flüsterte sie betreten. Das konnte doch unmöglich wahr sein. „Aber …?"

„So ist es. Auch wenn es mir jetzt gut geht, das war nicht immer so und ich bin ganz und gar nicht mit dem goldenen Löffel geboren."

„Entschuldige, das habe ich nicht so gemeint", stammelte sie verlegen.

„Ich glaube, du hast es genau so gemeint, wie du es gesagt hast", unterbrach er sie. „Aber es ist auch nicht so wichtig. Was du wissen solltest: Charlotte ist eigentlich meine Tante und George mein Onkel, aber ich kann mich leider kaum an meine leibliche Mutter erinnern und betrachte Charlotte und George als meine Eltern. Sie haben uns Kinder adoptiert und wir hatten ein wirklich liebevolles Zuhause."

Julia schluckte. Ihre Kehle war plötzlich staubtrocken und sie nahm einen Schluck Wasser. Das war gründlich in die Hose gegangen.

Sie versuchte, sich Damian als kleinen Jungen in ärmlichen Verhältnissen vorzustellen, was ihr ziemlich schwerfiel. Er hatte immer so souverän und stark auf sie gewirkt. Es war ihm offensichtlich gelungen, seine Vergangenheit in eine dunkle Ecke seines Bewusstseins zu verdrängen.

„Tut mir leid. Wie alt wart ihr? Was ist denn passiert?"

„Ich denke, zu diesem Thema weißt du damit genug. Was hast du sonst für Interessen, ich meine, außer der Literatur?"

„Ich, ich ...", ihr fehlten die passenden Worte nach seiner überraschenden Offenbarung.

Damian seufzte.

„Bitte schau mich jetzt nicht so an wie ein getretener Hund. Ich bin nicht böse auf dich."

„Aber es tut mir wirklich leid, wenn ich gewusst hätte ..."

„Lass gut sein", unterbrach er sie, „es ist, wie es ist, und ich habe mit meiner Vergangenheit vor langer Zeit abgeschlossen. Also, Hobbys?"

„Ähm. Ja. Hobbys", überlegte sie angestrengt. „Ich mag Sport, Fahrradfahren, in der Schule war ich sogar mit Begeisterung im Schwimmteam."

„Na, das ist doch schon mal was. Was war das mit der Vespa, über die du vorhin gesprochen hast?"

„Vielleicht hast du es noch nicht mitbekommen, aber ich liebe meine Unabhängigkeit. Und mit einer Vespa müsste ich nicht dauernd Taxi fahren. Aber das ist derzeit nicht drin. Und du? Was ist mit dir? Nicht, dass ich wieder ins Fettnäpfchen trete wie mit deiner Familie."

„Du konntest es nicht wissen. Und das ist ein äußert heikles Thema für mich."

Nach einer kurzen Pause fuhr er fort: „Ich mag Pferde, Reiten, Polo, natürlich, und die Natur. Und ich mag die deutschen Dichter und Denker, musikalisch bin ich schrecklich langweilig und höre am liebsten Klassik oder Jazz. Außerdem hasse ich Rugby und Minzsoße."

Damian war in einen unverbindlichen Plauderton gefallen und wollte ihr offenbar vermitteln, dass sie sich entspannen sollte. Julia trank einen Schluck Wein, bevor sie antwortete.

„Na, da werden wir nicht viele Gemeinsamkeiten finden, ich höre die Charts, Techno und vor Pferden habe ich Angst."

„Gut, aber ich mag Sport, das wäre doch schon mal eine gemeinsame Freizeitaktivität."

„Ja, wir stehen ja auch noch am Anfang unserer Beziehung, das muss sich wohl noch alles finden."

„Ganz genau, wir werden das Kind schon schaukeln."

Die Teller wurden von zwei Chinesinnen abgeräumt und Damian beugte sich ein wenig zu Julia hinüber.

„Darf ich dir ein Dessert bestellen? Zur Aufmunterung? Du siehst immer noch aus, als hättest du gerade in Blaubarts verbotene Kammer geschaut. Genau deswegen erzähle ich nicht gerne von meiner Vergangenheit. Aber es ist okay für mich, wirklich, Julia."

„In Ordnung. Aber nur, wenn du auch eins nimmst."

„Ich esse eigentlich keine Süßigkeiten."

„Und ich bin eigentlich nicht deine Freundin", konterte sie.

„Na gut", lenkte er den Mund verziehend ein.

Sie nahmen das Gespräch wieder auf, blieben aber bei harmlosen Themen wie Filmen, die sie beide mochten. Es gab nicht viele, auf die sie sich verständigen konnten, aber sie fanden ein paar Lieblingsgerichte, die Julia für Damian kochte, wenn sie ein gemeinsames Wochenende verbrachten. Nach dem Dessert entschuldigte sie sich kurz. Auf dem Weg zur Toilette bemerkte sie, dass sie das dritte Glas Wein besser nicht getrunken hätte. Sie schwankte und musste sich am Waschbecken festhalten. Hohe Schuhe und Schwips waren eine umwerfende Kombination. Darüber musste Julia kichern und zwinkerte sich selbst im Spiegel zu. Schnell hielt sie ihre Handgelenke unter das kalte Wasser und schloss die Augen für einige Sekunden.

Damian wartete bereits im Gang auf sie und hakte sie wieder bei sich ein. Daran hätte sie sich glatt gewöhnen können. Seine straffen Muskeln spannten sich an, als sie stolperte und er sie vor einen Sturz bewahrte.

„Ups. Entschuldigung. Hihi."

O nein!

„Kein Problem. Ich stelle sicher, dass du unfallfrei nach Hause kommst."

In seiner Stimme schwang ein belustigter Unterton mit. Julia störte sich nicht groß daran, sie genoss Damians Nähe zu sehr und stützte sich mehr auf ihn, als nötig gewesen wäre. Selbst durch den Anzug konnte sie seine durchtrainierte, kräftige Armmuskulatur spüren. Aus dem Augenwinkel sah sie, dass seine oft so angespannten markanten Gesichtszüge weich waren und er leicht vor sich hin grinste. Damian sah nach dem langen Tag immer noch aus wie aus dem Ei gepellt. Eine Unverschämtheit war das, dachte sie. So was von perfekt ...

Der Mercedes kam, sie stiegen ein, Damian gab Sammy die knappe Anweisung „Nach Hause".

Die Sitze waren einfach zu bequem, Julias Lider wurden schwer und schwerer. Die kurze letzte Nacht und der aufregende Tag forderten ihren Tribut. Ihr gefiel der Gedanke, dass sie, wenn auch nur für kurze Zeit, ein Zuhause mit dem schönen Mann neben sich teilte. Als sie die Augen wieder öffnete, bemerkte sie, dass ihr Kopf auf seiner Schulter lag. Sie war eingeschlafen! Wie peinlich!

Sofort rutschte sie ein Stück von Damian weg.

„'Tschuldigung. Ich muss eingenickt sein."

Sie fröstelte. Dass die reichen Leute ihre Klimaanlagen immer auf Kühlschrank einstellten, war wirklich ein Unding.

„Kein Problem. Ich bin ja nicht aus Zucker und so schwer ist dein Kopf nun wirklich nicht", neckte er sie.

Der Wagen hielt. Damian stieg zuerst aus und half Julia mit dem Kleid. Derart hofiert zu werden, war neu, aber sie hätte sich auch daran gewöhnen können. Vor allem, wenn der Hofierende aussah wie Damian. Er stand dicht vor ihr und sie blickte in sein markantes Gesicht. Wenn das überhaupt ging, sah er fürsorglich gleich noch viel anziehender aus, dachte Julia; sie war eindeutig immer noch beschwipst.

„Es war sicher ein langer Tag für dich. Komm, wir gehen rein." Die Luft hatte sich kaum abgekühlt, es war schwül und warm. Das tropische Klima in Hongkong setzte ihr zu. Das, die Aufregung und der Wein waren wirklich ein bisschen viel.

Damian wurde mit einem Mal merkwürdig still, Julia traute sich aber nicht zu fragen, warum. Sie hatte Angst, er könnte antworten, dass es ihm womöglich leidtat, dass er sie als falsche Freundin zu sich nach Hongkong geholt hatte.

Sie richtete ihren Blick konzentriert auf den Steinboden, um nicht erneut zu stolpern. Damians Arm war weit weg. Im Haus war alles ruhig. Sally war vermutlich bereits zu Bett gegangen, falls sie überhaupt in der Villa lebte.

Damian verschwand wortlos und ließ Julia allein im Flur zurück. Eine Minute stand sie ratlos vor einer alten Standuhr, als sie ihn in seinem unverkennbar dynamischen Gang zurückkehren hörte. Er kam mit zwei Gläsern, in denen sich eine klare Flüssigkeit befand, um die Ecke. Da er höchstwahrscheinlich keinen Wodka brachte, musste es Wasser sein.

„Möchtest du noch kurz mit mir auf der Terrasse sitzen? Wir haben einen kleinen Garten am Haus."

„Ja, gerne." Damian ging voraus und Julia folgte ihm barfuß. Die Schuhe trug sie in der linken Hand, ihre Füße dankten ihr für die wiedergewonnene Freiheit, während sich die Fliesen angenehm kühl unter ihren Sohlen anfühlten. Sie saßen schweigend auf der Terrasse und Julia wusste nicht so recht, was sie sagen sollte. Die gute Stimmung, die sich im Laufe des Abendessens immer weiter entspannt hatte, war nach der Fahrt verflogen. Es lag etwas in der Luft.

Das Kratzen des Teakholzgartenstuhls riss Julia aus ihrer Grübelei. Damians Glas war noch voll, als er aufstand und sich mit einem knappen „Gute Nacht, wir sehen uns morgen" höflich verabschiedete. Sie *musste* irgendwas falsch gemacht haben. Damians Schritte entfernten sich zügig, während Julia ihm nachschaute. Es hatte keinen Zweck, sie konnte es nicht ändern. Seufzend erhob sie sich und ging ebenfalls nach oben. Das große Haus wirkte in der Dunkelheit und Stille nicht mehr einladend und gemütlich, sie fühlte sich plötzlich einsam.

Als sie schließlich die Tür zu ihrem Zimmer hinter sich geschlossen hatte, ließ Julia sich rücklings auf das Kingsize-Bett plumpsen. Wo war sie hier nur gelandet? Oder besser gesagt: *Worin* war sie gelandet? Es war eine dumme Idee gewesen, dem Ganzen zuzustimmen. Das konnte nur in die Hose gehen.

Am nächsten Morgen goss Sally die Pflanzen im Erdgeschoss, während sie über die merkwürdige Begegnung mit Damian nachdachte. Der junge Herr war mit nichtssagendem Gesichtsausdruck und ohne Frühstück verschwunden. Außerdem war ihr aufgefallen, dass Damian und Julia in getrennten Zimmern geschlafen hatten, was Sally schließen ließ, dass die beiden sich wohl gestritten haben mussten. Und als Versöhnung hatte Damian ihr ein Päckchen für Julia dagelassen.

So ein dummer Junge, wenn er sich bei Julia wegen irgendwas entschuldigen wollte, dann sollte er ihr das doch lieber persönlich geben. Das arme Mädchen hatte es nicht leicht, Damian konnte manchmal furchtbar aufbrausend sein. Und auch wenn er glaubte, ein guter Schauspieler zu sein, so war ihr, die ihn von Kindesbeinen an kannte, doch klar, dass ihn an diesem Morgen etwas bedrückte, bevor er das Haus verließ. Fragen würde sie nicht, das stand ihr nicht zu, aber vielleicht wollte die junge Dame ja ein Frühstück und sie würde ihr über den Kummer hinweghelfen, so gut sie konnte.

Als Julia die Treppe nach unten gekommen war, stellte sie fest, dass Damian schon weg war. Sie hatte nicht gut geschlafen, die halbe Nacht hatte sie darüber gegrübelt, was falschgelaufen war. Eigentlich hatte sie gehofft, ihn sprechen zu können, bevor sie am Mittag Charlotte treffen würden. Aber im Erdgeschoss war nur Sally, die sich hingebungsvoll um die riesigen Zimmerpflanzen kümmerte, die den Salon zierten.

„Guten Morgen, Miss Julia. Ich habe hier ein Paket von Damian für Sie. Er ist heute Morgen schon sehr früh losgefahren. Der Arme arbeitet immer so viel, dabei habe ich gehofft, jetzt, wo er Sie hat, würde sich das vielleicht ändern. Ist denn alles in Ordnung?"

„Ähm. Ja natürlich." Ihre Wangen brannten. Die Haushälterin wusste natürlich Bescheid.

„Na ja, nichts für ungut. Ich meine, Männer, besonders diese jungen Hitzköpfe, können ja schon manchmal ins Fettnäpfchen treten. Hier ist das Paket. Bitte schön", plapperte Sally fröhlich weiter.

Julia nahm es schweigend entgegen, als sie verstand, worauf die Haushälterin hinauswollte. Natürlich, ein frisch verliebtes Pärchen hätte wohl die Nacht in einem Bett verbracht und den Tag mit einem gemeinsamen Frühstück begonnen. Sie versuchte, sich nichts anmerken zu lassen, und bestätigte der Haushälterin nur, dass Damian ja immer so viel arbeiten müsse und sie sich bestimmt daran gewöhnen würde.

Nachdem Sally verschwunden war, um ihr gebratene Eier und Speck zu besorgen, öffnete Julia die Schachtel. Sie fand darin ein cremefarbenes Kleid, eine schwarze Clutch und Stilettos mit Bändern. Eine Karte war auch wieder dabei.

Der Morgen kam; es scheuchten seine Tritte
Den leisen Schlaf, der mich gelind umfing,
Daß ich, erwacht, aus meiner stillen Hütte
Den Berg hinauf mit frischer Seele ging;
Ich freute mich bei einem jeden Schritte
Der neuen Blume, die voll Tropfen hing;
Der junge Tag erhob sich mit Entzücken,
Und alles war erquickt, mich zu erquicken.
Goethe

Guten Morgen Julia,
ich hoffe, du hattest eine gute Nacht. Nachher kommt Sammy vorbei, um Dich zum Pacific Place Shopping Center bringen. Dort sind wir zum Lunch mit meiner Mutter im Restaurant Tien Yi verabredet. Solltest du Probleme haben, es zu finden, ruf mich bitte an. Meine Nummer ist in Deinem Handy gespeichert.
Vielen Dank für den gestrigen Abend.
Damian

Damians absoluter Lieblingspoet schien Goethe zu sein. Passte zu ihm. Goethe war schließlich der erste deutsche Dichter gewesen, der es geschafft hatte, die Verlage dazu zu bringen, ihm mehr als einen Hungerlohn, von dem kein Mensch hatte anständig leben können, zu zahlen. Goethe war sich seiner Talente sicher gewesen und hatte selbstbewusst gefordert, was ihm zustand.

Damian würde sich auch von niemandem abzocken lassen und Julia bewunderte diesen Charakterzug an ihm. Sie seufzte. Diese Art Überlegungen war nicht gut für sie. Das Teufelchen schien hingegen bestens gelaunt. Julia packte das Kleid wieder in die Box und fragte sich, ob Damian alle Kleider selbst für sie auswählte oder ob er seine Sekretärin losgeschickt hatte.

Im ersten Fall musste sie noch mal über die Homosexualitätstheorie nachdenken. Aber weswegen machte er sich die Mühe, ihr handschriftlich die erste Strophe aus dem Gedicht *Zueignung* abzuschreiben? Genau dieses Gedicht hatten sie in der zwölften Klasse im Deutsch-Leistungskurs behandelt.

Obwohl Julia sich vorgenommen hatte, heute total cool zu bleiben, klopfte ihr Herz aufgeregt. Entgegen ihrer Vorsätze wurde sie doch sehr hibbelig, wenn sie an den Lunch mit Damians Mutter dachte. Das Pacific Place Shopping Center war ihr natürlich ein Begriff, es war nicht nur ein Einkaufszentrum, dort wurde der moderne Schatz des Aladin gehütet, eine Ansammlung der exklusivsten Luxusmarken der Welt.

Kapitel 6

Damian starrte aus dem Fenster auf die Skyline von Kowloon. Auf der Fahrt nach Hause hatte ihn gestern eine E-Mail aus England erreicht. Der Privatdetektiv hatte ihm die gewünschten Informationen über seinen leiblichen Vater geschickt. Es schien alles beim Alten zu sein, er lebte in einer Sozialwohnung in London und versoff seine Stütze, noch bevor der Strom bezahlt war. Warum er Damian gerade jetzt wieder anzapfen wollte, konnte auch King nicht herausfinden. Er hatte dem Detektiv die Anweisung gegeben, am Ball zu bleiben, zumindest in den nächsten Wochen.

Die Skyline war berauschend, aber das half ihm nichts. Er schaffte es heute absolut nicht, sich auf die Arbeit zu konzentrieren.

Und das lag nicht nur an seinem Erzeuger. Vor seinem inneren Auge erschien immer wieder das Gesicht eines goldenen Engels. Verdammt. Das war nicht gut. Als sie gestern Abend im Auto eingeschlafen war und ihren Kopf an seine Schulter gelegt hatte, hatte es ihn unglaubliche Überwindung gekostet, sie nicht zu berühren. Nur ein Schuft hätte diese Situation ausgenutzt. Sein Körper hatte ihn komplett verraten. Mit eiserner Willenskraft hatte er sich davon abgehalten, seine Hände in ihrem Haar zu vergraben und ihren verführerischen Lavendelduft aus nächster Nähe zu inhalieren, bis die verdammte E-Mail angekommen war.

Die jahrelange Abstinenz forderte jetzt anscheinend ihren Tribut. Wobei, das war nicht ganz richtig. Hin und wieder hatte er einen klassischen One-Night-Stand, unverbindlich, diskret und vor allem kannte er die Damen nicht näher und wollte sie auch nicht kennenlernen. Es war offensichtlich zu lange her, dass er diesen Aktivitäten nachgegangen war. Das konnte doch nicht wahr sein! Er war schließlich kein vierzehnjähriger Teenager, der seine Hormone nicht im Griff hatte.

Damian fuhr sich durch die Haare und packte seine Unterlagen zusammen. Es hatte wirklich keinen Sinn heute, dann machte er sich besser gleich auf den Weg. Es würde außerdem nicht schaden, wenn er pünktlich war. Damian instruierte seine Sekretärin, wo Julia abgeholt werden solle, um ihn in eineinhalb Stunden vor dem Restaurant zu treffen. Seine Mutter war schon einige Tage in China, sie hatte aber erst die Sonne auf Macao, der Karibik Asiens, genossen. Ihr Flug würde in Kürze landen; er wollte ihr eine Freude bereiten und sie überraschen. Zufrieden mit diesem Plan machte sich Damian auf den Weg.

Charlotte Stanhope grinste wie ein Honigkuchenpferd, als sie auf dem Weg zum Restaurant Tien Yi waren. Noch im Auto hatte sie Damian den Kopf gewaschen, was ihm einfiele, das *arme Mädchen* nicht zu Hause abzuholen, wo er seine Manieren gelassen habe und überhaupt. Er hatte seiner Mutter nicht widersprochen und Besserung gelobt. Wenn sie in dieser Stimmung war, war Verteidigung zwecklos. Und vielleicht hatte sie auch recht. Wenn Julia wirklich seine Freundin gewesen wäre, hätte er sie auf Händen getragen. Er nahm sich vor, auf solche Dinge zu achten, sonst würde seine Mutter Verdacht schöpfen. Den kleinen Fauxpas wollte er direkt wieder ungeschehen machen.

Julia wartete bereits am Eingangsportal des Restaurants. Er sah sie von Weitem mit ihrem Smartphone spielen, sodass sie sie nicht kommen sah. In der cremefarbenen Kombination mit den passenden Stilettos war sie ein echter Hingucker.

Als er und seine Mutter nah genug waren, riss er sie in seine Arme und verschloss ihren vor Schreck aufgerissenen Mund mit einem leidenschaftlichen Kuss. Der Kuss dauerte nur einige Sekunden, genügte aber, um sein Blut in Wallung zu bringen. Er hoffte, dies mit einem Grinsen überspielen zu können. Was war überhaupt in ihn gefahren!

„Meine liebe Julia, ich freue mich so unendlich, dich kennenzulernen!"

Charlotte nahm eine etwas überrumpelt wirkende Julia in ihre Arme. „Du bist bezaubernd! Herzlich willkommen in unserer Familie."

Julia schaute Damian über die Schulter seiner Mutter an, ihre Augen blitzten. Der kleine Überfall war also gelungen.

„Gleichfalls", murmelte sie, ganz offensichtlich immer noch etwas überfahren.

„Mutter, du erdrückst sie ja. Lasst uns reingehen", versuchte Damian, die Situation zu retten. Am liebsten hätte er sich für seinen Überfall geohrfeigt. Es war ganz und gar nicht seine Art, einem Impuls zu folgen, den er sich selbst nicht näher erklären konnte.

Damian legte den Arm schützend um Julia.

„Ich freue mich so sehr, dass ich nun endlich da bin und dich kennenlernen kann. Aber dazu haben wir ja nun genug Zeit. Kommt, ich bin am Verhungern." Charlotte hatte offenbar nicht mitbekommen, dass er Julia und sich selbst aus dem Konzept gebracht hatte.

Julias Wangen waren gerötet und sie senkte den Blick, als Damian sich ihr zuwandte.

„Ja, meine Liebe, ich denke, wir sollten reingehen, meinst du nicht auch?"

„Natürlich", antwortete sie und lächelte dabei verlegen.

„Dann kommt, Kinder!" Charlotte bildete die Vorhut und redete mit der Empfangsdame, die die drei an ihren Tisch begleitete.

„Was sollte das eben denn?", zischte Julia in Damians Ohr.

„Ich wollte, dass es echt wirkt. Tut mir leid, falls ich dich überrascht habe. Wird nicht mehr vorkommen. Versprochen", antwortete er ebenso leise.

„Du hast ja Nerven, echt!", gab sie ihm mit blitzenden Augen zurück. Dann waren sie am für Familie Stanhope reservierten Platz angekommen.

Das Restaurant war gut besucht, aber sie hatten einen Tisch für vier Personen in einer ruhigeren Ecke.

Damian sorgte dafür, dass Julia neben der vermeintlichen Schwiegermama und ihm gegenüber saß. Sie hatte die Hände im Schoß verschränkt und wirkte noch unsicherer als bei ihrem ersten Treffen. Er fand sie zu süß, wie sie jedes Mal errötete, wenn sie etwas gefragt wurde.

„Mein Herz, du musst nicht schüchtern sein. Meine Mutter frisst dich nicht auf." Julia warf ihm erneut einen schnellen, bösen Blick zu. Von Schüchternheit war darin keine Spur. Sehr gut. Das freute ihn seltsamerweise.

„Ach, bitte, *Schatz,* das ist jetzt aber nicht nett", konterte sie mit einem Mal zuckersüß.

Charlotte nahm ihre Halbbrille von der Nase und tätschelte Julias Hand.

„Meine Liebe, wir müssen offenbar noch an Damians Manieren arbeiten. Der Junge war schlicht und einfach viel zu lange alleine. Er hat gerade noch rechtzeitig die Kurve gekriegt, wie ich sehe."

Dabei musterte sie Damian streng und zwinkerte in ihrer unwiderstehlich charmanten Art Julia zu, die prompt lächelte. Damian beobachtete das mit Unbehagen, seine Mutter hatte anscheinend bereits nach der kurzen Zeit einen Narren an Julia gefressen. Wo sollte das hinführen?

„Entschuldige, Schatz, das lange Alleinsein ... vergib mir." Damian lehnte sich nach vorne, nahm Julias Hand und führte sie an seinen Mund. Nachdem er einen sanften Kuss darauf gedrückt hatte, behielt er ihre Hand in seiner und legte sie auf den Tisch. Er spürte, wie sie sich ein wenig versteifte.

Julia entzog ihm die Hand und an ihrem irritierten Blick konnte Damian erkennen, dass sie ihm am liebsten eine runtergehauen hätte. Sie hatte ihm den Überfall also noch nicht verziehen. Welcher Teufel ihn auch immer ritt, er hatte große Lust, das Spiel weiterzutreiben. So kannte er sich gar nicht, aber ihm blieb nicht viel Zeit, darüber nachzudenken.

„*Schatz*, ich glaube, das ist keine gute Idee. Sie müssen schon entschuldigen, Mrs. Stanhope! Ich weiß gar nicht, was mit Damian los ist, normalerweise ist er nicht so besitzergreifend in der Öffentlichkeit."

„Ach, bitte. Nenn mich doch Charlotte! Verliebten muss man das nachsehen. Und für mich persönlich ist es das reinste Vergnügen, ihn mal so zu erleben. Ich kann mich gar nicht daran sattsehen."

Damian konnte sich nur mit Mühe beherrschen. Wenn er gewusst hätte, wie viel Spaß es machen würde, hätte er womöglich schon viel früher eine Freundin engagiert. Allerdings hatte er bislang nie jemanden getroffen, mit dem er sich eine derartige Inszenierung hatte vorstellen können.

Während ein Kellner die ersten drei Teller mit verschiedenen Dim Sum brachte und erklärte, worum es sich bei den kleinen Klößchen handelte, versank er in der Betrachtung Julias. Ihr offenes goldblondes Haar fiel in leichten Wellen auf ihre makellosen, leicht gebräunten Schultern. Ihre Wangen waren immer noch ein wenig gerötet, und für seinen Geschmack saß sie einen Tick zu steif am Tisch. Vielleicht sollte er noch mal nachhelfen und sie aus ihrer Starre herausholen.

Er streckte unter dem Tisch seine Beine aus und angelte nach ihrem Knöchel. Dann fuhr er ganz langsam mit seinem Bein ihre Wade entlang. Der Effekt trat umgehend ein, sie errötete, warf ihm einen Blick, der töten konnte, zu und wandte sich dann von ihm ab, um dem Ober zuzuhören. Als dieser sein Sprüchlein beendet hatte und abzog, beschäftigte sie sich demonstrativ mit ihren Klößchen und Charlotte, indem sie sie nach ihrem Urlaub fragte. Damian beglückwünschte sich zu dem Erfolg und konnte sich kaum das Lachen verkneifen. So viel Spaß hatte er seit Jahren nicht mehr gehabt.

Jetzt trieb er es zu bunt. Julia musste sich wirklich zusammenreißen, um sich ihre Irritation nicht anmerken zu lassen. So viel zum Thema „Wird nicht mehr vorkommen".

Pah!

Sie konzentrierte sich erst auf den Kellner, als dieser sich zurückzog, begann sie ein Gespräch mit Charlotte. Als sie Damian in ihren Augen lange genug mit Missachtung gestraft hatte, setzte sie ein strahlendes Lächeln auf und wandte sich ihrem vermeintlichen Freund zu. Was er konnte, konnte sie schon lange.

„Liebling, du bist heute mal wieder unersättlich." Dabei probierte sie sich an einem besonders liebreizenden Augenaufschlag. Damians Augen blitzten interessiert. Hätte sie es nicht besser gewusst, hätte sie glauben können, dass er es richtig genoss, sie zu necken. Charlotte hatte ihre Brille zurechtgerückt und sich mit einem paar Essstäbchen über einen Teller mit kleinen Frühlingsröllchen hergemacht. Ihre Miene verriet leichtes Amüsement. Eigentlich sollten sie sich in der Gegenwart seiner Mutter etwas mehr zurückhalten, aber Damian hatte sie herausgefordert und einer Herausforderung konnte sie nur selten widerstehen.

Charlotte wirkte sehr sympathisch auf sie. Sie war äußerlich tatsächlich so, wie sie es sich ausgemalt hatte, graue Haare, Perlenkette, Kostüm, mit Haarspray betonierte Frisur, aber vom Wesen her zum Glück ganz anders: herzlich, locker und sehr nett – bis jetzt jedenfalls. Der Einzige, der sich hier danebenbenahm, war Damian. Er bettelte geradezu nach Revanche. Das konnte er haben!

Mal sehen, wie er damit umgehen würde. Sie beugte sich vor und legte am Tischbein vorbei ihre Hand auf seinen Oberschenkel, wo sie ihn sanft zu streicheln begann. Dabei ging sie Stück für Stück höher, bis sie Damians edelstem Teil gefährlich nahe kam. Damians Haltung versteifte sich mit jedem Zentimeter mehr. Wahrscheinlich hatte er nicht damit gerechnet. Oder war er doch nicht so cool, wie sie gedacht hatte? Das geschah ihm nur recht. Schließlich hatte er sie mit dem Kuss völlig überrumpelt.

Jetzt war es an Damian, sie mit offenem Mund anzustarren. Eins zu eins.

Julia konnte sich ein Grinsen nicht verkneifen. Er wollte es schließlich so. Also bekam er, wofür er sie gebucht hatte!

Sein Oberschenkel hatte sich kräftig und warm unter ihrer Berührung angefühlt, jede Faser seines Körpers wirkte durchtrainiert. Ihre Gedanken schweiften in eine unzüchtige Richtung ab. Eigentlich hatte sie mit der Oberschenkelnummer Damian aus der Fassung bringen wollen. Dass das Ganze auch eine bestimmte Wirkung auf sie haben würde, hatte sie nicht bedacht. Sie zog sich zurück, nahm die Essstäbchen in die rechte Hand und fischte nach einem hellen Klößchen in einer Schüssel, die gerade vor ihrem Teller stand.

Damian blitzte sie an und holte Luft, augenscheinlich um ihr verbal eine postwendende Retourkutsche zu geben, aber Charlotte, die mehr mitgekriegt hatte, als Julia lieb war, fuhr dazwischen: „Ach, Kinder. Erspart mir die Details eures augenscheinlich sehr aktiven Liebeslebens und lasst uns in Ruhe essen. Ja?"

„Selbstverständlich, Mutter", gab Damian angemessen zerknirscht zurück. Vielleicht hatten sie es etwas zu bunt getrieben, dachte Julia und nahm einen Schluck Wasser.

„Erzählt mir lieber, wie ihr euch kennengelernt habt!", forderte Charlotte die beiden mit einem kurzen Senken des Kinns und einem Blick über den Rand ihrer Brille auf. Dazu klapperte sie auffordernd mit ihren Essstäbchen in der Luft. Glücklicherweise hatten sie diesen Part am gestrigen Abend ausführlich besprochen, sodass sie sich den Ball gekonnt zuspielen konnten und Charlotte am Ende der Story freudig glucksend auf ihrem Stuhl saß.

Dann unterhielten sie sich über Europa, Julias Zeit in England während des Studiums und Damians Studienzeit in Berlin, und das Mittagessen verflog im Nu. Auf dem Weg nach draußen legte Damian einen Arm um Julia und informierte die beiden Frauen knapp, dass er noch etwas zu erledigen habe, aber dass die beiden doch shoppen gehen sollten. Er wirkte wie ausgewechselt, plötzlich war er wieder steif und förmlich.

Zu allem Überfluss zückte er auch noch seine schwarze Kreditkarte und gab sie Julia mit den Worten: „Hier, Schatz, du hattest doch letzte Woche den tollen Burberry-Trenchcoat gesehen, vielleicht solltest du ihn noch einmal anprobieren."

Erstaunt schaute sie auf das schwarze Rechteck, das er ihr entgegenstreckte. Dass als Steigerung der goldenen Kreditkarte die schwarze kam, war ihr neu, was sie aber viel mehr verblüffte, war, dass er ihr seine Kreditkarte überlassen wollte.

Das ging zu weit! Selbst wenn sie seine Freundin gewesen wäre, würde sie niemals etwas von seiner Kreditkarte abbuchen lassen. Und auch wenn sie das Geld gehabt hätte – nie im Leben würde sie einen Mantel für mehrere Tausend Euro kaufen, denn im Pacific Place gab es ausschließlich Luxusmarken. Das war Danielles Welt. Prada & Co. schaute Julia sich gerne aus der Distanz an, konnte überteuerter Mode aber nichts abgewinnen.

„Ähm. Ja. Wie du meinst, aber ich habe dir schon letzte Woche gesagt, dass ich mir ganz und gar nicht sicher war, ob der Mantel auch wirklich zu meinem Typ passt."

„Ich bin mir sicher, du wirst was Schönes finden, Liebling!"

Als Damian einen Schritt auf sie zu machte, vergaß sie die Kreditkarte sofort. Er wollte die Mittagsvorstellung anscheinend würdig zu Ende bringen.

Eine Gänsehaut breitete sich auf ihrem Körper aus, als er sie an sich zog und ihren Mund mit seinen Lippen verschloss. Der Kuss war zaghaft und sanft. Julias Lippen öffneten sich bereitwillig. Ihre Arme legten sich automatisch um seinen Hals, das Blut rauschte durch ihre Adern. Damians kräftige Hand fuhr an ihrer Wirbelsäule entlang und verursachte wohlige Schauer auf ihrer Haut.

Ein Räuspern holte sie in die Realität zurück. Verdammt, das war wirklich nah an echt. Julias Wangen brannten, als sie sich einen Schritt von Damian entfernte. Er hob ihr Kinn mit seiner Hand an und verabschiedete sich mit einem letzten Kuss auf ihre noch brennenden Lippen.

„Bitte genieß den Nachmittag mit meiner Mutter. Bis heute Abend dann, ich freue mich. Mutter, pass auf sie auf!" Er küsste Charlotte auf die Wange, drehte sich auf dem Absatz um und verschwand, dynamisch wie immer, mit langen, kräftigen Schritten um die Ecke.

Wie konnte dieser Mistkerl nur so cool sein. Es schien ihn nicht im Mindesten zu berühren. Sie rang noch mit ihrer Fassung, während er wahrscheinlich bereits die nächsten Geschäftstelefonate führte.

„Damian ist einzigartig, nicht wahr?" Damit hakte sich Charlotte vergnügt lächelnd bei Julia unter und zog sie in Richtung Boutiquen.

Julia konnte nicht widerstehen. Oder nur insofern, als dass sie Damians Kreditkarte nicht benutzte. Sie hatte die Rechnung aber ohne ihre vermeintliche Schwiegermutter und deren eisenharten Willen gemacht: Charlotte kaufte ihr mit dem Hinweis, sie habe Jahre auf diesen Moment gewartet, eine Handtasche von Hermès *und* einen Trenchcoat von Burberry.

Die Viscountess erklärte ihr fröhlich, es sei ihr lang gehegter, sehnlichster Wunsch, mit der Freundin ihres Sohnes shoppen gehen und ihr etwas Schönes kaufen zu können. Charlottes Willen zu widersprechen, war zwecklos. Als Julia nach der Einkaufstour alleine im Salon des Hauses eine Tasse Tee trank, standen neben ihr die zwei Einkaufstaschen. Jede Frau müsse eine Birkin Bag und einen klassischen Trenchcoat in ihrem Schrank haben, hatte Charlotte verkündet. Julias Verständnis von *müssen* war zwar ein anderes, aber sie wollte die alte Dame nicht vor den Kopf stoßen. Sie würde Damian die Sachen einfach nach dem Wochenende wiedergeben.

Charlotte hatte sich mit der Bemerkung, sich etwas ausruhen zu wollen, auf ihr Zimmer zurückgezogen, sodass Julia noch etwas Zeit blieb, sich in Ruhe auf den Abend einzustellen.

Das Wetter in Hongkong war weiterhin heiß und schwül, deshalb beschloss sie, den Pool im Haus aufzusuchen, bevor sie sich für den Abend stylte. Den Luxus eines eigenen

Schwimmbads hatte sie nicht alle Tage, das wollte sie ausnutzen. Nach einigen Runden im kühlen Nass fühlte sie sich erfrischt und bereit für das Geschäftsessen. Sie würde das Kind schon schaukeln. Schließlich war es ihre Profession, sich mit diesen feinen Pinkeln abzugeben. Es waren auch nur Menschen, was aber nichts daran änderte, dass sie sich als Privatperson in einer derart vornehmen Gesellschaft irgendwie fehl am Platz fühlte. Wenigstens würde Damian an ihrer Seite sein.

Ach, herrje!

Das Teufelchen hielt ein Schild mit einer Zehn in die Höhe.

Nicht gut.

Julia rief sich schnellstens in Erinnerung, sich nicht zu sehr an Damians Gesellschaft zu erfreuen. Zu ihrer Verteidigung gestand sie sich ein, dass es einfach zu lange keinen Mann mehr in ihrem Leben gegeben hatte. Da konnte Frau schon mal einen Moment schwach werden. Neben ihrem Job hatte sie in den letzten Monaten nicht einmal die Zeit gefunden, richtig auszugehen. Na ja. Und im Hotel hatten die netten Männer auch nicht gerade Schlange gestanden. Ihr Liebesleben war derzeit so spannend wie das Wort zum Sonntag. Es lag also auf der Hand, dass Mann nicht viel brauchte, um sie total von der Rolle zu bringen. Das mit Damian hatte nichts mit „sich verlieben" zu tun, sie würde die erotischen Momente genießen und nach dem Wochenende zurück nach Shanghai fliegen. Das Beste an der ganzen Geschichte war, dass ihre Geldsorgen ein Ende hatten. Und Damian würde sie nicht wiedersehen, erotisches Knistern hin oder her.

Charlotte rührte gedankenverloren mit einem silbernen Löffelchen in der edlen Porzellantasse, die vor ihr stand.

„Charlotte? Bist du noch dran?", hörte sie ihren Mann George am anderen Ende der Leitung sagen.

„Klar bin ich noch dran. Ich war ja heute mit Damian und seiner Freundin zum Lunch …"

„Was ist los, ist sie etwa eine dieser schlecht erzogenen Neureichen?"

„Ach, nein. Wo denkst du hin!" Charlotte wischte diese Vorstellung mit einer Handbewegung beiseite, auch wenn sie wusste, dass George sie nicht sehen konnte.

„Das Mädchen ist bezaubernd!"

„Das ist ja wunderbar. Was bedrückt dich dann?"

„Es ist Damian. Woher dieser plötzliche Sinneswandel? Er hat immer betont, dass er niemals, niemals, niemals, eine Familie gründen wird. Und nun ist er holterdiepolter Hals über Kopf verliebt, in ein ganz normales Mädchen, und stellt sie mir gleich vor! Ich meine, weder tickt bei ihm eine biologische Uhr, die ihn drängt, eine Familie zu gründen, noch passt das zu ihm. Wenn es ihm ernst wäre, dann würde er sie mir erst präsentieren, wenn das Aufgebot bestellt ist. Verstehst du? Ich weiß nicht, was es genau ist, aber irgendwas an der Geschichte stört mich."

„Was meinst du, Darling? Ich kann dir nicht ganz folgen."

Charlotte stellte die Teetasse scheppernd ab.

„Damian war schon immer ein verschlossener Junge, du weißt doch, wie viel Zeit es gebraucht hat, bis er sich überhaupt geöffnet hat. Und nach Tamaras Therapie und ihrem selbst gewählten Abschied war wirklich alles vorbei. Er hat niemanden mehr an sich herangelassen. Seitdem gibt es für Damian keine Ausschweifungen und Partys mehr ..."

„Hmmm." George überlegte. „Er ist doch ein gut aussehender Junge, die Natur fordert eben ihr Recht. Da würde ich mir keine Gedanken machen – oder glaubst du etwa –", er stockte, „dass er, hm, dass sein Zölibat ... unfreiwillig ist?"

„Ich glaube nicht, dass Damian kein Interesse an körperlicher Liebe oder ein Problem damit hat, ich meine, sieh dir nur Lucas an, Herr im Himmel, der Junge hat mehr Frauen im Bett gehabt, als man zählen kann! Und zu alledem wirkt Damian wirklich verliebt – wie er das Mädchen mit den Augen verschlingt! Ich sage dir! Ich wurde auf meine alten Tage direkt noch mal rot!"

„Du – nicht die Möglichkeit!" George lachte laut.

„Doch, so wahr ich hier sitze!" Charlotte nahm ihre Brille ab und biss an dem Brillenbügel.

„Ich habe Damian noch nie richtig verstanden. Die Jungs sind ihrem leiblichen Vater wirklich wie aus dem Gesicht geschnitten, das Einzige, was ich mir vorstellen kann, ist, dass er keine Familie gründen will, weil er Angst hat, moralische Hemmungen zu verlieren. Sein leiblicher Vater ist ein mieses Schwein, das seine eigene Tochter missbraucht hat. Seine Mutter ist viel zu früh an Bauchspeicheldrüsenkrebs gestorben. Welches Kind würde das nicht aus der Bahn werfen und nachhaltig verändern?

Tamara hat ihn schließlich auch noch verlassen, weil sie die Nähe zu den Brüdern nicht mehr ertragen konnte. Das war ein herber Schlag für ihn, er hat es nie verstanden und ich glaube, bis heute nicht überwunden. Sie war sein Ein und Alles, nachdem Alice gestorben ist."

George seufzte. „Damian ist eben ein Einzelgänger, na und? Der Junge wird schon wissen, was er tut, Charlotte. Vielleicht siehst du auch nur Gespenster! Mit dir geht mal wieder die Psychologin durch!"

„Ich weiß nicht! Sei nicht albern. Irgendwas an der Sache ist faul. Warum sollte Damian plötzlich seine Meinung zu seinem Privatleben ändern?"

„Du sagst doch selbst, dass er verliebt ist. Das wird wohl der Grund sein."

„Ach, du bist ein Mann, du hast keine Ahnung. Nein, da steckt mehr dahinter."

„O Gott. Der Herr steh uns bei!", stöhnte George am anderen Ende. „Bitte, mach keinen Blödsinn und lass Damian und seine Freundin in Ruhe."

Charlotte verdrehte die Augen, bevor sie antwortete. „Natürlich, Darling. Ich werde mich jetzt noch kurz hinlegen, es war ein anstrengender Tag." Sie hatte ganz und gar nicht vor, es dabei zu belassen, aber die Diskussion mit George führte auch zu nichts.

Für das weitere Programm hatte Julia ein schwarzes, bodenlanges Abendkleid mit Pailletten von Damian bekommen. Wie schon zuvor hatte sie auch dieses Mal wieder ein Päckchen in ihrem Zimmer gefunden. Noch spannender als ihre Abendgarderobe fand sie allerdings Damians Karte dazu.

Ich mußte denken unverwandt,
wie ich einst zwischen schwarzen Pinien
den tiefen Frühling sinnen fand,
als ich vor deiner Schönheit stand,
und durch der Scheitel dunkle Linien
dein Antlitz träumte wie ein Land.
Rainer Maria Rilke

Liebe Julia,
als ich dieses Kleid gesehen habe, dachte ich, es passt perfekt zu Dir. Ich hoffe, es gefällt Dir.
Damian

Sie spürte ihren Herzschlag, und ihre Hände zitterten leicht, als sie die Karte beiseitelegte. Gehörten diese Liebesbriefe auch zum Spiel? Das Teufelchen meldete Zweifel an und feixte. Julia setzte sich aufs Bett und kramte gedankenverloren nach einer Tic-Tac-Dose. Unentschlossen nahm sie das Kleid wieder zur Hand.

Es war hochgeschlossen, der Clou daran waren tropfenförmige Löcher, die jeweils einige Zentimeter ihrer leicht gebräunten Haut am Dekolleté, Rücken und den Oberarmen freiließen, als sie es angezogen hatte.

Sie ging ins Bad und bearbeitete ihre Haare mit dem Lockenstab. Am Ende waren sie leicht gewellt, sie steckte am Oberkopf einige Strähnen locker hoch und trug dezent Schminke im Nude-Look auf. Sie mochte das Gefühl, zugekleistert zu sein, nicht, daher verzichtete sie weitestgehend auf Make-up. Glücklicherweise konnte sie es sich leisten. Allein ihre Wangen betonte sie mit etwas Rouge. Ihre Romanheldinnen mussten sich noch damit behelfen, sich mehrmals in die Wangen zu kneifen, um etwas Farbe ins Gesicht zu bekommen. Heutzutage war dies erfreulicherweise einfacher.

Die Prozedur hatte sie beruhigt, Julia grinste ihrem Spiegelbild zu und straffte die Schultern, als es an ihrer Tür klopfte. Für einen Moment stockte ihr Atem, als sie die Tür öffnete. Damian stand vor ihr und sie musste schlucken. Seine maskuline Ausstrahlung war einfach umwerfend. Sie war davon ausgegangen, dass er wieder im Wagen auf sie warten würde wie beim letzten Mal.

„Guten Abend, Julia. Ich hoffe, du hattest einen schönen Nachmittag mit meiner Mutter?"

„Ja, danke. Charlotte war mehr als nett. Sie hat deine Nummer mit der Kreditkarte ausgebaut und mich noch mehr in Verlegenheit gebracht. Warte einen Moment, ich brauche noch meine Schuhe, dann bin ich so weit. Wie kommt es, dass du mich abholst?"

„Meine Mutter hat mir ganz schön die Leviten gelesen, weil ich dich vor dem Mittagessen *nicht* abgeholt habe." Er grinste verlegen. „Äh. Du siehst bezaubernd aus, das Kleid steht dir noch besser, als ich gehofft habe."

Damian trat einen Schritt zurück, um ihr den Vortritt zu lassen. Sie hatte noch nie gut mit Komplimenten umgehen können, es fiel ihr auch jetzt nicht leicht. Julia seufzte, nahm die Clutch und ihre Schuhe und ging an ihm vorbei. Dabei erschnupperte sie die einzigartige Mischung aus Zitrone und Meer, die Damian umgab. Sie würde sie aus einer Million Pröbchen erkennen.

„Stimmt etwas nicht?" Seine Stimme klang irritiert.

„Nein, es ist alles in bester Ordnung. Was erwartet mich heute Abend?", lenkte sie schnell ab.

„Wir gehen mit ein paar Geschäftspartnern essen und anschließend in einen Business-Club, ich möchte mich dort mit dir sehen lassen. Da ich dich nun an meiner Seite habe, ist es an der Zeit, der Damenwelt klarzumachen, dass ich nicht mehr zu haben bin. Das wird mein Leben deutlich vereinfachen, wenn ich mich in Zukunft nicht mehr vor den ganzen heiratswütigen Frauen in Sicherheit bringen muss. Wie bereits erwähnt, ist es eher eine Seltenheit, dass ich mich mit einer Dame in der Öffentlichkeit zeige."

Wie Julia von Charlotte bestätigt bekommen hatte, war sein letzter Satz die Untertreibung des Jahrhunderts. Damian hatte seit Jahren keine Freundin oder bekannt gewordene Affäre mehr gehabt. Deswegen war Charlotte so hellauf begeistert und behandelte Julia, als seien die Hochzeitsplanungen bereits voll im Gange. Wenn Charlotte nur wüsste. Es tat ihr fast leid, diese nette Dame so zu täuschen. Sie beneidete Damian nicht. Er würde hinterher mit der Enttäuschung seiner Mutter und den Selbstvorwürfen, weil er sie belogen hatte, alleine klarkommen müssen.

Auf dem Weg zum Wagen spürte Julia seine Hand auf dem Rücken. Er hielt ihr die Tür auf und ließ ihr den Vortritt. Sie konnte das mittlerweile so vertraute Prickeln auf ihrer Haut noch spüren, als sie bereits auf dem Rücksitz der Limousine saß. Damian telefonierte während der ganzen Fahrt. Es ging um Verträge, Meetings und Termine für die kommende Woche. Es war ihr ganz recht, dass sie sich nicht mit ihm unterhalten musste. Wenn sie alleine waren, fühlte sich Julia befangen und verkrampft.

Die Fahrt dauerte ewig. In Filmen hielten derartige Limousinen immer eisgekühlten Champagner oder Hochprozentiges für die Gäste bereit. Wie gerne hätte Julia etwas getrunken, um ihre Nerven zu beruhigen. Sie ging schließlich nicht alle Tage mit einem gutaussehenden Mann, den sie kaum kannte, zu einem Geschäftsessen und gab sich als dessen Freundin aus. Was würde er sich heute Abend wieder für Freiheiten herausnehmen? Erinnerungen an den letzten Kuss kamen in ihr hoch. Zum Glück wusste er nicht, wie sehr sie ihn genossen hatte. Sie hätte stundenlang so weitermachen können, wenn Charlotte das Ganze nicht unterbrochen hätte. Vor den Geschäftspartnern würde er sie sicherlich nicht küssen, oder doch? Es kribbelte in ihrem Bauch.

Damians Telefon klingelte erneut.

„Oh, hallo, Cynthia." Er schien überrascht zu sein und wandte sich demonstrativ in Richtung Fenster. Sieh mal einer an, dachte Julia. Und ihr erzählte er was von wegen keine Frauen und so. Sie verspürte einen kleinen Stich.

„Ja, vielen Dank. Es sind tolle Sachen, tausend Dank!", hörte sie ihn sagen. Julia nestelte an ihrem Täschchen herum, sie fühlte sich irgendwie fehl am Platz. So ganz geschäftlich klang es nämlich nicht.

„Wie? Ja, klar. Meine Sekretärin hat einen Schlüssel zum Penthaus, ich gebe ihr Bescheid, dass sie ihn auch rausrückt."

Wie, er ließ die Frau auch noch in seine Wohnung? Das Teufelchen stemmte die Hände in die Seiten, aber sie wollte gar nicht mehr darüber wissen und war froh, als er das Gespräch kurz darauf beendete.

„Meine Innenarchitektin", kommentierte Damian. Auch wenn es ihr schwerfiel, musste sie vor sich selbst doch zugeben, dass sie erleichtert war, dass es sich offenbar doch nur um einen Geschäftskontakt handelte. Zumindest wollte sie das annehmen.

Endlich, der Wagen stoppte.

Das Dinner erwies sich als ausgesprochen langweilig. Das Interessanteste des ganzen Abends war, dass sie Damian ungestört beobachten konnte. Er engagierte sich stark in den Gesprächen und nahm mehr oder weniger keine Notiz von ihr.

Julia nippte nur gelegentlich am Wein, diesmal wollte sie sich nicht betrinken. Sie machte also das, wofür sie bezahlt wurde. Lächeln, wenn sie etwas gefragt wurde, höflichen Small Talk, sobald sie ins Gespräch mit einbezogen wurde. Nur hin und wieder spürte sie Damians Arm an ihrer Stuhllehne hinter ihrem Rücken. Viermal hatte er ihre Hand aufmunternd gedrückt, als ob er ihr sagen wollte, dass sie es richtig machte. Viermal hatte sie sich zusammenreißen müssen, um bei seiner Berührung nicht zusammenzuzucken.

Nach dem Dinner stoppten sie noch bei zwei weiteren Business-Clubs. Zu Julias nicht geringem Erstaunen sprach Damian sogar Mandarin, er hatte keinerlei Probleme, sich mit den Chinesen in der Gesellschaft flüssig zu unterhalten. Als er ihr zulächelte, schlug Julias Herz wie immer, wenn sich ihre Blicke trafen, höher. Er stand niemals weit von ihr entfernt und oft legte er sogar seinen Arm um ihre Schultern, als ob er der Gesellschaft zeigen wollte, dass er, ein, wie sie bald erkannt hatte, begehrter Junggeselle, nun nicht mehr zu haben war. Auch wenn es nur gespielt war, fühlte es sich verdammt gut an, ihn so dicht neben sich zu haben, dachte sie, bevor sie sich auf den Nachhauseweg machten.

„Wir haben es zum Glück geschafft für heute. Ich mag diese Abendveranstaltungen eigentlich nicht besonders. Aber es ist doch gut, ab und an ein paar Kontakte aufzufrischen."

„Ja, ganz bestimmt."

„Aber?"

„Hm. Aber nicht sauer sein. Wenn du mich schon fragst", Julia zögerte, aber er lächelte leicht, also sprach sie weiter, „ich finde ja, du bist ziemlich förmlich und steif. Man bekommt ja fast Angst vor dir."

„Ach ja?" Er lachte.

„Ja. Was ist daran so lustig?"

„Julia, die Mitglieder dieser Businessclubs sind nicht meine Freunde, ich muss nicht lustig sein und den Clown spielen."

„Das ist doch was ganz anderes! Gott, du bist ein hoffnungsloser Fall."

„Ja, wahrscheinlich. Da könntest du recht haben." Er kratzte sich am Kinn und schaute aus dem Fenster.

Julia war schnell klar geworden, warum das Familienunternehmen so erfolgreich war. Damian war der geborene Konzernchef – intelligent, hervorragend ausgebildet und er hatte den nötigen Biss.

Mit einem Mal merkte sie, dass sie auch ohne Alkohol ziemlich kaputt war. Es war anstrengender, seine Freundin zu spielen, als sie gedacht hatte. Sie lehnte sich in die kühlen Ledersitze zurück und schloss die Augen.

„Müde?"

„Ja, etwas."

„Wir sind bald da." Er lockerte die Krawatte und zerzauste sich das Haar. Diese Kleinigkeiten veränderten ihn stark, plötzlich saß nicht mehr der CEO vor ihr, sondern Damian, der Damian, den sie mit seiner Mutter beim Mittagessen erlebt hatte. Er wirkte um Jahre jünger. Trotzdem umgab ihn immer eine melancholische Aura. Aber was wusste sie schon, sie kannte ihn ja praktisch nicht.

„Ich dachte, du machst so was ständig?"

„Was? Fremde Schönheiten als meine Freundin ausgeben? Nein. Wirklich nicht. Das ist in der Tat totales Neuland für mich", lachte er.

„Das hab ich doch nicht gemeint. Ich habe über das Networking gesprochen."

„Etwas ‚Networking', wie du sagst, gehört immer dazu. Aber vielleicht nicht in der Frequenz."

Wer hätte das gedacht? Am Ende des Tages war er guter Dinge. Damian grinste in sich hinein. Er hätte die ganze Aktion bisher sogar als ziemlich erfolgreich bewertet. Julia machte sich hervorragend an seiner Seite und alle waren entzückt von ihr. Es schien ihr nicht mal etwas ausgemacht zu haben, dass sie ständig angestarrt worden waren. Sie hatte erstaunlich gut durchgehalten, nachdem er ihr erklärt hatte, dass es nicht an ihr lag, sondern an ihm. Selbstverständlich wurde die erste Frau, die er jemals zu einer Veranstaltung mitgebracht hatte, die nicht geschäftlich mit ihm zu tun hatte, begutachtet wie ein weißer Tiger im Zoo.

Ihre Gegenwart war angenehm gewesen, er spielte mit dem Gedanken, öfter in Damenbegleitung auszugehen, das hatte etwas eindeutig Positives: Sobald die Diskussion an einen

Punkt kam, den er nicht mehr verfolgen wollte, hatte er sich an Julia gewandt und das Thema gewechselt. Perfekt. Außerdem hatte er Gefallen daran gefunden, sich mit ihr zu zeigen. Ihre ruhige Art gefiel ihm immer mehr. Sie war eine ganz entzückende Person, bodenständig, klug und dazu noch atemberaubend schön.

Allein beim Gedanken daran, dass er heute das Zimmer mit ihr teilen musste, wurde ihm unangenehm heiß. Damian lockerte die Krawatte. Er brauchte Luft, um seinen Puls zu beruhigen. Wenn seine Mutter ihnen diese Nummer abkaufen sollte, musste er mit Julia zusammen in einem Zimmer übernachten. Charlotte war unberechenbar, man wusste nie, wo sie als Nächstes auftauchte. Und er wollte keinesfalls das Risiko eingehen, dass alles aufflog und der ganze Aufwand umsonst war. Ganz zu schweigen von Charlottes Reaktion, falls sie herausbekam, dass er sie hintergangen hatte und eine Freundin inszeniert hatte, um seine Adoptivmutter loszuwerden. Nein, er musste das durchziehen.

„Was ist los? Stimmt etwas nicht?"

Julias sanfte Stimme riss ihn in die Gegenwart zurück. Ihre blauen Augen blickten ihn besorgt an.

„Das werden wir bald herausfinden", antwortete er knapp. Sie waren angekommen und Sammy öffnete die Tür der Limousine.

Jetzt musste er sich um das eigentliche Problem kümmern. Wie konnte er die Nacht in einem Zimmer mit Julia überstehen, ohne seine Prinzipien zu verraten? Sie lief vor ihm und sein Blick hing an ihren perfekt geschwungenen Hüften, die bei jedem Schritt sanft hin und her wiegten. Ihre Taille war schmal und forderte ihn förmlich dazu auf, sie mit beiden Händen zu umfassen.

Üblicherweise war er nicht derart hormongesteuert, aber Julias Gegenwart veränderte ihn, was ihn zutiefst irritierte. Sally stand im Eingang und hielt ihnen die Tür auf, sie hatte ganz offensichtlich bereits auf sie gewartet. Ihre Wangen waren wie immer leicht gerötet und ihre Augen blitzten vor Aufregung. Den Anblick des frischverliebten Paares wollte sie sich wohl nicht entgehen lassen. Damian führte Julia die Stufen nach oben und schob sie sanft durch die Tür.

„Guten Abend, ich hoffe, Sie hatten einen schönen Abend? Darf ich Ihnen noch Tee servieren? Ihre Mutter sitzt auch bereits im Salon."

„Vielen Dank, Sally. Ich würde sagen, der Abend war ein voller Erfolg."

Mehr würde Sally von ihm nicht erfahren, außerdem wusste sie, dass er kein großer Geschichtenerzähler war.

„Julia, Sie sehen bezaubernd aus! Sie beide zusammen ...! Heute habe ich mit meiner Schwester in England telefoniert und ihr von Ihnen erzählt, bitte, verzeihen Sie's mir, aber ich freue mich doch so, ich habe fast nicht mehr daran geglaubt!"

Julia kicherte, bevor sie antwortete: „Ich habe langsam verstanden, dass ‚Damenbesuch' und ‚Damian' zwei Worte sind, die nicht oft in einem Satz vorkommen."

Damian legte den Arm um ihre Taille und zog Julia mit sich Richtung Salon, dabei flüsterte er ihr zu: „Der Abend bisher war wunderbar, vielen Dank. Jetzt gibt es noch eine kleine Zugabe bei meiner Mutter. Das schaffst du auch noch."

Ihr frischer, blumiger Duft setzte sich in seiner Nase fest. Dabei hatte er Lavendel bis vor Kurzem noch als unausstehlich empfunden, aber in Verbindung mit Julia war es die beste Mischung, die er sich vorstellen konnte.

„Julia! Damian! Da seid ihr ja. Wie war der Abend?"
„Mutter, du weißt doch, wie langweilig diese Geschäftsessen sind, aber manchmal muss ich mir das einfach antun." Er lächelte Charlotte an, rückte den Stuhl für Julia zurecht, und nahm anschließend selbst neben ihr Platz. Julia wandte sich seiner Mutter zu: „Es war gar nicht so schlimm."

Ihr Lächeln konnte Eisberge zum Schmelzen bringen, war ihr das eigentlich bewusst? Charlotte hatte Julia jedenfalls schon um den Finger gewickelt.

„Damian, du hast wirklich mehr Glück als Verstand. Wo hast du nur dieses entzückende Wesen gefunden? Lange genug hat es ja gedauert und jetzt verlasse ich euch."

Damit setzte sie ihre Teetasse geräuschvoll auf den Untertasse und erhob sich schwungvoll. Damian sah aus den Augenwinkeln, wie Julia errötete. Sie sah einfach zum Anbeißen unschuldig aus, wenn das passierte.

„Gute Nacht, ihr Lieben. Ihr geht sicher auch bald ins Bett." Mit einem reichlich undamenhaften Grinsen drückte sie Julia und Damian einen Kuss auf die Wange und winkte ihnen zu.

„Gute Nacht, Charlotte!"

„Ja, gute Nacht, Mutter. Schlaf gut."

Als sich die Tür hinter Charlotte schloss, räusperte sich Damian. Gleich würde er Julia die frohe Botschaft überbringen müssen, dass sie heute Nacht nicht um den intimeren Part des Vertrages herumkämen.

„Was ist los, Damian? Du wirkst wieder total unnahbar. Habe ich irgendwas falsch gemacht?"

Verdammt, wenn er noch nicht mal seine Gesichtszüge unter Kontrolle hatte, wie sollte er dann andere Teile seines Körpers beherrschen? Das würde eine lange Nacht werden.

„Nein, nein. Es ist alles in Ordnung. Na ja. Relativ in Ordnung würde ich sagen."

Jetzt konnte er sich ein schiefes Grinsen nicht verkneifen. Es war lächerlich, dass er Angst davor hatte, mit ihr in einem Bett zu liegen. Er konnte die körperliche Anziehungskraft, die sie auf ihn ausübte, nicht leugnen, aber er wollte die Situation, ihre Gutgläubigkeit nicht ausnutzen. Denn eine Zukunft mit Julia gab es für ihn nicht.

„Also, was ist? So schlimm kann es doch nicht sein."

Mit einem großen Schluck leerte sie ihre Teetasse und schaute ihn erwartungsvoll an. Diese strahlend blauen Augen raubten ihm noch den Verstand. Er fuhr sich durch die Haare.

„Meine *Liebste*, wie Mutter schon gesagt hat, denke ich, *wir* sollten jetzt zu Bett gehen."

Julias Gesichtszüge entgleisten für einen Moment, als sie begriff, was das bedeutete.

„Ähm. Du meinst doch nicht etwa ...?!"

Damian stand auf und hielt Julia die Hand hin.

Er sah förmlich den Groschen fallen, als Julia sich an die Klausel des Vertrages erinnerte, in der erwähnt wurde, dass *falls es die Situation erfordern würde, sie sich mit ihm ein Zimmer teilen müsse* ...

„Doch, meine Liebe." Etwas leiser fügte er hinzu: „Denk dran, Sally ist noch wach, also falls du mich gleich wütend beschimpfen willst, dann bitte erst, wenn wir oben sind."

„Also wirklich. Das ist ja die Höhe", zischte sie leise zurück, machte aber keine Anstalten, sofort zum Angriff überzugehen. Es würde eine lange Nacht für ihn werden.

Als sie oben waren, schloss Damian die Tür hinter ihnen ab.

„Damit meine Mutter nicht auf die Idee kommt, uns das Frühstück ans Bett zu bringen. Bei ihr weiß man das nie."

Damian wirkte ernsthaft verlegen. Ein völlig neuer Ausdruck auf seinen markanten Gesichtszügen. Es stand ihm gut.

„Oh. Ich verstehe. Danke für die Vorwarnung."

Ihre Hände waren feucht.

„Keine Angst, ich werde dich nicht anrühren. Davon stand nichts im Vertrag und ich habe daran auch kein Interesse."

Natürlich nicht. Julia fühlte sich in ihrem Stolz gekränkt, versuchte aber, sich nichts anmerken zu lassen.

„Ja. Das ist mir klar." Leider klang ihre Stimme verschnupft. Damian sah zerknirscht aus. Wahrscheinlich, weil sie aussah, als würde sie gleich losheulen wie ein kleines Mädchen.

„Julia. Ich meine nicht, dass du nicht attraktiv bist. Auf keinen Fall. Eher das Gegenteil. Herrgott noch mal. Das ist aber auch alles kompliziert!"

Damian zerzauste sich die Haare noch mehr.

„Es ist nicht kompliziert. Wir haben eine Abmachung und daran halten wir uns. Nicht wahr?"

Julia drehte sich um, damit Damian nicht erkannte, dass sie den Tränen nahe war. Verdammt. Wütend schmiss sie die Pumps in die Ecke. Die schweineteuren Dinger würden sicher nicht gleich kaputt gehen. Sie stapfte ins Badezimmer und schloss die Badezimmertür etwas zu energisch hinter sich. Beim Abschminken und Zähneputzen ließ sie sich Zeit, um etwas runterzukommen.

Aus dem Schlafzimmer hörte sie den Fernseher. Wie konnte der Mann jetzt an Fernsehen denken? Das machte sie noch wütender. Sie war gezwungen, die Nacht neben einem leibhaftigen Adonis zu verbringen, und *er* schaltete den Fernseher ein? Die Welt war einfach ungerecht. Inständig wünschte sie sich eine Portion seiner Coolness und gleichzeitig verfluchte sie Damian dafür, dass er sie überredet hatte, herzukommen.

Das verdammte Teufelchen erinnerte sie daran, dass sie ohne das Geld dieses „Auftrages" so ungefähr am Arsch gewesen wäre – und außerdem hatte das Teufelchen tatkräftig mitgeholfen. Seufzend spritzte sie sich kaltes Wasser ins Gesicht, bevor sie es mit einem der flauschigen Handtücher trockenrubbelte. Als sie ihr Spiegelbild betrachtete, dachte sie daran, was sie eigentlich anziehen sollte. In Asien war es im Sommer so unendlich heiß, dass sie grundsätzlich nur mit einem Slip bekleidet schlief. Das konnte sie ja unmöglich jetzt machen, da Damian auf der anderen Seite der Türe im Bett lag und *fernsah*! Sie konnte es immer noch nicht fassen.

„Scheiße! Mir bleibt auch nichts erspart!", entfuhr es ihr.

Kopfschüttelnd wickelte sie sich in ein Handtuch, das Abendkleid hing achtlos über der Badewanne. Sollte es zerknittern, sie hatte in diesem Moment andere Sorgen, nämlich einen viel zu sexy Mann, der in ihrem, ähm, seinem, nein, dem *gemeinsamen* Gästezimmerbett lag und nichts von ihr wollte. Dem sie klarmachen musste, dass sie kein Nachthemd dabei hatte, weil sie immer nackt schlief. *Er* dachte dann hundertpro, sie wolle versuchen, ihn rumzukriegen. Egal. Das war dann sein Problem, sie wusste es ja besser. Eine andere Lösung hatte sie außerdem nicht. Julia hatte nur ein paar Kleider und Abendgarderobe im Gepäck, alles, um sich damit unter steinreichen Leuten zu bewegen. Es würde noch bescheuerter aussehen, wenn sie sich mit einem Kleid ins Bett legte, das man sonst zu einer Dinner-Party trug. Ihre Freundin Danielle hätte sicher drei seidene Negligés im Koffer gehabt und würde damit aussehen wie eine griechische Göttin. Sie war immer auf alles vorbereitet, ganz im Gegensatz zu ihr, der Organisationskanone Julia ...

So unauffällig wie möglich öffnete sie die Badezimmertür und stellte erleichtert fest, dass er das Licht bereits gelöscht hatte. Nur der flackernde Fernseher erhellte das Zimmer so weit, dass sie zum Bett laufen konnte, ohne zu stürzen. Julia schaute Damian nicht an, drehte sich mit dem Rücken zu ihm, hob die Decke ihrer Bettseite an, ließ das Handtuch fallen und schlüpfte unter die Laken. Damian sagte nichts, sie hörte aber, wie er die Luft für einen Moment anhielt. So weit wie möglich von ihm entfernt und ihm den Rücken kehrend, legte sie sich auf die Seite.

„Gute Nacht, Damian. Ich nehme an, du gibst mir die Anweisungen für morgen rechtzeitig?"

Im Fernseher lief eine Nachrichtensendung auf BBC. Natürlich. Der Mann konnte nicht mal mitten in der Nacht entspannen, sondern musste auch dann noch Aktienkurse und die Kriege der Welt verfolgen.

„Gute Nacht, Julia. Ich habe morgen tagsüber einige geschäftliche Termine, abends hole ich dich dann ab und wir gehen mit der Familie essen. Es tut mir leid, dass das Ganze doch komplizierter ist, als ich dachte. Ich habe so etwas auch noch nicht gemacht. Glaubst du, es ist leicht für mich?"

„Wieso machst du es dann überhaupt? Millionen von Frauen, würden sich nach einem Mann wie dir die Finger lecken."

„Ich will aber keine Frau."

„Pff. Bist du schwul oder wie?"

„Ganz sicher nicht. Ich habe meine Gründe."

Er hatte seine Gründe? Was sollten das für bescheuerte Gründe sein?, dachte sich Julia verärgert.

„Von mir aus. Kann ich jetzt schlafen? Gute Nacht."

Damit zog Julia die Decke demonstrativ bis unters Kinn und schloss die Augen. Vermutlich würde sie kein Auge zutun. Das Ganze war eine Zumutung sondergleichen. Die Villa hatte bestimmt zwanzig Zimmer und sie musste mit einem Mann in einem Bett schlafen, der wahrscheinlich auf Männer abfuhr, und sie lag da und wurde von seinem verdammt ungerecht tollen, herben, frischen, männlichen Geruch hypnotisiert. Er saß im Bett, sein Oberkörper war unbekleidet, das hatte sie auch im fast dunklen Zimmer erkennen können. Und das, was sie gesehen hatte, machte die Sache nur schlimmer. Seine Brust war glatt und muskulös, aber keine künstlich aufgepumpten Bodybuilder-Muskeln, sondern fein definierte, perfekt ausgeprägte ... Es war einfach ungerecht!

Damian stand plötzlich auf und ging ins Badezimmer. Nach einigen Minuten hörte sie Wasser in der Dusche laufen. Der Mann hatte Nerven, wie kam er jetzt auf die Idee, noch zu duschen?

Julia war unendlich genervt. Irgendwann drehte sie sich auf die andere Seite und kuschelte sich ins Kissen. Sie lauschte den Geräuschen, die Damian beim Duschen machte, den Wassertropfen am Wannenrand. Er duschte und duschte. Obwohl sie niemals gedacht hätte, dass sie schlafen könnte, fielen ihr schließlich doch die Augen zu.

Kapitel 7

Damian drehte die x-te Runde im Schwimmbad. Er hatte gehofft, dass er den Kopf dadurch freibekommen würde. Die Demütigung hatte gestern Nacht ihren Höhepunkt erreicht. Er hatte bereits mit einer unglaublich schmerzhaften Erektion im Bett gesessen und als Julia dann zur Krönung nur mit einem mini Slip bekleidet aus dem Badezimmer unter die Bettdecke geschlüpft war, hatte er es nicht mehr ausgehalten.
Wie ein notgeiler Teenie hatte er sich in die Dusche gestellt und sich selbst Erleichterung verschafft, während Julia seelenruhig im Bett lag und schlief. Allein der Gedanke an diese Erniedrigung ließ ihn schneller schwimmen, als ob die schmerzenden Muskeln die Erinnerung daran vertreiben würden. Wie sollte er das noch eine weitere Nacht durchhalten? Er hatte kaum ein Auge zugetan, denn die Masturbation war nur ein Tropfen auf den heißen Stein gewesen. Sobald die Zeit halbwegs vertretbar gewesen war, war er zum Pool gekommen, im Zimmer mit seiner gekauften Freundin hatte er es einfach nicht mehr ausgehalten.

„Guten Morgen, Damian. Du bist schon wach?"

Auch das noch. Seine Mutter konnte offensichtlich auch nicht schlafen. Er versuchte, ein möglichst freundliches Gesicht zu machen.

„Guten Morgen, Mutter. Wieso bist du denn heute schon auf den Beinen?"

Damian stützte sich an den Rand und verfolgte, wie Charlotte ihren Bademantel auf die Liege warf und die Badelatschen daneben abstellte.

„Ich vermisse George. Alleine schlafe ich nie gut. Das weißt du doch. Aber was ist mit dir?"

„Ich muss gleich zu einem Termin. Was soll mit mir sein?"

Mit einem Schwung stemmte sich Damian aus dem Wasser, nahm sich eines der aufgestapelten Handtücher und schlang es um die Hüften.

„Du weißt, was ich meine. Solltest du nicht bei deiner Angebeteten im Bett liegen, anstatt zu schwimmen?" Charlottes durchdringender Blick nagelte ihn förmlich fest.

„Mutter, bitte. Jetzt lass die Psychologin im Schrank, ich sitze nicht auf deiner Couch. Ich wollte vor der Arbeit eine Runde schwimmen, ist das so schlimm?"

Sein Ton klang ärgerlicher, als beabsichtigt, er musste besser aufpassen. Seine Nerven waren nach der letzten Nacht wohl etwas überspannt. Und nicht nur diese.

„Mein Lieber, ich will doch nur, dass es dir gut geht."

Sie meinte es im Grunde nicht böse – dass sie zufällig eine hochdekorierte Psychologin war, machte die Sache allerdings nicht einfacher.

„Ich weiß, ist schon okay, Mutter. Ich werde jetzt nach Julia sehen und dann muss ich zur Arbeit. Mach dir nicht so viele Sorgen um mich."

Damian versuchte, ein unschuldiges Lächeln aufzusetzen, fürchtete aber, dass es ihm gründlich misslang. Obwohl seine Mutter ihn niemals gedrängt hatte, wusste er doch, dass sie sich wünschte, er würde offener mit ihr über sich, seine Kindheit und seine Gefühle sprechen. Aber er konnte es nicht. Er hatte alles so tief wie möglich in der hintersten Ecke seiner Seele vergraben.

„Ach, Damian. Ich hoffe so sehr, dass du und dein Bruder endlich sesshaft werdet und eine Familie gründet. Ich will nicht erst Enkelkinder, wenn ich im Rollstuhl sitze und selbst Windeln trage."

Jetzt fing sie schon wieder damit an! Herrgott noch mal!

„Ich muss los. Du siehst doch, ich bin dabei …"

Die Heiraten-und-Kinderkriegen-Diskussion wollte er nicht zu dieser und eigentlich zu keiner Stunde weiter vertiefen, deswegen machte Damian sich zügig auf den Weg zum Ankleidezimmer. Glücklicherweise hatte er seine Kleidung nicht in Julias Zimmer bringen lassen. Er hatte wenig Lust, sie zu treffen, bevor er zu seinem Termin musste. Die Abkühlung hatte ihn gerade genug beruhigt, dass er sich für die nächsten Stunden einigermaßen auf das, was wirklich wichtig war, würde konzentrieren können.

Es durfte nicht sein, dass ein Mädchen ihn so aus der Bahn warf. Auch wenn das Mädchen eine verdammt gutaussehende junge Dame war, die die verführerischsten Kurven besaß, die er jemals gesehen hatte. Verflucht. Jetzt dachte er schon wieder nur an sie!

Als Julia aufwachte, war Damian weg. Erstaunlicherweise hatte sie wunderbar geschlafen. Sie war nur ein einziges Mal aufgewacht und die gleichmäßigen Atemzüge neben ihr im Bett hatten sie sofort wieder schläfrig werden lassen. Sie war etwas enttäuscht, dass er grußlos verschwunden war. Andererseits konnte sie es ihm nicht verdenken. Was sollte er von ihr halten, nachdem sie sich fast nackt ins Bett gelegt hatte, als ob sie es darauf anlegte, von ihm gevögelt zu werden. Julia stöhnte und zog sich die Decke über den Kopf. Es nützte nichts, sie würde es ihm irgendwann heute erklären. Das konnte er ihr nicht zum Vorwurf machen. Er hatte mit keinem Wort erwähnt, dass er bei ihr schlafen würde – und der Vertrag mit all den Eventualitäten stand auf einem anderen Blatt.

Zugegebenermaßen hätte sie daran denken können. Aber in ihrem Apartment in Shanghai war es im Sommer dermaßen heiß, dass sie einfach nichts zum Schlafen tragen konnte. Es gab zwar eine Klimaanlage in der Wohnung, die reichte jedoch bei Weitem nicht aus, um die ganzen sechzig Quadratmeter richtig runterzukühlen. Pyjamas waren für den Winter da, nicht für die tropische Hitze Hongkongs.

Aber vielleicht konnte sie heute ja kurz in einen Laden fahren und etwas kaufen. Charlotte musste sie sich dafür allerdings vom Hals schaffen, wenn sie dabei war, müsste sie das heißeste Negligé Hongkongs aussuchen. Sie konnte unmöglich einen Liebestöter erwerben, ohne dass seine Mutter Verdacht schöpfen würde. Es war einfach zum Verzweifeln.

Verärgert schwang sich Julia aus dem Bett. Es war nicht zu ändern. Vielleicht fiel ihr nach dem Frühstück etwas Besseres ein. Bis Damian wieder auftauchen würde, hatte sie bestimmt genug Zeit, etwas zu organisieren. Julia ging ins Bad. Unter der Dusche hatte sie dann doch einen Geistesblitz. Damian war sportlich, was bedeutete, dass er hier im Haus garantiert Sportklamotten aufbewahrte. Sie musste nur herausfinden, wo – die perfekte Lösung.

Als Julia sich angezogen hatte, schlich sie aus dem Zimmer und lauschte, ob jemand in der Nähe war. Sie kam sich wie eine Diebin vor. Lautlos bewegte sie sich barfuß auf dem dicken Teppich, der überall im Flur lag. Wo konnte sein Zimmer sein? Die Villa hatte einen Keller, dort befanden sich der Fitnessraum und der Swimmingpool und vermutlich auch eine Waschküche und ein Abstellraum. Im Erdgeschoss waren die Gesellschaftsräume des Hauses, der Salon, das Esszimmer, Bibliothek, Kaminzimmer, Fernsehzimmer und die Küche. Im ersten Stock, in dem sich auch ihr Schlafzimmer befand, waren fünf Räume. Charlotte war ihr auf diesem Flur noch nicht begegnet, daher vermutete Julia, dass der Masterbedroom im Obergeschoss lag. Sie würde auf der Etage, wo ihr Zimmer war, anfangen. Vorsichtig öffnete sie die erste Tür. Dahinter verbarg sich ein Zimmer in der gleichen Größe wie ihres, es war ähnlich ausgestattet, aber es befanden sich einige persönliche Dinge im Raum. Nur wenige, aber was sie fand, nicht zu Damian passend. Sportmagazine, verschiedene Ausgaben des Playboys, haufenweise CDs und Bücher aus aller Welt.

Julia schloss, dass dies Lucas' Zimmer sein musste. Leise verließ sie den Raum und ging weiter zum nächsten Zimmer. Das sah schon viel mehr nach Damian aus. Dieser Raum war zweckmäßig, aber stilvoll eingerichtet, an der Wand hingen Fotografien verschiedener Landschaften und auf dem Schreibtisch fand Julia diverse Ausgaben des Harvard Business Review, etliche Bücher über Strategie, Leadership, Finanzwesen und Recht. Ja, das sah eindeutig nach Damian aus. Lebte der Mann wirklich nur für die Arbeit? Julia schlüpfte ins Zimmer und machte die Tür hinter sich zu. Sie fühlte sich wie ein Eindringling. Eigentlich hatte sie nicht spionieren wollen, aber sie gab dem Drang nach und schaute in die Schränke.

Um ihr Gewissen zu beruhigen, redete sie sich ein, dass sie nur nach einem T-Shirt suchte. Das Teufelchen hüpfte vor Aufregung und sagte ihr ungeniert, dass sie einfach neugierig sei und gerne etwas mehr über die Person Damian Stanhope erfahren würde. Was auch immer sie sich jedoch erhofft hatte, sie fand nichts, was mehr über ihn preisgab, als sie ohnehin schon wusste. Im Ankleideraum, der an das Bad angrenzte, hing eine Reihe dunkler Anzüge, von Dunkelblau bis Schwarz, diverse Hemden, fast alle schlicht weiß bis auf ein paar wenige blaue und karierte und unendlich viele Krawatten. Ganz am Ende des begehbaren Schrankes fand sie eine Ecke mit privaten Kleidungsstücken, einige abgetragene Jeans, Shirts und mehrere Paare Turnschuhe. Und eine kleine Kiste. Ihr Herz begann schneller zu klopfen. Sollte sie? Das Teufelchen nickte heftig. Ihre Finger juckten.

Sie lauschte, ob jemand im Anmarsch war, dann hob sie den Deckel ab. In der Kiste lagen ein paar alte Familienfotos. Sie war überrascht. Damit hatte sie nun wirklich nicht gerechnet. Das oberste zeigte eine fünfköpfige Familie, zwei Jungs, wahrscheinlich Damian und sein Bruder, und ein älteres Mädchen. Einer der Jungs drehte den Kopf zur Seite, sodass sie das Gesicht nicht vollständig sehen konnte. Dann waren da noch die Eltern. Waren das seine leiblichen Eltern? Das Foto war etwas vergilbt, aber es war eindeutig zu erkennen, dass der Vater eine nicht wegzudiskutierende Ähnlichkeit mit Damian hatte, sogar der gleiche, ernste Gesichtsausdruck. Wahnsinn!

Schnell durchforstete sie den überschaubaren Rest. Es gab noch ein Porträtfoto einer Frau, vielleicht seiner Mutter. Sie hatte lange Haare und unglaublich intensive Augen, die hatte

Damian also von ihr. Aber sie lächelte nicht, sie sah traurig aus. Sie würde Damian irgendwann noch einmal eingehender dazu befragen. Schnell stellte sie die Kiste zurück. So sah es also aus. Sie wusste nun auch nicht viel mehr über den privaten Damian als zuvor. Bei ihm drehte sich tatsächlich fast alles um die Arbeit. Aber in seiner Hauptwohnung musste er doch mehr persönliche Dinge haben – mehr Bilder, mehr Bücher, mehr irgendetwas!

Zumindest eine Goethe-Gesamtausgabe.

Julia schnappte sich ein ausgewaschenes T-Shirt mit dem Aufdruck *Freie Universität Berlin*, öffnete leise die Tür, lugte vorsichtig um die Ecke und hoffte, dass sie keiner auf frischer Tat ertappen würde. Niemand war unterwegs. Schnell huschte sie auf den Flur und atmete erleichtert auf.

Als sie, zurück in ihrem Zimmer, das T-Shirt verstaute, knurrte ihr Magen gewaltig. Gestern hatte sie das Frühstück mutterseelenallein im großen Speisezimmer eingenommen. Julia hatte sich verloren gefühlt, das wollte sie heute vermeiden. Nachdem sie im Speisezimmer niemanden antraf, marschierte sie gemächlich in Richtung Küche und schaute durch die offene Tür.

„Hallo?"

Es war niemand zu sehen, also ging sie hinein. Die Küche war penibel aufgeräumt, es lag kein einziger Krümel auf der blank polierten Arbeitsfläche aus Edelstahl.

„Kindchen! Haben Sie mich erschreckt!"

Julia zuckte zusammen, sie konnte Sally zwar hören, aber nicht sehen. Sie ging einen Schritt weiter um die Ecke, wo sie die Haushälterin fand, die an einem kleinen Holztisch saß und ein Gebäck mit Marmelade aß.

„Entschuldigung. Das wollte ich nicht ... Guten Morgen!"

„Guten Morgen, Kindchen. Was machen Sie denn hier unten? Ich wäre doch zu Ihnen nach draußen gekommen, wenn Sie mich gerufen hätten! Warten Sie, ich bringe Ihnen das Frühstück ins Speisezimmer, wie es sich gehört."

Sally war aufgesprungen und auf ihrem runden Gesicht zeichneten sich hektische Flecken ab. Offenbar bekam sie selten Besuch in ihrem Reich.

„Bitte, kann ich nicht bei Ihnen frühstücken? Es ist so einsam in dem riesigen Raum."

„Oh! Ist Mrs. Stanhope nicht da? Ja, wenn Sie meinen, aber ich sage Ihnen gleich, das wird Damian nicht gefallen."

„Wieso sollte es ihm nicht gefallen? Er muss ja nichts davon erfahren, nicht wahr?"

Sie zwinkerte Sally zu. Diese lächelte und setzte Wasser auf.

„Sie haben es ja faustdick hinter den Ohren! Kein Wunder, dass er so vernarrt in Sie ist!"

Die Gute ließ sich ganz schön täuschen. Damian war vieles, aber ganz sicher nicht vernarrt in sie.

„Ach. Hören Sie auf. Wieso sollte ich nicht hier bei Ihnen sein? Das müssen Sie mir erklären."

„Sie sind im Hause einer reichen, adeligen Familie. Hier frühstückt man nicht mit der Haushälterin. Wenn ich es mir recht überlege, ich will auch keinen Ärger bekommen."

„Quatsch, Sally. Ich lebe nicht nach diesen verstaubten Regeln. Ich brauche Gesellschaft, ich kann doch nicht den ganzen Tag alleine rumsitzen und auf Damian warten. Das wird er schon verstehen."

„Wie Sie meinen. Ich freue mich zumindest darüber, dass wieder Leben im Haus ist. Wissen Sie, früher, als die Familie noch einen Teil des Jahres hier verbracht hat, war alles anders. Es gab eine Menge Leben hier. Aber nach Tamaras …, ähm, na ja, das hat alles irgendwie verändert. Aber das hat er Ihnen sicherlich alles schon erzählt. Ich sollte nicht so viel tratschen, ich mache mich jetzt mal an Ihr Frühstück. Eier und Speck?"

Nein. Leider hatte ihr Damian rein gar nichts erzählt. Gerne hätte sie mehr darüber erfahren, was damals passiert war mit seiner Mutter und seiner Schwester. Dass diese Ereignisse die Familie komplett aus der Bahn geworfen hatten, war verständlich, Julia fand es aber schwer zu erahnen, was tatsächlich passiert war. War Damian deswegen so verschlossen? Wieso wollte er nicht darüber sprechen? Welche Rolle spielte sein Vater dabei? Aber sie wollte Sally nicht ausfragen. Vielleicht konnte sie ja Charlotte ...?

„Äh. Ja, gerne. Eier und Speck. Und Tee bitte", beeilte sie sich zu sagen.

Julia setzte sich auf einen der wackeligen Holzstühle, die neben dem kleinen Esstisch standen. Sally klapperte geschäftig mit Töpfen, Tellern und Pfannen und zeigte unverhohlene Freude darüber, jemandem ein gutes englisches Frühstück servieren zu können.

„Und seit wann sind Sie hier in Hongkong?", versuchte Julia, ein Gespräch anzuknüpfen.

„Anfangs bin ich mit der Familie zwischen England und Asien hin und her gereist", ging Sally bereitwillig darauf ein, „aber dann habe ich meinen Chow getroffen. Er war als Fahrer bei der Familie angestellt, tja, und Sie wissen schon, eins hat sich zum anderen gefügt. Ich hätte ja nie damit gerechnet, dass ich hier jemanden finden würde."

Sally errötete und nestelte etwas zu aufwendig mit dem Pfannenwender herum. Sieh mal einer an, eine Liebesgeschichte unter Angestellten, dachte Julia.

„Das klingt wundervoll."

„Seitdem wohne ich hier mit Chow, er arbeitet nicht mehr als Fahrer, wegen seinen Augen, wissen Sie. Sie sind nicht mehr die besten, aber er hält den Garten in Schuss und kümmert sich um alles, was das Haus betrifft, das kann er wirklich ganz hervorragend."

„Ich würde mich wirklich äußerst freuen, ihn auch kennenzulernen." Julia hatte das zu der ihr wirklich sympathischen Frau gesagt, bevor sie daran dachte, dass sie kaum Gelegenheit haben würde, ihre Bekanntschaft zu vertiefen. Außerdem kam es ihr falsch vor, Sally etwas vorzuspielen. Sie bereute den Satz bereits, aber die Haushälterin ging glücklicherweise darüber hinweg und schwieg.

„Erzählen Sie mir doch ein wenig, wie war das Leben für Sie hier in Hongkong? War die Familie oft hier?"

„Es war so viel Leben im Haus, nachdem die Jungs und Tamara bei den Stanhopes eingezogen sind. Aber dann, das Mädchen war zu verletzt, also seelisch, meine ich, sie war ja schon älter als die beiden Kleinen. Und dann, urplötzlich, wollte sie nichts mehr mit der Familie zu tun haben. Ist einfach verschwunden und wollte keinen Kontakt mehr. Das hat Damian das Herz gebrochen, sie standen sich sehr nahe. Er hat sie vergöttert. Aber was rede ich denn da, ich sollte nicht ..."

Ihre Stimme stockte, sie räusperte sich und wechselte das Thema. „Und dann auch noch die Rückgabe Hongkongs an China. Es hat sich einiges verändert. Die Familie kommt nur noch selten, jetzt spielt sich ja alles in Shanghai ab. Am häufigsten sehe ich Damian, er hat geschäftlich öfter hier zu tun. Aber er hat sich sehr verändert, wissen Sie, früher war er ein echter Draufgänger. Also als Teenager meine ich, da war kein Rock vor ihm sicher."

Sally musste lachen und Julia stimmte mit ein. Sie versuchte sich vorzustellen, wie der jugendliche Damian alles anbaggerte, was weniger als vier Beine hatte, was ihr nicht so recht gelingen wollte.

„Sally, Sie haben Besuch?"

Charlotte kam um die Ecke gewirbelt. Die kleine, zierliche Dame war ein einziges Energiebündel.

„Ach, Julia, du bist es! Was machst du denn in der Küche? Wieso bist du nicht im Esszimmer?"

Julia wurde heiß. Sie fühlte sich ertappt.

„Hm. Na ja. Dort fühle ich mich so alleine, deswegen dachte ich mir, ich könnte ein wenig Gesellschaft bei Sally finden. Es tut mir leid, wenn..."

„Papperlapapp, du kannst frühstücken, wo und mit wem du willst. Wenn ich ehrlich bin, dann habe ich es auch satt, ständig alleine zu essen. Warum machen Sie mir nicht eine Tasse Tee, Sally. Gefrühstückt habe ich ja schon."

Kurzerhand zog Charlotte sich einen Stuhl heran und setzte sich Julia gegenüber an den kleinen Esstisch. Julia seufzte erleichtert, als ihre eigenmächtige Aktion in der kleinen Teerunde so ein erfreuliches Ende nahm. Die drei Frauen plauderten, lachten und Julia fühlte sich mehr zu Hause, als sie es bei ihrer Familie jemals gewesen war.

Das verflixte Teufelchen erinnerte sie daran, dass es nicht ihre Familie war und sie nicht dazugehörte. Ihre Stimmung erhielt durch diesen berechtigten Einwand einen Dämpfer, aber es fiel ihr leicht, sich nichts anmerken zu lassen, dazu war es einfach zu schön. Nach dem Wochenende würde alles vorbei sein, und sie nahm sich vor, diese Stunden zu genießen, aber nicht so sehr, dass sie hinterher litt.

Mittags setzte sie sich auf die Terrasse und genoss dann den ersten richtig faulen Nachmittag seit Monaten mit einem Buch, das sie sich von einem Regal im Salon genommen hatte. Die Familie besaß allerhand Klassiker in ihrer Bibliothek und Julia hatte sich Sturmhöhe von Emily Brontë ausgesucht. Charlotte war ausgeflogen, um alte Bekannte zu besuchen, und Sally versorgte sie mit Sandwiches, Tee und hausgemachtem Apfelkuchen. Es war himmlisch und nur gelegentliche Gedanken an Damian, die letzte Nacht sowie die kommende trübten ihr Hochgefühl vorübergehend.

Für das Abendessen mit der Familie suchte sich Julia ein schwarzes, knielanges Kleid aus ihren eigenen Klamotten aus, dazu nudefarbene Pumps. Die langen, blonden Haare waren bereits geglättet und sie hatte ein leichtes, sommerliches Make-up aufgetragen. Wie immer betonte sie dabei die Augen und setzte einen weiteren Akzent mit rosafarbenem Lipgloss. Nicht zu viel und nicht zu wenig. Sie schnappte sich drei Tic Tacs und warf sie in den Mund, um den Lipgloss nicht gleich zu verwischen. Julia war zufrieden, als sie auf dem Weg in den Salon war. Von Damian hatte sie den ganzen Tag keinen Pieps gehört, vermutlich war er zu beschäftigt gewesen. Natürlich meldete er sich nicht bei ihr, was sollte es auch zu besprechen geben. Ihr Deal war klar, mehr gab es nicht zu diskutieren. Dennoch schlug ihr Herz schneller beim Gedanken daran, dass sie ihn gleich wiedersehen würde.

„Julia, Darling, du siehst zauberhaft aus. Ich glaube, du wirst von Minute zu Minute noch hübscher."

Aus dem Salon kam ihr Charlotte entgegen und küsste sie auf die Wangen. Wie immer war sie perfekt frisiert, ihre grauen Haare waren mit Haarspray betoniert. Charlotte trug ein leicht tailliertes rosafarbenes Kostüm und schwarze Pumps mit einem Miniabsatz. Genau wie Julia sich eine echte Viscountess vorgestellt hätte – eine Mini-Queen eben. Julia musste sich ein Kichern verkneifen.

„Vielen Dank, Charlotte, du siehst auch sehr gut aus."

„Danke, Darling. Komm, wir trinken ein Glas Sherry, bevor wir losfahren. Die Männer sind etwas spät dran."

Die Männer? Mehrzahl? Julia horchte auf. Vielleicht war Jan nach Hongkong gekommen. Aber wieso?

„Äh. Ja, gerne."

Charlotte hakte sich bei Julia unter und sie schlenderten gemeinsam zum Kaminzimmer. Warum man in einem Land mit tropischer Hitze einen Kamin brauchte, erschloss sich Julia nicht, aber sie musste schließlich nicht alles verstehen. Charlotte schaltete den Gaskamin an und sofort flackerten kleine blaue Flammen unter den Steinen hervor und eine heimelige Atmosphäre breitete sich aus, ohne dass so viel Hitze wie mit brennendem Holz erzeugt wurde. Es ging offensichtlich nur um die Optik. Charlotte und Julia setzten sich in die großen dunkelbraunen Ledersessel vor den Kamin und Sally kam mit einem Tablett, auf dem zwei kurzstielige Gläser mit einer goldbraunen Flüssigkeit standen.

„Bitte sehr! Darf ich Ihnen sonst noch etwas bringen?"

„Sie sind ein Schatz. Nein, vielen Dank, Sally. Ich denke, wir werden bald aufbrechen."

„Cheers, Julia. Auf dein Wohl."

„Vielen Dank, Charlotte. Zu freundlich."

Julia nippte am Sherry und sofort breitete sich eine wohlige Wärme in ihrer Kehle aus. Es war der erste Sherry, den sie je getrunken hatte, er schmeckte vorzüglich, süß, vollmundig. Sie wollte gerade etwas über Damians Kindheit fragen, als sie energische, kraftvolle Schritte auf dem Flur hörte. Damian war im Anmarsch. Ihr Puls beschleunigte sich und die Hände wurden feucht. Ihr Körper war ein mieser Verräter.

„Hallo, Mutter! Oh. Hallo?!"

Um die Ecke kam Damian im roten Shirt und in einer ausgewaschenen Jeans, die Haare zerzaust, er wirkte wilder und verwegener, als Julia ihn je gesehen und erlebt hatte. Was hatte er wohl den ganzen Tag getrieben, um so auszusehen?

„Wen haben wir denn hier? Wenn das nicht unser Dornröschen ist – wo hast du dich die letzten hundert Jahre versteckt?" Julia verstand die Welt nicht mehr. Was war nur in ihn gefahren? Hatte er getrunken?!

Damian küsste seine Mutter auf die Wange und streckte ihr die Hand entgegen.

Was war das für eine seltsame Begrüßung?

„Meine Liebe, du musst schon entschuldigen", mischte sich Charlotte ein. „Wie ich sehe, hat Damian dir nicht alles erzählt. Hätte ich mir denken können, mein Sohn ist manchmal etwas wortkarg."

„Ich bin Lucas, Damians jüngerer Bruder", mischte Lucas sich ein. „Um genau zu sein: fünf Minuten, die mich ein Vermögen kosten." Er lachte lauthals. Damian, nein, Lucas strahlte Julia an, seine Zähne waren genauso weiß und perfekt wie Damians.

Dann ging es ihr auf.

Eineiige Zwillinge. Unfassbar.

Damian hätte ja mal einen Ton sagen können, dass sein Bruder ein Zwilling war. Dazu würde sie ihm noch ein paar Takte erzählen. Nun stand sie da wie ein Depp. Auf dem Foto, das sie beim Schnüffeln entdeckt hatte, war das nicht ersichtlich gewesen. Wenn sie genauer darüber nachdachte, hätte sie es gewusst, wäre es ihr wahrscheinlich klar gewesen, dass es sich um Zwillinge handelte, aber die Jungs waren nicht typisch wie Zwillinge gleich angezogen gewesen und der eine war bei der Mutter auf dem Arm und der andere stand neben Tamara. So hatte man nicht mal erkennen können, dass die beiden vermutlich gleich groß gewesen waren. Vielleicht hätte sie genauer hinsehen sollen.

„Oh. Wie schön. Ich wusste ja nicht ... also, äh, ich meine ... Ich wusste, dass es dich gibt. Aber...", stammelte sie.

„Das macht doch nichts. Willkommen in der Familie, äh ...?", unterbrach Lucas sie gut gelaunt.

„Julia", half sie ihm aus.

Lucas drückte sie an sich und Julia spürte seinen kraftvollen Körper. Die beiden waren sich zum Verwechseln ähnlich, aber Lucas roch anders. Damian hätte sie unter Millionen von Männern herausschnuppern können. Es war also schon *so* weit mit ihr. Gar nicht gut.

„Wie ich sehe, hat Brasilien dich kein bisschen geläutert, Lucas. Kannst du denn nicht mal vor der Freundin deines Bruders haltmachen?"

Ein ärgerlich dreinblickender Damian stand im Türrahmen, makellos von Kopf bis Fuß, wie immer.

„Bruderherz, welch Freude dich zu sehen!"

Lucas trat einen Schritt zurück und sein Grinsen wurde breiter. Es schien ihm ein diebisches Vergnügen zu bereiten, dass es Damian offensichtlich missfiel, dass er Julia umarmt hatte.

Charlotte erhob sich aus dem Ledersessel und stellte sich zwischen die Brüder.

„Bitte, Jungs. Was sind das für Manieren. Wir haben eine Lady hier, ihr wollt euch doch nicht gleich streiten, oder?"

Schuldbewusst senkten beide den Blick. Julia verfolgte das Geschehen gebannt und unterdrückte ein Schmunzeln, kaum zu glauben, dass zwei erwachsene Männer sich von einer Frau, die kaum über eins fünfzig maß, dermaßen zurechtweisen ließen. Aber beide blickten betreten zu Boden. Damian hatte sich jedoch schnell wieder gefangen, kam mit drei großen Schritten auf Julia zu und küsste sie kurz, fordernd und heiß auf den Mund. Wenn die Ereignisse der letzten Minuten nicht so absurd gewesen wären, hätte Julia sauer auf Damians Geste reagiert, er behandelte sie wie sein Eigentum. Stattdessen genoss sie es in vollen Zügen, es fühlte sich echt an – ein schönes Gefühl. Sie schob alle kritischen Gedanken beiseite, sehr zur Freude des Teufelchens.

„Reg dich ab, Damian. Ich habe Julia nur in der Familie willkommen geheißen. Mehr nicht."

Lucas verzog den Mund, er amüsierte sich eindeutig blendend, was Damian nur noch grimmiger dreinblicken ließ. Er zog Julia enger an sich, bevor er zu einer Antwort ansetzte. „Ich kenne dich, Lucas. Vor dir ist kein Frauenzimmer sicher, also lass Julia in Ruhe und such dir was anderes zum Spielen. Können wir dann los?"

Damit zog er Julia mit sich, die kaum Gelegenheit hatte, das Sherryglas auf dem runden Beistelltisch loszuwerden. Er konnte ganz eindeutig nicht schnell genug aus dem Kaminzimmer kommen. Die Spannung zwischen den Brüdern war greifbar.

Obwohl sie schon fast an der Haustür angelangt waren, hörte Julia Charlottes und Lucas' Lachen aus der Ferne. Irgendetwas schien die beiden köstlich zu amüsieren.

Die Limousine wartete bereits vor dem Haus. Damian hielt Julia die Tür auf, fragte sie vor dem Einsteigen aber noch: „Ich hoffe, es ist in Ordnung für dich, wenn wir zu viert in einem Wagen fahren? Wir haben noch einen Bentley, aber ich finde es besser, wenn wir alle zusammen sind. Du hast doch nichts dagegen? Es ist nur eine kurze Fahrt zum Restaurant."

Seine blaugrauen Augen schauten sie fragend an, Wärme durchflutete ihren Körper. Am liebsten hätte sie über seine glattrasierte Wange gestrichen, sie unterdrückte den Impuls aber und antwortete stattdessen: „Ja, natürlich. Das ist völlig in Ordnung."

Lucas setzte sich nach vorne, Julia saß in der Mitte und Damian und Charlotte nahmen jeweils neben ihr Platz. Die Fahrt dauerte wirklich nicht lange, nach fünfzehn Minuten kamen sie am Hafen an. Das Restaurant befand sich in einem großen Gebäude, das vermutlich zu einem der Nobelclubs gehörte, in denen die Familie Mitglied war. Sie fuhren mit dem Lift einige Stockwerke nach oben, dabei hielt Damian Julia die ganze Zeit umarmt, was bei ihr das wohlvertraute Prickeln erzeugte. Irgendwie gefiel ihr dieser besitzergreifende Damian. Sie genoss es, obwohl es reine Show war. Lucas grinste breiter denn je, während Damians Blicke immer grimmiger wurden. Das konnte noch heiter werden. Das Abendessen hatte noch nicht mal angefangen und die Bombe stand bereits kurz vor der Explosion.

Vor dem Restaurant gab es eine Rezeption, an der sie von einer traditionell gekleideten Chinesin begrüßt wurden. Damian antwortete auf Chinesisch. Die Mitarbeiterin deutete eine Verbeugung an und bat sie, ihr zu folgen. Mit kleinen Schritten trippelte sie voran, größere Schritte ließ das bodenlange, enge Seidenkleid nicht zu. Es sah nicht sonderlich komfortabel aus. Julias Absätze versanken nahezu vollständig in dem reich verzierten, geblümten Teppich.

Die Wände waren dunkel vertäfelt und das Licht gedämpft, was eine eigenartige Atmosphäre erzeugte. Julia fühlte sich in eine andere Zeit versetzt, vielleicht in den Palast eines chinesischen Ministers aus einer früheren Epoche. Alles wirkte merkwürdig verlassen. Sie vermutete aber, dass hinter den verschiedenen Türen diverse Abendessen im privaten Rahmen stattfanden – wie in chinesischen Restaurants der besseren Gesellschaft üblich.

Schließlich öffnete die Chinesin eine große schwarze Tür. Der dahinterliegende Raum war sehr luxuriös eingerichtet mit einer bequemen Sitzecke, wertvollen Bodenvasen und Alkoven. Linker Hand stand ein großer, schwarzer, runder Tisch und sechs dunkle Stühle mit roter Sitzfläche außenrum. In der

Mitte des Tisches lag eine runde Glasplatte für die Speisen, sodass jeder am Tisch, der diese drehte, erreichen konnte, was er essen wollte.

„Damian, da du der Ältere von uns bist, solltest du wohl die Gerichte für uns aussuchen", neckte Lucas seinen Bruder. „Ich kümmere mich solange um Julia." Damit zog Lucas Julia mit zu der kleinen Sitzgruppe rechter Hand und bedeutete ihr, sich zu setzen. Der Teppich wies das gleiche Blumenmuster auf wie der im Flur. Insgesamt bot der Raum eine imposante Atmosphäre mit den chinesischen Nationalfarben Rot und Gold.

„Natürlich, Bruderherz. Es war ja auch schon immer klar, wer von uns beiden den besseren Geschmack hat", gab Damian bissig vom anderen Ende des Raumes zurück.

„Jungs", mischte sich Charlotte ein, „wenn ihr euch nicht sofort am Riemen reißt, werde ich wirklich böse, und das möchte doch keiner von uns, nicht?" Charlotte setzte sich aufs Sofa und ließ sich von der Chinesin Tee eingießen. Julia unterdrückte ein Kichern, konnte sich aber ein Lächeln nicht verkneifen. Sie sah, dass Damians markante Gesichtszüge zu einer grimmigen Miene eingefroren waren, als er die Karte von der Bedienung entgegennahm. Lucas fläzte sich breit aufs Sofa, ihn konnte offenbar kein Wässerchen trüben.

„Julia, Schatz, du weißt doch sicher, dass bei einem traditionellen chinesischen Essen viele verschiedene Gerichte bestellt werden, von denen alle essen?"

„Ja, natürlich. Vielleicht hat es Damian noch nicht erwähnt, falls er überhaupt über solche Dinge mit dir spricht ..."

Julia machte eine Kunstpause und schaute Lucas fragend an, der auf diese Spitze jedoch nicht einging und sie weiter anstrahlte, weshalb sie fortfuhr: „Ich arbeite in Shanghai als Assistant Manager, ich kenne mich also durchaus mit den Gepflogenheiten hier aus, auch wenn ich sonst eher auf der anderen Seite stehe."

„Hätte ja durchaus sein können, dass du lieber europäisch anstatt chinesisch isst, Schätzelein."

Julia zog eine Augenbraue in die Höhe, besann sich dann aber eines Besseren, da es aussichtslos war, ihn darauf hinzuweisen, dass diese Art von Vertraulichkeit unangebracht war. Lucas war genau der Typ Mann, der das als Aufforderung für mehr interpretieren würde.

„Das ist ja wieder eine andere Sache, wenn das Essen gut gemacht ist, mag ich die chinesische Küche sehr gerne", antwortete sie daher trocken. Die Sitte, verschiedene Speisen auf den Tisch zu stellen und zu teilen, war Julia zwar vertraut, sie war aber noch nie in China in einem derart feinen Rahmen essen gewesen. Julia stand auf und trat an ein schmales Panoramafenster, das Aussicht auf den Hafen bot.

Alles war – pompös, luxuriös, überdimensioniert und auf eine Art schön, die sie aus dem Hotel kannte. Obwohl das ihr beruflicher Alltag war, schien ihr das fürs private Leben zutiefst befremdlich. Es war einfach nicht ihre Welt und sie fühlte sich seltsam fehl am Platz. Sie drehte sich wieder um und überblickte den Raum.

Die Chinesin redete mit Damian, er hatte eine Karte in der Hand, vermutlich wählte er Getränke und die Gerichte aus. Lucas hatte es sich auf dem Sofa gemütlich gemacht und sein Smartphone gezückt, seine langen Beine lässig von sich gestreckt. Charlotte schaute zu ihr auf und lächelte sie an.

„Julia, Liebes, komm zu mir, wie schlecht sich die beiden hier benehmen, man sollte meinen, sie hätten keinerlei Erziehung genossen, nicht? Der Tee ist ausgesprochen köstlich, probier ihn mal."

Charlottes Worte entspannten die Atmosphäre. Julia setzte sich zu ihr und war dankbar, dass sich ihre Befürchtungen zu der englischen Lady als so unbegründet erwiesen hatten. Zumindest schien sie Charlotte um den Finger gewickelt zu haben, was Damian ja auch bestätigt hatte. Mit Lucas fühlte sie sich weniger wohl. Als Zwillingsbruder kannte er Damian sicher in- und auswendig. Julia sandte ein Stoßgebet zum Himmel, dass sich daraus keine Komplikationen ergaben.

Charlotte reichte ihr eine Tasse und sie tranken wortlos grünen Tee aus kleinen weißen Schälchen. Lucas' iPhone brummte. Er drückte den Anruf weg, begann aber, eine Nachricht zu tippen. Julia suchte nach Unterschieden zwischen den beiden Brüdern.

Sie glichen sich wirklich wie ein Ei dem anderen, aber Lucas war irgendwie lockerer als sein Zwillingsbruder, außerdem trug er das Haar einen Tick länger und vom täglichen Rasieren hielt er anscheinend nichts.

Damians Bestellung schien länger auszufallen, er war immer noch mit der Auswahl beschäftigt. Charlotte saß mit überschlagenen Beinen neben Lucas auf dem Sofa und strahlte sie an, als ihre Blicke sich trafen. Dann drehte Charlotte ihren Kopf in Richtung Lucas und ihre Miene verfinsterte sich.

„Lucas, wenn du nicht sofort das Handy wegpackst, lernst du deine Mutter neu kennen!"

„Schon gut. Es war wichtig." Lucas packte das Handy nonchalant in seine Hosentasche. „Was könnte wichtiger sein als ein Dinner im Kreis deiner Familie? Julia, du bist so still. Ist alles in Ordnung?"

Damian schaltete sich ein, die Bestellung war anscheinend abgeschlossen.

„Ach, Mutter! Man muss doch nicht ununterbrochen Konversation betreiben. Julia ist eine erwachsene Frau, sie wird sich schon bemerkbar machen, wenn ihr etwas nicht passt. Nicht wahr, Schatz?"

Er strich Julia sanft über die Schulter und setzte sich auf die Sofalehne. Ihr Körper reagierte auf seine Nähe, die feinen Härchen auf ihren Unterarmen stellten sich kerzengerade auf.

„Ja, natürlich. Charlotte, ich bin einfach ein wenig überwältigt von – dem Luxus." Und der Situation, aber das sprach sie lieber nicht aus.

Zwei Kellner erschienen im Raum, zogen die Stühle vom Tisch zurück, was so viel bedeutete wie, dass sie sich nun doch bitte zu Tisch begeben sollten. Julia spürte Damians warme Hand auf ihrem Rücken, er geleitete sie zu ihrem Stuhl und rückte ihn für sie an den Tisch. Die ersten Gerichte wurden serviert, kaum dass sie saßen – gefüllte Gurkenstücke und kleine Shrimps. Neben den Tellern wurden drei verschiedene Soßen als Dip in kleinen weißen Schälchen abgestellt. Damian erklärte Julia, was er bestellt hatte, und fütterte sie mit einer Garnele. Es war ungewohnt intim für sie, wie ein kleines Vögelchen den Mund vor ihm aufzusperren. Aber sie spielte mit und sah Damian dabei sehr tief in die Augen. Sie sah, dass er schlucken musste und seine Pupillen sich weiteten. Es ging also nicht nur ihr so.

„Ihr seid aber auch zu süß, ihr Turteltäubchen!", feixte Lucas, den schönen Moment unterbrechend.

„Lucas, langsam wird es mir wirklich zu bunt mit dir. Benimm dich!", tadelte Charlotte ihn.

„Mutter, wenn du wüsstest, wie sehr ich diesen Anblick genieße. Ich hätte ehrlich nicht gedacht, dass ich so etwas jemals erleben würde."

Damian sog scharf die Luft ein und seine Wangenmuskeln zuckten. Julia sah seine Kiefer mahlen. Er kommentierte Lucas' Seitenhieb aber nicht, legte seine Essstäbchen zur Seite und erhob sein Wasserglas und prostete allen zu.

„Auf einen schönen Abend!"

„Wie ich sehe, hast du nicht alle deine Gewohnheiten verändert, Bruder. Immer noch Wasser statt Wein? Cheers."

Damian sah aus, als ob er gleich über den Tisch springen wollte, um Lucas zu verprügeln.

Julia holte Luft. „Und jetzt verrate es mir endlich, Damian: Wieso trinkst du keinen Alkohol? Bisher ist er meinen Fragen immer ausgewichen, aber es interessiert mich nun doch", erklärte Julia leicht herausfordernd. Charlotte, Lucas und Damian starrten sie gleichzeitig an. Mist. Wahrscheinlich hatte sie sich damit in ein Fettnäpfchen gesetzt. Aber die Bilder in Damians Zimmer hatten ihre Neugier angestachelt. Sie wollte unbedingt mehr über ihn erfahren.

Lucas' Augen blitzten belustigt, als er antwortete: „Es scheint, als hätte dir mein lieber Bruder wichtige Familiengeheimnisse vorenthalten. Unser leiblicher Vater war Alkoholiker. Deswegen trinkt Damian nicht. Und wenn wir schon dabei sind: Unsere Schwester will nichts mehr mit uns zu tun haben, weil sie unseren Anblick nicht ertragen kann. Wir sind unserem leiblichen Vater nämlich wie aus dem Gesicht geschnitten und ich kann dir sagen, er ist ein waschechtes Arschloch." Lucas hatte das im Plauderton von sich gegeben, als würde er einen guten Witz erzählen.

„Oh ...!"

Julia war sichtlich schockiert. Damian hatte ihr erzählt, das sein Vater Alkoholiker war, aber sie hatte bis jetzt noch nicht die Verbindung zu Damians Abstinenz hergestellt. Verdammt, jetzt stand sie da wie eine absolute Vollidiotin, nur weil sie ihre Neugier nicht im Zaum halten konnte. Lucas war offenbar genau das komplette Gegenteil von seinem Zwilling, er hatte keine Probleme, über Familieninterna zu sprechen. Wahrscheinlich war es seine Art, damit umzugehen. Damian schwieg und Lucas tat so, als wäre es die normalste Sache der Welt. Irgendwie paradox.

Julia hingegen war die Sache peinlich und die Peinlichkeit nahm mit jedem Moment zu, als sich das unangenehme Schweigen ausbreitete. Auch Charlotte sagte nichts, sie blickte zwischen Lucas und Damian hin und her, als würde sie abwägen, welche Deeskalationsstrategie am angebrachtesten wäre.

„Können wir vielleicht das Thema wechseln?", meinte Damian schließlich. „Was gibt es Neues bei dir, Lucas? Wie viele Frauen hast du derzeit am Start?" Sein Ton war höflich, nur unterschwellig schwang eine gewisse Schärfe mit. Julia befand sich noch immer in Schockstarre, während Lucas ganz natürlich zur Tagesordnung überging. Er steckte sich eine Garnele in den Mund und lehnte sich lässig im Stuhl zurück, bevor er antwortete: „Bloß kein Neid, Damian. Du hast dein Dornröschen ja jetzt gefunden."

Was für ein Themenwechsel! Himmel, in was für einem Irrenhaus war sie gelandet! Damian schaute säuerlich drein und wollte gerade zu einer Antwort ansetzen, als Charlotte sich einmischte: „Kinder, Kinder, ich muss schon sagen. Ihr seid unmöglich. Was soll Julia von uns denken. Julia, die beiden machen ihrer Herkunft sonst wirklich mehr Ehre. Ich fürchte, wir müssen uns alle erst an die neue Situation gewöhnen. Dass Damian nun in festen Händen ist, kam aber auch wirklich überraschend. Eine freudige Überraschung, selbstverständlich. Erzähl uns doch etwas von deiner Familie. Hast du Geschwister? Dann kennst du ja sicher die Rivalität untereinander!" Dabei schickte sie strenge Blicke über den Tisch zu Damian und Lucas. Unmissverständlich ihre letzte Warnung.

Julia nahm den Gesprächsfaden dankbar auf. „Ja, das kenne ich sehr wohl. Mein jüngerer Bruder und ich sind nie sonderlich gut miteinander klargekommen. Bei uns war immer ich so was wie das schwarze Schaf der Familie." Sie lachte und spürte, dass ihre Wangen heiß wurden.

„Kaum vorstellbar – aber Familienmitglieder, die aus der Reihe tanzen, sind eben unbequem", erwiderte Charlotte fröhlich. Julia bemerkte, dass Damian sie fixierte, er sagte aber nichts. „Doch, meine Eltern sind eher konservativ und ich wollte schon seit ich klein war, die Welt erkunden und spannende Dinge erleben."

„Das ist doch etwas Tolles", kommentierte Lucas kauend. Die Stimmung entspannte sich langsam, aber merklich. Im weiteren Verlauf des Essens erwies sich Lucas als äußerst charmanter und witziger Gesprächspartner. Er gab einige Geschichten seiner Brasilienreise zum Besten, über die alle, selbst Damian, herzlich lachten. Er war einfach der geborene Entertainer. Julia knüpfte daran an und erzählte über ihr Leben in Hamburg und London und auch Anekdoten aus dem Hotelbusiness in Shanghai, selbst wenn sie sie nicht so bunt ausschmücken konnte wie Lucas. Die anderen lachten trotzdem und es wurde tatsächlich eine entspannte Tischgesellschaft.

Eine Unmenge von Gerichten wurde serviert und abgetragen. Damian gab ihr hin und wieder einen Kuss aufs Haar, strich ihr über den Rücken oder drückte aufmunternd ihre Hand. Sehr dezent, aber doch so, dass seine Mutter und Lucas es mitbekamen. Er stellte es so geschickt an, dass es sich für sie sogar sehr natürlich und schön anfühlte. Zu schön.

Die Spannung zwischen den Brüdern hatte sich zwar nicht vollständig aufgelöst, aber man musste nicht mehr Angst haben, dass Damian Lucas an die Gurgel sprang. Lucas war ein ausgesprochener Charmeur, Julia konnte sich gut vorstellen, dass ihm die Damenwelt zu Füßen lag, wo immer er auftauchte. Er war ebenso gebildet wie Damian, konnte sich adäquat ausdrücken, hatte aber diesen draufgängerischen Touch, eine Wildheit, die Abenteuer und Spannung versprach. Diesem Mann Ketten anzulegen, würde nahezu unmöglich sein. Es war ganz klar, dass Lucas ein Mann für eine Nacht und nicht fürs ganze Leben war, aber das war nicht Julias Problem.

Äußerlich glichen sich die eineiigen Zwillinge wie ein Ei dem anderen, sonst teilten sie jedoch offenbar nicht viel. Julia fand es fast ein wenig unheimlich, dass die beiden sich so ähnlich sahen, aber nahezu keine Gemeinsamkeiten an den Tag legten. Sie hatte immer gedacht, dass Zwillinge auch ähnliche Charaktere und Interessen hätten. Die Brüder waren da anscheinend eine Ausnahme oder beide verbargen ihr Wesen unter einer Schale, die tiefer gehende Gefühle schützte. Wahrscheinlich würde sie das niemals herausfinden, denn nach dem Wochenende würde sie die beiden sowieso nicht wiedersehen. Der Gedanke versetzte ihr einen Stich und sie wischte ihn schnell beiseite.

Als der Nachtisch, es gab Mango mit süßem Milchreis, serviert wurde, hatte Julia auch verstanden, welche Aufgabe Lucas im Familienunternehmen hatte. Er sollte sich um das Marketing kümmern, auf Veranstaltungen erscheinen, Pressearbeit und dergleichen gehörten in sein Resort. Das passte zu ihm wie die Faust aufs Auge.

Als das Essen vorbei war, entschuldigte Charlotte sich kurz. Sie verschwand im Flur und Damian verlangte die Rechnung. Lucas stand auf, bot Julia seinen Arm und zog sie mit sich auf den Gang, während Damian bezahlte.

„So meine Lieblingsschwägerin, ich hoffe, du bist nicht total schockiert von unserer Familie?"

„Nein, natürlich nicht."

Lucas lachte und drückte sie aufmunternd.

„Sehr überzeugend", neckte er sie. Lucas strahlte eine unvergleichliche Dynamik und Lebensfreude aus. Erneut wunderte sie sich über die Ähnlichkeit der Brüder und den Unterschied, die sie in der Wirkung auf sie hatten. Wenn Lucas sie anfasste, blieb das Prickeln aus und ihr Herz schlug nicht schneller. Julia blieb keine Zeit, weiter darüber nachzudenken, Damian holte sie ein und zog sie von seinem Bruder weg an seine Seite.

„Lucas, ich glaube, das ist mein Platz. Du entschuldigst?"

Damit presste er sie dicht an sich. Was war hier los? Er führte sich wie ein eifersüchtiger Liebhaber auf. Vielleicht nahm er das Schauspiel doch etwas zu ernst. Das würde ihm langsam doch keiner mehr abnehmen, es war nahezu lächerlich.

Konnte Lucas nicht mal mehr neben ihr laufen? Oder war es nicht mehr nur ein Schauspiel für ihn? Beim Gedanken daran fuhr ihr Teufelchen im Bauch Achterbahn. Zugleich ärgerte sie sich darüber, dass er sich so besitzergreifend aufführte.

„Damian, Lucas und ich haben uns gerade unterhalten."

„Du kennst ihn nicht, Julia", zischte Damian ihr ins Ohr. „Er will dich nur flachlegen." Unwirsch zog er sie weiter Richtung Ausgang. Sie entschied sich, keine Szene zu machen. So wütend wie er aussah, war es wohl klüger, zu schweigen.

Lucas lachte: „Fühlt sich an wie Weihnachten, dich so eifersüchtig zu sehen, großer Bruder! Das macht mich glücklich."

Damian schnaubte nur und lief noch schneller. Er teilte Julia knapp mit, dass sie noch zu einer Party gehen würden, er wollte sich dort kurz mit ihr sehen lassen. Julia hatte die vage

Vermutung, dass Damian sie hauptsächlich so schnell wie möglich von Lucas trennen wollte, aus welchen Gründen auch immer.

Nachdem Damian mit Julia vor einer Cocktailbar aus dem Auto gesprungen war, hatte Sammy Lucas und Charlotte nach Hause gebracht. Charlotte zog sich bald in ihr Zimmer zurück.

Lucas holte sich ein Glas Talisker und trat hinaus auf die Veranda. Der Abend hatte ihn überrascht. Bevor er nach Brasilien aufgebrochen war, hatte sein Bruder nichts von einer Freundin erwähnt. Damian war eindeutig verliebt, die Eifersuchtsanfälle und die schlechte Laune, die er ihm gegenüber zutage legte, waren deutliche Anzeichen dafür, dass Damian Angst hatte, er würde ihm Julia ausspannen wollen. Zugegeben, sie war süß, hübsch, aber sie war auch viel zu nett. Der Typ, bei dem selbst er am Ende Skrupel haben würde, sie am nächsten Morgen ohne ein Wort zu verlassen. Und das kam nicht infrage. Beziehungen und er – das ging nicht zusammen.

Er wollte sein Leben genießen und nicht an eine Frau gebunden sein. Sobald man länger in einer Beziehung war, wollten die Frauen keinen Sex mehr, rasierten sich nicht mehr die Beine und dachten nur noch an das nächste Geburtstagsgeschenk oder, noch schlimmer, an die Hochzeitsglocken.

Darauf hatte er keine Lust. Lucas wollte Spaß. Und den konnte er nur haben, wenn er frei war. Aber was wollte Damian? In den letzten Jahren hatte niemand auch nur etwas von einem Date *gehört* und plötzlich war er fest liiert? Der Eisberg geschmolzen? Und wieso schleppte er Julia jeden Tag auf zig Veranstaltungen? Eigentlich sollte sich das frisch verliebte Paar im Schlafzimmer einschließen und ans Bett gefesselt sein. Irgendwas stimmte da nicht. Morgen, nach dem Besuch bei Lilly, seiner On-und-off-Geliebten in Hongkong, würde er herausfinden, was es war, das ihn an der Sache störte. Lucas' Gedanken drifteten ab. Ungezwungen Spaß haben, das konnte man mit Lilly. Oh, nicht nur Spaß! Lilly war eine echte Granate im Bett. Das mit Damian konnte warten. Er blickte auf die

Uhr, stellte sein Glas ab und ging hinein. Das Haus war vollkommen still, als Lucas sich den Autoschlüssel schnappte und leise die Haustür hinter sich zuzog.

Glücklicherweise waren sie nicht lange auf der Cocktailparty geblieben.

Julia hatte sich bereits abgeschminkt und Damians Shirt übergezogen. Als sie die Badezimmertür öffnete, sah sie, dass er noch im Anzug am Fenster stand und telefonierte. Er musste sie gehört haben, denn als sie zum Bett ging, drehte er sich um und seine Augen weiteten sich. Die Krawatte hatte er bereits abgelegt und die obersten Knöpfe seines weißen Hemdes waren geöffnet, sodass sie einen Blick auf seine glatte Brust erhaschen konnte. Schnell schaute sie weg, sie wollte ihn nicht anstarren. Es war schon peinlich genug, dass sie am vorigen Abend fast nackt neben ihm geschlafen hatte.

Damian beendete das Telefonat und legte sein Blackberry auf den Schreibtisch. Es passte zu ihm, dass er kein iPhone benutzte, sondern entgegen dem Trend das Konkurrenzmodell, das eigentlich nur noch für altbackene Geschäftsleute interessant war. Julia fragte sich, wann Blackberry das Handtuch werfen würde, in den letzten Jahren hatten Samsung und Apple den Markt fast vollständig übernommen. Wer mit der Zeit gehen wollte und es sich leisten konnte, hatte ein Mac-Book, ein iPad und natürlich ein iPhone. Nur Damian nicht. Sie musste grinsen.

„Was ist so lustig?", fragte er, während er sein Jackett über den Stuhl hängte.

O Gott. Gleich würde er sich weiter ausziehen.

Julia schluckte und ihr Lächeln gefror auf ihrem Gesicht, während sie unter das dünne Laken kroch.

„Äh. Nichts. Ich hab mir nur Gedanken darüber gemacht, wieso du ein Blackberry hast und kein iPhone."

Seine blaugrauen Augen verdunkelten sich, als er noch einen Schritt auf sie zukam und er sein Hemd langsam aufknöpfte. Sie musste schlucken.

„Ich dachte, es sei mittlerweile klar, dass ich anders bin."

Das war Julia schon lange klar. Sie sagte aber nichts.

„Wo hast du mein T-Shirt gefunden?", fragte er nach einer kleinen Pause. Sein Blick durchbohrte sie förmlich.

Julia fühlte sich ertappt. Sie hatte nicht darüber nachgedacht, was sie sagen sollte.

„Äh. Na ja. Es ist mir ein wenig peinlich. Du musst ja denken, ich sei total notgeil, weil ich gestern nur im, äh, Slip geschlafen habe. Aber das Ding ist, ich schlafe eigentlich immer nackt, seit ich in diesem asiatischen Klima bin, und habe nicht daran gedacht, dass du, äh wir, na ja, in einem Zimmer halt. Und ... Ich habe einfach nichts zum Anziehen dabei gehabt und da habe ich gedacht, es würde echter aussehen, wenn ich auch etwas von deinen Klamotten trage. Du weißt doch, in Filmen haben die Frauen immer die Hemden oder Pullis der Männer an. Ich hoffe, das stört dich nicht."

Schuldbewusst senkte sie den Blick und atmete nach dem minutenlangen Gestammel tief durch. Hoffentlich war er nicht verärgert, dass sie geschnüffelt hatte.

Aber er grinste sie an, als sie es wagte, vorsichtig den Kopf zu heben.

„Es ist okay. Es ist mir in der Tat viel lieber, du trägst mein Shirt, als dich nackt neben mir zu haben."

Seine Aussage glich einer kalten Dusche. Glücklicherweise hatte sie die Tage mit ihm bald überstanden, dann war er sie los. Und sie ihn.

„Ja. Sicher. Es tut mir leid. Heute musst du meinen Anblick nicht ertragen. Es tut mir leid." Was ihr dabei genau leidtat, wusste sie selber nicht so genau.

„Sag das nicht, Julia." Es war nur ein Flüstern.

„Wovor hast du Angst?", fragte sie leise und sah ihn an.

Damian hatte mittlerweile sein Hemd sorgfältig über einen Stuhl gehängt und stand nur in Anzughose barfuß vor ihr. Sie starrte auf die dünne Linie dunkler Haare, die sich unter seinem Bauchnabel entlang zog und unter der silbernen Gürtelschnalle verschwand. Ihr Mund fühlte sich staubtrocken an, als sie ihren Blick von seinem Körper löste. Seine Miene wirkte plötzlich grimmig.

„Du kennst mich nicht. Du weißt nichts von mir. Hättest du nur ansatzweise eine Ahnung, aus welchen Verhältnissen ich stamme, würdest du nicht fragen, dann würdest du einen großen Bogen um mich machen, und das wäre das Richtige."

„Ja, da hast du recht. Ich habe leider keine Ahnung. Aber ich spüre doch, da ist irgendwas. Zwischen uns. Du spielst doch nicht aus Spaß den Eifersüchtigen vor Lucas." Dass er halb nackt war und sie ihn riechen konnte, verbesserte die Situation nicht und ihr Atem ging flach. Ihr Herz klopfte.

Wieso in aller Welt musste sie auf ihn so stark reagieren? Außerdem hatte sie sich mit der letzten Aussage weit aus dem Fenster gelehnt. Seine Reaktion ließ nicht auf sich warten. Er kam auf sie zu, seine Pupillen waren geweitet, seine Gesichtszüge angespannt. Er setzte sich langsam zu ihr auf die Bettkante und legte seine kühle Hand auf ihre brennende Wange.

„Julia. Du hast nicht den leisesten Schimmer, wie schwer das alles für mich ist."

Dann stand er abrupt auf und ging ins Badezimmer. Sie rollte mit den Augen und ließ sich noch tiefer in die Kissen sinken. Sie hatte keine Ahnung, was sie davon halten sollte. Damians Verhalten war für sie ein Buch mit sieben Siegeln.

Einige Minuten später kam er in Pyjamahose mit immer noch nacktem Oberkörper aus dem Bad. Es war einfach unfair, dass er selbst damit noch aussah, als wäre er der letzten Calvin-Klein-Kampagne entsprungen. Julia vergrub ihr Gesicht im Kissen und versuchte zu schlafen.

„Stört es dich, wenn ich noch etwas lese? Ich habe einige Unterlagen, die ich noch durchgehen muss. Ich setze mich an den Schreibtisch." Sein Tonfall war nichtssagend, er hatte ganz offensichtlich nicht vor, das vorangegangene Thema zu vertiefen. Sie seufzte kurz, bevor sie antwortete. So nötig hatte sie es nämlich auch wieder nicht.

„Nein, nein. Nur zu. Gute Nacht." Sie hatte trotzdem keine Ahnung, wie sie jemals ein Auge zubekommen sollte, solange er im Raum war.

„Gut. Danke. Ich werde leise sein", sagte er sanft.

„Wirklich. Es ist kein Problem. Ich bin so müde, ich würde wahrscheinlich nicht einmal mitkriegen, wenn ein Bus mich überrollt."

Julia rang sich ein gequältes Lächeln ab und war froh, dass er keine Gedanken lesen konnte. Sie fühlte sich tatsächlich, als wäre sie von einem Bus angefahren worden, aber das hatte andere Gründe und die hatten zwei Beine und kein Interesse an ihr. Aufdrängen würde sie sich ihm sicher nicht.

Dann kam Damian überraschenderweise auf sie zu und küsste sie zärtlich auf den Scheitel. Julia schloss die Augen und genoss den frischen Geruch von Zitrone und Meer.

„Schlaf gut", sagte er mit seiner weichen Stimme.

„Hm."

Mehr konnte sie nicht erwidern. Sie war, entgegen ihrer Vorsätze, zu sehr beschäftigt, nach dieser zarten Berührung sich nicht seufzend in den Laken zu räkeln. Damian ging wieder zum Schreibtisch und fing an, verschiedene Papiere durchzuarbeiten.

Der sanfte Schein der Schreibtischlampe warf Schatten an die Wand und sie konnte seinen halb nackten Körper deutlich erkennen. Bei jeder Bewegung spielten die Muskeln seines Rückens. Julia überlegte, wie es sich anfühlen würde, wenn sie mit ihren Fingern über seine Haut und die verhärteten Muskeln strich. Würde er sich entspannt zurücklehnen und die Augen schließen, oder sie herumreißen und stürmisch küssen?

Das Teufelchen ermutigte sie heftig kopfnickend, es doch einfach auszuprobieren. Aber sie brachte sich in Erinnerung, dass sie nur wegen des Jobs und der Kohle hier war und nicht wegen einer hoffnungslosen Romanze mit einem britischen Eisklotz. Damian würde sie wahrscheinlich fragen, ob sie noch alle Tassen im Schrank hätte, wenn sie ihm zu nahe kam.

Er wollte arbeiten und nicht von ihr betatscht werden. Einen Korb von Damian wollte sie sich unter allen Umständen ersparen, diese Peinlichkeit würde sie definitiv nicht überleben. Deswegen presste sie ihre Beine zusammen und versuchte, das Klopfen zwischen ihren Schenkeln zu ignorieren. Ihr hinterhältiger, schwacher Körper verlangte nach Befriedigung. Wäre sie alleine in ihrer Wohnung gewesen, hätte sie ihren batteriebetriebenen Freund aus der Schublade holen können. Das war *hier* natürlich nicht möglich und sie würde es aushalten müssen. Keiner schrieb davon, dass Frauen auch Verlangen hatten, das am Ende schmerzhaft sein konnte. Die ganze Welt interessierte nur, dass die armen unbefriedigten Männer leiden mussten. Dachte denn niemand an Frauen wie sie, die gezwungen waren, mit einem Mann wie Damian in einem Raum, oder noch schlimmer, in einem Bett zu liegen, *ohne* dass etwas passierte? Es war und blieb unfair.

Seufzend wälzte sie sich auf die andere Seite und versuchte zu schlafen, aber es gelang ihr einfach nicht. Sie begann mit Schäfchen zählen, als sie bei einhundertsechsundsiebzigtausenddreihundertachtundachtzig angekommen war, hörte sie, wie Damian das Licht löschte und leise aus dem Raum schlüpfte. Wo ging er hin? Schlief er heute Nacht womöglich in seinem eigenen Zimmer? Konnte er ihre Nähe so wenig ertragen, dass er sogar das Risiko einging, dass sein Bruder oder seine Mutter etwas mitbekamen? Es juckte ihr in den Fingern, nachzusehen, aber ihr Stolz verbot ihr, einem Kerl, der immer wieder Desinteresse signalisierte, nachzulaufen. Lange Zeit später übermannte sie doch der Schlaf.

Als Julia die Augen öffnete, war es noch dunkel, ihr Kopf war an Damians Brust gekuschelt. Sie konnte seine langen, schweren Atemzüge hören. Er schlief tief und fest. Was war hier los? Sie versuchte, sich aus seiner Umarmung zu befreien, aber sein Arm hielt sie eisenhart gefangen. Hatte sie? Oder hatte er? Irgendwie war es dazu gekommen, dass sie eng umschlungen im Bett lagen und kein Blatt Papier zwischen ihre

Körper passte. Damian musste gespürt haben, dass sie wach war, denn er bewegte sich und löste seinen Arm von ihr.

„Was...?", flüsterte er. „Es tut mir leid!" Dann sprang er aus dem Bett und lief aus dem Zimmer.

Julia blieb keine Zeit, etwas zu antworten, er war schneller aus dem Raum, als sie ihren Mund aufbekam.

Er erkannte sich selbst nicht wieder. Damian hatte am Vorabend Mühe gehabt, sich auf seine Unterlagen zu konzentrieren, weil er wusste, dass Julia noch wach war. Er hatte eigentlich warten wollen, bis sie eingeschlafen war, bevor er sich zu ihr ins Bett legte. Deswegen ging er schließlich in die Bibliothek, um Musik zu hören. Als er schließlich hundemüde ins Bett schlich, legte er sich so weit an den Rand wie möglich.

Und dann? Als er aufwachte, lag sie in seinen Armen. Und es fühlte sich gut an. Viel zu gut. Ihr Bein lag auf seinem Oberschenkel und sie schmiegte sich an ihn, als ob es das Natürlichste auf der ganzen Welt wäre. Er hoffte, dass Julia nicht bemerkt hatte, dass er den härtesten Ständer seines Lebens hatte. Seine Triebe erwiesen sich als äußerst hartnäckig und lästig. Deswegen war er so schnell wie möglich aus dem Bett gesprungen und hatte sich in die Dusche im gegenüberliegenden Bad geflüchtet. Die Erinnerung, wie er seine Hände mit Duschgel eingeschäumte, bevor er sich um seine verfluchte Erektion gekümmert hatte, löste ein unsägliches Schamgefühl in ihm aus. Wie war es möglich, dass er keine Kontrolle mehr über seine Hormone hatte? War das die Strafe für die sexuelle Enthaltsamkeit der letzten Monate?

Womöglich war es schlimmer, als er angenommen hatte. Wie sollte er noch einen Tag und eine Nacht mit Julia aushalten, ohne sie anzufassen und zu berühren? Allein der Gedanke an Julia regte ihn wieder an. Unfassbar! Er schlug mit der flachen Hand gegen die Wand. Er war noch nicht mal angezogen! Dieses Mal würde er dem Drang nicht nachgeben. Er musste sich irgendwie in den Griff bekommen. Zumindest hatte er die Nacht überstanden, auch wenn es noch früh war.

Aber die Fantasien von Sex mit Julia ließen sich nicht so ohne Weiteres abschütteln. Für einen kurzen Moment überlegte Damian, ob er sich im Zweifelsfall beherrschen konnte ...

Begehrte er sie so sehr, dass er ihren Willen auch dann respektieren würde, wenn sie nicht mit ihm schlafen wollte? Oder würde er sie im Sog der Triebe womöglich überwältigen? Bei diesem Gedanken angelangt, schüttelte Damian vehement den Kopf. Rasch zog er sich Jeans und T-Shirt über und machte sich auf den Weg nach unten. Natürlich würde er nichts gegen ihren Willen tun, er war nicht wie sein Vater, der sich jahrelang an seiner unschuldigen Schwester vergangen hatte, er würde niemals so sein. Aber so weit würde er es gar nicht erst kommen lassen, um auch das geringste Risiko auszuschließen. Er würde nichts mit Julia anfangen, so sehr es ihn auch nach ihr verlangen mochte. Fertig. Das hier war ein Geschäft und kein Vergnügen, brachte er sich in Erinnerung.

Ein Kaffee und die Zeitung würden seine dieser Tage unberechenbare Fantasie hoffentlich in ungefährlichere Gefilde bringen. Und sobald die Tage in Hongkong überstanden waren, verschwand die blonde Versuchung und er würde sie so schnell vergessen, wie sie in sein Leben gerauscht war.

Kapitel 8

Damian saß mit der Financial Times im Esszimmer, als sein Bruder gut gelaunt nach Hause kam. Er pfiff leise vor sich hin und sah, wie immer, verdammt zufrieden mit sich und der Welt aus. Wahrscheinlich hatte er sich in der letzten Nacht die Seele aus dem Leib gevögelt. Lucas war über die Grenzen hinaus dafür bekannt, dass er nichts anbrennen ließ. Damian nahm einen Schluck Kaffee, der mittlerweile nur noch lauwarm war, und verzog das Gesicht.

„Guten Morgen, Bruderherz. Wieso sitzt du hier und liest Zeitung? Solltest du nicht der holden Julia das Bett wärmen?"

Damian stöhnte auf, hatte er nirgends Ruhe? Am liebsten hätte er seinem dämlichen Bruder eine reingehauen, dieser Hormonstau machte ihn aggressiv. Langsam ließ er die Zeitung sinken, bevor er gefährlich ruhig antwortete: „Lucas, jede Frau braucht mal eine Pause nach einer anstrengenden Nacht. Also nerv mich nicht mit deinem Gesülze. Ich hoffe für die Damenwelt, dass du im Bett nicht so viel laberst wie hier."

Lucas zog die Brauen nach oben, sagte aber nichts und ging zum Büfett. Er nahm sich eine Tasse und goss sich dampfenden Kaffee aus der silbernen Thermoskanne ein. „In der Tat", meinte er über die Schulter, „ich habe nichts gegen ein gutes Rendezvous einzuwenden. Wo du mich so darauf ansprichst, letzte Nacht habe ich ganz und gar nicht viel geredet, da …"

„Erspar es mir", unterbrach ihn Damian. „Ich muss das nicht hören. Es sind auch keine Breaking News, dass du nicht genug davon bekommen kannst, dein Ding in alles reinzustecken, was sich auf zwei Beinen bewegt."

Damian wollte sich wieder den Nachrichten widmen, aber Lucas riss ihm die Zeitung aus der Hand und setzte sich ihm gegenüber.

„Ich kann dir sagen, den Weibern gefällt es. Vielleicht brauchst du ein paar Ratschläge von mir. Oder warum sitzt du hier? Sind bereits Wolken am Himmel der Frischverliebten aufgezogen? Jesus, Damian! Es ist Wochenende, eine heiße Blondine liegt in deinem Bett und du sitzt hier in und liest die Finanznachrichten? Was stimmt nicht mit dir, Mann!?"

Lucas warf die losen Blätter vor Damian auf den Tisch und seine blaugrauen Augen funkelten wütend. Sein Bruder starrte ihn nur an. Er konnte Lucas nicht widersprechen, er konnte ihm aber auch nicht sagen, weshalb er nicht schlafen konnte. Lucas würde seine Klappe niemals halten, außerdem würde er sich womöglich berufen fühlen, den Kuppler zu spielen. Das konnte Damian am wenigsten gebrauchen. Er wollte einfach nur seine Ruhe haben und wenigstens die Zeitung lesen, wenn er sonst schon keinen Frieden fand.

„Guten Morgen! Alles okay bei euch …?"

Julia hatte sich ganz leise um die Ecke geschlichen und stand im Türrahmen.

Herrgott noch mal. Sie sah einfach zu sexy aus, so verschlafen und ein wenig zerknautscht. Sie trug immer noch sein T-Shirt und ihre langen, sportlichen Beine schauten für Damians Geschmack viel zu nackt darunter hervor. Konnte sie sich nichts anziehen, bevor sie nach unten kam?

„Guten Morgen", säuselte Lucas.

Dieses verdammte Grinsen war jedenfalls eindeutig. Lucas gefiel Julias Anblick mindestens genauso gut wie Damian, und das machte ihn rasend.

„Guten Morgen, meine Liebe. Mein Bruder hat wie immer dumme Ideen, du solltest das gar nicht hören!" Damian funkelte Lucas an, während er aufsprang. Mit langen Schritten ging er zu Julia, zog sie besitzergreifend an sich und drückte ihr einen fordernden Kuss auf den Mund.

„Er meint, ich würde mich nicht genug um dich kümmern. Dabei war ich der Meinung, nach *der* Nacht solltest du in Ruhe ausschlafen dürfen."

Julia errötete prompt, es war offensichtlich, dass sie an das dachte, was er beabsichtigt hatte vorzutäuschen. Sie war einfach Gold wert. Er folgte dem Impuls, zog sie zum Stuhl und setzte sie auf seinen Schoß. Ihr entfuhr ein „Huch", aber sie lachte. Er musste Lucas deutlich machen, dass Julia ihm gehörte. Zumindest an diesem Wochenende. Damian konnte nicht zulassen, dass Lucas seine Finger nach ihr ausstreckte und sie ihm womöglich ins Netz ging. Wenn ihr Arrangement ausgelaufen war, konnte Julia tun und lassen, was sie wollte, heute allerdings noch nicht. In einer kleinen, dunklen Ecke seines Bewusstseins war ihm klar, dass es ihn auch danach noch stören würde, aber er ließ nicht zu, dass dieser Funke Sauerstoff bekam und das Feuer entfachte. Das, was danach kam, war nicht mehr seine Sache. Heute jedoch würde er alles tun, um zu unterstreichen, dass Julia *sein* war.

Damian nahm Julias Gesicht in seine Hände, drehte es sanft zu sich und drückte ihr einen leidenschaftlichen Kuss auf, den sie unerwarteterweise genauso leidenschaftlich erwiderte. Als er sich von ihr löste, lagen ihre Hände um seinen Nacken und strahlten eine Wärme aus, die sich auf seinem ganzen Körper ausbreitete. Damian war sich Lucas' Anwesenheit bewusst, daher fing er sich nach einem Sekundenbruchteil wieder. Er lächelte Lucas siegessicher an, dabei strich er Julia sanft über den Rücken.

„Lucas, ich glaube, drei sind gerade einer zu viel ..."

Julias Augen weiteten sich, bevor sie antwortete: „Aber, Damian, wie unhöflich von dir!" Sie kroch von seinem Schoß und stellte sich hinter Damians Stuhl, als würde ihr jetzt erst klar werden, dass sie in seinem T-Shirt nicht genug bekleidet war. Lucas hingegen lachte schallend, trank den Kaffee mit einem großen Schluck aus und lehnte sich zurück.

„Lass nur, Julia. Ich kenne ihn nicht anders. Damian, vielleicht solltet ihr das Zimmer wechseln ... Wobei, wenn ich ehrlich bin, habe ich mir schon öfter mal vorgestellt, wie es wäre, es auf dem Esstisch hier zu tun." Sein Grinsen wurde noch breiter, er stellte die Kaffeetasse ab, stand auf und wandte sich zum Gehen. „Deswegen lasse ich euch lieber alleine, ich habe sowieso noch was zu erledigen. Bis später dann!"

Julias Mund stand noch offen, als Damian aufstand und sich zu ihr umdrehte.

„Ich muss mich für Lucas entschuldigen. Er hat fürchterlich schlechte Manieren Damen gegenüber. Wieso bist du eigentlich schon wach?"

„Lass nur. Irgendwie mag ich ihn."

Das behagte Damian ganz und gar nicht. Er antwortete grimmiger als beabsichtigt: „Du wirst dich ein paar Tage gedulden müssen, bevor du mit ihm anbandeln kannst. Ich hoffe, du wirst dich so lange zurückhalten können!"

Jetzt war es an Julia, verärgert dreinzuschauen. Ihre Augen blitzten kampflustig. „Ach wirklich? Wenn wir alleine sind, führst du dich auf wie Mr. Unantastbar und vor Lucas lässt du den eifersüchtigen Superlover raushängen. Von dem Tempo, in dem du dich umentscheidest, wird mir echt schwindelig. Es nervt. Echt. Aber keine Sorge. Ich habe kein Interesse an Lucas. Weißt du, eigentlich bin ich runtergekommen, weil ich gedacht habe, wir könnten vielleicht zusammen frühstücken. Aber wie ich sehe, möchtest du lieber keine Gesellschaft. Entschuldigung, es war wirklich eine ganz *dumme* Idee von mir. Ich bin dann auch wieder weg", fauchte sie ihn an, bevor sie wutentbrannt aus dem Esszimmer rauschte.

Damian war verdattert. Eigentlich hätte es ein schöner Tag werden können, aber er schaffte es tatsächlich, Julia innerhalb von fünf Minuten dermaßen auf die Palme zu bringen, dass sie vor ihm wegrannte. Wütend zu sein, tat ihrer Schönheit leider keinen Abbruch und er konnte nicht einmal etwas gegen ihre Vorwürfe sagen, denn sie hatte recht. Er hatte sich ganz und gar nicht im Griff, was Julia anbelangte. Ein völlig neues Gefühl für ihn und es machte ihm Angst.

Damian seufzte zum wiederholten Male und versuchte, sich wieder auf die Financial Times zu konzentrieren, was ihm gründlich misslang. Verhielt er sich wirklich für alle so offensichtlich wie ein eifersüchtiger Idiot, wie sie sagte? Dann stand es bereits schlimmer um ihn, als er sich eingestehen wollte. Er durfte sie nicht näher an sich heranlassen, das würde es womöglich noch schwerer machen, die Sache nach dem Wochenende zu beenden, als es ohnehin schon war. Am Ende der Vereinbarung würden sie getrennter Wege gehen und keinen Kontakt mehr haben. Genau so, wie er es geplant hatte.

Julias Wut war nach der fünften Runde Brustschwimmen verraucht. Trotzdem fragte sie sich, was das Balzverhalten der Zwillinge im Speisezimmer gerade eben sollte. Konkurrenz unter Geschwistern war nichts Neues für sie, aber diese Szene war skurril. Mit ihrem Bruder fanden die Machtkämpfe immer auf ganz anderen Ebenen statt. Ihr Verhältnis war von Anfang an schwierig gewesen. Er war immer der perfekte Sohn, während Julia, die Rebellin, immer unter die Nase gerieben bekam, was er alles besser machte als sie, und das, obwohl er zwei Jahre jünger war. Dabei hatte er auch keine Gelegenheit ausgelassen, seine Eltern gegen sie aufzustacheln, als ob er Spaß daran hatte, sie am Pranger zu sehen. Aber das, was zwischen den Zwillingen hier ablief, hatte eine ganz andere Dynamik. Damian hatte sich einfach aufgeführt wie ein Idiot.

„Ach, hier bist du!"

Wenn man vom Teufel sprach!

Damian erschien am Rand des Schwimmbeckens. Es war ungewohnt, ihn so zu sehen, obwohl natürlich von Gewohnheit bei den paar Tagen noch nicht dir Rede sein konnte. Trotzdem, vorgestellt hatte sie ihn sich so noch nicht und im Speisezimmer hatte sie gar keine Zeit gehabt, darauf zu achten, erst war Lucas da gewesen, dann kam der Kuss und dann hatten sie sich sofort gestritten. Da stand Damian nun, wirkte sogar ein wenig zerknirscht. Er war barfuß, nur mit einem grauen T-Shirt und ausgeblichenen Jeans bekleidet. Natürlich sah er auch in Freizeitklamotten unverschämt sexy aus, vielleicht sogar noch besser als in den spießigen, maßgeschneiderten Anzügen – es kitzelte eine charakterliche Ähnlichkeit zu Lucas heraus und er wirkte nicht so streng. Seine definierten, leicht gebräunten Arme hingen locker an ihm herunter. Auf seinen markanten Gesichtszügen zeichnete sich ein großes Fragezeichen ab. Natürlich, Damian hatte keine Ahnung, ob sie ihm die Augen auskratzen würde oder ob sie zur Professionalität zurückgekehrt war. Er kannte sie ja nicht; sonst hätte er gewusst, dass sie sich genauso schnell ab- wie aufregen konnte. Sie beschloss, ihn noch etwas zappeln zu lassen. Das geschah ihm recht!

„Ja, hier bin ich", gab sie einsilbig zurück und musste ein Kichern unterdrücken. Sie genoss es, Damian zerknirscht zu erleben.

Er setzte sich auf eine der Ruheliegen und zerzauste sich das Haar, als ob er nach den richtigen Worten suchen würde.

„Julia, bitte. Du solltest gar nichts mitbekommen. Lucas ..."

„Lucas? Ich glaube, dein Bruder hat gar nichts gemacht!", zischte sie ihn an.

Das stimmte natürlich nicht, aber sie wollte ihn noch ein bisschen schmoren lassen. Er wirkte verunsichert – was sie irgendwie süß fand. Selbst eine Schwäche machte ihn nur noch anziehender. Julia ließ sich auf dem Rücken treiben, behielt Damian aber im Auge.

„Verdammt. Es tut mir leid. Okay? Können wir nicht vernünftig reden?"

„Sicher doch." Julia schwamm zum Rand und streckte ihm ihre Hand entgegen.

„Hilf mir raus, Damian, dann können wir reden." Sie hatte Mühe, sich zu beherrschen, nicht laut loszulachen. Sie hätte natürlich die Treppe benutzen können, aber das wollte sie nicht. Damian sprang auf, um ihr aus dem Wasser zu helfen.

„Komm schon, so erreiche ich dich doch gar nicht richtig, du musst schon etwas näher kommen, Damian."

Damian trat einen Schritt dichter an den Beckenrand und reichte ihr seine Hand, die sie ergriff. Da er nicht damit gerechnet hatte, dass sie sich mit den Beinen gegen die Seite des Schwimmbades stemmen würde und nicht aus dem Wasser heraus wollte, flog er im hohen Bogen in den Pool.

Es hatte geklappt.

Als Damian wieder auftauchte, saß Julia lachend am Rand.

„Dein Gesichtsausdruck. Un-be-zahl-bar!"

Damians Augen blitzten immer noch ungläubig und eine Reihe weißer Zähne kam zum Vorschein. Seine nassen Haare klebten am Kopf und das T-Shirt lag wie eine zweite Haut um seinen Oberkörper.

„Dir geb ich unbezahlbar! Komm her!"

Er hatte sich unbemerkt so dicht an den Beckenrand bewegt, dass er ihre Füße zu fassen bekam. Jetzt saß sie in der Tinte! Mist. Was würde er mit ihr tun? In ihrem Bauch kribbelte es.

Damian zog sie ins Wasser und tauchte sie kurz unter. Julia wehrte sich mit ganzer Kraft. Da sie sehr kräftig und sportlich war und Wasser schon immer eine große Anziehungskraft auf sie ausgeübt hatte, konnte sie ein ganz klein wenig gegenhalten, aber er war natürlich stärker als sie.

„Gnade!", rief sie und klammerte sich an ihm fest. Wenn sie untergehen sollte, würde er mit untertauchen müssen. So einfach gab sie sich nicht geschlagen. In einer Nanosekunde änderte sich die Stimmung von verspielt auf knisternd. Plötzlich war sie sich bewusst, dass ihre Oberschenkel seine Hüften umschlossen hielten und dass ihre Arme um seinen Hals geschlungen waren. Sein Gesicht war dicht vor ihr und sie konnte die Wärme seines Atems spüren, der leicht nach Kaffee roch. Damians Lachen stockte und ihre Blicke waren ineinander verschlungen. Gleich würde er sie küssen, sie wusste es. Die Zeit stand still. Julias Lider schlossen sich und ihr Mund war bereits leicht geöffnet …

„Ach, herrje! Hätte ich das gewusst!"

Julias Kopf schnellte zu der Seite, von der die Stimme gekommen war. Charlotte stand in einem weißen, knöchellangen Frotteebademantel in der Tür.

„Mutter!"

„Ihr Kinder! Könnt ihr kein Schild an die Tür hängen: Achtung! Liebesspiele im Pool?"

Julia wusste, dass sie feuerrot angelaufen war. Sie versuchte, sich von Damian zu lösen, doch sein Griff hielt sie eisenhart gefangen. Und sie bemerkte noch etwas. Ein eindeutiges Zeichen seiner Erregung drückte sich an ihren Bauch.

Himmel! Ihr wurde noch heißer! Überraschenderweise fand sie als Erste ihre Sprache wieder.

„Charlotte, entschuldige. Es ist nicht so ... wie es aussieht!"

„Bitte, Kindchen, ich bin mir ziemlich klar darüber, nach was es aussieht. Aber wieso hat Damian Jeans und T-Shirt an? Das muss mir mal einer erklären!"

Charlotte lachte laut und setzte sich an den kleinen runden Korbtisch. Sie machte keine Anstalten, ins Wasser zu gehen. Endlich ließ Damian Julia los und schwamm mit kräftigen Kraulzügen zur Treppe. Es gab wohl nichts, was der Mann nicht konnte.

„Loooong story." Damian lachte und verschwand hinter einer weißen Wand, in der sich die Dusche versteckte. Julia tauchte kurz unter, um ihrem Gesicht eine Abkühlung zu verpassen. Sie kam neben der Treppe wieder an die Oberfläche und hatte damit ein paar Sekunden gewonnen, bevor sie Charlotte unter die Augen treten musste. Sie griff sich das Handtuch, das sie sich vorher zurechtgelegt hatte, und wollte gerade eine Erklärung abgeben, als Damians Arm hervorschnellte und ihr das Handtuch aus der Hand riss.

„Äh! Moment mal!", protestierte sie.

„Ich glaube, ich habe es nötiger als *du*, du kleine Intrigantin." Man konnte das Grinsen in seiner Stimme hören.

Julia lächelte verlegen und zuckte mit den Schultern, als sie sich Charlotte zuwandte.

„Damian hatte es verdient, ins Wasser zu fliegen."

„Muss Liebe schön sein", erwiderte Charlotte, recht undamenhaft schmunzelnd.

Damian war mittlerweile aus der Dusche hervorgetreten und hatte das weiße Frotteehandtuch um seine Hüften geschwungen. Von seiner Erektion konnte man nichts mehr erkennen. Gott sei Dank.

Und endlich hatte sie den Beweis dafür, dass es nicht nur ihr so erging. Auf eine primitive Art und Weise befriedigte sie der Gedanke, dass sie ihn ebenso erregte wie er sie.

„Julia, dort drüben ist noch ein Stapel mit Handtüchern, neben der Palme."

„Ja, danke. Habe ich schon gesehen."

Damian kam ihr zuvor, mit seinen langen Schritten hatte er ihr ein weißes Badetuch geholt und wickelte sie darin ein. Er musste gesehen haben, dass sie eine Gänsehaut hatte, denn er rubbelte ihr über den Rücken, um sie zu wärmen. Sie war sich allzu bewusst, dass er quasi nackt, nur mit einem Handtuch bekleidet, hinter ihr stand.

„Frühstück?", flüsterte er ihr ins Ohr.

Es klang nach einem Versöhnungsangebot.

„Ja, gerne", erwiderte Julia. Als sie den Kopf hob, begegnete ihr Blick den warmen, blaugrauen Augen Damians. Ihre Knie bestanden nur noch aus Wackelpudding. Wie schaffte er das nur immer wieder.

Er traf sie völlig unvorbereitet, als er ihr einen keuschen Kuss auf den Mund drückte.

„Kinder! Also bitte, geht doch in euer Zimmer. Ich kann das gar nicht mit ansehen. Ich bin ja eine moderne Frau …"

„Ich wusste gar nicht, dass du so prüde bist, Mutter." Damian lachte und zog Julia mit sich, die es gerade noch schaffte, ihren Bademantel vom Stuhl zu fischen, bevor sie den Schwimmbadbereich Hand in Hand verließen.

Damian grübelte auf der Fahrt zum Golfplatz über sich und die Situation, während der Rest der Familie sich angeregt mit Julia über ihre Aufgaben als Assistant Manager unterhielt. Sie fuhren in einem Minivan mit vier sich zugewandten Sitzplätzen, Julia saß ihm gegenüber und erklärte gerade gestenreich, wie sie bei der letzten Großveranstaltung die Tischordnung für achthundert Gäste hatte arrangieren lassen. Nach dem kleinen Scherz im Schwimmbad hatte sich die Stimmung zwischen ihnen merklich verbessert. Als sei ein Knoten geplatzt. Beim anschließenden Frühstück hatte er herausgefunden, dass sie mehr Interessen teilten, als sie beim ersten Abendessen preisgegeben hatte. Neben literarischen Gemeinsamkeiten stellte er zu seiner Überraschung fest, dass sie beide absolute Jugendstilfans waren. Es war leicht, sich mit Julia gut zu verstehen. Mit ihr würde ihm nie langweilig werden ... Moment mal. Was dachte er da? Verdammt.

Wäre seine Mutter am Morgen nicht dazwischengekommen, hätte er für nichts mehr garantieren können. Es war ihm vollkommen egal gewesen, dass sie sich in einem für alle zugänglichen Bereich aufgehalten hatten. Sie hatte ihn überrascht, überrumpelt, und plötzlich hing sie an ihm dran, ihre makellosen, kräftigen Schenkel um ihn geschlungen. Mein Gott! Er war auch nur ein Mann! Es musste an der Kombination Schlafentzug plus Hormone liegen, dass er dermaßen instabil war. Dergleichen war ihm sonst noch nicht mal im Traum passiert. Er hatte sich immer im Griff. Nur momentan war nichts wie immer. Dieses Wochenende kostete ihn viel mehr Kraft, als er geahnt hatte.

Als Nächstes stand Golfspielen mit seiner Mutter, Lucas und Julia auf dem Programm. Bei der Vorstellung, wie Lucas Julia die richtige Haltung am Schläger zeigte, kippte seine Laune schlagartig. Seit seiner Ankunft war Lucas dicht dran gewesen, ihn völlig ausrasten zu lassen. Seine blöden Kommentare und das Schäkern waren wirklich unerträglich. Als ob Lucas nicht genügend eigene Geschichten am Laufen hatte!

Zwillingsbruder hin oder her, wenn er eine Frau wie Julia bezirzen wollte, riskierte er, eins übergezogen zu bekommen. Julia war kein leichtfertiges Flittchen, er würde dafür Sorge tragen, dass sie so unbeschadet wie möglich aus der Geschichte herauskam. Zumindest bis zum Ende des Vertrages.

Schlimm genug, dass er sie in etwas hereingezogen hatte, das – wie ihm mehr und mehr aufging – so gar nicht zu ihrer Art passte. Weiter mochte Damian jetzt nicht denken.

Lucas stand mit Julia auf dem Rasen und flirtete, was das Zeug hielt. Sie lachte über seine Scherze, sah aber nicht halb so engagiert wie sein Bruder aus. Warum konnte dieser miese Verräter nicht mal die Freundin seines Zwillingsbruders in Ruhe lassen? Damian kochte innerlich, zusätzlich zu dem Fakt an sich ärgerte er sich darüber, dass er sich nur mit Mühe im Griff hatte. Lange würde er diese Szene nicht mehr mitansehen können und wollen.

Charlotte bekam gar nichts mit, sie war wie immer beim Golfen komplett auf ihre Technik fixiert. Golf war, neben der Suche nach dem Glück für ihre Adoptivsöhne, ihre größte Leidenschaft. Damian ballte die Faust um das Blackberry, er checkte seine E-Mails, um sich abzulenken, konnte Julias Kichern aber leider nicht ausblenden.

Als er vom Bildschirm aufsah, musste er schlucken. Seine Kehle wurde eng und sein Puls schnellte in die Höhe. Lucas stand hinter Julia, hatte seine Arme um sie gelegt und zeigte ihr, wie sie den Golfschläger halten sollte. Lucas' Gesichtsausdruck sprach Bände – Julia hingegen wirkte etwas steif. Es war sonnenklar, dass Lucas ihr so nahe wie möglich kommen wollte, um ihren süßen Lavendelduft einatmen und ihre verführerischen Kurven an seinem verdammten Teil spüren zu können. Wenn einer Julia so nahe kommen durfte, dann war er das und niemand sonst. Das hier ging eindeutig zu weit.

Julia sah Damian auf sich zukommen, bevor sie abschlug. Sie senkte den Schläger und wandte sich zu ihm um. Seine Gesichtszüge waren verzerrt und er zischte zwischen zusammengebissenen Zähnen: „Jesus Christ, Lucas. Ist dir denn gar nichts heilig? Nimm endlich deine verdammten Pfoten von Julia und hör auf, sie anzubaggern!"

Oh!

Damian schubste Lucas heftig und stellte sich vor Julia.

Als ihr bewusst wurde, was los war, blickte sie zerknirscht zu Boden. Damian war rasend vor Wut. Lucas trat einen weiteren Schritt zurück, zu Julias Verwunderung schien er nicht im Geringsten irritiert zu sein. Ganz im Gegenteil: Er stützte sich lässig auf das Siebener-Eisen und hob eine Augenbraue.

„Damian, du bist auch noch hier? Ich dachte, du wärst in deinem Handy verschwunden! Jemand muss sich doch um Julia kümmern …!"

„Halt die Klappe. Selbst wenn ich zwei Blackberrys am Ohr hätte, wäre das keine Entschuldigung für dich, meine Freundin dermaßen plump anzumachen!"

Charlotte war bereits ein Loch weiter und bekam glücklicherweise nichts mit. Julia wäre sonst im Erdboden versunken. Sie versuchte, Damian zu beschwichtigen, sein Verhalten schien ihr völlig überzogen. Die Show nahm ihm niemand ab, er ging viel zu weit mit dieser Nummer. Lucas hatte doch nur ein wenig geschäkert.

„Damian, ich bitte dich, was soll das denn? Es ist doch gar nichts passiert!"

„Halt dich da raus."

Julias Kinnlade klappte nach unten. Damian bevormundete sie? Was bildete er sich eigentlich ein! Wut flammte in ihr auf. Das ganze Golfspielen war ohnehin ein Witz! Wieso hatte er sie überhaupt mitgeschleppt, wenn er sich doch nur um seine Geschäfte kümmerte? Lucas war wenigstens nett zu ihr, während Damian sie seit Stunden ignorierte. Es war, als hätte das Frühstück niemals stattgefunden. Dabei hatten sie sich so gut verstanden und richtig Spaß zusammen gehabt. Hatte sie jedenfalls gedacht.

Damians harsche Worte trafen sie. Sie war nicht sein Eigentum, auch wenn er sie für das Wochenende bezahlte. Das würde sie ihm, sobald sie alleine waren, auch deutlich zu verstehen geben – nachher. Angesichts der zwei Streithähne, auch noch eine Szene zu machen, kam nicht in Betracht, daher schluckte sie eine Antwort erst einmal hinunter.

„Damian, beruhige dich. Ich will nichts von *deiner* Julia. Komm wieder runter!"

„Hmpf." Damians Halsschlagader pochte heftig, als hätte er sich nur mit Mühe unter Kontrolle.

Lucas klopfte Damian auf die Schulter, der ganz offensichtlich mit sich zu ringen hatte, um nicht zu explodieren. „Glaubst du wirklich, ich würde Julia anmachen? Du hast sie doch nicht mehr alle! Ich bin *nett* zu ihr. Das ist ein Unterschied, mein Lieber. Außerdem habe ich bereits ein Date für heute Abend. Vielleicht sollten wir alle einen Kaffee trinken und uns beruhigen."

Julia war immer noch sprachlos, aber Damian schien sich langsam wieder in den Griff zu kriegen und legte Julia den Arm um die Schulter.

„Entschuldige, Liebes."

Entschuldige, was?, dachte Julia.

Entschuldige, dass ich ein Arschloch war? Entschuldige, dass ich mich aufgeführt habe wie ein Vollidiot? Entschuldige, dass ich dich bevormundet habe?

Julia wollte in der aufgeheizten Stimmung aber kein Öl ins Feuer gießen, daher nickte sie nur und rang sich ein Lächeln ab. Wäre das hier echt gewesen, hätte sie ihm nicht so schnell verziehen. Aber Damian und sie waren kein Liebespaar, sie hatten nur eine Vereinbarung, die sie einzuhalten gedachte.

„Sie dürfen die Braut jetzt küssen", spöttelte Lucas aus dem Hintergrund. Er schien einfach nicht zu spüren, wann es genug war. Damians Verhalten war absurd, wenn sie es nicht besser gewusst hätte, wäre ihr der Verdacht gekommen, dass er wahrhaft eifersüchtig war. Für diese schauspielerische Leistung samt Entschuldigung am Ende wäre ihm in jedem zweitklassigen Film eine Nominierung für den Oscar, als bester Hauptdarsteller, sicher gewesen.

Damians Kiefermuskeln spielten, bevor er antwortete: „Ja, kommt, ich glaube, das mit dem Golfspielen sollten wir für heute lassen. Es ist auch wirklich zu warm."

Da war er wieder, der besonnen-höfliche Geschäftsmann. Damians Gesicht war eine perfekte Maske. Einzig und allein die pochende Ader an seinem Hals verriet, dass er immer noch aufgebrachter war, als er zugeben wollte. Da er sie weiterhin fest umarmt hielt, konnte Julia ihm nicht ausweichen und sie schlenderten gemeinsam zum Wägelchen, um zum Clubhaus zurückzufahren. Lucas schwang sich gut gelaunt auf die Rückbank und rief Charlotte zu, dass sie genug hatten und sie die letzten zwei Löcher alleine spielen sollte. Sie winkte ihnen lächelnd zu. Wie gut, dass sie nichts von der Szene mitbekommen hatte. Julia schämte sich immer noch.

Vielleicht war sie nicht ganz unschuldig an der Situation gewesen. Sie hatte Lucas' Aufmerksamkeit genossen, sein Charme, der im krassen Gegensatz zu Damians Zurückhaltung stand, war anziehend. Es war leicht gewesen, auf Lucas' Flirtangebote einzugehen, und vielleicht, wie sie vor sich selbst zugeben musste, wollte sie Damian auch ein ganz klein wenig eifersüchtig machen, selbst wenn der Gedanke abwegig war. Es war eine dumme Idee gewesen.

Kapitel 9

Der letzte Punkt auf Damians Tagesprogramm war ein Sommerball mit Abendgesellschaft, die sich leider als äußerst langweilig entpuppte. Einzig und allein die Anwesenheit Damians und ihre guten Manieren hinderten sie daran, permanent zu gähnen. Fast hätte sie sich Lucas herbeigewünscht, nach kurzem Überlegen fand sie es aber doch besser, dass er zwei Tische weiter saß und sie keines Blickes mehr würdigte – gut für das Seelenheil seines Bruders. Sie waren in einem der Clubs, von dem sie meinte, dass er in dem Flugzeug-Magazin erwähnt worden war, dennoch hatte sie den Namen bereits schon wieder vergessen. Sie fragte sich, wie sie mal scharf darauf gewesen sein konnte, solche Clubs kennenzulernen, bei näherer Betrachtung stellte sich schnell heraus, dass eine Menge reicher Leute in einem riesigen Ballsaal noch keine fetzige Party ergaben. Daran änderte auch die opulente Einrichtung nichts.

An der Decke hingen kristallene Lüster mit LED-Kerzen, die mit dem Flackern einen echten Kerzenschein nachahmten. Die runden Tische waren mit bodenlangen weißen Damasttischdecken, silbernen Kerzenleuchtern und weißen Rosenbouquets dekoriert. An einem Tisch saßen acht Personen, Julia schätzte die Anzahl der Tische auf dreißig, sie konnte sich aber auch täuschen. Was hier außer der europäischen Jahreszeit, die so gar nicht zum asiatischen Klima passte, gefeiert wurde, war ihr nicht ganz klar, aber die High Society fand offenbar ständig einen Grund, um sich in einem festlichen Rahmen zu treffen.

Endlich begann die Band zu spielen und die Tischgesellschaft löste sich auf. Damian führte Julia zur Bar und bestellte ein Glas Weißwein für sie und eine Cola für sich.

„Ich hoffe, der Abend war nicht zu langweilig für dich, Julia?" Er lächelte sie freundlich an und sie schmolz, wie immer, dahin, wenn er sie so durchdringend ansah.

„Nein, natürlich nicht. Aber ich muss ehrlich sagen, ich hatte schon spannendere Gespräche in meinem Leben."

„Das glaube ich dir gern. Ging mir nicht anders."

Damian reichte Julia den Wein und prostete ihr zu. Sie wollte gerade etwas erwidern, als er von einer Frau mittleren Alters in einem eng anliegenden feuerroten Kleid angesprochen wurde. Julias Blick blieb am mehr als üppigen Dekolleté der wasserstoffperoxidgefärbten Blondine hängen. Diese Art Frau gab es wohl in jeder Schicht der Gesellschaft, nur dass dieses Exemplar zusätzlich Schlauchbootlippen und dicke Klunker zu bieten hatte. Die Zähne der Frau strahlten so unnatürlich weiß, dass sie sich ein Kichern verkneifen musste. Das Bleaching war wohl etwas ausgeufert. Was Julia zusätzlich widerstrebte, war, dass Damian ehrliche Freude zeigte, sie zu sehen, und dass er sie ihr nicht vorstellte.

Sollte er sie als ihr Freund nicht bekannt machen? Egal. Es war ja seine Sache, wem er sie vorstellte und wem nicht. Julia nahm einen Schluck Weißwein und sah sich im Raum um. Die Tanzfläche war gut gefüllt und die Stimmung der übrigen Gäste ausgelassen.

„Damian! Julia! Schön, euch hier zu sehen!"

Jan von Berghaus tauchte plötzlich bei ihnen auf. Damian begrüßte Jan kurz, unterhielt sich aber dann mit der Blondine weiter. Daraufhin wandte Jan sich Julia zu, blickte sie einmal von oben nach unten an und pfiff neckisch anerkennend durch die Zähne. Julia fühlte sich geschmeichelt und lächelte.

„Hey …! Gleichfalls. Ich wusste gar nicht, dass du auch hier bist. Was machst du hier auf diesem langweiligen Event?" Sie rollte mit den Augen.

„Das hier ist leider eine Pflichtveranstaltung, wenn man in der Gegend zu tun hat. Umso erfreulicher, wenn man alte Bekannte trifft. Möchtest du noch etwas trinken?"

Sie hatte ihr Glas zwar noch nicht ganz ausgetrunken, aber der eisgekühlte Weißwein schmeckte ausgezeichnet. Julia dachte daran, dass sie in den kommenden Monaten wohl kaum einen derart edlen Tropfen kredenzt bekommen würde, und mit einem raschen Blick zu Damian, der sich angeregt mit dem blonden Gift unterhielt, nickte sie. Jan war genau im richtigen Moment aufgetaucht. Versonnen starrte sie ihm nach, als er Richtung Bar loszog. Er machte echt etwas her in dem schwarzen Smoking. Seine dunklen Haare saßen perfekt und als er mit dem Weinglas zurückkam, leuchteten seine braunen Augen fröhlich.

„Bitte schön, Prost." Er hob ihr sein Glas entgegen.

„Danke. Prost." Julia lächelte Jan an und schlug ihr Weinglas leicht gegen seines.

„Wie läuft es mit deinem Auftraggeber?"

„Och, können wir uns den Small Talk nicht sparen? Du weißt doch, weshalb ich hier bin."

Sie wollte nicht um den heißen Brei herumreden, vor dem Anwalt musste sie nicht schauspielern. Er wusste besser als jeder andere, dass Julia nur hier war, weil Damian die Welt auf die Schippe nehmen wollte, allen voran seine Familie.

„Gut, ganz wie du willst. Darf ich dich wenigstens zu einem Tanz entführen? Du siehst fürchterlich gelangweilt aus."

„Oh. Ich hatte gehofft, dass das nicht so offensichtlich ist!"

„Na ja, sagen wir mal, wenn man nicht gerade blind ist, dann kann man es erahnen." Er lachte und bot ihr seinen Arm an, den sie nach kurzem Zögern ergriff. Damian nahm nicht mal Notiz davon, dass sie mit Jan verschwand. Sie hätte nie geglaubt, dass ein derartiger *Vamp* seinem Geschmack entsprach. Unfassbar! Er war so vertieft in die Diskussion mit ihr, dass er nur noch Augen für *sie* hatte. Auf dem Weg zur Tanzfläche bemerkte Julia, dass sie nicht mehr ganz nüchtern war, aber Jan fing ihre Ungeschicklichkeit unbemerkt auf.

„Entschuldige, der Wein muss mir zu Kopf gestiegen sein. Ich weiß gar nicht, was los ist."

„Keine Sorge, schöne Frau. Bei mir bist du in den besten Händen."

„Das Gefühl habe ich auch."

Flirtete er mit ihr? Jan schwang sie gekonnt über die Tanzfläche. Seine Arme fühlten sich stark und muskulös an, aber er roch leider nicht so gut wie Damian. Er roch nicht schlecht, nein, sein Aftershave war frisch und männlich herb, aber es war eben nicht Damian. Julia ärgerte sich. Sie konnte es nicht lassen, alle an Damian zu messen und bei jeder Runde nach ihm Ausschau zu halten; nach wie vor unterhielt er sich mit der Silikonpuppe. Sie ärgerte sich, dass es sie so störte. Deswegen legte sie sich noch mehr ins Zeug und nahm sich vor, überhaupt nicht mehr nach ihm zu sehen. Jan war ein netter Typ, gutaussehend und intelligent. Sie würde den Tanz mit ihm in vollen Zügen genießen und nicht wie eine Idiotin nach dem Eisklotz schmachten.

Dem Anwalt gefiel es offensichtlich, mit Julia zu tanzen, denn er machte keine Anstalten, eine Pause einzulegen. Sie musste sich zusehends mehr konzentrieren, um mithalten zu können. Der Alkohol rauschte durch ihre Blutbahnen und machte ihre Bewegungen kantiger als ihr lieb war. Sie sah Lucas mit einer Schönheit eng umschlungen neben ihnen übers Parkett fegen. *Er* hatte wenigstens Geschmack. Ganz im Gegensatz zu seinem komischen Zwillingsbruder. Wo war der eigentlich? Er stand zumindest nicht mehr mit Plastikpüppi an der Bar. Auch gut. Sollte er doch machen, was er wollte.

„Julia? Hast du gehört, was ich gesagt habe?"

„Äh. Wie bitte?"

„Ich habe gesagt, ich glaube, Damians Pläne sind nicht ganz aufgegangen. Er sieht verärgert aus. Ich hätte nicht gedacht, ihn mal so zu sehen, das ist einfach toll."

Julia verstand nicht, was er meinte, aber Jan grinste in diebischer Freude über etwas, das sie nicht sehen konnte. Sie wollte gerade nachfragen, als sie Damians Hand auf ihrer Schulter spürte und sein ausdrucksloses Gesicht neben ihr erschien.

Nur die verräterische, kleine Ader pochte wie verrückt am Hals, die ihr zeigte, dass er wie auf dem Golfplatz versuchte, seine Erregung zu unterdrücken. Sie musste kichern.

„Jan, ich denke, es reicht", zischte Damian zwischen zusammengebissenen Zähnen.

„Was reicht? Ich habe mich bestens amüsiert. Du kannst doch nicht einfach herkommen und dich hier einmischen!", protestierte Julia. Der Alkohol hatte ihre Zunge gelöst.

Jan, ganz der Angestellte, trat einen Schritt zur Seite und deutete eine Verneigung an.

„Es war mir ein Vergnügen, vielen Dank, schöne Frau. Ich denke, ich lasse euch *Turteltäubchen* jetzt besser alleine." Er grinste und verschwand in der Menge.

Julia bemerkte, dass die anderen Gäste sie bereits anstarrten. Damian hatte es auch bemerkt, deswegen zog er sie eng an sich und tanzte mit ihr weiter.

„Was hast du dir denn dabei gedacht, stundenlang mit Jan zu tanzen?"

„Was soll ich mir gedacht haben? Er ist ein guter Tänzer."

„Ja, und er ist zufällig auch noch gutaussehend und solo. Wenn du was mit ihm anfangen willst, dann nur zu. Aber nicht heute. Wir haben eine Vereinbarung."

Julia schwankte zwischen Empörung und Belustigung. Letztere siegte – sie kicherte. Schon wieder. Sie hatte eindeutig mehr als nur einen kleinen Schwips.

„Du spinnst doch", lallte sie. Ihre Zunge war auf einmal schwer geworden.

„Mein Gott. Betrunken bist du auch noch!"

„So schlimm ist es nun auch wieder nicht."

Aber sie musste hicksen. Nur einmal, aber blöd genug.

„Ich glaube, wir sollten gehen. Du hast eindeutig genug für heute. Dich kann man anscheinend keine fünf Minuten aus den Augen lassen."

„Allerdings. Ich habe genug. Und fünf Minuten, fünf Minuten, mein Herr, waren das nicht!" Sie reckte ihr Kinn trotzig nach vorne. Der Kerl war wirklich abscheulich. Damian zog Julia von der Tanzfläche. Im Abgang sah sie Lucas noch einmal winken. Sie hob den Arm und winkte lächelnd zurück.

„Lass das." Damians Stimme war so leise, dass sie nicht sicher war, ob er überhaupt etwas gesagt hatte.

„Was?"

„Du weißt genau, was ich meine. Hör auf, mit jedem gutaussehenden Mann in diesem Saal zu flirten."

„Hä?"

„Ach. Julia. Ich denke, eine Diskussion hat heute keinen Sinn mehr."

Es dauerte einige Minuten, bis der Fahrer mit der dunklen Limousine am Eingang auftauchte. In der Wartezeit hatte Damian Julia ein Glas Wasser besorgt. Sehr aufmerksam, dachte sie. Wenn er sich vorhin mal so gut um sie gekümmert hätte. Aber da war er ja mit einer anderen beschäftigt gewesen. Als sie in die Limousine stieg, merkte sie, wie müde ihre Beine plötzlich waren.

„Wer ist die Silikonbraut?" Es war draußen, bevor sie es verhindern konnte.

„Wie bitte?"

Damian schaute sie ungläubig an. Jetzt war es auch egal.

„Na, du weißt schon. Enges rotes Kleid, dicke Tüten, Schlauchbootlippen. Muss ich mehr sagen?"

Damian lachte lauthals. Er sah gleich viel besser aus, wenn er nicht so griesgrämig dreinschaute.

„Du bist einzigartig, Julia. Sie ist eine gute Bekannte. Wir sind befreundet."

„Wirklich? Wie befreundet?"

„Du bist ja ziemlich neugierig."

„Vielleicht. Und? Wer ist sie."

„Sie ist meine Therapeutin."

Julia hob eine Augenbraue. Das musste sie genauer wissen.

„So eine Art Sextherapeutin?"

Sein Lachen erfüllte den ganzen Wagen.

„Nein, Darling. Keine Sextherapeutin. Ich kenne sie seit vielen Jahren, ich war bei ihr in Behandlung. Ich habe sie einige Zeit nicht gesehen, uns verbindet mittlerweile so was wie ein freundschaftliches Verhältnis."

„Aha. Ich habe mich schon gewundert, ob du auf ältere Frauen, die ein Abo beim Schönheitschirurgen haben, stehst. Das hätte natürlich erklärt, warum du in der Öffentlichkeit niemals eine Freundin zeigst. Bis auf jetzt natürlich, aber ich bin ja nicht echt. Na ja. Du weißt schon. Ich bin zwar echt, aber ich bin nicht in Echt deine Freundin."

Damian grinste, sagte aber nichts. Den Kerl sollte jemand verstehen. Wieso war er jetzt wieder so gut gelaunt? Er hatte dem offenbar nichts mehr hinzuzufügen und Julia hatte keine Lust, ihm mehr Informationen aus der Nase zu ziehen. Die nächsten zehn Minuten verbrachten sie schweigend in der dunklen Limousine. Dann hielt sie es nicht mehr aus, der Alkohol hatte sie mutig gemacht. Sie musste mehr wissen.

„Was ist das mit deiner Schwester, und warum will sie nichts mehr mit euch zu tun haben?" Damian sog die Luft ein. Dann fuhr er sich durch die Haare, bevor er antwortete.

„Es ist eine lange Geschichte."

„Ich habe Zeit." Er sah plötzlich gequält aus.

„Ach, Julia. Es ist keine schöne Vergangenheit. Tamara hat einige schlimme Dinge erlebt, sie ist daran zerbrochen."

„Was?"

„Ich will nicht darüber reden. Es ändert auch nichts an der Tatsache, dass sie ein anderes Leben lebt, sie ist jetzt glücklich. Das ist die Hauptsache."

„Woher weißt du das?"

„Ich habe meine Quellen."

Sie runzelte die Stirn.

„Bevor du noch weiterbohrst – es gibt einen Privatdetektiv, er erstattet mir von Zeit zu Zeit Bericht. Wenn sie mit uns nichts zu tun haben will, dann ist es ihre Entscheidung. Ich kann es sogar nachvollziehen, auch wenn es mir leidtut."

„Wow", entfuhr es ihr. „Willst du sie nicht wiedersehen?"

„Doch, das würde ich gerne. Aber ich respektiere sie und vielleicht kommt irgendwann der Zeitpunkt, an dem sie ihre Meinung ändert. Vielleicht braucht sie nur Zeit. Viel Zeit."

Julia hätte ihn gerne getröstet, aber Damian hatte eine so abweisende Haltung eingenommen, dass sie sich nicht traute. Die Wirkung des Alkohols war verflogen, Julia fühlte sich ernüchtert. Damian litt wirklich unter der Trennung von seiner Schwester und sie fühlte mit ihm.

„Ja, vielleicht", antwortete sie daher nur. Sie wusste nicht, was sie sonst zu ihm sagen sollte. Sie wusste auch noch viel zu wenig über ihn und seine Vergangenheit. Aber Damian starrte aus dem Fenster und schien tief in Gedanken versunken, sie wollte ihn nicht noch mehr quälen. Als sie sich die Umgebung ansah, stellte sie fest, dass sie bald an der Stadtvilla ankommen würden. Sie nahm seine Hand und drückte sie kurz. Damian sah sie an und ihr wurde warm ums Herz. Er sah verletzlich aus, sagte aber nichts. Dann stoppte der Wagen und er entzog ihr seine Hand.

Julia lief vor Damian. Seine Augen hefteten sich an ihren Hüften fest. Das weinrote Kleid schmiegte sich an ihren wohlgeformten Körper wie eine zweite Haut. Julias linke Schulter wurde nicht vom Kleid bedeckt und ein langer Schlitz erlaubte es ihr, ohne Verrenkungen die Treppen nach oben zu nehmen. Die Pumps hatte sie bereits im Wagen ausgezogen, sodass sie nun barfuß war. Was sollte er nur mit ihr machen? Ihre natürliche, ungekünstelte Art hatte ihn gefangen genommen. Obwohl er keinen einzigen Schluck Alkohol getrunken hatte, war er wie berauscht.

Er schloss die Zimmertür wie an den Abenden zuvor hinter sich ab. Julia ging zum Schreibtisch und kleidete sich aus. Wieso folterte diese Frau ihn unnötig? Er wollte sich abwenden, aber er konnte es nicht. Wenn er sie schon nicht haben konnte, wollte er sich wenigstens ihren Anblick einprägen, auch auf die Gefahr hin, dass er in dieser Nacht ebenso wenig

Schlaf fand wie in den Nächten zuvor. Morgen würde es vorbeisein, dann würde ihm nur noch die Erinnerung bleiben, deswegen nahm er jedes Detail in sich auf.

Er hatte nicht damit gerechnet, dass sie sich so abrupt umdrehen würde. Er hatte auch nicht damit gerechnet, dass sie so verletzlich aussehen würde. Sie war lediglich mit einem Slip bekleidet, der mehr enthüllte als versteckte. Ihr Körper war makellos. Die üppigen Brüste vollkommen gerundet, die schlanke Taille bildete den perfekten Kontrast zu ihren sanft geschwungenen Hüften. Als er in ihre blauen Augen sah, war es um ihn geschehen. Bis zu diesem Zeitpunkt hatte er die Kontrolle aufrechterhalten können, aber ihr Anblick, ihre Augen, ihre Nähe machten es ihm unmöglich, sich weiter dagegen zu wehren. Sie ging einen Schritt auf ihn zu und er versuchte ein letztes Mal, ihrem Zauber zu entkommen. Sein Widerstand war nur noch ein leises Aufbäumen.

„Julia, wir sollten das nicht tun … Du hast getrunken. Vielleicht bereust du es morgen."

„Willst du mich nicht?"

Diese Frage zerriss ihm das Herz. Und ob er sie wollte. Er hatte noch nie etwas so sehr gewollt wie sie. Durfte es denn sein…? Sein Widerstand war gebrochen.

„Es gibt nichts auf der Welt, wonach ich mich mehr sehne als nach dir, meine Julia."

Sein Herz schmerzte bei diesen Worten. Julias Augen blitzten erregt auf, sie sah so zart aus. Er wollte sie festhalten, sie spüren. Nur dieses einziges Mal. Danach würde er sie in Ruhe lassen, für immer.

„Dann lass es zu …"

Mehr brauchte er nicht. Mit einem Schritt war er bei ihr. Fast ehrfürchtig schaute er sie an, bevor er seinen Mund auf ihren senkte. Sie schmeckte süß und verführerisch, wie der Himmel auf Erden. Es dauerte nicht lange und er wurde von der Leidenschaft, die sich vom ersten Moment ihres Treffens an aufgebaut hatte, überwältigt. Er war willenlos, in ihm tobte der stärkste Kampf um Selbstbeherrschung, den er je auszufechten hatte, er wollte sie aufs Bett werfen und nehmen wie ein Tier. Aber Julia hatte etwas Besseres verdient. Er hatte etwas Besseres verdient. Er wollte diese eine Nacht voll auskosten, sich jeder Sekunde erinnern, denn es würde ein einmaliges Erlebnis bleiben und er wollte sich alles tief einprägen. Julia hatte bereits sein Hemd aufgeknöpft, die Smokingjacke lag achtlos auf dem Boden. Als er ihre Hände auf seinem flachen Bauch spürte, sog er scharf die Luft ein. Wenn er sich nicht besser beherrschte, würde er kommen, bevor sie ihn überhaupt richtig angefasst hatte.

„Julia, wir haben alle Zeit der Welt. Komm ..."

Damian machte den Kamin an und löschte das Licht. Das Zimmer wurde in einen dämmrigen Schimmer getaucht. Das künstliche Feuer spiegelte sich in ihren blauen Augen und dem glänzenden Haar. Wie schön sie war. Sie war ein Engel. Er strich Julia eine Strähne aus dem Gesicht, zog sie an sich und flüsterte in ihr Haar: „Du riechst so gut, wie ein Meer aus Blumen. Das wollte ich seit unserer ersten Begegnung tun."

„Wieso hast du nicht?"

„Du bist vor mir weggelaufen, weißt du nicht mehr?"

Julia grinste und zupfte an einem einzelnen Haar auf seiner muskulösen Brust.

„Du warst auch unmöglich", konterte sie zärtlich.

Julias Hände fanden ihren Weg zu seinem Hosenbund, sie öffnete geschickt den obersten Knopf und den Reißverschluss und verschloss seinen Mund mit einem leidenschaftlichen Kuss. Damians Hände vergruben sich in ihrem Haar, strichen an ihrer Wirbelsäule entlang, sie bog sich ihm willig entgegen. Ihre Brüste pressten sich an seinen Oberkörper, das Ausmaß seines Verlangens erreichte ungeahnte Höhen.

„Julia, ich kann nicht mehr. Ich brauche dich. Lass mich dich lieben heute Nacht."

Ihr gehauchtes „Ja" war ihm genug. Er würde ganz sanft zu ihr sein. Als Erstes wollte er jeden Zentimeter ihres perfekten

Körpers erkunden. Damian hob Julia in seine Arme, trug sie zum Bett und legte sie sanft in der Mitte ab. Sie begutachtete seinen Körper, streckte ihre Hände nach ihm aus. Er wusste, sie wollte ihn genauso spüren wie er sie. Aber zuerst war er an der Reihe, ihr Vergnügen zu bereiten. Seine Zunge machte sich auf die spannendste Entdeckungsreise seines Lebens ...

Kapitel 10

Julia blinzelte. Wie spät war es? Sie tastete nach Damian, aber der Platz neben ihr war leer. Ihr ganzer Körper fühlte sich an, als lächelte er. Sie hatte nicht gewusst, dass so viel Leidenschaft in ihr steckte. Es war eindeutig die beste Nacht ihres Lebens gewesen. Bei der Erinnerung an das, was sie mit Damian alles getan hatte, wurde ihr warm ums Herz. Julia ließ sich noch mal ins Kissen zurücksinken und schloss die Augen, bevor sie sich doch aufraffte und im Badezimmer verschwand.

Eine Dusche würde sie wirklich brauchen, bevor sie der Familie unter die Augen treten konnte. Jeder würde ihr sonst ansehen, was sie die ganze Nacht getrieben hatte. Das wollte sie auf keinen Fall. Es war eine Sache, zu spielen, dass man es getan hatte, aber eine andere, es wirklich getan zu haben. Sie lächelte beim Gedanken an Damian. In der letzten Nacht hatte sie ihn von einer ganz anderen Seite kennengelernt. Er war nicht nur der leidenschaftlichste Mann, der ihr je begegnet war, er war obendrein im richtigen Moment überraschend selbstlos und einfühlsam. Sie fragte sich, ob es möglich war, dass er Gedanken lesen konnte, denn es war einfach überwältigend gewesen, der beste Sex ever!

Als Julia ins Speisezimmer kam, saßen Charlotte und Damian noch am Tisch. Damian las Zeitung, wie jeden Morgen, und Charlotte redete mit Sally, die ihr Tee nachschenkte.

„Guten Morgen", sagte sie als Erste.

„Guten Morgen, meine Liebe. Du siehst bezaubernd aus!" Damian sah irgendwie verändert aus, aber sie konnte nicht ausmachen, was es war.

„Guten Morgen, Darling."

Charlotte lächelte einladend, Damian lächelte auch, aber es erreichte seine Augen nicht. Was war los? War etwas passiert?

Er stand nicht einmal auf, um sie zu begrüßen. Ein kleiner Stein fiel in Julias Magengrube.

„Möchten Sie Tee? Oder lieber Kaffee?" Sally forderte ihre Aufmerksamkeit.

„Danke, Sally. Am liebsten wäre mir ein starker Kaffee."

„Aber natürlich, ich bin gleich wieder zurück. Möchten Sie Eier und Speck dazu?"

„Ja. Gern. Vielen Dank."

Die rundliche Haushälterin verschwand und Julia setzte sich an die lange Tafel gegenüber von Damian neben Charlotte.

„Ich werde heute wieder abreisen, mein Mann ist von seinem Jagdausflug zurück und ich bin froh, der Hitze Hongkongs entfliehen zu können."

„Ja, das glaube ich gerne, in England muss man nicht so schwitzen wie hier. In Shanghai ist es nicht ganz so unerträglich wie in Hongkong."

„Weißt du, in meinem Alter verpflanzt man keinen Baum mehr. Ich gehöre nach England, nicht nach Asien. Aber du bist noch jung, da kann man solche Sperenzchen viel besser vertragen." Damit klopfte Charlotte Julia leicht auf den Arm und nickte ihr freundlich zu. Damian schien tief in die Zeitung gekrochen zu sein, abgetaucht und absolut weggebeamt. Nachdem seine Mutter die Rückseite der Zeitung einige Sekunden stirnrunzelnd angeschaut hatte und er nicht reagierte, räusperte sie sich.

„Damian, du bist so unhöflich. Deine Mutter reist heute ab und deine Geliebte ist anwesend. Kannst du nicht später Zeitung lesen? Ihr jungen Männer!", setzte sie schnaubend hinzu.

Damian senkte kurz die Zeitung und warf ihnen mit hochgezogenen Brauen einen undurchdringlichen Blick zu. Dann verschwand er wieder.

„Es ist nicht schlimm. Wirklich." Natürlich störte es sie, dass er keine Notiz von ihr nahm. Zumal es den ganzen Aufwand und das Theater untergrub, das er am Wochenende veranstaltet hatte. Was stimmte denn jetzt schon wieder nicht?

War sie ihm zu nahegetreten? Langsam, aber sicher dämmerte ihr, wo der Hase im Pfeffer begraben lag. Diese Erkenntnis traf sie wie ein Schlag.

Sally kam mit ihrem Frühstück, aber der Appetit war ihr vergangen. Damian hatte nie vorgehabt, etwas an ihrer Vereinbarung zu verändern. Für ihn war die Sache erledigt, der Vertrag war mit Abreise seiner Mutter erfüllt und das, was in der gestrigen Nacht zwischen ihnen beiden passiert war, zählte nicht. Jetzt verstand sie auch, warum er so gezögert hatte. Aber auf dem Ball, beim Golfspielen, seine Eifersucht hatte so echt gewirkt. Und die Leidenschaft letzte Nacht auch.

Charlotte legte ihre Serviette ab und erhob sich.

„Ich muss los, mein Flug geht. Es ist schade, dass wir nicht mehr Zeit gemeinsam verbringen konnten, meine Liebe, aber ich will George nicht einen Tag länger warten lassen. Das nächste Mal kommt er mit und dann werde ich auf alle Fälle länger hierbleiben."

Julia rang sich ein Lächeln ab.

„Aber natürlich. Das verstehe ich doch, Charlotte."

„Wir sehen uns ja bald wieder!"

Wohl kaum. Sie musste schlucken.

„Natürlich. Bestimmt. Bald."

Sie standen beide auf. Charlotte umarmte sie und gab ihr einen Kuss auf die Wange.

„Es hat mich sehr gefreut, dich kennenzulernen. Ich bin froh, dass Damian dich gefunden hat, selbst wenn er sich noch ein wenig anstrengen muss, um dich auch wirklich zu verdienen." Sie warf ihrem Sohn, der mittlerweile die Zeitung zusammengefaltet hatte und aufgestanden war, einen strengen Blick über den Rand ihrer Brille zu.

„Danke!"

Gleich würde sie anfangen zu heulen.

Damian begleitete Charlotte nach draußen. Sie konnte noch hören, wie Charlotte ihrem Sohn auftrug, seinem missratenen Bruder auszurichten, dass sie ihn bald zu sehen wünschte, spätestens zu einem demnächst stattfindenden Event in England. Dann wurde es still.

Julia blieb alleine zurück und fühlte sich mit einem Mal wieder vollkommen fehl am Platz. Sie setzte sich, trank ihren Kaffee aus und wünschte sich, bereits im Taxi zum Flughafen zu sitzen. Der Traum war zu Ende. Morgen würde sie wieder im Mandarin Oriental stehen und Kundenwünsche erfüllen.

Julias Augen füllten sich mit Tränen, aber eher würde die Hölle zu Eis gefrieren, als dass sie vor Damian weinen würde. Er stand im Türrahmen und schaute sie mit undurchdringlicher Miene an. Sie hielt es keine Minute länger aus.

„Ich denke, ich gehe mal packen."

„Julia, wegen letzter Nacht ..."

„Ich habe schon verstanden. Der Vertrag ist damit beendet."

Damian wollte auf sie zukommen, doch sie winkte ab. Sie würde seine Nähe nicht ertragen.

„Ich wollte nicht ..."

„Es ist schon gut. Ich bin ja nicht blöd. Dass aus uns niemals etwas werden würde, war mir schon klar. Du, der adelige Superreiche, und ich, die kleine Hotelangestellte. Ich bin vielleicht blond, aber nicht dumm."

Damit ließ sie ihn stehen und lief nach oben. Er sollte nicht sehen, dass ihr nun doch Tränen über die Wangen liefen. Die Anspannung der letzten Tage war einfach zu viel für sie gewesen. Das Teufelchen lachte hinterhältig. Über sich selbst wütend, schlug sie die Tür zu. Glücklicherweise kam er nicht hinterher. Wenn sie im hintersten Winkel ihres Herzens doch gehofft hatte, dass der Ritter auf dem weißen Pferd Aschenputtel retten würde, dann wurde sie jetzt eines Besseren belehrt. Da die Kleider alle Damian gehörten, hatte sie nicht viel zu packen. Sie würde nichts davon mitnehmen, Julia wollte jede Erinnerung an die letzten Tage in der Stadtvilla lassen.

Zehn Minuten später stand sie mit ihrem Köfferchen in der Halle und zögerte, ob sie sich von Damian verabschieden sollte, als er aus der Bibliothek kam.

„Ich wollte mich nur noch verabschieden, Damian. Ich denke, ich sollte jetzt gehen."

„Aber dein Flug ist doch erst in ein paar Stunden."

Damian sah müde aus, dunkle Schatten lagen unter seinen blaugrauen Augen. Auch das rote Poloshirt schaffte es nicht, Farbe in sein Gesicht zu zaubern.

„Was soll ich hier noch?"

Er seufzte und strich sich durch die Haare.

„Wie du willst. Kann ich dich zum Flughafen bringen?"

„Nein, danke."

„Darf ich dir wenigstens meine Limousine anbieten?"

„Wenn du so viel Wert darauf legst." Ihre Stimme klang kühl und abweisend.

„Julia, bitte …"

„Bitte, was? Zwischen uns ist alles gesagt. Ich hoffe, das Wochenende war zu deiner Zufriedenheit."

„Was soll ich sagen. Wegen letzter Nacht …"

Julia unterbrach ihn: „Es gibt nichts zu sagen. Die Nacht gab es gratis dazu. Es hat nichts bedeutet."

Damian sah verletzt aus, fing sich aber sofort wieder, sodass sie glaubte, sich getäuscht zu haben.

„Wenn das so ist. Dann danke ich dir. Werde ich dich irgendwann wiedersehen?"

Julias Augen blickten ihn verständnislos an.

„Ich wüsste nicht wo, wir bewegen uns in deutlich unterschiedlichen Kreisen. Mach's gut, Damian." Sie wandte sich zur Tür, aber so einfach ließ er sie nicht gehen. Er war zu ihr gekommen und umarmte sie. Damian drückte sie fest an sich und lullte sie mit seinem verfluchten zitronigen, männlichen Geruch ein. Dann ließ er sie los und trat einen Schritt zurück.

„Auf Wiedersehen, Julia."

Sie drehte sich wortlos um und ging. Julia hätte sich gerne von Sally verabschiedet, aber sie hatte nicht die Kraft, nach ihr zu suchen. Außerdem würde sie garantiert wieder losheulen, wenn ihr jetzt jemand freundlich begegnen würde.

Als Julia fort war, setzte sich Damian in die Bibliothek. Er war nicht in der Lage, etwas zu tun, sondern starrte nur in den kalten Kamin. Er hatte keine Ahnung, wie lange er an der gleichen Stelle gesessen hatte, aber seine Beine fühlten sich steif an, als er sich erhob. Noch nie in seinem Leben hatte er bisher das Verlangen verspürt, Alkohol zu trinken, aber heute war ein Tag, an dem würde er eine ganze Flasche Whisky leeren, um seinen Schmerz zu betäuben. Er würde eine Ausnahme machen. Die Alternative wäre gewesen, Julia hinterherzufahren, und das kam nicht infrage. Sie hatte etwas Besseres als ihn verdient. Früher oder später hätte sie ihn sowieso verlassen. Er war innerlich kaputt, seine Vergangenheit holte ihn immer wieder ein. Keine Frau würde es mit ihm aushalten und er wollte Julia nicht noch mehr wehtun.

Damian ging wie ferngesteuert auf die aufklappbare Hausbar zu und griff wahllos nach einer Flasche und einem Glas, dann goss er sich ein. Als der erste Schluck der goldbraunen Flüssigkeit seine Kehle hinabbrann, brannte sein Hals. Der Alkohol wärmte sein Inneres. Er spürte die Wirkung bereits nach dem ersten Glas, das Nervengift machte sich in seinem Körper breit. Nach und nach betäubte es den Verlustschmerz.

Morgen würde er wieder ins Büro gehen, wie jeden Tag davor und jeden Tag danach. Heute wollte er sich der Trauer hingeben, dem – Verlust der Liebe. Er hatte sich in Julia verliebt, ja, das war ihm gestern klar geworden. Er liebte ihre unschuldige, unverbrauchte Art, ihr verschmitztes Lächeln, ihre Bewegungen, ihren Humor. Aber es durfte nicht sein. Er konnte sich nicht mit Julia verbinden, sie war für ihn unerreichbar.

Der Single Malt schmeckte ihm nicht. Aber es half ihm, nicht durchzudrehen. Je betrunkener er wurde, desto mehr vermisste er das blonde, deutsche Mädchen, aber er war ihrer nicht wert. Schon gar nicht in diesem Zustand, unter gar keinen Umständen würde er sie so kontaktieren.

Viel später tauchte Sally auf, sie sprach mit ihm, aber er konnte sich nicht auf das konzentrieren, was sie von ihm wollte. Lucas, ja, der war auch bei ihm gewesen. Aber Damian interessierte nicht, was er gesagt hatte. Als die Flasche fast leer war, stand Damian auf; er hatte Mühe, sich auf den Beinen zu halten. In der wirren Logik Betrunkener beschloss er, nach oben zu gehen. Auf allen vieren kroch er die dunkelbraune Holztreppe mit dem roten Teppich hinauf. Er würde sich in das Bett legen, in dem er Julia in der gestrigen Nacht geliebt hatte. Er war sich sicher, dass er ihren Geruch dort noch finden konnte. Ja, das würde er tun. Ihr Duft würde ihm helfen, die Nacht zu überstehen. Lavendel ...

Kapitel 11

Shanghai

Es war spät, als Julia die Tür zum Apartment aufschloss. Aus dem Wohnbereich hörte sie den Fernseher. Kathrin war noch wach. Eigentlich hatte sie gehofft, ungestört in ihr Zimmer schlüpfen zu können.

„Hallo, Kathrin?", rief sie leise, damit sich ihre Mitbewohnerin nicht erschreckte, und warf sich schnell eine Handvoll Tic Tacs in den Mund.

„Hey, Julia. Da bist du ja endlich!" Kathrin schwang ihre langen Beine über die Lehne und kam auf sie zu. „Wie war dein Wochenende?", fragte Julia ihre Mitbewohnerin.

„Mein Wochenende war langweilig, die Männer hier sind eine Katastrophe! Und außerdem, die Frage ist doch vielmehr, wie war *dein* Wochenende?"

Julia hatte Kathrin erzählt, dass sie einen Typen getroffen hatte, den sie übers Wochenende besuchen wollte. Im Prinzip stimmte das ja. Sie hatte nur das kleine Detail ausgelassen, dass dieser Kerl steinreich war und dass er sie für ihre Anwesenheit bezahlt hatte.

Julia warf ihre Ballerinas in die Ecke, ließ sich aufs Sofa fallen und spielte mit einer leeren Tic-Tac-Dose, die zwischen den Kissen gelegen hatte.

„Es hat nicht funktioniert."

Nicht einmal das war gelogen.

Kathrin setzte sich zu ihr und umarmte sie.

„Das tut mir leid."

„Hm. Kannst du mich einfach mal feste drücken?"

„Klar."

Ihre Mitbewohnerin umarmte sie und Julia genoss die Nähe. Es war besser, als jetzt alleine zu sein. Sie brauchte jemanden, der sie einfach festhielt.

„Danke."

„Keine Ursache, Schneckchen. Du weißt ja, wie oft ich mich schon bei dir ausgeheult habe. Dich hat es aber ganz schön erwischt, hm?"

Kathrin hatte auch kein Glück bei Männern. Ihre letzte Beziehung erwies sich als der totale Reinfall und sie hatte monatelang jeden Abend geweint, nachdem sie herausgefunden hatte, dass ihr Verlobter sie nicht nur betrogen, sondern auch bestohlen hatte. Seitdem hatte sie zwei Jobs, denn sie musste genauso wie Julia ihren Studienkredit abbezahlen, und das Leben in Shanghai war teuer.

„Eis?", fragte Kathrin.

„Ja. Familienpackung."

Julia wusste, dass ihr Magen es ihr übelnehmen würde, aber ihre Seele brauchte die Kombination aus Zucker und Fett. Und zweitausend Kalorien später sah die Welt nicht mehr ganz so düster aus wie zuvor.

„Du machst Witze, oder?" Jan ließ sich auf das schwarze Ledersofa in Lucas' Büro fallen und lachte ungläubig.

„Ich schwöre es dir. Er war sturzbetrunken. Damian wusste nicht mal mehr, wie er heißt!"

Lucas grinste von einem Ohr zum anderen. Er hatte seinen Bruder noch nie so gesehen. Der Ärmste litt zweifellos an schlimmstem Liebeskummer.

„Ein Blinder sieht, dass sich die beiden mögen."

„Aber irgendetwas stimmt bei der ganzen Sache nicht. Wieso hat Damian sie auf diese ganzen todlangweiligen Veranstaltungen mitgeschleppt? Wenn Julia meine Freundin wäre, würde ich mich Tag und Nacht mit ihr im Schlafzimmer verbarrikadieren."

Jan blickte schuldbewusst zu Boden.

Lucas war Jans Reaktion nicht entgangen.

„Du weißt doch etwas. Los. Spuck es aus!"

„Ich kann es dir nicht sagen", antwortete Jan ausweichend.

„Wieso nicht?".

„Ich bin zum Schweigen verurteilt", meinte Jan mit leicht süffisanter Miene, „und darf dir nichts sagen." Er blickte Lucas an und fügte mit hintersinnigem Ausdruck hinzu: „Aber raten darfst du."

„Was erzählst du für einen Quatsch! Wie soll ich erraten, was du weißt? Ich bin doch kein verdammter Hellseher!"

„Du bist doch nicht auf den Kopf gefallen. Auch wenn du dich manchmal saublöd anstellst, aber ..."

„Hey, jetzt werde mal nicht frech, du Winkeladvokat!"

„Du kommst der Sache näher. Warum, glaubst du, *darf* ich dir nichts sagen?"

Lucas hielt in äußerster Konzentration für einen Moment inne. Dann sprang er so schnell aus seinem Stuhl auf, dass dieser sich um seine eigene Achse drehte.

„Das glaube ich jetzt nicht, Jan! Wie hat mein Bruder es angestellt, dass du mir nichts davon sagen darfst? Du bist Anwalt, also muss es mit einem Vertrag zu tun haben." Damians Zwilling rieb sich das markante Kinn und lief vor der Glasfront auf und ab.

„Komm schon, was soll ich dir noch für Hinweise geben. Ich fühle mich schon wie bei Dingsda!"

„Bei wem?"

„Klar, das kennst du englischer Eliteschüler natürlich nicht."

„Bleib gefälligst bei der Sache."

„Gut. Es gibt einen Vertrag."

„Einen Vertrag zwischen wem?"

Jan konnte den Groschen förmlich fallen hören.

„Nicht dein *Ernst*, Jan. Damian hat Julia per Vertrag an sich gebunden?"

„Von *mir* weißt du nichts, Lucas. Ganz im Ernst: Dein Bruder ist imstande und bringt mich um."

„Ich fasse es nicht. Das hätte ich ihm gar nicht zugetraut."

„Also ich hätte ihm nicht zugetraut, dass er sich eine ganze Flasche feinsten Whisky pur reinschüttet. Hast du ihn heute schon mal gesehen? Zum Totlachen. Und er erzählt jedem, er habe eine Lebensmittelvergiftung. Dabei hat er einfach nur die Riesenfahne seines Lebens."

Jan und Lucas schauten sich an und verloren erneut die Beherrschung. Ihr Gelächter war auf der ganzen Etage zu hören. Unter wiederholten Heiterkeitsausbrüchen einigten sie sich darauf, dass es Damian ganz schön erwischt hatte, wenn er derart radikal mit seinen Prinzipien brach. Als sie sich etwas beruhigt hatten, wollte Lucas wissen, wieso Damian einen Vertrag abgeschlossen hatte, um sich mit Julia zu treffen. „Das ist zu absurd. Was ist Gegenstand der Vereinbarung?"

Jan wurde wieder ernst und raufte sich in gespielter Verzweiflung die Haare.

„Ich *kann* es dir nicht sagen. Denk einfach mal nach. Was will Damian auf keinen Fall und wir aber alle für ihn?"

Lucas schlug sich mit der flachen Hand an die Stirn. Natürlich. Dieser Schwachkopf!

„Er hat sie engagiert, dass sie seine Freundin spielt, und dann hat er sich in sie verliebt? Das ist *so* mein hirnverbrannter Bruder. Unglaublich."

„Ja. Und jetzt hat er es verbockt. Die Frage ist, was ist schiefgelaufen. Als ich sie zusammen auf dem Sommerball sah, war Damian grün vor Eifersucht, weil ich drei Runden mit Julia getanzt hatte. Sie schien davon ganz angetan."

Lucas setzte sich wieder zu Jan und schlug seine Beine lässig übereinander.

„Wir müssen etwas tun. Unmöglich, Damian solch ein Schlamassel veranstalten zu lassen, nachdem er endlich jemanden getroffen hat, der ihn interessiert." Lucas versank in Schweigen. Wenn jemand Damians Probleme verstehen konnte, dann er. Trotzdem war es ihm schleierhaft, warum sein Zwillingsbruder die Single-Nummer so stur durchzog. Klar, der frühe Verlust der Mutter, dann das Abtauchen von Tamara, das Wissen, dass ihr Vater für das Leid in der Familie verantwortlich war, das alles war kein leichtes Päckchen ... Dennoch begriff er nicht, warum Damian, der offenbar ein mehr als großes Interesse an Julia hatte, sich so dagegen sträubte, sie an sich ranzulassen. Er stand wieder auf und trat ans Fenster. Schließlich zuckte er die Schultern und drehte sich um.

„Damian gegen seinen Willen zu etwas zu bringen, war schon immer ein Ding der Unmöglichkeit. Wahrscheinlich hält er sich für den falschen Romeo für unsere holde Julia."

„Junge, denk nach! Irgendwas müssen wir doch tun können! Julia war alles andere als abgeneigt. Sie hat zwar gern mit mir getanzt, aber das geht nicht auf mein Haus, sie war eifersüchtig wie der Teufel auf Simone. Sie hat ernsthaft geglaubt, Damian hätte was mit Simone!"

„Nicht die Möglichkeit!"

Lucas klatschte mit der flachen Hand auf seinen Oberschenkel und das Gelächter ging von vorne los.

Schließlich holte Jan tief Luft und meinte: „Wirklich, sie sind wie für einander geschaffen: Einer vernarrter als der andere und gleich unfähig, es sich einzugestehen."

„Pass auf, Jan. Ich lasse mir was einfallen und in sechs Monaten sind die beiden auf dem Weg zum Traualtar!"

Jan überlegte einen Moment: „Ich glaube nicht, dass man da noch was retten kann. Ich wette, du schaffst es nicht!"

Lucas' Augen blitzten aufgeregt. „Du kennst mich nicht, Jan. Oder nicht gut genug. In Kürze sind die beiden ein Paar!"

„Und wenn nicht, dann ziehe ich in dein Büro!" Jan grinste übers ganze Gesicht. Lucas zögerte einen Moment, dann streckte er ihm seine Hand entgegen. „Dann bekomme ich deine Plattensammlung, wenn ich es schaffe. Deal?"

„Niemals!"

„Oh, du alte Memme! Komm schon, schau aus dem Fenster, dieser Blick, die Lage … darauf bist du doch schon lange scharf, gib's zu!", forderte Lucas ihn heraus.

Jan schien angestrengt zu überlegen und stöhnte.

„Na gut. Wenn die beiden bis zum Herbst nicht mindestens in wilder Ehe leben, gehört mir dein Büro. Aber keine unlauteren Mittel." Er schlug ein und beide nickten, die Wette galt.

„Und was denkst du überhaupt von mir! Ich schummle doch nicht." Lucas spielte den Unschuldigen.

„Ich kenne dich viel zu gut, Kamerad!"

„Julia, du siehst aus, als hättest du drei Tage Magen-Darm hinter dir!" April sah Julia besorgt an, als sich die beiden am Ende des Arbeitstages in der Personalumkleide trafen.

„Das trifft es so in etwa", antwortete sie leise.

„Du Arme. Ich dachte, du hattest Urlaub?"

Julia seufzte, während sie sich ihre Sneaker schnürte. „Ich wäre urlaubsreif, das kann man sagen. Wie geht's dir denn?" Sie versuchte, von sich abzulenken, sie war noch lange nicht bereit, über ihr Abenteuer mit Damian zu reden. April zog sich ein weißes Poloshirt über den Kopf, dann grinste sie Julia an.

„Ach, bei mir ist es im Moment ganz gut! Alle Rechnungen sind bezahlt und ich habe am Wochenende ein Date!"

„Toll, das freut mich. Erzähl mir mehr!"

„Hast du noch Zeit? Wollen wir was trinken gehen?"

Julia fühlte sich leer und ausgelaugt, sie würde die Fassade nicht viel länger aufrechterhalten können, daher antwortete sie: „Ein andermal gerne. Ich bin so fertig, ich muss wirklich schlafen. Du bist mir doch nicht böse?"

„Nein, Süße. Natürlich nicht. Aber in letzter Zeit machst du dich ganz schön rar! Schlaf dich aus und morgen gehen wir noch in eine Bar, okay?"

„Ich verspreche es!" Julia hob ihre Hand und überkreuzte zwei Finger zum Schwur, damit schien sich April zufriedenzugeben, denn sie nickte ihr zwinkernd zu, bevor sie sich von ihr verabschiedete.

Als Julia endlich zu Hause ankam, war sie so müde, dass sie gleich zu Bett gehen wollte. Kathrin war nicht da, vermutlich war heute einer der Tage, an denen sie ihrem Nebenjob nachging und Chinesen Englisch beibrachte. Tagsüber arbeitete sie bei Volkswagen, aber damit konnte sie nicht das Leben in Shanghai bestreiten und zugleich die Raten für den Studienkredit abbezahlen. Als sie in die Küche kam, traf sie fast der

Schlag. Eine cremefarbene Vespa mit einer rosa Schleife stand mitten im Raum. Ihr Herz klopfte wie wild gegen die Brust. War der Roller etwa für sie? Und von wem? Von Damian? Das konnte doch nicht sein.

Die Bezahlung für das Wochenende hatte sie bereits gestern erhalten, er hatte den Betrag verdoppelt. Eigentlich wollte Julia die Hälfte zurücküberweisen, weil es so nicht abgesprochen war, aber sie hatte sich dagegen entschieden. Sie wollte ihn gar nicht mehr kontaktieren. Womöglich hätte er sich sonst bei ihr gemeldet und gefragt, weshalb sie das Geld nicht annahm. Das war feige, aber sie hätte es nicht ausgehalten, seine Stimme zu hören. Nach ihrer Rückkehr hatte sie sich in den Schlaf geweint und irgendwann eingestanden, dass sie sich entgegen all ihrer Vorsätze in Damian verliebt hatte.

Seufzend öffnete Julia die Karte, die keinen Absender aufwies. Ihre Hände zitterten.

O Leben Leben, wunderliche Zeit
von Widerspruch zu Widerspruche reichend
im Gange oft so schlecht so schwer so schleichend
und dann auf einmal, mit unsäglich weit
entspannten Flügeln, einem Engel gleichend:
O unerklärlichste, o Lebenszeit.
Rainer Maria Rilke

Liebe Julia,
ich bedanke mich auf diesem Wege für das letzte Wochenende. Die Tage mit Dir waren wunderschön. Ich hoffe, Du freust dich über die Vespa. Ich erinnere mich, dass Du davon geträumt hast.
Es tut mir leid, falls ich Dich verletzt haben sollte. Das war niemals meine Absicht. Bitte verzeih mir. Ich wünsche Dir alles Gute.

Damian

Julia war vollkommen perplex. Ihr Herz hämmerte. Sie musste sich setzen, weil ihre Beine sich auf einmal wie Wackelpudding anfühlten. Damian konnte ihr doch nicht einfach so eine Vespa *schenken*. Er musste wahnsinnig sein! Sie konnte sie nicht annehmen. Auf gar keinen Fall. Ehrfürchtig fuhr sie mit den Fingerspitzen über den glänzenden Lack. Sie war einfach unfassbar cool. Was sollte sie jetzt tun? In seiner Nachricht forderte er sie nicht gerade dazu auf, mit ihm eine Spritztour zu planen.

Bei genauerem Überlegen passte das überteuerte Abschiedsgeschenk aber in ihr Bild des selbstherrlichen Geschäftsmannes. Offenbar hatte Damian ein ziemlich schlechtes Gewissen nach der gemeinsam verbrachten Nacht. Da lag es für den aalglatten Gentleman nahe, sich mit einem teuren Abschiedsgeschenk gewissenstechnisch freizukaufen. Julia war aufgewühlt. Eigentlich sollte sie nach dem langen Arbeitstag hundemüde ins Bett fallen, aber an Schlaf war nicht zu denken. Das Adrenalin, das durch ihre Adern pumpte, würde sie eine ganze Woche wachhalten. Rastlos lief sie durch das kleine Apartment.

Sie musste ihm die Vespa zurückgeben!

Natürlich *wollte* sie sie behalten, aber sie konnte ein so teures Geschenk doch nicht annehmen! Sie selbst würde sich so ein Teil in naher Zukunft nicht leisten können, noch dazu war es ihre einzige Erinnerung an Damian. Nach einigem Hin und Her entschied sie sich dafür, sein Geschenk anzunehmen. Für ihn war es ohnehin nur eine kleine Investition, während es für sie einen unschätzbaren Wert hatte, nun endlich nicht mehr auf Bus und Taxi angewiesen zu sein.

Sie musste sich allerdings bei ihm bedanken. Obwohl seine Nachricht eindeutig war. Er wünschte ihr „alles Gute". Fehlte nur noch ein „auf dem weiteren Lebensweg". Die Botschaft war klar. Und es tat weh, sich vorzustellen, wie sie mit ihm sprach. Sie konnte sich viel zu gut an den Klang seiner Stimme und seine markanten Gesichtszüge erinnern. Die halbe

Nacht hatte sie mit seinem Bild vor Augen wach gelegen. Wie sollte sie ihn jemals vergessen? Nein. Sie würde ihn nicht anrufen. Sie könnte es nicht aushalten, wenn er wieder abweisend und kalt reagieren würde wie am gestrigen Morgen. Das würde sie beim besten Willen nicht noch einmal ertragen. Eine Kurznachricht war zu profan und erschien ihr unangemessen. Immerhin hatte er ihr ein Fahrzeug im Wert von mehreren tausend Euro geschenkt. Ihr brach erneut der Schweiß aus. Er musste von allen guten Geistern verlassen sein. Sie wusste, dass er Gedichte mochte, ansonsten hätte er ihr nicht zu jeder Karte einige literarische Zeilen ausgesucht. Vielleicht konnte sie von dem Geld, das er ihr zu viel überwiesen hatte, einen Gedichtband schenken?

Sie schüttelte den Kopf. Das würde aussehen, als wollte wiederum sie sich freikaufen. Auch nicht gut. Einfach ein paar Zeilen an ihn schreiben? Das Teufelchen war wieder da. In ihrem Bauch kribbelte es, weil sie insgeheim hoffte, dass er doch nicht so gefühlskalt war, wie er gewirkt hatte. Aber der Mann hatte den Widerspruch erfunden und das Teufelchen war ein schlechter Ratgeber. Da sie keinen blassen Schimmer hatte und der Verdacht nahelag, dass ihre eigene Verliebtheit sie zu falschen Annahmen (und Hoffnungen) verführen würde, entschied Julia sich am Ende dafür, ihm zu schreiben – sie wollte sich nett und genauso förmlich wie er bedanken.

Hundeelend und allein saß Damian in seiner Wohnung. Das nächtliche Shanghai breitete sich vor dem Fenster zu seinen Füßen aus. Wie er den dreistündigen Flug am Morgen aus Hongkong überlebt hatte, hätte er selbst nicht sagen können. Aber es war gut so. Sein Elend half ihm, bei seiner Entscheidung zu bleiben. Er würde darüber hinwegkommen und morgen wieder ganz der Alte sein. Irgendwann würde er komplett aufhören, an sie zu denken. Die Bekanntschaft mit der Whiskyflasche würde er allerdings nicht so schnell vergessen und sicherlich auch nicht wiederholen. Das Klingeln seines Blackberrys ließ ihn aufschrecken.

„Hallo?"

„Hallo, mein Junge. Wie geht es dir?"

„Hallo, Mutter. Du bist gut gelandet? Ich hoffe, die Reise war angenehm?"

„Ja, sicher. Es ist ein langer Flug, aber es war kein Problem. Ich kenne das ja. Ich bin jedenfalls froh, wieder zu Hause zu sein. Deswegen rufe ich dich auch an, Damian."

„Was gibt es denn, ist etwas passiert?"

„Nein. Na ja. Irgendwie schon. Ich brauche beziehungsweise *wir* brauchen deine Hilfe."

„Was meinst du? Was ist denn los?"

„George hat sich den Fuß verletzt und der Arzt meint, er sei nicht fit genug, um bei unserem diesjährigen Jagdwochenende mitzureiten."

„Ach herrje. Wie hat er das denn geschafft?"

„Ein Missgeschick, mein Lieber, ein Missgeschick. Ich habe schon so geschimpft mit George. Du wirst es nicht glauben, aber er ist von einer Leiter gefallen."

„Wie bitte …!?"

Damian glaubte, sich verhört zu haben. Was hatte der achtundsechzigjährige Viscount auf einer Leiter zu suchen?

„Ja, wirklich. Ich habe keinen blassen Schimmer, was er da oben gemacht hat. Aber deswegen rufe ich dich an."

„Wie kann *ich* dir helfen?"

„Du musst nach Ragley Manor kommen und die Jagd anführen. Bitte. Du weißt, wie wichtig George diese Veranstaltung ist. Er ist imstande und setzt sich selbst auf ein Pferd, wenn kein würdiger Ersatz gefunden wird."

„Wirklich? Was ist mit Lucas? Ich habe massig zu tun. Oder jemand anderes?"

„Damian, ich würde dich nicht fragen, wenn mir jemand anderes einfallen würde."

„Aber was ist denn mit Lucas?"

Charlotte ließ ein kleines, ziemlich undamenhaftes Schnauben hören. „Also wirklich, ich glaube, du machst dich lustig über mich. Wir wissen beide, dass Lucas kein geeigneter Gastgeber ist! Hast du das Desaster vor vier Jahren vergessen? Er kümmert sich – pardon – einen feuchten Dreck, ob alles nach den Regeln läuft oder nicht."

Damian seufzte.

„Okay. Ich schaue in meinen Kalender und tue mein Möglichstes. Aber bitte denk noch einmal nach, ob es nicht doch jemand anderen gibt. Vetter Louis vielleicht?"

Charlotte stieß am anderen Ende der Welt einen spitzen Schrei in den Hörer.

„Was für ein absurder Vorschlag! Er hat den Pferdeverstand eines Huhns, die Gesellschaft würde denken, George hätte den Verstand verloren!" Und ohne ein weiteres Wort zu verlieren, hörte er, wie sie rief: „George, hörst du? Damian kommt!"

Er presste die Lippen zusammen. Na wunderbar. Eine Europareise passte ihm derzeit weniger bis absolut gar nicht in seinen Terminplan.

„Überleg trotzdem noch mal, Mutter."

„Ach, was gibt es da zu überlegen – und Thunder sehnt sich danach, dich im Sattel zu haben", ein spitzbübisches Lächeln war förmlich durch die Leitung zu hören, „das hat er mir erst gestern persönlich mitgeteilt!"

Damian schwieg einen Moment. Wenn er genauer darüber nachdachte, war die Idee gar nicht so schlecht. Die Reise würde ihn auf andere Gedanken bringen. Die Aussicht auf einen strammen Galopp mit seinem Hengst Thunder hellte seine Stimmung um mindestens acht Grad auf. Damian war ein ausgezeichneter Reiter und als Junge hatte er sehr viel Zeit in den Ställen und auf den Pferderücken der Pferde verbracht.

„Sei ein Schatz, tu's für Mensch und Tier!"

„Für wann ist die Jagd genau geplant?"

„Samstag in einer Woche. Du hast also genug Zeit, deinen Terminkalender umzusortieren und die Reise vorzubereiten."

Er konnte schlecht Nein sagen, wenn Charlotte so drängte. Seufzend willigte er ein. Idiotischerweise hatte er nicht bedacht, dass die Einladung natürlich nicht nur ihm galt, es war bereits zu spät – seine Mutter fügte hinzu: „Ach, und bring doch Julia mit. George kann es kaum erwarten, sie endlich kennenzulernen."

Auch das noch.

„Äh. Ja. Sicher. Ich frage sie."

„Toll. Ich freue mich!"

„Gut, Mutter. Bis bald, wir telefonieren."

„Ja, tschüss! Hab dich lieb."

„Ich dich auch."

Er würde Julia natürlich nicht fragen. Seinen Eltern konnte er immer noch erzählen, dass sie keinen Urlaub bekommen hätte. Wieso hatte er sich nur auf dieses dumme Spielchen eingelassen ...

Ob sie sein Geschenk schon bekommen hatte? Falls ja, hatte sie sich jedenfalls nicht bei ihm gemeldet. Er war sich im Klaren darüber, dass sie nicht verstand, warum er mit ihr geschlafen und sie danach so abweisend behandelt hatte. Es hatte ihm nahezu das Herz gebrochen, das Unverständnis, die Gekränktheit über seine Zurückweisung in ihren Augen zu sehen. Aber es ging nicht anders, wenn er verhindern wollte, dass sie noch mehr verletzt würde. Und das konnte und wollte er nicht verantworten. Seufzend beschloss er, schlafen zu gehen.

Ragley Manor, England

Charlotte rieb sich ihre Hände und hüpfte trällernd durch das große Zimmer.

„Liebes, denkst du nicht, dein Verhalten ist etwas übertrieben? Du bist auch keine siebzehn mehr." George rückte seine Weste zurecht und lehnte sich gegen den Kamin.

„Ach, mein Herz, gönn mir die Freude – ich habe doch gewusst, dass zwischen Damian und Julia etwas faul ist. Wie gut, dass Lucas mich aufgeklärt hat und wir die Sache geraderücken können!"

„Aber musstest du ihn anlügen?"

„Er hat mich auch angelogen."

„Wir sind also bei Auge um Auge", tadelte er seine Frau.

„Natürlich nicht. Es ist alles nur zu seinem Besten!", rechtfertigte sich die Viscountess einen Hauch zu schrill.

„Ich bin mir nicht so sicher, dass er sie wirklich mitbringt."

„George, sei kein Spielverderber. Außerdem muss das nicht deine Sorge sein. Lucas hat mir versichert, dass er etwas einfädeln wird." Charlotte blinzelte kokett zu ihrem Ehemann hinüber.

„Das sieht dem Satansbraten ähnlich." George schüttelte den Kopf und machte Anstalten, zu gehen. „Ich werde noch eine Runde ausreiten. Würde euch recht geschehen, wenn Damian richtig sauer reagiert, wenn er mich sieht. Ihr hättet euch besser was anderes ausgedacht."

„Ach. Das werden wir dann ja sehen."

George stolzierte fest auftretend aus dem Raum und grummelte vor sich hin. Die Wortfetzen „Leiter … ausgerechnet Leiter! …" blieben in der Luft hängen, als die Tür des Haupthauses krachend ins Schloss fiel.

Charlotte grinste und kaute auf dem Bügel ihrer Brille, während sie ihren Sekretär aufklappte, um mit der Gästeliste zu beginnen.

Kapitel 12

Shanghai

Damian saß im Büro und öffnete den Umschlag, der von einem Boten für ihn abgegeben worden war. Es war eine Karte von Julia.

Ach, ich sehne mich nach Tränen,
Liebestränen, schmerzenmild,
Und ich fürchte, dieses Sehnen
Wird am Ende noch erfüllt.
Heinrich Heine

Ich weiß nicht, wie ich mich für die Vespa erkenntlich zeigen soll, sie ist viel zu teuer. Aber ablehnen will ich sie auch nicht. Deswegen einfach: danke.
Julia

„Hat dich gerade ein Bus angefahren? Alles klar bei dir, Damian?"
„Jan – auch schön, dich zu sehen. Guten Morgen. Komm doch in mein Büro", antwortete Damian sarkastisch.
Jan riss ihm die Karte aus der Hand.
„Was haben wir denn da?"
„Herr von Berghaus, das geht Sie nichts an!"
Damian sprang auf, aber es war zu spät. Er war wütend. Was war in Jan gefahren, in seiner Post zu schnüffeln?
„Euch ist auch nicht mehr zu helfen, oder?"
„Kümmere dich um deinen eigenen Kram. Oder wieso hast du keine Freundin?"
Jans Gesicht versteinerte und Damian bereute seine Worte sofort. Jan war vor einem guten Jahr von seiner großen Liebe vor dem Traualtar sitzengelassen worden. Normalerweise war

es nicht Damians Art, derart unter die Gürtellinie zu schlagen, seine Nerven lagen einfach blank, was natürlich keine Entschuldigung für sein Verhalten war.

„Es tut mir leid. Ich habe das nicht so gemeint, Jan."

Jan atmete einmal tief durch und setzte sich auf den Stuhl vor Damians Schreibtisch, bevor er antwortete.

„Lass gut sein." Er senkte den Blick, bevor er fortfuhr: „Aber nicht in Ordnung ist, dass du so leidest. Es geht dir offensichtlich nicht gut."

„Es geht mir hervorragend."

„Und ich bin der Kaiser von China."

„Was willst du von mir, Jan? Warum könnt ihr mich nicht einfach in Ruhe lassen?"

Jan nahm einen Stift aus dem Halter auf Damians Schreibtisch und spielte damit herum. Er schaute nicht auf, als er meinte: „Damian, ich bin dein Freund. Ich möchte, dass du glücklich bist.

„Ich bin glücklich."

Jan blickte hoch, rollte mit den Augen und rutschte etwas tiefer in den Sessel.

„Gut. Dann bist du glücklich. Was du aber wirklich mal in deinen verdammten Dickschädel kriegen musst: Du bist nicht wie dein Vater."

Damian starrte Jan direkt in die Augen, als er antwortete: „Ach, ja? Woher willst du das wissen? Weißt du, was ich abends und nachts treibe? Vielleicht ziehe ich mir heimlich Kinderpornos rein oder noch schlimmer!"

„Damian, das ist doch lächerlich! Wir wissen beide, dass du nichts dergleichen tust."

„Aber ich könnte. Der Apfel fällt bekanntlich nicht weit vom Stamm. Was glaubst du, warum Lucas, statt sesshaft zu werden, alles vögelt, was nicht gleich bei drei auf einem Baum ist? Doch nicht, weil er sich fest nicht binden will. Es ist die heimliche Angst, dass doch etwas von *ihm* in uns steckt. Lucas will auch kein Risiko eingehen. Ihn lasst ihr fein in Ruhe, nur mich nervt ihr die ganze Zeit, weil ich mich zivilisiert benehme. Aber nein, das geht natürlich nicht."

Damian redete sich in Rage. Wenn er sich nicht zusammenriss, würde die Wut ihn übermannen. Er sprang auf, kehrte Jan den Rücken und atmete tief durch. Nach den emotionalen Strapazen der letzten Tage war er nah dran, die Kontrolle zu verlieren. Als er wieder klar sehen konnte, ließ er den Blick über die Skyline der Stadt schweifen und sagte: „Entschuldige. Ich bin gerade nicht auf der Höhe, ich hätte dich nicht so angreifen sollen."

„Es ist okay, alter Junge. Komm. Wir gehen zum Lunch. Ich glaube, was Warmes hilft."

Damian zuckte die Schultern und drehte sich um. Er wollte sein Blackberry in die Innentasche seines dunkelblauen Anzugs stecken, aber Jan hielt seine Hand sanft fest.

„Kein Telefon. Keine Störung. Du brauchst mal dreißig Minuten Pause. Komm jetzt."

Widerwillig ließ Damian sein Handy liegen. Aber wenn er ehrlich zu sich selbst war, musste er zugeben, dass Jan recht hatte. Die letzten Tage hatte er ununterbrochen gearbeitet, eine echte Pause war nötig.

Kaum waren die beiden im Aufzug verschwunden, stahl Lucas sich wie ein Geheimagent um die Ecke, trat in Damians Büro ein und griff sich das Blackberry seines Bruders. Er grinste triumphierend, als er das Ding in der Hand hielt und zur Passworteingabe aufgefordert wurde. Damian war so berechenbar. Lucas tippte „Tamara" ein. Sein Gesicht verfinsterte sich, als auf dem Display „Passwort ungültig. Sie haben noch zwei Versuche übrig" erschien. Er überlegte einen Moment, dann gab er erneut den Namen ihrer Schwester ein und fügte ihr Geburtsdatum hinzu. Das klappte, sofort hatte er Zugriff auf alle Daten, Telefonnummern und E-Mails. Er wählte Julias Nummer, nach dem fünften Klingeln antwortete sie.

„Hallo?"

Ihre Stimme klang zittrig, aufgeregt. Gut so.

„Hallo, Julia. Hier spricht Damian."

„Ja, das kann ich auf dem Display sehen."

Perfekt. Sie hatte also nichts bemerkt. Einer der Vorteile, die identische DNA wie eine andere Person zu haben.

„Ich will dich auch nicht lange stören. Geht es dir gut?"

„Ja. Danke. Weshalb rufst du an? Doch nicht, um Small Talk zu machen."

„Nein. Deswegen rufe ich nicht an ..."

„Hast du meine Karte bekommen?"

Karte? Welche Karte? Ah! Da auf dem Tisch lag eine Karte.

„Äh. Ja! Danke!"

Ach Gottchen, welch ein Herzschmerz.

Lucas legte die Nachricht zurück und unterdrückte einen Aufschrei. Sein Anruf war so was von nötig. Die beiden brauchten mehr als nur eine kleine Starthilfe.

„Und deswegen rufst du an?"

„Nein. Natürlich nicht. Julia, ich will, dass du mit mir nach England fliegst. Für ein Wochenende, zu meinen Eltern."

Am anderen Ende der Leitung herrschte Schweigen.

„Julia? Bist du noch dran?"

„Entschuldigung. Was hast du gesagt?"

„Ich will, dass du mit zu meinen Eltern kommst. Dort findet eine Jagd statt und ein Sommerfest und na ja. Du weißt schon. Unser Arrangement?"

„Vergiss es, Damian. Nicht, nach dem, was in Hongkong passiert ist. Es ist eine Frechheit, dass du dich traust anzurufen und das von mir verlangst."

Mit dieser Reaktion hätte Lucas eigentlich rechnen können. Hatte er aber nicht.

„Aber, Julia ..."

„Nein. Echt nicht. Tut mir leid, Damian."

„Hallo?"

Sie hatte aufgelegt. Verdammt. Er wusste schon, warum er keine Freundin hatte. Auf den Stress mit Weibern hatte er keine Lust. Aber hier ging es nicht um ihn, sondern um Damian. Sie würden einen Plan B ausarbeiten müssen. Nachdem er die Anruferliste bearbeitet und den Anruf bei Julia gelöscht hatte, legte er das Blackberry wieder zurück und schlich sich aus Damians Büro.

Was bildete sich der Kerl ein? Und sie hatte ihm auch noch eine So-ungefähr-Liebeserklärung geschickt – völlig bekloppt. Hatte er ihr deswegen die Vespa geschenkt, damit sie ihm weiterhin „zur Verfügung" stand? Das wollte sie nicht glauben, dafür wäre es ein viel zu teures Geschenk gewesen. Aber was sollte das dann?

„Stress?"

Kathrin kam, in ein Handtuch eingewickelt, aus dem Badezimmer. Sie hatte einen Tag frei und war eben erst aufgestanden. Julia hatte Spätschicht, weil sie für eine große Wochenendveranstaltung die halbe Nacht durchgearbeitet hatte, um die letzten Vorbereitungen zu beaufsichtigen.

„Nee. Es ist nichts."

„Ha, ha, ha. Du bist knallrot im Gesicht und siehst aus, als würdest du dein Handy gleich an die Wand knallen. Wovon ich dir im Übrigen abraten würde, so ein iPhone ist teuer."

„Als ob ich das nicht wüsste. Erinnere mich nicht daran." Julia rümpfte die Nase.

„Also, was ist los? Wenn es nicht deine – ha, war das eben *der* Typ? Hat er dir die Vespa geschenkt? Wahnsinn! Ich dachte, ich klapp zusammen, als mir der Bote das Ding hier reinschiebt! Wo ist sie jetzt überhaupt?"

Julia lief aufgebracht durch das kleine Apartment.

„Ja. Er war es. Und die Vespa ist von ihm. Zufrieden? Und ich muss zugeben, das Ding ist der Hammer! Ich bin gestern gleich damit zur Arbeit gefahren."

Kathrins Augen leuchteten, als sie sich an den kleinen Küchentisch setzte und ihre langen Beine übereinanderschlug.

„Du hast ein Glück. Wahnsinn. Mir zocken die Typen immer alles ab und du bekommst solche Geschenke. Geil! Was wollte er?"

Julia blieb endlich stehen und zuckte mit den Schultern.

„Wenn ich das wüsste. Ich glaube, er hat einen Knall. Nein. Ich *weiß*, der hat einen Megaknall."

„Hm." Kathrin trommelte mit den Fingern auf dem Küchentisch und überlegte angestrengt.

„Hm – was?" Julia blieb stehen und starrte Kathrin an.

„Ich weiß nicht. Sag du es mir." Kathrins grüne Augen starrten belustigt zurück.

Sie wusste es doch auch nicht. Julia zuckte daher mit den Schultern und grübelte. Weshalb rief Damian sie an und fragte sie, ob sie mit ihm nach England fliegen würde? Wieso sollte er das tun? Das passte doch alles gar nicht zusammen! Erst ließ er sie eiskalt abblitzen und jetzt sollte sie wiederkommen?

„Keine Ahnung." Sie kapitulierte und setzte sich zu Kathrin an den kleinen Tisch.

„Na, dann!" Ihre Mitbewohnerin verschränkte die Arme vor der Brust und ließ sie nicht aus den Augen.

„Mensch, du bist mir aber auch keine große Hilfe."

„Mädchen, hab ich einen Freund? Sehe ich aus wie eine Beziehungsexpertin? Du kennst meine Geschichte, selbst wenn ich wüsste, was bei euch abgeht, solltest du meinem Rat nicht trauen. Du siehst ja, was aus mir geworden ist."

„Da hast du auch wieder recht."

„Du blöde Kuh. Das war nicht sehr einfühlsam von dir." Kathrin zog einen gekünstelten Schmollmund, musste aber sofort wieder lachen.

„Na ja. Wie dem auch sei. Ich muss los. Sorry, Kathrin, ich bin schon wieder spät dran. Das entwickelt sich langsam zu einer Krankheit bei mir. Bis später."

Ihre Mitbewohnerin kannte ja nicht mal die ganze Geschichte, und selbst wenn, würde sie ihr nicht helfen können. Das war auch alles viel zu absurd. Glücklicherweise würde sie heute genug zu tun haben, sodass sie sich nicht mit Grübeleien über den Anruf beschäftigen musste. Wieso um alles in der Welt hatte er sie bloß angerufen?

Kapitel 13

Damian war gerade im Auto auf dem Weg zu einer Sitzung bei einem Handelspartner, als sein Handy vibrierte.

„Ja?", antwortete er leicht genervt, er war dabei, die Unterlagen durchzuschauen, und er hasste es, wenn Anrufer mit unterdrückter Nummer bei ihm anklingelten.

„Hallo, mein Sohn."

Damian gefror das Blut in seinen Adern. Den hatte er völlig vergessen oder zumindest gut verdrängt in den letzten Tagen.

„Warum lässt du mich nicht endlich in Ruhe?!", fuhr er seinen Erzeuger an.

„Weil ich keine Überweisung von dir bekommen habe. Ich habe dir mehr Zeit gelassen, als vereinbart …"

„Wir haben nichts vereinbart, du bist ein Verbrecher und ich gebe dir nichts!"

„Verbrecher, na, na. Willst du, dass ich an die Presse gehe?"

Damian war kurz davor, zu explodieren. Das würde er nicht wagen, außerdem hatte die britische Presse kein Interesse an ihm, er lebte schon zu lange im Ausland.

„Mach, was du willst. Es ist mir egal. Von mir siehst du keinen Cent."

„Wie du willst, Damian. Es tut mir sehr leid, dass wir ein so schlechtes Verhältnis haben."

„Ach, erzähl mir doch nichts. Du hast dich nie für uns interessiert, du bist ein mieses Schwein! Ich sage es zum letzten Mal: Ruf mich nie wieder an oder es wird dir leidtun." Dann legte er auf.

Damian atmete schwer, sein Herz klopfte bis zum Hals. Wie sollte er jemals mit seiner Vergangenheit klarkommen, wenn er immer wieder mit diesem Arschloch konfrontiert wurde! Er musste sich irgendwie beruhigen, daher ließ er den Wagen stoppen und seine Assistentin, die vorne beim Fahrer saß, fuhr alleine weiter. Er wollte die letzten Blocks zu Fuß zurücklegen, um sich ein wenig abzureagieren.

Dann telefonierte er mit King, dem Detektiv, und gab ihm Anweisungen, den Halunken weiter im Auge zu behalten und herauszufinden, warum er gerade jetzt so viel Geld von ihm haben wollte. Danach fühlte er sich ein wenig ruhiger.

Jan holte sich beim Pförtner die Wohnungsnummer und ließ sich den Weg zu Julias Apartment beschreiben. Er wusste, dass sie nicht im Hotel war, das hatte seine Sekretärin bereits telefonisch geklärt. Luftsprünge würde sie nicht gerade machen, wenn sie ihn sah, aber es war für einen guten Zweck.
Ganz wohl war ihm bei der Sache trotzdem nicht. Da das Telefonat schiefgelaufen war, hatten er und Lucas einen Plan B aushecken müssen. Obwohl es gegen seine eigenen Interessen war, mit Lucas derartige Pläne zu schmieden, schließlich riskierte er seine geliebte Plattensammlung, überwog sein Pflichtgefühl als bester Freund Damians. Eine so gute Gelegenheit, dessen Liebesleben in die richtigen Bahnen zu lenken, war noch nie da gewesen.

Die ganze Sache wurde immer mysteriöser. Was wollte Jan von Berghaus bei ihr? Der Concierge hatte angerufen und gefragt, ob er ihn nach oben lassen dürfe. Die Wohnkomplexe waren glücklicherweise bewacht und nicht jeder konnte ein und aus gehen. Julia versuchte noch schnell, ihre Frisur in Ordnung zu bringen, und steckte sich ein paar Tic Tacs in den Mund, um ihrer Nervosität Herr zu werden.

Als es klopfte, atmete sie nochmal tief durch und öffnete langsam ihre Wohnungstür.

„Hallo, Jan. Was für ein unerwarteter Besuch!"

„Hallo, Julia." Er lächelte und streckte ihr seine kräftige Hand mit den langen Fingern entgegen.

„Ähm. Ja. Möchtest du reinkommen?" Sie trat einen Schritt beiseite.

„Danke."

„Kaffee? Wasser?", fragte sie, während sie die Tic-Tac-Dose mit der linken Hand bearbeitete und den Verschluss in regelmäßigen Abständen auf- und zuklappte.

„Nein, vielen Dank. Ich bleibe nicht lange."

Julias Herz schlug bis zum Hals. Was wollte er von ihr? War etwas mit Damian? Schickte dieser ihn?

„Ja, gut. Möchtest du dich setzen?"

Sie bot Jan einen Platz auf dem abgesessenen Stoffsofa an. Hoffentlich hatte es aktuell keine Flecken, der gelbe Überwurf hatte sicher schon Monate keine Waschmaschine mehr von innen gesehen.

„Nein, vielen Dank. Ich will gleich zur Sache kommen."

„Ja. Gut. Was …?"

„Damian hat dich gestern angerufen?"

„Ja …", antwortete sie zögernd.

Aha. Daher wehte der Wind. Das hätte sie sich eigentlich gleich denken können.

„Er kann vergessen, dass ich das mache. Auf gar keinen Fall." Julia verschränkte die Arme vor der Brust und reckte das Kinn in die Luft.

„Ich fürchte, du hast keine Wahl, Julia." Jans ausdruckslose Miene sprach Bände.

„Was?"

„Du erinnerst dich an den Vertrag?"

„Ja, was ist damit?" Sie warf sich noch ein paar Tic Tacs ein und legte die Packung anschließend zur Seite.

„Du hast unterschrieben, dass du zur Verfügung stehst, wenn …"

„Moment mal. So einfach ist das doch nicht!", unterbrach sie ihn barsch.

Julia war schockiert. Sie hatte nicht angenommen, dass Damian wirklich auf dieser Klausel beharren würde.

„Ich fürchte, doch. Tut mir leid." Jan zuckte mit den Schultern und seine warmen braunen Augen ruhten unbehaglich, vielleicht mitleidvoll auf ihr.

Sie setzte sich niedergeschlagen auf die Sofalehne und zupfte imaginäre Fussel von ihrem Shirt.

„Ich kann nicht schon wieder Urlaub nehmen", startete sie einen letzten Versuch.

„Das haben wir bereits geregelt. Das geht in Ordnung."

„Was? Das könnt ihr doch nicht einfach machen! Das geht doch nicht!"

Jan kramte in der Innentasche seines Nadelstreifenanzugs und zog einen Umschlag heraus.

„Hier. Darin befinden sich die Ticketnummern und etwas Bargeld für deine Reise. In London wirst du dann am Flughafen abgeholt."

„Das geht doch nicht!", wiederholte sie kopfschüttelnd. Julias Stimme war leise und kraftlos.

Jan lächelte, es sah ehrlich mitfühlend aus. Aber das konnte nicht sein. Er steckte mit Damian unter einer Decke, er war ja schließlich sein Anwalt.

„Es wird schon nicht so schlimm werden, Julia. Mach dir keine Sorgen."

Pff. Er hatte ja keine Ahnung!

Es würde fürchterlich werden. Sie wollte Damian nicht wiedersehen. Nicht unter diesen Umständen, als sein bezahltes Date. Aber was sollte sie machen – der Vertrag war wasserdicht. Und falls nicht, einen eigenen Anwalt konnte sie sich nicht leisten. Dann würde sie also in den sauren Apfel beißen und noch einmal gute Miene zum bösen Spiel machen. Das hatte sie Damian nicht zugetraut.

„Ich kann einfach nicht glauben, dass Damian so fies ist. Er weiß, dass ich das nicht will! Es kann doch nicht möglich sein, jemanden gegen seinen Willen in ein anderes Land zu zitieren. Und dann kommt er nicht mal selbst, sondern schickt dich als Handlanger? Das ist ja lachhaft", beharrte sie.

Jan blickte schuldbewusst zu Boden, bevor er antwortete.

„Es tut mir wirklich, wirklich leid. Aber gerade weil ich den Vertrag aufgesetzt habe, weiß ich genau, dass er gültig ist."

„Das würde wohl jeder Anwalt von seinem Werk sagen. Wenn das stimmen würde, gäbe es keine Prozesse."

„Wenn du dagegen klagen möchtest, können wir dir das natürlich nicht verbieten."

„Dagegen dürfte Damian ja wohl etwas haben, eine Klage findet kaum unter Ausschluss der Öffentlichkeit statt. Und das, wo er doch Stillschweigen so wichtig findet." Sie fasste ein wenig Mut, vielleicht war das eine Möglichkeit. Jan lächelte nicht mehr, sein Gesicht wirkte jetzt äußerst angespannt und viel älter, als sie ihn bislang erlebt hatte.

„Bis so was an die Öffentlichkeit dringt, haben wir längst eine Version der Geschichte, die dir kaum gefallen wird. Ich glaube, du kennst Damian, was das betrifft, noch nicht gut genug. Er wird nicht nachgeben. Klage hin, Klage her. Wenn du am Wochenende nicht in den Flieger steigst, dann …"

„Ach, das klingt jetzt mehr nach Erpressung als nach einer freundlichen Unterhaltung!", unterbrach sie ihn aufgebracht.

„Verwechsle bitte nicht den Boten mit dem Absender. Ich kann mich nur wiederholen, in deinem eigenen Interesse: Komm Damians Forderung nach. Vielleicht können wir dir ja entgegenkommen und dafür eine Ergänzung aufsetzen."

„Und die wäre?"

„Zum Beispiel: Nach diesem Englandbesuch bist du von allen Verpflichtungen, die sich aus dem Vertrag ergeben haben, befreit. Damit wäre dann sichergestellt, dass du nach England keine weiteren Treffen mit Damian wahrnehmen musst."

Julia stand auf und nahm gedankenverloren eine weitere Tic-Tac-Packung aus einer Schublade. Erst als sie die zergehenden Drops schmeckte, wurde ihr bewusst, dass sie die ekelhafte Sonderedition mit Popcorngeschmack erwischt hatte. Sie atmete tief durch und legte die Box zurück, bevor sie antwortete: „Okay. Unter dieser Bedingung, ja."

Jan sah erleichtert aus. Wahrscheinlich hatte er keinen leichten Job; für einen Mann wie Damian zu arbeiten, konnte sicherlich nur stressig sein.

„Wunderbar. Dann setze ich die Ergänzung auf und schicke sie per Bote zu dir."

Julia nickte. Dann fügte sie hinzu: „Wenn ich einen Tag vor Abreise nichts habe, ist die Sache für mich hinfällig."

„Du bist eine ganz schön harte Verhandlungspartnerin", grinste er sie an.

„Ich weiß nicht. Für mich fühlt es sich an, als hätte ich viel verloren und nichts gewonnen."

„Na ja. Wie dem auch sei. Bis nächste Woche, ich muss los." Jan stand hastig auf und hatte schon die Wohnungstür geöffnet, als sie ihm hinterherrief: „Du wirst auch dort sein?"

Jan drehte sich um. „Ja, die Stanhopes veranstalten jedes Jahr auf Ragley Manor eine Jagd und die Sommerparty ist legendär."

„Na, ganz toll. Ich werde sicherlich den größten Spaß meines Lebens haben."

Julia lächelte gequält.

„Auf Wiedersehen, Julia."

„Tschüss, Jan. Wie feige von Damian, nicht mal selbst herzukommen. Aber was soll man erwarten."

„Damian ist ein guter Mann, Julia. Er braucht nur, na ja, ein wenig mehr, äh, ach. Na ja. Es ist kompliziert. Ich bin dann weg. Wenn du noch Fragen hast, ruf mich bitte jederzeit an."

Damit war Jan verschwunden. Er hatte die Wohnung fast fluchtartig verlassen. Was stimmte nicht mit diesen Männern. Einer attraktiver als der andere, aber sonst total psycho!

Julias Blutdruck war immer noch weit über gesundem Mittelmaß. Um sich abzureagieren, schnappte sie sich ihre Laufschuhe und ging auf das Laufband im Fitnessraum des Wohnkomplexes. Ändern konnte sie an der Situation eh nichts.

„Und, wie ist es gelaufen?", fragte Lucas Jan, als dieser die Bar Chapeau betrat, in der sie verabredet waren. Nach Jans Aussehen zu schließen, mittelprächtig, befand Lucas.

„Ich fühle mich nicht gut dabei. Lügen außerhalb des Berufs liegt nicht in meiner Natur."

„Quatsch, du bist und bleibst ein Weichei. Damian braucht nur ab und zu einen kleinen Anschubser. Er kann doch nicht ewig wie ein Mönch weiterleben und sei es drum, wenn er die Kleine auch nur ein paarmal so richtig durchvögelt." Lucas machte eine vulgäre, ziemlich eindeutige Handbewegung und lachte dazu herzhaft. Jan wiederum stöhnte auf und verzog skeptisch den Mund.

„Ja, sicher. So wie es aussieht, ist das genau Damians Stil. Du bist echt grässlich, Lucas. Kein Wunder, dass dein Ruf dir vorauseilt. D. wird toben vor Wut, wenn er herausfindet, dass wir diese Sache gedreht haben. Er ist imstande und killt uns – ich werde dafür sorgen, dass er dich nicht verschont."

„Du bist eine echte Memme. Wieso hast du nur so eine Angst vor meinem Bruder? Damian krümmt keiner Fliege auch nur ein Haar", lachte Lucas ihn aus.

„Und Julia erst. Wenn Blicke töten könnten, wäre ich jetzt zumindest auf der Intensivstation. Sie hat sich ganz schön zur Wehr gesetzt. Ich musste ihr ein Zugeständnis machen."

„Welche Art Zugeständnis? Sie hat nicht zufällig auf einen flotten Dreier mit dem Zwillingsbruder bestanden?"

„Mein Gott, Lucas!" Jan nahm einen Schluck von seinem Bier und wischte den Schaum mit einer ärgerlichen Geste von den Lippen. Lucas zeigte sich völlig unberührt.

„Was dann? Geld?"

„Nein. Geld interessiert Julia nicht die Bohne. Sie bekommt eine Ergänzung zum Vertrag: Wenn sie in England erscheint und das Wochenende dort verbringt, dann ist sie von allen zukünftigen Verpflichtungen aus dem Vertrag befreit."

„Ach. Gar nicht dumm die Kleine. Für uns, äh, mich, vielleicht nicht optimal – andererseits: Wenn Damian es bis dahin nicht auf die Reihe bekommen hat, ist sowieso Hopfen und Malz verloren."

„Das habe ich mir auch gedacht."

„Prost! Auf deine Plattensammlung! Das Bier geht auf mich", grinste Lucas in Jans finstere Miene.

„Ab sofort bist du bei der Sache auf dich alleine gestellt, Freundchen. Ich weiß gar nicht, wieso ich dir überhaupt geholfen habe! Für mich steht hier viel zu viel auf dem Spiel."

„Keine Sorge, Jan. Den Rest schaffe ich im Alleingang mit Auszeichnung. Und deine Platten gehören so gut wie mir."

Kapitel 14

London

„Du bist was, Julia?"

„Ich bin gerade in Heathrow gelandet."

Am anderen Ende der Leitung war Stille. Es kam nicht oft vor, dass Danielle sprachlos war.

„Was machst du denn hier?"

„Das ist eine verdammt lange Geschichte. Vielleicht kann ich dich kurz vor meiner Abreise noch treffen, das möchte ich dir lieber persönlich erzählen."

„Ich kann doch nicht tagelang warten, bis ich dich sehe, jetzt, wo ich weiß, dass du ganz in meiner Nähe bist! Und wieso denkst du überhaupt schon an die Abreise?"

Julia seufzte. Sie wollte Danielle gerne treffen, aber das war zeitlich leider nicht drin und sie wollte ihrer Freundin zu diesem Zeitpunkt auch noch keinen reinen Wein einschenken. Das alles war ihr viel zu unangenehm.

„Es geht nicht, Sweety. Aber wir treffen uns vor meinem Abflug. Ich schwöre es dir."

„Na gut. Ich brauche nämlich auch jemanden, der mich tröstet. Mein letztes Date war eine Katastrophe. Gibt es auf dieser Welt keinen einzigen vernünftigen Mann, mit dem man eine Beziehung eingehen kann?"

Nein, dachte Julia, sprach es aber nicht aus.

Sie antwortete: „Ach. Ich glaube, das Leben ist kompliziert. Du wirst schon noch den Richtigen finden."

„Julia, stell dir doch mal vor! Meine Eltern haben das Date eingefädelt, unsere Familien kennen sich schon ewig. Er wäre die perfekte Partie für mich, aber er ist stinklangweilig! Das halte ich im Leben nicht aus!"

„Es tut mir leid, ich muss jetzt wirklich auflegen. Ich melde mich bei dir."

Beim besten Willen hatte sie jetzt keinen Nerv für Danielles Dating-Anekdoten. In Julias Eingeweiden rumorte es beim Gedanken an ihr Ziel. In wenigen Stunden würde sie Damian samt seiner Familie wiedersehen.

Julias Koffer kam und sie machte sich durch die endlosen Gänge auf den Weg nach draußen, wo ein Fahrer auf sie warten sollte. Vorbei an Duty-free-Shops und dürftig besetzten Kaffeebars ließ sie sich viel Zeit – als ob das etwas daran geändert hätte, dass sie sich geradewegs auf dem Weg zum Schafott befand. So fühlte es sich zumindest an.

Julia ging durch die Türen aus Milchglas und rannte fast in den Mann im schwarzen Anzug, der ein Schild mit ihrem Namen hochhielt, hinein. An diesen Service hätte sie sich trotz allem gewöhnen können. Für gewöhnlich musste sie den überfüllten Zug in die Innenstadt nehmen und dann mit öffentlichen Verkehrsmitteln zum Zielpunkt weiterreisen. Heute wäre es ihr aber fast lieber gewesen, so viel Zeit wie möglich in den Öffis zu verbringen, anstatt bald in zwei eiskalte blaugraue Augen zu schauen. Sie schauderte beim Gedanken daran, dass sie in wenigen Stunden vor ihm stehen würde.

Die Fahrt dauerte lange, irgendwann nickte Julia ein und öffnete die Augen erst wieder, als der schwarze Bentley stoppte. Was sie sah, ließ ihren Atem stocken. Sie stand wirklich in der beeindruckenden Auffahrt eines Schlosses. Das Gebäude hatte rechts und links zwei kleine quadratische Türmchen, die mit dem Hauptgebäude nahtlos verbunden waren. Das Anwesen wirkte sehr groß, aber nicht derart überdimensioniert, dass man von einer Zimmerzahl über fünfzig ausgehen musste. Das war schon mal ein Vorteil, fand Julia. Auf einem Anwesen Gast zu sein, wo man einen Kompass brauchte, um den Speisesaal zu finden, war eine unbehagliche Vorstellung, noch ungemütlicher als die Tatsache, dass man hier unmöglich im Schlafanzug zum Frühstück erscheinen konnte.

Sie sah nach der langen Reise wahrscheinlich fürchterlich aus, aber daran ließ sich jetzt leider nichts mehr ändern. Sie hatte bereits in einer Flughafentoilette Zähne geputzt, etwas Make-up aufgelegt und sich die Haare zu einem Zopf geflochten. Aber nach einem Langstreckenflug sah man in der Regel einfach müde aus, egal ob Business- oder Holzklasse. Obwohl – bei der Erinnerung an die großen, weichen Ledersitze der Businessclass musste Julia lächeln. Sie war noch nie so komfortabel von Asien nach Europa geflogen. Einfach traumhaft, nur ohne Traum.

Als sie aus dem Wagen ausstieg, fröstelte sie. Das Wetter in England war nach der langen Zeit in Asien gewöhnungsbedürftig, der Himmel grau und es sah nach Regen aus.

Die Tür von Ragley Manor öffnete sich und eine strahlende Charlotte und ein Senior in Flanellhosen eilten heraus. Das musste George sein. Er sah sehr sympathisch aus, genau so, wie sie sich einen adeligen Rentner vorstellte. Graue Haare, karierte Weste und weiß gestärktes Hemd.

„Hallo, da bist du ja endlich, Julia! Wir haben schon sehnsüchtig gewartet! War deine Reise angenehm?"

„Hallo, Charlotte! Ja, danke. Sehr."

Charlotte umarmte sie herzlich. Anschließend wurde Julia an George weitergereicht.

„Guten Tag, mehr als erfreut, dich endlich kennenzulernen. Charlotte redet von nichts anderem, als davon, was du für ein Goldstück bist – sie hat, nach dem Äußeren zu urteilen, untertrieben!", lächelte George schelmisch. „Willkommen auf Ragley Manor."

Und dann drückte er sie unerwarteterweise ebenfalls herzlich an seine breite Brust. Der Viscount war groß, hatte ein kleines Wohlstandsbäuchlein und um seine Augen zeichneten sich ausgeprägte Lachfältchen ab. Sein graues Haar war mit Pomade frisiert und der Vollbart perfekt gestutzt. Sie mochte ihn auf Anhieb.

„Vielen Dank für die Einladung", erwiderte sie höflich lächelnd. Fast hätte sie einen Knicks gemacht, konnte sich aber gerade noch beherrschen. Sie war noch nie im Schloss eines echten Viscounts gewesen. Das Anwesen der Fanes war natürlich auch beeindruckend, aber dort war alles neu und modern. Auf Ragley Manor fühlte sie sich wie in ein anderes Jahrhundert zurückversetzt.

„Ich bitte dich, nicht so förmlich. Wir sind jetzt doch Familie", meinte George und handelte sich einen Seitenhieb von seiner Frau ein.

„Lass das Mädchen doch erst mal reinkommen, bevor du die Verlobung mit Damian planst. Lass uns reingehen, Julia. Du bist sicher hungrig."

Julia schluckte. Charlotte zog sie mit sich.

Die Eingangshalle hielt, was das alte Schloss versprach, der Steinfußboden hatte einige Macken, Truhen und Gemälde schufen eine kühle, ehrwürdige Atmosphäre. Charlotte führte sie einige Stufen auf einer Holztreppe nach oben und bog links ab, wo sie den Salon erreichten. Im Kamin prasselte ein echtes Feuer, was den Raum behaglich wirken ließ. Das hellbraune Fischgrätenparkett war größtenteils mit verschiedensten Teppichen überdeckt. Natürlich, sie war ja in Großbritannien. Engländer waren vernarrt in Teppiche. Ihr Herzschlag beruhigte sich wieder, als sie feststellte, dass Damian nicht da war. So sauer sie auf ihn war, sie merkte, dass sie auch aufgeregt war, ihn wiederzusehen. Nicht mal die Angst konnte das übertünchen. Das Teufelchen hingegen befand sich im Winterschlaf, daran konnte sie sich nicht orientieren.

„Setz dich doch. Hier, wir haben Gurkensandwiches, Scones und Tee für uns vorbereiten lassen. Du bist doch sicher am Verhungern, oder möchtest du dich lieber erst hinlegen?"

Charlottes Fürsorglichkeit war ungewohnt für Julia. Ihre Mutter war da leider ganz anders.

„Äh. Ja, danke. Ich bin hungrig. Nein, danke, ich habe eine ganze Weile auf der Fahrt geschlafen und die Nacht im Flugzeug war soweit ganz in Ordnung."

George wies ihr einen Platz auf einem der geblümten Sofas zu. Als sie sich hinsetzte, hatte Julia das Gefühl, komplett im

Sofa einzusinken. Es war herrlich weich und die dicken Kissen taten ihr Übriges. Die Scones schmeckten ganz vorzüglich und Julia griff ordentlich zu.

„Damian müsste gleich hier sein, er ist noch bei den Pferden. Du weißt ja, was für ein Perfektionist er ist. Er will, dass für die Jagd alles passt."

Ihr Puls beschleunigte sich. Er würde gleich zurück sein.

„Oh. Wie viele Pferde habt ihr noch mal genau?", versuchte Julia, von ihrer Aufregung abzulenken. George biss herzhaft in ein Gurkensandwich, er sah aus, als ob er überlegte und es selber nicht wusste.

„Na ja. Früher, da hatten wir wirklich sehr viele Pferde.

Aber seit die Jungs nur noch so selten hier sind ... Wir haben im Moment nur fünf eigene, aber für die Jagd haben ein paar unserer Freunde bereits ihre Pferde hertransportieren lassen. Man reitet doch am liebsten ein Pferd, bei dem man die Macken kennt. Auf einer Jagd kann es schon mal heiß hergehen."

„Ja, sicher."

Julia hatte keinen blassen Schimmer, wovon er sprach, aber sie traute sich auch nicht, nachzufragen. Sie hoffte, dass sie nicht mitreiten musste. Sie hatte zwar schon ein paarmal auf dem Rummel auf einem Pferderücken gesessen, aber sie war weit davon entfernt, reiten zu können, geschweige denn bei einer Jagd über irgendwelche Baumstämme zu springen. So stellte sie sich das nämlich vor. Das Wenige, was sie wusste, hatte sie aus diversen Hollywoodfilmen. Auch das würde sie den Stanhopes garantiert nicht mitteilen.

„George, du langweilst Julia damit. Sie hat sicher kein Interesse an der Jagd. Wie ich im Übrigen auch nicht."

Erleichtert atmete Julia auf. Irgendwie fand sie die beiden auf ihre eigene Art und Weise süß.

„Mit wie vielen Gästen rechnet ihr am Wochenende?"

„Es werden sicher fünfzig bis sechzig Dinnergäste auf der Sommerparty anwesend sein. An der Jagd werden zwanzig Reiter teilnehmen."

Julias Augen wurden groß. Waren alle Gäste hier untergebracht? Charlotte schien ihre Frage erraten zu haben, denn sie beeilte sich hinzuzufügen: „Also hier schlafen nur fünf befreundete Ehepaare. Die anderen Gäste sind in den umliegenden Hotels eingebucht. Damian und du, Lucas und Jan sind im Jagdhaus untergebracht. Es ist nicht so komfortabel wie das Haupthaus, aber es ist hoffentlich annehmbar. Die Jungs mochten es jedenfalls immer dort."

Julia hörte Schritte. Sofort schnellte ihr Puls in die Höhe.

„Hallo, meine Schöne. Wer hätte gedacht, dass wir uns so bald wiedersehen …!" Ihr Herz blieb einen Moment stehen, als er um die Ecke getreten war. Die markanten Gesichtszüge, die ihr so vertraut waren, die dunkle, kräftige Stimme …

Eine Sekunde später wurde ihr allerdings klar, dass da vor ihr nicht Damian stand.

Es war nur Lucas. Sie versuchte, ihre Enttäuschung zu verbergen. Er drückte sie kräftig an sich und küsste sie dann herzlich auf beide Wangen.

„Hallo, Lucas. Ja, wer hätte das gedacht."

Lucas sah verwegen aus wie immer. Dass er heute in Reithosen vor ihr stand, tat dem keinen Abbruch. Obwohl das englische Wetter für Julias Geschmack deutlich zu kühl war, hatte er lediglich ein dunkelblaues Poloshirt an, das seine durchtrainierten Arme teilweise frei ließ. Auf den Unterarmen zeichneten sich blaue Adern ab, er schien sich ziemlich verausgabt zu haben, denn er sah auch ein wenig verschwitzt aus. Mit dem Dreitagebart wirkte er noch draufgängerischer, als er ohnehin schon war.

Damian hatte sie bisher nur glattrasiert angetroffen.

„Ich habe einen Mordshunger, gibt es nichts Nahrhafteres als Gurkensandwiches?"

„Mein Junge, bis zum Dinner wirst du dich noch etwas gedulden müssen." Charlottes Tonfall klang tadelnd.

„Ich habe gerade drei Pferde geritten und bin seit Stunden am Arbeiten. Willst du, dass ich total abmagere?"

Julia fing zu kichern an. Es war einfach zu süß mit anzusehen, wie sich ein gestandener Mann innerhalb kurzer Zeit in ein Kind zurückverwandelte, sobald er bei Muttern zu Hause war. Das war wohl überall das gleiche.

Derweil tobte Damian vor Wut. Nicht mal ein straffer Galopp über die Felder, die an das Anwesen grenzten, konnte seinen maßlosen Ärger mildern. Lucas hatte ihm vor einer Stunde mitgeteilt, dass Julia auf dem Weg nach Ragley Manor sei. Er schämte sich ein wenig, dass er Lucas an die Kehle gesprungen war, aber er hatte einfach Rot gesehen. Wie kam dieser Bastard dazu, ihn dermaßen zu hintergehen?

Dabei hatte er gedacht, gerade sein Bruder würde verstehen, warum es besser für sie alle war, wie er lebte. Dass Lucas ihm so etwas antat, überraschte ihn am Ende vielleicht nicht so sehr wie die Tatsache, dass George anscheinend mit unter der Decke steckte. Bei seiner Ankunft hatte Damian doch tatsächlich feststellen müssen, dass der Viscount kerngesund war. Von verletztem Fuß keine Spur. Zuerst wurde es ihm so verkauft, dass die Familie ihn unbedingt hatte dabei haben wollen, das hatte er zwar etwas überzogen empfunden, es Charlotte aber doch abgenommen. Die hyperaktive Frau hatte sich schon so manches Ding geleistet, um ihren Willen zu bekommen. Jetzt steigerte sich seine Wut ins Unermessliche, als er ein Puzzlestück zum anderen fügte.

Die mussten *alle* Bescheid wissen! Und was dachten sie sich dabei? Was hatte Lucas herausgefunden und warum hatte er dann auch noch seine Adoptiveltern mit hineingezogen? Jeder Gedanke ließ seine Wut neu auflodern, er preschte in Höchstgeschwindigkeit über die Felder. Der Hals der Stute war bereits schweißbedeckt und sie atmete heftig, deswegen ließ er sie schließlich in einen lockeren Trab übergehen. Das Pferd konnte schließlich nichts für die Hinterhältigkeit seiner Familie. Lucas würde für seine Hinterlist noch büßen und Julia würde er in den ersten Flieger zurück nach Shanghai, oder wo immer sie hinwollte, setzen.

„Wo bleibt Damian denn nur?", fragte Charlotte.

Lucas lehnte sich in den Sessel zurück und trank einen Schluck Tee. Er hatte keine Ahnung, ob sein Bruder überhaupt auftauchen würde. Er strich sich gedankenverloren über den Hals. Damian hatte komplett die Kontrolle verloren, er war ausgerastet, als er ihm erzählt hatte, dass er an seiner Stelle Julia dazu aufgefordert hatte, nach England zu kommen.

„Er müsste jede Minute hier sein", sagte er.

Julia unterdrückte ein Gähnen, sie sah müde aus, was ihrer natürlichen Schönheit aber keinen Abbruch tat.

„Dieser Junge, keine Manieren, aber wirklich. George, was haben wir nur falsch gemacht?" Charlotte sprang auf und hielt aus dem großen Fenster nach Damian Ausschau.

„Bitte, Lucas, geh doch mal nach ihm sehen, ich finde es wirklich sehr unhöflich. Er hat doch gewusst, dass Julia kommt", pflichtete George seiner Frau bei.

„Sehe ich doch gar nicht ein, ich bin doch nicht sein Babysitter!" Lucas hatte keinen Bedarf, zweimal an einem Tag Opfer eines Damian'schen Wutausbruchs zu werden. Er würde den Teufel tun und ihn holen gehen.

„Soll ich vielleicht? Es wäre sicher gut, wenn ich mir die Füße einen Moment vertreten könnte, ich habe so lange im Flieger gesessen und ein Spaziergang an der frischen Luft würde mir guttun." Julia hatte sich ein Herz gefasst und war zu dem Ergebnis gekommen, dass es am besten wäre, mit Damian ein paar offene Worte zu wechseln. Der Kerl sollte bloß nicht glauben, dass sie wie eine kleine Maus, die man nach Belieben bestellen und wieder abbestellen konnte, hierhergekommen war. Auch wenn sie große Angst vor dem Zusammentreffen hatte, so wollte sie doch zumindest für ihr Selbstwertgefühl klarstellen, dass Damian sie mal kreuzweise konnte, wenn das Wochenende vorbei war.

Lucas sprang aus dem Sessel auf und strahlte sie an.

„Das ist ja eine ganz wunderbare Idee, ich zeige dir den Weg. Damian kann ja nur bei den Ställen sein."

„Gut, mein Junge. So ist es schon besser. Dann sei nett zu Julia", mahnte Charlotte.

„Mutter! Ich bin nicht mehr vierzehn."

„Na, manchmal benimmst du dich aber noch wie zwölf", kommentierte George, während er sich die Pfeife stopfte.

„Hmpf. Komm, Julia." Er zog sie am Ärmel und ging dynamisch voraus.

Der Knoten in Julias Bauch zog sich wieder enger zusammen. Am liebsten hätte sie auf dem Absatz kehrtgemacht und sich in einen Blumenkübel übergeben. Sie waren gerade am Fuß der Treppe angelangt, als Charlotte aus dem Salon kam und ihnen zurief: „Und sagt Damian einen schönen Gruß von mir. Ich bin sauer auf ihn, wie ungebührlich von ihm, Julia hier sitzen zu lassen. Als Strafe darf er mich Montag zum Tee bei den Byrnes begleiten. Sag ihm das, Schatz, ja?"

„Natürlich, Mutter." Lucas grinste und wollte gerade die Hauspforte öffnen, als ein verschwitzter, grimmig dreinblickender Damian die Tür kraftvoll aufstieß und hereinstürmte. Julias Herz blieb fast stehen, als er sie direkt ansah. In seinen Augen konnte sie große Wut erkennen. Nach einer Sekunde veränderte sich der Ausdruck im Blaugrau in etwas Undefinierbares.

Die Wüste Gobi war eine Oase gegen das Trockenheitsgefühl in ihrem Hals.

„Da bist du ja endlich, mein Lieber", brach Charlotte das allgemeine Schweigen.

„Entschuldige, Mutter. Ich bin aufgehalten worden."

Julia stand immer noch wie angewurzelt da und rührte sich auch nicht, als Damian wie ferngesteuert auf sie zuging und ihre Hand nahm. Sie hörte ihn sagen: „Ich freue mich, dich zu sehen, Julia. Du siehst gut aus."

„Hallo, äh, Schatz", sagte Julia automatisch und verlor sich in Damians Augen. Wo sie eben noch raue Wut gesehen hatte, sah sie nun etwas anderes. Im nächsten Moment zog er sie an sich und drückte ihr einen sanften Kuss auf den Scheitel. Ein

Hauch von Zitrus und Pferd stieg augenblicklich in ihre Nase und sie schloss für einen kurzen Moment die Augen.

„Wir waren gerade dabei, dich zu suchen, Bruderherz", hörte sie Lucas sagen. Julia spürte, wie sich Damian wieder versteifte, und er ließ sie los.

„Ich denke *du* hast wirklich genug getan, *Bruderherz*. Vielleicht lässt du mich in Ruhe Julia begrüßen und kümmerst dich um deinen eigenen Kram."

Lucas' Augen wurden für einen Moment groß, er entschied sich aber dafür, einen strategischen Rückzug anzutreten, was definitiv besser für seine Gesundheit war, wenn sie Damians Körpersprache richtig las.

„Na, na, na, Jungs. Damian, du siehst fürchterlich aus und, Lucas, du auch. Ihr solltet beide eine Dusche nehmen und euch fürs Dinner fertig machen. Und natürlich musst du dich erst mal um Julia kümmern, Damian. Es ist schon schlimm genug, dass du sie hast warten lassen." Damit drehte sie sich auf dem Absatz um und verschwand im Salon.

„Lucas, du verschwindest besser schleunigst aus meinem Blickfeld!", fügte Damian noch gefährlich leise hinzu, das kleine Äderchen pochte heftig. Julia erkannte es mittlerweile als eindeutiges Zeichen der Erregung bei den Brüdern.

„Nichts lieber als das." Lucas machte den Diener und zog sich, schon wieder grinsend, zurück. Der lebte im Moment offenbar auf gefährlichem Fuß, was Julia nicht ganz verstand. Eigentlich hatte Lucas doch gar nichts Schlimmes getan in den letzten drei Minuten seit Damians Ankunft im Haupthaus.

Das Teufelchen war erwacht und tanzte wie Rumpelstilzchen, offenbar hatte es nur darauf gewartet, dass sie weiter in den Schlamassel rutschte. Denn ganz im Gegensatz zu ihren Vorsätzen war der Ärger verpufft und einem seltsamen Kribbeln in ihrer Magengegend gewichen, das sich bis unter die Kopfhaut ausbreitete. Damians herber Geruch nach frischem Schweiß, Pferdestall und Duschgel musste ihr Gehirn benebelt haben. Sie wand sich aus seiner Umarmung.

„Ja, wollen wir dann mal? Ich würde mich wirklich gerne etwas frisch machen nach der langen Reise."

„Ja, natürlich. Ich hoffe, der Flug war angenehm?" Er trat von einem Fuß auf den anderen und wirkte etwas verlegen.

„So angenehm wie ein Trip in der Businessclass nur sein kann. Es war wirklich toll, dass ich das auch mal erleben durfte, aber trotzdem fühlt man sich danach irgendwie wie durch den Wolf gedreht."

„Ja, sicher. Dann komm mal mit." Er legte ihr die Hand auf den Rücken und schob sie durch die Haustüre nach draußen.

Auf dem Weg zum Jagdhaus herrschte betretenes Schweigen. Nur der Kies knirschte unter ihren Füßen. Nach wenigen Minuten standen sie vor einem zweigeschossigen Steinhaus. Das Dach war bemoost und an den Holzfensterrahmen blätterte die weiße Farbe ab. Aus dem Schornstein stieg eine kleine weiße Rauchfahne nach oben. Schön, wenigstens musste sie nicht frieren.

Damian hatte seine übliche gelassene Haltung wiedererlangt. Seine Miene war ausdruckslos, aber nicht unfreundlich, als er sich zu ihr umdrehte. „Hier ist es. Es ist kein Schloss, aber ich denke, man kann es aushalten. Nach dir."

Damian hielt Julia die dunkelbraune, altertümlich wirkende Pforte auf. Sie war so klein, dass er den Kopf leicht einziehen musste, als er ihr folgte. Sie sah, dass ihr Koffer bereits hierhergebracht worden war. Natürlich hatten die Stanhopes eine Menge Personal, das alles für sie erledigte. Diese Tatsache war immer noch seltsam für Julia, die es gewohnt war, für sich selbst zu sorgen.

„Ja. Ähm. Wo ist das Badezimmer?", fragte sie, um die Stille zu unterbrechen.

Damian schloss die Tür hinter sich und kam langsam auf sie zu. Sein Blick nagelte sie fest und sie konnte sich keinen Zentimeter mehr bewegen.

„Nicht so schnell, meine Liebe. Wir haben uns so lange nicht gesehen. Wollen wir nicht erst ein wenig plaudern?"

„Worüber sollten wir *plaudern*? Oder hast du besondere Anweisungen für mein Verhalten?"

„Ich, Anweisungen?" Damian zuckte mit den Schultern.

„Jetzt tu bloß nicht so. Du weißt genau, dass ich nicht freiwillig hier bin!"

Ärger keimte ihn ihr auf. Jetzt spielte er auch noch das Unschuldslamm. Unfassbar! Damian wich zurück und setzte sich auf einen abgenutzten dunkelbraunen Ledersessel, der in der Mitte des Raumes neben dem Sofa stand.

„Möchtest du dich nicht setzen?"

Der Mann hatte wirklich nicht mehr alle Tassen im Schrank. Wie konnte er sie jetz fragen, ob sie sich setzen möchte?

„Nein, will ich nicht. Ich bin bald vierundzwanzig Stunden unterwegs und möchte am liebsten duschen. Und spiel hier nicht den Unschuldigen! Erst rufst du mich an und teilst mir mit, dass ich nach England kommen muss, und dann hast du nicht mal den Mumm, selbst vorbeizukommen, sondern hetzt mir Jan auf den Hals, der mir den Vertrag um die Ohren haut und mir droht, du würdest mich verklagen, wenn ich nicht meinen Verpflichtungen nachkomme!"

Julias Herz hämmerte, ihre Hände zitterten. Sie hatte sich nicht aufregen wollen, aber seine Ignoranz war die reinste Provokation. Damian verlor angesichts ihrer Wut für einen Moment die Fassung, aber ebenso schnell hatte er wieder seine nichtssagende Miene aufgesetzt. Julia verspürte das Bedürfnis, ihn zu schütteln.

„Ach. Das meinst du."

„Du hast Nerven. Echt. Sagst du mir jetzt, wo das Badezimmer ist, oder soll ich es alleine finden?"

Sie hatte keine Lust mehr, weiter mit ihm zu diskutieren. Es war ohnehin sinnlos. Sie saß in England, mit *ihm*, und hatte mal wieder keine Wahl gehabt. Aber das war definitiv das letzte Mal!

„Die Treppe nach oben und dann links. Handtücher müssten dort auch sein."

Julia zog ihre Schuhe aus und stapfte wortlos die knarrende, steile Holztreppe nach oben. Sie hoffte, dass wenigstens eine Badewanne vorhanden war, das Einzige, was ihre Laune momentan verbessern konnte.

Damian würde sie umbringen. Alle beide. Er musste nur noch überlegen, wie.

Dass Lucas so fies war, konnte er nachvollziehen, der Teufel hatte sicher auch noch Spaß daran. Aber dass Jan ihm bei diesem Komplott geholfen hatte, traf ihn zutiefst. Julia schien offenbar nicht mit den beiden unter einer Decke zu stecken, dazu war sie zu aufgebracht.

Er beschloss also, sie die kommenden Tage zuvorkommend und freundlich zu behandeln. Es war schlimm genug für die Arme, dass sie zum Mitmachen gezwungen worden war. Die beiden anderen Früchtchen würde er sich allerdings anschließend vorknöpfen. Sein Vorhaben, sie nach Hause zu schicken und Lucas direkt eine Abreibung zu verpassen, war bei Julias Anblick verpufft. Plötzlich war er sich ganz und gar nicht mehr sicher gewesen, was er tun wollte. Einen Eklat vermeiden, ja, denn wie er mittlerweile wusste, hatte Charlotte bereits die komplette Gesellschaft darüber in Kenntnis gesetzt, dass Damians „Verlobte" mit von der Partie sei. Und da Julia nun schon hier war, wollte er die Sache auch zu einem vernünftigen Ende bringen. Er ging in die kleine Kochnische und ließ sich ein Glas Wasser ein.

Er trank und schüttelte den Kopf. Sein nichtsnutziger Bruder hatte doch tatsächlich für alles gesorgt. Julia würde oben eine ganze Auswahl an Frauenkleidern finden, deren Existenz ihn nun nicht mehr verwunderte. Er konnte es kaum fassen, wie intrigant dieser Schwachkopf hinter seinem Rücken alles bis ins Letzte geplant hatte! Damian unterdrückte den Impuls, das Glas gegen die Wand zu schmeißen, und marschierte stattdessen eine Runde über das Anwesen. Julia beim Baden zuzuhören, wäre reine Selbstfolter gewesen. Leider bekam er das Bild trotzdem nicht aus seinem Kopf.

Während des Dinners verhielt sich Damian wie ein perfekter Gentleman. Er war höflich, aufmerksam, distanziert. Er behandelte sie mehr oder weniger wie Luft. Lucas hingegen flirtete mit Julia, was das Zeug hielt. Wie ungerührt ihr bislang so eifersüchtiger Scheinfreund das hinnahm, wunderte sie. Aber Julia sollte es egal sein, sie würde die Tage irgendwie überstehen und anschließend würde sie aus dem Leben der Stanhopes verschwinden. Bis auf Damian freuten sich alle, dass sie hier war. Charlotte, George und Lucas hatten offensichtlich einen Narren an Julia gefressen. Damian beteiligte sich nur selten an der Konversation und antwortete mistens ruppig, wenn er von Lucas oder George angesprochen wurde.

Nachdem der Nachtisch abgeräumt war, bedeutete Charlotte Julia, ihr zu folgen.

„Die Männer haben sicher noch einiges für die Jagd morgen zu besprechen, komm, ich zeige dir das Haus. Wie ich meinen Sohn kenne, hat er das noch nicht für nötig befunden."

Julia lächelte. Sie kannte ihn ziemlich gut.

Als sie vorhin aus dem Badezimmer gekommen war, war Damian verschwunden gewesen und er war auch erst zehn Minuten vor dem Dinner schlecht gelaunt wieder im Jagdhaus aufgetaucht, um sie abzuholen. „Ja danke. Das würde mich wirklich sehr interessieren."

Die Hausführung dauerte fast eine Stunde und am Ende meinte Julia, sie würde sich niemals in all den Gängen, Treppen und Zimmern zurechtfinden.

„Doch, doch. Das geht ganz schnell. Wenn man das Prinzip einmal verstanden hat, ist es ganz leicht. Du wirst sehen."

Julia konnte ein Gähnen nicht unterdrücken. Die Reise machte sich nach dem mehrgängigen Menü bemerkbar.

„Entschuldigung. Wie unhöflich von mir. Jetlag."

„Ach nein, Kindchen, wie unhöflich von *mir*! Ich habe mal wieder nicht an die Zeitverschiebung gedacht. Wie oft haben mich die Männer schon darauf hingewiesen und ich vergesse es jedes Mal auf's Neue. Ab ins Bettchen mit dir!"

Sie war so fürsorglich. Julia war tatsächlich ein wenig traurig, dass sie nicht wirklich ihre Schwiegermutter in spe war. Bei Charlotte fühlte sie sich geborgen.

„Danke. Ich wünsche dir eine gute Nacht, die Männer will ich nicht stören. Ich finde den Weg alleine."

„Das kommt nicht infrage, ich lasse dich doch nicht alleine durch die Nacht laufen …!"

Charlotte wirkte ernsthaft entrüstet und marschierte geradewegs Richtung Bibliothek.

„Nein, wirklich …"

Aber es war schon zu spät. Charlotte scheuchte die Männer auf und schickte Damian, sie zu begleiten. Auf ihn hätte sie gerne verzichtet. Julia seufzte und blickte zu Boden.

„Meine freudestrahlende Liebste, komm!"

Damit zog Damian Julia nach draußen. Der Weg war nicht beleuchtet und die Nacht war stockfinster. Nicht weit entfernt hörte sie eine Eule, die mit einem unheimlichen „Hu-huuuu" die Stille unterbrach. Julia schauderte und achtete nicht auf den Weg, sie stolperte und hätte Damian nicht so schnell reagiert, wäre sie der Länge nach gestürzt.

Sein fester Griff hielt ihren Oberarm immer noch umklammert. Sie hasste es, dass das altbekannte Prickeln sich auf ihrem ganzen Körper ausbreitete. Aber dieses Mal würde sie nicht nachgeben und sich lächerlich machen.

„Danke. Ich komme schon zurecht."

„Das habe ich gesehen."

Seine Stimme klang spöttisch.

„Lass mich doch einfach in Ruhe."

„Keine Sorge, Julia. Ich werde dich nicht mehr anrühren."

„Auf eine charmantere Art und Weise hättest du mir nicht mitteilen können, dass der Sex mit mir scheiße war."

So. Jetzt war es raus. Sie hatte mal wieder nicht ihre Klappe halten können und er musste glauben, dass sie in ihrer Eitelkeit gekränkt war. Wie peinlich. Natürlich hatte er damit recht, aber er sollte es nicht wissen. Verdammt!

„So ist das nicht, Julia."

Seine Stimme klang gequält. Was war es dann? Aber er schwieg wieder. Offenbar war es mühsam für ihn, sich überhaupt mit ihr zu unterhalten. Dem würde sie Abhilfe verschaffen können.

„Wieso gehst du nicht einfach zum Schloss zurück und lässt mich in Ruhe. Meine Gesellschaft scheint dir ohnehin zuwider zu sein. Und ich habe auch keine Lust, mehr Zeit als nötig mit dir zu verbringen."

Sie hatte Mühe, ihren Ärger im Zaum zu halten. Auch wenn sie hier draußen alleine waren, wollte sie keine Szene machen. Das würde ihm nur zeigen, wie sehr er sie verletzt hatte.

„Gut. Ich prüfe nur noch den Kamin und dann musst du mich nicht länger ertragen. Es tut mir leid, dass es so schrecklich für dich ist, hier zu sein. Das habe ich nicht gewollt."

Nein. Natürlich nicht. Deswegen hatte er ihr auch mit einer Klage gedroht. Sie hatte keine Lust, das alles noch einmal durchzukauen. Sie antwortete nicht mehr, sondern schnaubte nur leise. Im Zimmer angekommen, kniete Damian sich vor dem Kamin nieder und legte neue Holzscheite auf. Das blaue Hemd spannte sich über seinen breiten Schultern, als er mit dem Schürhaken in der Glut stocherte. Das aufflackernde Feuer zauberte einen Schimmer in seine dunkelblonden Haare. Sie wollte ihn nicht so anstarren, aber sie konnte es auch nicht lassen. Ein kleiner, teuflischer Teil von ihr feixte.

Als Damian sich umdrehte, wich sie seinen traurigen blaugrauen Augen nicht rechtzeitig aus. Er hielt ihrem Blick etwas zu lange stand, drehte dann aber den Kopf weg und räusperte sich, während er sich zum Gehen wandte.

„Ich hoffe, du hast alles, was du brauchst? In der Kochnische gibt es Getränke und ein paar Kleinigkeiten und …"

„Danke. Ich komme zurecht", fiel sie ihm ins Wort.

„Gute Nacht, Julia. Schlaf schön." Er drückte ihr im Vorbeigehen einen sanften Kuss auf den Scheitel. Sie schauderte. Wieso tat er das immer wieder?

Julia erwiderte nichts und dann war er verschwunden. Plötzlich war das Haus unerträglich leer und unheimlich. Es würde ihr wahrscheinlich trotz der Erschöpfung nicht gelingen, sofort zu schlafen. Seufzend ging sie nach oben, um sich bettfertig zu machen.

Kapitel 15

Damian war die ganze Nacht nicht aufgetaucht. Scheinbar scherte er sich nicht darum, ob seine Familie mitbekam, dass er die Nacht getrennt von ihr verbrachte. Wie in Hongkong hatte er bereits für alles gesorgt. Die beachtliche Auswahl an Kleidungsstücken, die auf sie im Jagdhaus gewartet hatte, noch originalverpackt oder mit Schildchen versehen, zeugte von gutem Geschmack. Sie konnte das alles unmöglich an nur einem Wochenende tragen. Für den heutigen Tag wählte sie ein geblümtes Sommerkleid, mit Peeptoes und einer Strickjacke. Die Stanhopes hatten wahrlich großes Glück mit dem Wetter, denn die Sonne strahlte bereits vom Himmel und die Luft war angenehm lau.

„Guten Morgen!"

Julia zuckte zusammen, sie hatte nicht damit gerechnet, dass jemand im Haus war. Lucas stand in seinen Boxershorts in der Kochnische und bereitete Kaffee zu. Zum ersten Mal sah sie, dass er tätowiert war. Ein ziemlich großes Tattoo schlängelte sich von der linken Brust über die Schulter bis zur Mitte des Oberarms. Es war schwarz und bestand aus vielen verschiedenen, fein aufeinander abgestimmten Ornamenten, die ein abstraktes Fabelwesen zwischen Schlange und Drache bildeten. Das passte zu Lucas, es unterstrich die Abenteurerseite an ihm. Julia konnte den Blick nicht von Lucas abwenden, während er mit der Kaffeekanne hantierte. Das Spiel seiner Muskeln glich dem von Damian zu sehr und vor ihrem inneren Auge stieg ein Bild auf, wie er vor ihr stehen würde, lächelnd, gut gelaunt ... Ärgerlich verwarf sie schnell den Gedanken und räusperte sich.

„Du hast mich erschreckt. Ich wusste gar nicht, dass du auch hier untergebracht bist."

„Charlotte hat es sicherlich erwähnt, aber keine Angst, ich bin auch gleich weg. Die letzten Vorbereitungen für die Jagd, du weißt schon."

Er grinste sie schelmisch an. Lucas zeigte seine Freude auf die Jagd wie ein kleines Kind. Damian war immer so schrecklich steif und korrekt. Ihm würde ein wenig vom Draufgängertum seines Bruders echt gut stehen.

„Kaffee?"

„Gern."

„Du siehst hübsch aus. Das wird Damian gefallen."

„Ja. Sicher."

„Was ist los? An solch einem Tag laufen einem keine Läuse über die Leber. Nicht mal solche, die aussehen wie ich ..."

Julia seufzte. Wie sollte sie den Tag überstehen, wenn sie nicht mal vor ihm verbergen konnte, dass sie unglücklich war?

„Ach. Du musst doch am besten wissen, dass Damian ein schwieriger Mensch ist."

Lucas grunzte einen unterdrückten Lacher in sich hinein. Die Kaffeemaschine blubberte vor sich hin und er holte zwei Kaffeetassen aus dem alten Holzschränkchen neben dem Kühlschrank. Schön, dass er sich wenigstens gut amüsierte, dachte sie etwas verärgert.

„Damit hast du den Nagel auf den Kopf getroffen. Damian ist eine verdammt harte Nuss. Aber das wird schon", versuchte Lucas sie aufzumuntern.

Was wusste er schon.

„Ja, sicher."

„Milch?"

„Äh – was?"

„Willst du Milch in deinem Kaffee?"

„Ach so. Ja, danke."

„Hey, stell dir einfach vor, wie die dicken alten Grafen am Ende des Tages von ihren vertrockneten Ladys angekeift werden, weil sie zu viel getrunken haben. Wenn du so traurig guckst, wird es gleich regnen."

Julia musste wider Willen grinsen. Lucas hatte recht, sie würde die Tage schon überstehen. Wie auch immer.

Der Kaffee war mittlerweile durchgelaufen und Lucas goss zwei Tassen für sie beide ein. Sie setzte sich an den kleinen Esstisch und umklammerte die Tasse mit ihren Händen.

„Autsch. Der ist aber verdammt heiß!"

Lucas' weiße Zähne kamen zum Vorschein, als er lachte.

„Was denkst du denn! Kalten Kaffee würde ich dir doch auch nicht servieren."

Lucas zauberte Scones, frisches Brot, Käse, Butter und Marmelade aus einem Körbchen hervor und deckte den Tisch.

„Wow, wo hast du das alles aufgetrieben?"

Er grinste triumphierend und setzte sich ihr gegenüber an den Tisch. Wäre es Damian gewesen, der nur in einer knappen Shorts vor ihr am Tisch säße, hätte sie vor Aufregung keinen Bissen runtergebracht. Glücklicherweise sah sie in Lucas nicht mehr als einen Freund. „Ja! Darauf kannst du dir was einbilden. Es gibt nicht viele Frauen, für die ich Frühstück mache!"

Julia kicherte. Das konnte sie sich gut vorstellen.

Die Haustür ging auf und ein grimmig dreinblickender Damian stiefelte herein. Hatte dieser Mann je gute Laune?

„Na, wie ich sehe, habt ihr euch schon geholfen. Ich wollte dich gerade zum Frühstück abholen, Julia."

Seine Stimme klang tadelnd. Sie bemerkte, wie der Zorn zwischen ihre Augen kroch.

„Guten Morgen, *Liebster*. Hätte ich *gewusst*, dass du das vorhast, hätte ich mich dementsprechend vorbereiten können."

„Hmpf."

Damians Gesichtsausdruck wurde nur noch griesgrämiger. Lucas hingegen schien sich prächtig zu amüsieren.

„Bruderherz! Setz dich zu uns. Es ist genug für alle da."

„Nein, danke. So nett wie du dich um Julia kümmerst … dann kann ich ja schon mal zu den Stallungen gehen."

Damian drehte sich auf dem Absatz um und knallte lautstark die Tür hinter sich zu.

Julia rollte mit den Augen. Wie sollte sie Lucas das ganze Theater erklären?

„Mein Gott. Er hat einen Hang zum Drama, dein Zwillingsbruder!"

„Köstlich, Baby, köstlich. Ich habe Damian noch nie so eifersüchtig gesehen."

Lucas hatte ja so was von keine Ahnung. Julia unterdrückte das sarkastische „Der?", das ihr auf der Zunge lag, und meinte stattdessen diplomatisch: „Ach, ja?" Das Teufelchen ermutigte sie zum Nachbohren.

„Ja."

„Wie kommst du darauf?"

In Lucas' Mund verschwand ein halber Scone, den er mit einem großen Schluck Kaffee hinunterspülte.

„Entschuldige, Julia. Aber ich muss auch los. Sonst reiten die am Ende ohne mich!"

Lucas sprang auf und war schon halb auf der Treppe nach oben verschwunden. Er wollte sich offenbar aus der Affäre ziehen. Na gut. Sie würde ihn später nochmal dazu befragen.

„Ja, sicher. Bis dann. Jagd heil? Triff das Reh? Viel Spaß? Ich habe keine Ahnung, was man da so wünscht!"

„Weidmannsheil!", rief er von oben. „Und es ist eine Schleppjagd!"

Gut, dass sie das noch erfahren hatte, sonst hätte sie sich womöglich ziemlich blamiert.

Nach dem Frühstück wollte sie einen kleinen Spaziergang machen, bevor sie zum Haupthaus hinüberging.

Als Julia eine Stunde später am Schloss ankam, hatte sich schon eine Reihe von Gästen auf der Veranda versammelt. Charlotte winkte sie zu sich, um sie einigen ihrer Freundinnen vorzustellen. Jan stand am anderen Ende der Veranda und nickte ihr freundlich zu.

Wieso war Damians Anwalt auch hier? Sie erinnerte sich, dass er es in Shanghai bereits erwähnt hatte, aber ... sollte er womöglich Sorge dafür tragen, dass alles glatt lief? Sie würde ihn sich später zur Brust nehmen, wenn sie Charlottes Präsentationsmarathon überstanden hatte.

Die Reiter und Reiterinnen bewegten ihre Pferde in Sichtweite, aber immer noch zu weit weg, um einzelne Personen oder Details zu erkennen. Einmal meinte Julia, die nach Damian Ausschau hielt, ihn auf einem temperamentvollen schwarzen, sehr großen Pferd gesehen zu haben, aber es konnte auch Lucas gewesen sein. Die Reiter waren auffallend unterschiedlich gekleidet. Einige trugen dunkle Jacken, helle Hosen und schwarze Lederstiefel, manche rote Röcke und Stulpenstiefel mit farbig abgesetzten Aufschlägen, aber ausnahmslos alle hatten Helme auf. Gott sei Dank, dachte Julia.

Was sie vorhatten, klang in ihren Ohren unheimlich gefährlich. Sie hatte mittlerweile herausbekommen, wie eine Schleppjagd funktionierte. Der Schleppenleger startete ungefähr zwanzig Minuten vor dem Feld und legte die besagte Schleppe, also eine Fährte, mit einem mit Duftstoff getränkten Kaninchenfell, das er hinter sich her zog. Die Bluthunde folgten dann den Trittsiegeln des Schleppenlegers. Die Bluthunde waren unglaublich hässliche braune Viecher mit Tränensäcken und langen, dünnen Schlappohren, die bis zur Nasenspitze reichten, insgesamt große, unproportionierte Tiere. Wie sie eine komplette Jagd überstehen sollten, war ihr ein Rätsel. Die Pferde wurden noch unruhiger und trappelten, als die Jagdhörner endlich anfingen zu blasen. Es ging los! Obwohl Julia keine Fachfrau wie die meisten der anderen Anwesenden war, ließ sie sich von der Euphorie anstecken und winkte den Reitern aufgeregt hinterher.

Das Nachmittagsprogramm für die Nichtreiter war weit weniger aufregend, als Julia es sich vorher ausgemalt hatte. Nachdem die Pferde verschwunden waren, wurden Kanapees und Tee gereicht. Es bildeten sich kleine Grüppchen, und die Gesellschaft ließ sich den Champagner schmecken. Julia war von einer entfernten Cousine Damians, Mary, festgehalten worden, als sie auf die Suche nach Jan gehen wollte. Sie verstanden sich auf Anhieb so gut, dass sie fast den ganzen Nachmittag zusammen verbrachten. Die schwangere Mary war trotz ihrer noblen Herkunft eine sehr offene und herzliche Frau, die wie Julia einen Hang zur Romantik hatte – was sie veranlasst hatte, Julia gezielt anzusprechen, wie sie ihr gleich zu Beginn des Gesprächs mit einem charmanten Lachen verriet. Sie müsse einfach das „Wundertier" kennenlernen, das Damians Eismantel nach all den Jahren durchbrochen hatte, fügte sie mit einem nicht minder charmanten Augenzwinkern hinzu. Julia hatte die Gelegenheit genutzt, ihr Fragen zu Damian zu stellen.

Ihre guten Vorsätze, sich nicht weiter in die Sache zu verstricken, lösten sich unmittelbar in Luft auf, als sie merkte, dass Mary nicht nur eine bereitwillige, sondern auch ergiebige Quelle für Informationen aller Art zur Familie Stanhope war. Mary verriet ihr unter anderem, dass Damian bis zu einem Selbstmordversuch seiner Schwester Tamara ein genauso großer Draufgänger wie Lucas gewesen war. Danach hatte er sich verändert. Außer zwei kurzen Affären während des Studiums, von denen die Familie auch nur zufällig erfahren hatte, war er solo geblieben. Julia sog diese Informationen auf wie ein Schwamm und hoffte, dass man ihr ihre Neugierde nicht allzu deutlich ansah.

„Ah! Sie kommen! Na endlich!" Mary hielt sich den prallen Schwangerschaftsbauch und ließ sich wieder auf den Stuhl fallen, auf dem sie den größten Teil des Nachmittags gesessen hatte. „Ich hätte es keine halbe Stunde länger ausgehalten. So kurz vor der Entbindung ist das doch recht anstrengend."

„Ja, das kann ich mir denken."

„Sonst wäre ich selbst mitgeritten, aber das geht ja nun nicht. Da, da sind sie!"

Mary winkte ihrem Ehemann zu, der in einer Gruppe von Reitern im Galopp an der Terrasse vorbeipreschte, und streckte die Beine von sich. Julia stellte mit einem Blick auf die Uhr zu ihrer Überraschung fest, dass mehr als drei Stunden vergangen waren, bis sie das Geräusch der Hufschläge vernommen hatten. Die Reiter wurden wie Helden bejubelt, als sie nacheinander am Schloss eintrafen. Mary erklärte ihr, dass nun das Jagdgericht bevorstand, in dem die Reiter, die zum Beispiel mit Abschneiden des Weges oder Ähnlichem gegen die Jagdregeln verstoßen hatten, büßen mussten. Die Buße bestand aus einem Schnaps. Es würde also ein feuchtfröhliches Sommerfest werden. Alle stiegen ab und führten ihre Pferde hin und her, damit sie trocken wurden, wie Mary auf Julias Frage erklärte. Dann wurden die Pferde weggebracht und die Reiter versammelten sich unter einer Baumgruppe.

Julias Blick suchte Damian. Er war nicht, wie die meisten der Reiter, beim Jagdgericht, sondern stand etwas abseits an eine alte Kastanie gelehnt und fixierte sie. Hitze schoss in ihre Wangen, denn sie fühlte sich ertappt. Selbst auf die Entfernung konnte sie erkennen, dass er verschwitzt war. Seine weißen Hosen waren mit Matsch bespritzt und den Rock hatte er bereits abgelegt, sodass er nur im Hemd mit aufgekrempelten Ärmeln dastand. Er nickte ihr zu. Warum musste er immer so geheimnisvoll tun. Julia seufzte und wandte sich ab. Jan gesellte sich zu ihr und bot ihr einen Drink an, den er bereits in seiner Hand hielt.

„Vielen Dank. Da sage ich nicht Nein. Es wäre ja blöd, wenn die Reiter einen zu großen Trinkvorsprung bekommen, nicht wahr?"

Das Jagdgericht war in vollem Gange und das Grölen der Jagdgesellschaft übertönte von Zeit zu Zeit die Konversationen auf der Terrasse.

„Haha. Nein, keine Sorge. Alkohol wird heute noch reichlich fließen. Wie du siehst, hat es schon angefangen."

Das würde sie vielleicht etwas lockerer machen. Die anderen Gäste waren jedenfalls alle in bester Stimmung.

„Darf ich dir eine persönliche Frage stellen?" Dann kostete sie den Weißwein.

„Kommt darauf an …"

„Wie kommt es, dass du hier bist, obwohl du nicht zur Familie gehörst? Also ich frage deshalb, weil ... es mir komisch vorkommt. Bist du hier, um zu kontrollieren, ob ich meinen Teil des Vertrages erfülle?"

„Ich bin Damians bester Freund, das hat gar nichts mit dir zu tun. Und wie sollte ich das kontrollieren?" Er schaute sie an und zog die Augenbrauen hoch. „Mein Job als Anwalt war der Papierkram. Mit der Übergabe der Ergänzung endet meine Kompetenz. Das ist jetzt eine Sache zwischen dir und ihm."

„Ach. Sieh mal einer an. Gut zu wissen. Also nicht nur sein Anwalt?"

„Nein. Nicht nur sein Anwalt."

„Na, das erklärt einiges."

„Was meinst du denn damit?"

„Nichts. Nichts." Das erklärte, weshalb Damian Jan auch noch mit in die Hotelbar geschleppt hatte und ihm nicht nur den *Papierkram* überließ. Sie schaute sich noch einmal nach Damian um, aber er war verschwunden. Julia fühlte sich einmal mehr wie Falschgeld, war sie doch offiziell hier, weil sie seine Begleitung spielen sollte. Sie nippte weiter an ihrem Weißwein und hoffte, dass Damian sich überhaupt noch mal mit ihr abgeben würde. Nachdem jede Verfehlung der Reiter ordentlich bestraft worden war, löste sich die Gesellschaft nach und nach auf, Jan blieb an ihrer Seite. „Die Gäste haben jetzt Zeit, sich frisch zu machen, bevor das Dinner beginnt. Du wirst dich wundern, was das Personal in der kurzen Zeit aus dem Salon gemacht hat."

„Oh. Dann sollte ich mich wohl auch noch mal umziehen. Wie ist der Dresscode?"

„Du siehst immer gut aus", flirtete Jan sie mit einem nur halb neckischen Ausdruck an.

„Na, danke für die Hilfe", gab sie zurück. Wieso war es mit anderen Männern so einfach, nur bei einer bestimmten Person endete jedes Gespräch im Streit?

„Soll ich dich zum Jagdhaus begleiten?"

„Wenn du willst, aber, bitte, mach dir keine Umstände."

„Du hättest sowieso keine Wahl, ich schlafe auch dort und muss hin." Sein Grinsen hatte etwas Lausbubenhaftes an sich. Verwunderlich, dass er solo war.

„Ach, das hatte ich ja ganz vergessen. Na, denn ..."

Julia lachte und sie machten sich auf den Weg. Mit Jan war es wirklich leicht, sich zu entspannen.

Bis zum Dinner hatten sie noch eine gute Stunde Zeit. Gerade als sie sich frisch gemacht und umgezogen hatte, kam Damian zur Tür des Schlafzimmers herein.

„Von anklopfen hältst du wohl nicht viel, was?"

„Wenn ich es nicht besser wüsste, würde ich sagen, es gibt nichts, was ich nicht schon gesehen hätte."

Seine Laune war mal wieder unterirdisch. Na, klasse.

„War die Jagd nicht gut, oder warum bist du so schlecht drauf?"

„Ich bin nicht *schlecht drauf*."

Sein griesgrämiger Gesichtsausdruck brachte sie zum Kichern. Damian sah aus, als hätte er in einer Horde beißender Ameisen gebadet.

„Nein, natürlich nicht. Ich bin nicht schlecht drauf ...", äffte sie ihn nach.

„Und was ist daran so lustig?"

„Nichts. Haha!"

Sie wollte sich beherrschen, aber nach der ganzen Anspannung der letzten Tage und den zwei Gläsern Weißwein, die sie auf der Veranda genossen hatte, konnte sie es einfach nicht unterdrücken.

„Mein Gott. Wenn du wirklich meine Freundin wärst, würde ich dir jetzt den Hintern versohlen!"

„Jesus, du hast wohl zu viel ‚Shades of Grey' gelesen!"

„Was?"

„Kennst du nicht?" Sie hob eine Augenbraue.

„Nein." Damian schaute sie nur verständnislos an.

„Vergiss es." Julia winkte ab.

Als Damian plötzlich anfing, sich auszuziehen, wurde Julia ziemlich warm. Sie hätte das Schlafzimmer verlassen sollen, stand aber wie angewurzelt im Raum.

„Was machst du da?", fragte sie ihn misstrauisch.

„Nach was sieht es denn aus?"

Damian hatte sein verschwitztes Hemd achtlos auf den Boden geworfen und war drauf und dran, sich die mit Matsch bespritzte Reithose auszuziehen.

„Ich gehe duschen. In dieser Aufmachung kann ich ja schlecht zum Dinner gehen."

„Wo warst du eigentlich letzte Nacht?"

Es war raus, bevor sie sich die Zunge abbeißen konnte. Warum konnte sie nie ihre verdammte Klappe halten? Was ging es sie denn an? Er konnte doch schlafen, wo er wollte.

Damian hielt inne und schaute sie mit einem seltsamen Gesichtsausdruck, den sie nicht deuten konnte, an.

„Was interessiert dich das? Du hast mir doch eindeutig zu verstehen gegeben, dass ich dir nicht zu nahe kommen soll!"

Da hatte er auch wieder recht. Wieso war das alles so kompliziert. Sie seufzte.

„Das hat dich bisher auch nicht davon abgehalten. Ist es dir egal, ob sich deine Familie fragt, wieso wir getrennt voneinander schlafen?"

„Das lass mal meine Sorge sein."

Sein Tonfall ließ keine Widerrede zu und Julia hatte nicht die Kraft, mit ihm zu streiten. Dieses Auf und Ab der Gefühle war schon anstrengend genug.

„Du siehst hübsch aus in dem Kleid."

Schon wieder ein Stimmungswechsel. Der Mann machte sie fertig. Julia hatte ein relativ unspektakuläres schwarzes Cocktailkleid ausgewählt. Die einzige Raffinesse bestand im Ausschnitt. Es war ein schlichter Rundhalsausschnitt, der direkt über dem Dekolleté ein einzelnes großes, tropfenförmiges Loch hatte. Man sah den Ansatz ihrer Brüste, es wirkte aber nicht billig, sondern dezent und chic. Das fand Damian offenbar auch. Sie hatte noch nie gut mit Komplimenten umgehen können, schaffte es aber dennoch, ein verlegenes „Danke" hervorzupressen.

„Wie dem auch sei. Wirst du hier auf mich warten, oder nimmt dich Lucas mit nach drüben?"

„Wieso sollte Lucas mich mitnehmen?"

Nun stieg er auch noch aus der Unterhose. Herr im Himmel. Sie versuchte, nicht hinzusehen. Hitze kroch langsam aus ihrer Mitte über den Hals nach oben und ließ ihr Gesicht glühen. Verdammter Mist.

„Wo ihr doch neuerdings so gute Freunde seid, habe ich gedacht." Seine Stimme troff vor Sarkasmus. Der Mann hatte wirklich einen Schatten. Julia konnte nichts sagen, sondern stand noch immer mit offenem Mund da, als er sich zum Gehen wandte und sie nun einwandfreie Sicht auf sein äußerst knackiges Hinterteil hatte.

„Gut, wenn dem *so* ist. Dann wäre es nett, wenn du unten auf mich wartest. Ich brauche nicht lange." Damit verschwand er aus dem kleinen Schlafzimmer.

Julia sammelte sich kurz, bevor sie nach unten ging, und nahm dann die schwarzen Lackpumps in die Hand, die sie zum Kleid tragen wollte. Auf der steilen, knarzenden Holztreppe wollte sie kein Risiko eingehen und sich womöglich den Hals brechen.

Als Julia nach unten kam, saßen Jan und Lucas zusammen am Küchentisch und steckten die Köpfe zusammen. Das Gespräch verstummte jedoch, als sie Julia erblickten. Was hatten die beiden zu tuscheln? Sie würden es ihr wohl nicht verraten, daher beschloss Julia, sich nicht weiter den Kopf darüber zu zerbrechen. Morgen würde das alles Geschichte sein und sie konnte die Episode mit Damian abhaken.

„Julia, du siehst toll aus. Komm, setz dich zu uns, möchtest du auch etwas trinken?"

Lucas strahlte sie an. Er hatte sich dem Anlass entsprechend schick gemacht und sah damit Damian endgültig zum Verwechseln ähnlich. Mittlerweile kannte sie aber die kleinen Unterschiede zwischen den beiden gut genug, um sie auch allein auseinanderhalten zu können. Lucas' Haar war ein wenig länger als das seines Zwillingsbruders und sah eigentlich immer so aus, als käme er direkt aus einem Sturm. Und Lucas war insgesamt irgendwie lässiger, sogar wenn er einen Smoking trug. Dazu kam der unumgängliche Dreitagebart, der seinen Out-of-bed-Look perfektionierte.

„Vielleicht ein Glas Wasser?"

Jan grinste sie an, seine Fliege hing lässig um seinen Hals und das weiß gestärkte Hemd war noch nicht ganz zugeknöpft. Seine braunen Augen blitzten ihr fröhlich entgegen. Anscheinend hatten alle gute Laune, außer dem dritten im Bunde. Die Jungs tranken etwas Stärkeres. Die bernsteinfarbene Flüssigkeit leuchtete verräterisch aus zwei Scotch-Gläsern. Lucas sprang auf, holte ihr ein Glas Wasser und bot ihr seinen Platz an, denn an dem kleinen Tisch standen nur zwei Stühle.

„Bitte, Lucas. Ich bin jünger als du", scherzte sie.

„Aber Julia, meine Mutter meint zwar, ich hätte schlechte Manieren, aber *so* schlecht nun auch wieder nicht, dass ich eine Lady stehen lasse. Setz dich, oder muss ich dir erst zeigen, wie ähnlich Zwillingscharaktere sind?"

Julia kicherte. Lucas gespielt drohende Miene war einfach zu komisch. Jan lächelte und meinte: „Zumindest habt ihr den gleichen halsbrecherischen Ehrgeiz beim Reiten." Damit spielte er auf einen Zwischenfall bei der Jagd an, bei dem es fast zu einem schweren Unfall gekommen wäre, weil die beiden sich ein Wettrennen lieferten. Lucas war einige Meter voraus gewesen, als seine Stute scheute und in einen Graben rutschte. Damian hatte nur mit einem kühnen Sprung über den Graben und Lucas hinweg verhindern können, dass er samt Pferd auf Lucas landete. Niemandem war etwas passiert, Lucas hatte eine Strafe von 2 Schnäpsen kassiert. Sie unterhielten sich über den vergangenen Nachmittag, Julia berichtete über ihre Bekanntschaft mit Mary. „Mary!", rief Lucas aus, „alle waren verrückt nach Mary!" Dabei strich er sich in Anspielung auf die Spermien-Haargel-Szene aus dem Film mit Cameron Diaz die Haare aus der Stirn. Sie lachten schallend.

„Von ihr habe ich gehört, was für ein schlimmer Finger Damian in seiner Jugend war. Scheint, ihr beide seid euch doch nicht so ganz unähnlich, hm, Lucas?" Sie grinste ihn schief an.

„Ach das, aber natürlich habe ich schon früher mehr Mädchen geküsst als mein Bruder!"

„Wie könnte es anders sein!" Sie kicherte und bemerkte gar nicht, wie Damian hinter ihr auftauchte und fuhr erschrocken zusammen, als sie seine Stimme hörte.

„Wenn du dann so weit wärst, meine Liebe."

„Gott, hast du mich erschreckt. Musst du dich denn so von hinten anschleichen?"

„Ich fürchte, du warst einfach zu vertieft in das Gespräch mit den beiden Gigolos hier. Können wir dann?"

„Damian, Damian. Wieso holst du dir nicht ein Glas und trinkst etwas mit uns. Wir unterhalten uns gerade." Lucas prostete seinem Bruder sarkastisch zu.

„Nein. Herzlichen Dank. Wir werden erwartet. Julia?" Damians eisige Miene zeigte keine Regung und seine Gesichtszüge wirkten hart, als er ihr seine Hand bot, um ihr beim Aufstehen zu helfen. Sie bekam mit, wie Jan und Lucas sich einen Blick zuwarfen, der Bände sprach. Sie machten sich über Damian lustig.

Damian hingegen schaffte es zielsicher, ihr die Stimmung zu verderben. Dabei hatte sie gerade begonnen, mit dem Abendprogramm warm zu werden. Seufzend erhob Julia sich und straffte ihre Schultern, bevor sie in die Pumps schlüpfte. Damians Steifheit wirkte wie eine kalte Dusche auf sie. Vorsichtig ließ sie den Blick über ihn gleiten. Die schwarze Smoking-Hose schmiegte sich eng um seine schmalen Hüften. Als sie bemerkte, dass sie ihn anstarrte, räusperte sie sich und zupfte ihr Kleid zurecht.

Jan leerte sein Glas und stand ebenfalls auf, dabei sah er aus, als unterdrückte er ein Lachen. Bestimmt hatte er bemerkt, dass sie Damian angeglotzt hatte. War es so offensichtlich, dass sie Damian anhimmelte wie ein Schulmädchen? Julia nahm sich vor, ebenso souverän aufzutreten wie ihr Fake-Freund. Wenn man ihn nicht kannte, hätte man sein Verhalten auch als arrogant auffassen können. Damian war stets höflich, *nett* jedoch nur – selten.

„Ich denke, wir sollten uns alle auf den Weg machen, es ist schon fast sieben."

„Seit wann bist du so pflichtbewusst, Lucas?", spöttelte Damian. Dabei zog er Julia an sich, die von der besitzergreifenden Geste überrascht wurde. Aber sie schaffte es diesmal besser, ihr Erstaunen zu verbergen. So langsam kam sie in Übung. Sie warf Lucas einen bösen Blick zu, als er sich hustend abwandte. Zusammen brachen sie auf, Damian ließ sie wieder los.

Es war nicht leicht, mit ihren Pumps über den Kiesweg zu gehen, sie fühlte sich wie ein Storch im Salat und kam den Männern kaum hinterher. Ihr Stolz verbot es ihr allerdings, zu fragen, ob sie ein bisschen langsamer gehen konnten. Damian schritt neben ihr her und sie spürte seinen Blick auf sich, dennoch versuchte sie, ihn zu ignorieren. Mit einer schnellen dynamischen Bewegung schnappte sich Damian Julia und hob sie in seine Arme.

„Das kann ja keiner mit ansehen, wie du dich über den Weg hier quälst."

„Was? Lass mich sofort wieder runter."

In seinen Augen blitzte es.

„Das kommt gar nicht infrage, am Ende verstauchst du dir noch den Fuß oder ruinierst die Schuhe."

„Ich bin viel zu schwer!", protestierte sie weiter, klammerte sich aber an Damian fest, weil sie Angst hatte, er würde ihr Gewicht nicht halten können und sie fallen lassen. Aber Damian lachte nur und ließ sich nicht von Julia beirren.

Lucas und Jan liefen zwar vor ihnen, die Szene war den beiden dennoch nicht entgangen und sie steckten die Köpfe schon wieder tuschelnd wie Schuljungen zusammen. In welchem Irrenhaus war sie nur gelandet! Es verwirrte sie, plötzlich so nah bei Damian zu sein. Sein Geruch vernebelte ihr bereits die Sinne und sie schloss die Augen einen Moment zu lange. Da Protest ohnehin sinnlos war, versuchte sie schließlich, das Ganze so elegant wie möglich hinter sich zu bringen. Sollten andere Gäste sie sehen, wäre es sicher nicht förderlich, wenn sie keifend und strampelnd in Damians Armen lag.

„Wie gerne, holde Julia, trüge ich dich bis zum Paradies. Aber wir sind da."

Damit setzte Damian sie ab und Julia klammerte sich an ihn, weil sie fürchtete, ihre Knie würden nachgeben, was sie aber nicht taten. Schon wieder hatte er es in kürzester Zeit fertiggebracht, dass aus ihren Muskeln und Knochen Wackelpudding geworden war. Mit dieser Erkenntnis ließ sie ihn los, räusperte sich und zupfte erneut verlegen an ihrem Kleid herum.

„Ähm. Ja."

Damian schaute sie fragend an. Was wollte er denn jetzt noch von ihr?

„Stimmt etwas nicht?", fragte er auch noch.

Er hatte anscheinend *wirklich* keine Ahnung.

„Es ist alles superfantastisch. Ich kann mir keinen Ort vorstellen, an dem ich jetzt lieber wäre", antwortet Julia so trocken wie möglich.

„Wunderbar. Dann sind wir ja zu zweit." Damian lachte und zog Julia mit sich nach drinnen. Sie würde ihn niemals verstehen, wieso war er jetzt so plötzlich gut gelaunt? Seine Stimmungsschwankungen waren wirklich phänomenal.

Jan hatte am Nachmittag nicht zu viel versprochen. Das Schloss war wundervoll dekoriert, überall standen Vasen mit bunten Sommerblumen und Leuchter mit cremefarbenen Kerzen, die eine heimelige Atmosphäre zauberten. Der Salon war komplett leer geräumt, offenbar sollte der Parkettboden nachher als Tanzfläche dienen. Etwas anderes konnte Julia sich nicht vorstellen. Mittlerweile verstand sie, wieso der Speisesaal diese gigantischen Ausmaße hatte: Er diente dazu, an Tagen wie diesen fünfzig Personen stilvoll zu verköstigen. Die meisten Gäste waren bereits eingetroffen, der Salon war gut gefüllt und mehrere Angestellte liefen mit Tabletts herum, auf denen Champagner oder Orangensaft angeboten wurde. Damian reichte ihr ein Glas der prickelnden Flüssigkeit und nahm sich selbst einen Saft.

„Auf den Abend!", prostete er ihr zu. Sie schaute auf seine langen, schlanken Finger, die sie eben flüchtig berührt hatte. „Cheers", erwiderte Julia einsilbig. Damian hatte sein professionelles Gesellschaftsgesicht aufgesetzt, er lächelte, wirkte souverän und legte tadellose Manieren an den Tag.

„Hallo, Mary", begrüßte Damian seine hochschwangere Cousine und umarmte sie herzlich. „Du siehst toll aus!"

„Danke, du alter Charmeur. Ich weiß sehr wohl, dass ich aussehe wie eine Tonne", erwiderte sie grimmig, aber mit einem Zwinkern in den Augen.

„Du bist ja verrückt. Gibt es etwas Schöneres als eine schwangere Frau, Julia? Sieh sie dir an. Es wächst Leben in dir, Mary, du strahlst von innen!"

„Ja, Sie sehen wirklich toll aus."

„Ach, ihr beiden. Jetzt bin ich ganz verlegen. Entschuldigt mich bitte, noch ein Nachteil, wenn man schwanger ist, man muss alle zwanzig Minuten aufs Klo. Man sieht sich, Damian, Julia – ihr seid ein tolles Paar!" Sie legte den Kopf ein wenig schief und setzte an, etwas zu sagen wie „Wann plant ihr Kinder?", überlegte es sich aber offensichtlich anders und fügte nur hinzu: „Ich freue mich für euch." Damit verschwand Mary in dem typisch watschelnden Gang, den die meisten Hochschwangeren kurz vor der Entbindung hatten. Julia gefiel es, wie Damian mit Mary umgegangen war. Er mochte also Kinder. Ihr blieb allerdings keine Zeit, darüber zu sinnieren, denn weitere Gäste reihten sich ein, die mit ihnen plaudern wollten.

„Wie schön, Sie beide zusammen zu sehen. Sie sind so ein schönes Paar!"

Julia rang sich ein Lächeln ab. Dieser Satz wiederholte sich erschreckend regelmäßig. Irgendwie würde sie den Abend überstehen. Als sie hörte, was Damian sagte, verschluckte sie sich an ihrem Champagner.

„Vielen Dank, Caroline. Es ist auch etwas ganz Besonderes für mich, dass wir heute Abend gemeinsam hier sind. Meine bessere Hälfte ist beruflich sonst auch sehr eingespannt. Darum bin ich umso glücklicher, sie an meiner Seite zu haben, nicht wahr, Schatz?"

Die Gesichtszüge der älteren Dame sprachen Bände – sie strahlte, als hätte man ihr die Verlobung des Thronanwärters mit ihrer Enkelin verkündet. Zu Julias Entsetzen antwortete sie: „Ja, Charlotte hat schon angedeutet, dass die Verlobung bald bekannt gegeben wird." Sie zwinkerte ihnen komplizenhaft zu und fuhr fort: „Von mir wird natürlich niemand etwas erfahren, bevor es nicht offiziell ist …" Damit drehte sie sich um und stürzte sich auf eine Bekannte, der sie tuschelnd, immer wieder Blicke in Damians und Julias Richtung werfend, offensichtlich brühwarm von einer Verlobung erzählte. Julia war wie versteinert. Sie schaute zu Damian und begegnete seinem Blick. Er schien ihr zu signalisieren, dass sie es auf sich beruhen lassen sollte. Was war nur in ihn gefahren, eine derartige Steilvorlage für Gerüchte zu liefern? Aber noch bevor sie weiter darüber nachdenken konnte, wurde sie bereits zum nächsten Gesprächspartner geführt.

Damian übernahm die Konversation fast völlig. Hatte sie eben noch gedacht, sie hätte sich vielleicht verhört, dann wurde sie sofort eines Besseren belehrt. Damian erzählte jedem, mit dem sie sich unterhielten, wie glücklich er sei, dass er sie an seiner Seite habe, und wie verliebt er sei – wer wollte, konnte heraushören, dass eine Hochzeit in Planung war. Von welchem Bock wurde Damian geritten? Damit machte er die Sache doch nur noch schlimmer! Sollte er bemerkt haben, dass sie irritiert war, so ignorierte er es gekonnt. Das war vollkommen schizophren. War er am Ende tatsächlich der Psychopath, für den er sich selbst hielt? Ihr sollte es egal sein. Es war nicht ihr Problem, wenn er allen erklären musste, dass sie sich trotz der großen Liebe wieder getrennt hatten. Es ergab nur keinen Sinn. Schlimm genug, dass Charlotte nicht unschuldig an den Gerüchten, dass die beiden eine Verlobung planten, zu sein schien. Warum auch immer sie auf diese absurde Idee gekommen war, auch dies war glücklicherweise nach diesem Wochenende nicht mehr Julias Angelegenheit.

Am anderen Ende des Raumes erblickte sie Lucas, der sich angeregt mit einer gut aussehenden Brünetten unterhielt. Charlotte und George hatten als Gastgeber alle Hände voll zu tun, sodass sie mit ihnen noch nicht wieder gesprochen hatte. Irgendwie fühlte sich Julia nicht wohl bei dem Gedanken, seine Eltern derart hinters Licht zu führen. Es war eine Sache, eine Beziehung vorzugaukeln, aber die große Liebe? Vielleicht hatte ihr sogar Damian erzählt, dass er eine Verlobung plante? Wie sollte die gute Frau sonst darauf kommen? Damians gelassene Haltung wies in keiner Weise darauf hin, dass es ihm etwas ausmachte, derartige Lügen zu verbreiten, und Julia scheute sich davor, in der Öffentlichkeit eine Szene zu machen. Morgen würde sie aus seinem Leben verschwunden sein, und das schien ihr ein zunehmend glücklicher Umstand.

Das Dinner zog sich unendlich in die Länge. Julia spürte die Neugier der anderen Gäste und fühlte sich immer unwohler auf der Veranstaltung. Es hatte sich offenbar wie ein Lauffeuer herumgesprochen, dass Damian und sie so gut wie verlobt waren. Sie hoffte, nach dem Essen unbemerkt verschwinden zu können, aber Damian passte auf wie ein Schießhund. Als die Musik zu spielen begann, zog er sie auf die Tanzfläche. Er machte seine Sache gut, hielt sie eng umschlungen und führte sie gekonnt über das Parkett. Er lächelte und redete mit ihr über bangloses Zeug. Es fühlte sich alles viel zu echt an. Und das Schlimmste war, es gefiel ihr.

Die beiden wurden unterbrochen, als ein Angestellter der Stanhopes zu Damian kam und ihm etwas ins Ohr flüsterte. Damians Miene verfinsterte sich.

„Entschuldige mich bitte, Julia. Es sieht leider so aus, als ob mein Pferd Thunder eine schwere Kolik hat. Ich muss kurz nach draußen."

„Ja, natürlich. Kein Problem. Das verstehe ich natürlich. Soll ich mitkommen?"

„Nein, das ist kein schöner Anblick."

Damian sah plötzlich blass aus, er drehte sich auf dem Absatz um und verließ mit großen Schritten den Saal. Julia blieb nicht lange alleine, Lucas war sofort an ihrer Seite. Auch er sah besorgt aus.

„Was ist los?"

„Es gibt ein Problem mit einem Pferd."

„Ach. Wieso geht Damian? Weißt du, welches Pferd es ist?"

„Ich meine, er hat gesagt: Thunder."

„Oha. Damians Pferd. Er hat es bekommen, als es noch ein Fohlen war und es selbst eingeritten. Thunder ist etwas über zwanzig, eigentlich kein Alter für ein Pferd, aber so eine Jagd ist doch recht stressig."

„O nein! Er wirkte so bedrückt; es sei ernst, meinte er. Hoffentlich können sie ihn retten."

„Der Tierarzt wird tun, was er kann. Komm, willst du eine Runde tanzen?"

Lucas gab sich redlich Mühe, sie abzulenken. Er erzählte ihr Witze, wirbelte sie im Dreivierteltakt über die Tanzfläche und stoppte erst, als die Musiker eine zehnminütige Pause ankündigten. Dann besorgte er zwei Gläser eisgekühlten Champagner und ging mit Julia auf die Veranda.

Die Luft hatte sich abgekühlt, aber nach der Hitze im Salon war es eine willkommene Erfrischung. Sie sah Jan am Ende der Veranda mit einigen Männern hitzig diskutieren.

„Politik. Betrunkene Männer, die die Welt verändern wollen. Es gibt nichts Lächerlicheres!"

„Nee. Das passte auch überhaupt nicht zu deinem Stil." Sie musste kichern. Er wirkte zu abenteuerlustig, als dass er sich mit anderen über die Weltpolitik streiten würde. Lucas legte ihr eine Hand auf den Arm und kam näher, um ihr etwas ins Ohr zu flüstern. Sie spielte mit und reckte sich ihm entgegen.

„Was ist denn hier los?"

Damians Stimme war eiskalt. Lucas ließ Julias Arm abrupt los und trat einen Schritt zur Seite. Damian hatte die Smoking-Jacke abgelegt, sein weißes Hemd war bis zum Ellenbogen nach oben gekrempelt und ziemlich verschmutzt.

„Wir haben uns unterhalten, Damian. Wie geht es Thunder?", fragte Julia.

Damians Gesichtszüge waren eingefroren, eine Ader pochte an seiner Schläfe. Als er einen Schritt näher kam, wirkte er noch bedrohlicher.

„Lass endlich deine verdammten Finger von ihr, Lucas. Sie gehört zu mir." Seine Stimme war verräterisch leise, wie ein Vulkan, der kurz vor dem Ausbruch stand. Die Männerrunde in der Ecke verstummte und schaute herüber.

Lucas' Miene blieb ernst, aber er versuchte nicht, den Spott in seiner Stimme zu verbergen. „Komm schon, Bruderherz. *Alle* wissen Bescheid!"

Julias Glas fiel klirrend auf den Steinboden der Veranda und zersprang in tausend Stücke. Was meinte er damit?

Damians Kiefer mahlten, seine Hände hatte er bereits zu Fäusten geballt. Er würde doch nicht …?

„Halt deinen verdammten Mund!"

„Einen Dreck werde ich, Damian. Hör endlich auf mit deinem Schauspiel! Du kannst sie jetzt gehen lassen. Keiner hat dir diese Scharade abgenommen. Von wegen große Liebe und so. Dann kann *ich* mich doch genauso gut um sie kümmern!"

Als Julia klar wurde, was Lucas sagte, was er damit meinte, begann der Boden unter ihr zu schwanken. Sie spürte die Blicke der umherstehenden Leute, spürte, wie ihre Wangen brannten. Alle wussten, dass sie von Damian verarscht wurden? Wie konnte das sein? Sie stand unter Schock, konnte nicht mehr klar denken. Julia spürte nur, sie musste hier weg. Ihr Körper reagierte schneller. Noch bevor sie den Gedanken realisierte, lief sie so schnell es ging, ohne zu rennen, davon. Zum Glück folgte ihr niemand.

„Was hast du getan?!" Damians Stimme war leise, als er sich an Lucas wandte. Julia hatte so entsetzlich verletzt ausgesehen, als sie ging, dass er es nicht wagte, ihr zu folgen. Dabei war der Abend so schön gewesen, bis vor einer Stunde. Nun war er wieder zurück in der bitteren Realität. Und in seiner Welt war kein Platz für die Liebe.

Lucas trat einen Schritt auf ihn zu und hob seine Hand. Damian wich einen Schritt zurück, er hätte es nicht ertragen, dass ihn jemand berührte.

Der Tierarzt hatte nichts mehr für Thunder tun können. Die Kolik war zu schwer und alles ging rasend schnell. Sein alter Gefährte hatte schwitzend und keuchend, mit aufgerissenen Augen am Boden gelegen, er hatte ihn nicht mehr hochbekommen, um ihn zu führen, er hatte nichts tun können, als ihn in den Tod zu begleiten. Der Tierarzt hatte Thunder erlöst und eingeschläfert. Und als er davon zurückkam, war das Erste, was er sah, wie Lucas sich an Julia ranmachte. Ihm war eine Sicherung durchgebrannt. Damian raufte sich die Haare, was sollte er nur tun?

Er hörte, wie die Umstehenden anfingen zu tuscheln, aber es kümmerte ihn nicht. Lucas zog ihn weg von den Partygästen, um weiteres Aufsehen zu vermeiden. Als sie außer Sicht- und Hörweite waren, redete er weiter.

„Damian, wach auf! Ein Blinder sieht, dass du Julia liebst. Hör auf mit dem Schauspiel und sag es ihr endlich. Nur deswegen habe ich mit ihr geflirtet."

„Selbst wenn du recht hättest, du weißt genau, dass das nicht geht, es ist mir noch einmal mehr klar geworden", zischte Damian zwischen zusammengebissenen Zähnen. Lucas fuhr sich mit der Hand durch seine ohnehin zerzauste Frisur.

„Bitte, Damian. Warum quälst du dich so?"

„Du weißt, warum." Damians Stimme war tonlos.

„Vergiss es endlich. Du bist nicht *er*!"

„Ein großer Teil von ihm steckt in mir. Nicht mal unsere eigene Schwester kann uns ertragen! Ich kann einfach keine Beziehung führen, das musst gerade du doch einsehen."

Lucas und Damian standen nun im Dunkel des Schlossgartens, sodass sie niemand mehr hören konnte, aus der Ferne schallte die Musik aus dem Ballsaal.

„Hör auf mit dem Quatsch. Du bist kein pädophiler Wichser wie unser Erzeuger. Und Tamara hat ihre eigenen Dämonen zu bekämpfen. Eines Tages wird sie uns wieder in ihr Leben lassen."

„Erzähl mir doch nichts, Lucas, oder warum hast du keine Frau?"

„Das ist doch etwas ganz anderes. Ich habe auch ohne eine Beziehung meinen Spaß. Ich lebe! Außerdem geht es hier nicht um mich!"

Damian wendete sich ab und setzte sich, am Ende seiner Kräfte, auf einen Stein.

„Du weißt so gut wie ich, dass das nicht stimmt. Er war ein Monster. Es steckt auch in uns."

Er sprach sehr leise. Sein Gesicht sah versteinert und verzweifelt aus, für einen Moment fiel seine steife Maske, hinter der er sich sonst versteckte.

Lucas hockte sich vor Damian und hielt ihn an den Schultern fest, als wolle er ihn wachrütteln. „Ich bitte dich, Damian. Lass sie nicht gehen. Du brauchst sie."

„Ich kann nicht. Früher oder später merkt sie, wie kaputt ich bin, und dann würde sie mich ohnehin verlassen. Das würde ich noch weniger ertragen, als es jetzt zu beenden, bevor es noch schlimmer wird ..." Die Worte kamen immer leiser aus Damians Mund und versiegten schließlich. Lucas musste sich vorbeugen, um ihn überhaupt noch zu verstehen. Anstatt ihn zu schütteln, hielt Lucas Damian fest. Er drückte ihn an sich und umarmte seinen Bruder. Damian rührte sich nicht. Irgendwann stand Lucas auf und trat einen Schritt zurück.

„Ich wünschte, ich könnte dir helfen, Damian."

„Mir kann keiner helfen. Es geht mir gut."

Damian stand auf und ließ Lucas stehen. Er wollte seine Ruhe haben und alleine sein.

Vom Haus wehten gedämpft Geräusche vom Sommerball in seine Richtung. Weil er niemanden sehen wollte, ging er zu den Stallungen und setzte sich in die Box, in welcher der tote Thunder lag. Morgen würde ein Transporter kommen, um den Kadaver abzuholen. Damian wollte sich von ihm verabschieden, er fühlte sich verantwortlich für den Tod seines langjährigen Gefährten, obwohl der Tierarzt ihm mehrmals versichert hatte, dass er keine Schuld daran trug. Thunder war nicht mehr der Jüngste gewesen, er hatte ihm zu viel zugemutet, die Vorbereitungszeit war zu kurz, das Pferd war nicht gut genug in Form gewesen. Es war seine Schuld.

Damians Hand lag auf dem noch immer warmen Pferdekopf, der allmählich begann, auszukühlen. In ein paar Stunden war sein Körper eiskalt, dann würde man ihn abtransportieren. Man würde ihm Thunder wegnehmen, er würde ihn nie wiedersehen. Er wollte nur Abschied nehmen.

Damians Gedanken sprangen. Bei seiner Mutter war es ihm verwehrt gewesen, sie war im Krankenhaus gestorben. Plötzlich war sie nicht mehr da, er war ja noch so jung, konnte sich kaum an sie erinnern. Tamara war immer für ihn da gewesen, ohne sie wären Lucas und er ganz sicher durchgedreht. Seine Hand fuhr über das dunkle Fell, auf und ab, hin und her. Er wollte nicht dahin, er wollte nicht mehr daran denken. Aber die Erinnerungen kamen, unerbittlich. Eines Tages hatte sie ihn auch verlassen. Als alle dachten, die schlimmen Zeiten wären vorbei und es ginge ihr gut. Aber nichts war gut. Der jahrelange Missbrauch durch den Vater hatte sie gebrochen, sie litt Seelenqualen und wollte sich umbringen. Und er konnte sogar ein wenig verstehen, warum sie dann von ihrer Familie nichts mehr wissen wollte. Lucas und er waren ihm, als sie älter wurden, wie aus dem Gesicht geschnitten. Das war einfach zu viel für sie gewesen.

Damian lehnte sich mit dem Rücken an die Wand der Pferdebox und kauerte sich hin. Jetzt war er wieder alleine. Julia war fort. Und das war gut so. Er konnte und wollte sie nicht noch einmal sehen. Sie musste so schnell wie möglich aus seinem Leben verschwinden, bevor er sie nicht mehr gehen lassen konnte.

Kapitel 16

Als Damian nach mehr als zwei Stunden nicht wieder aufgetaucht war, ging Lucas ihn suchen. Aber er entdeckte seinen Zwillingsbruder nirgends, er war weder im Schloss noch im Jagdhaus aufzufinden. Julia schien ebenso wie vom Erdboden verschluckt. Von einem Angestellten erfuhr Lucas, dass Julia das Anwesen fluchtartig über das Haupttor verlassen hatte. Alleine. Aber wo war Damian? Er hatte bereits alles abgesucht, es blieb nur noch ein Ort – natürlich! Wieso hatte er nicht gleich daran gedacht.

Lucas fand ihn im Stall bei Thunder. Er saß an der Wand gelehnt und starrte ins Leere. Lucas fühlte sich hilflos. Wie sollte er seinem Bruder helfen? Hatte er noch einmal mit Julia gesprochen? War er deswegen hierher zurückgekehrt?

„Damian", flüsterte er in die Dunkelheit.

Damian blieb regungslos.

Lucas setzte sich neben ihn und spürte, wie Damian zitterte. Die Nacht war ziemlich kühl geworden und er saß bereits stundenlang nur mit einem Hemd bekleidet im Stall. Lucas zog seine Jacke aus und wollte sie Damian überlegen, der sich dagegen wehrte. Er wusste, dass sein Bruder nicht glücklich war, aber in diesem Zustand hatte er ihn noch nie gesehen und es schnürte ihm die Kehle zu.

„Lass mich."

„Bitte, Damian. Komm mit mir."

„Lass mich einfach nur hier sitzen."

„Wie kann ich dir helfen?"

„Mir kann keiner helfen."

„Komm wenigstens mit ins Jagdhaus, dort ist es wärmer."

„Kann ich mich nicht von einem treuen Freund in Ruhe verabschieden?"

„Damian. Thunder ist tot. Du hat alles Menschenmögliche für ihn getan, lass ihn gehen."

„Es ist meine Schuld. Alles ist meine Schuld."

Damian legte seinen Kopf in die Hände. Er weinte. Lucas wusste es, auch wenn der Stall nur mäßig beleuchtet war. Er hatte seinen Bruder niemals weinen sehen, nicht seit dem Tod seiner Mutter. Er hatte nicht geweint, als sie ihre Mutter beerdigten, nicht, als Tamara aus dem Leben der Brüder verschwunden war. Damian hatte alles still und leise ertragen und um sich eine dicke Schutzmauer aufgebaut, die, seit er Julia kannte, zu bröckeln begann. Ob das nun gut oder schlecht war – Lucas wagte nicht, näher darüber nachzudenken.

Er legte vorsichtig einen Arm um Damians Schultern. Fast erwartete er, dass sein Bruder sich ihm sofort entziehen würde, aber dieser ließ die Berührung zu.

So saßen die beiden eine ganze Weile schweigend.

„Komm mit, Damian. Geh schlafen."

Damian versteifte sich. „Julia?"

„Sie ist fort."

Wenn Damian ihr heute nicht mehr begegnen würde, dachte Lucas, könnte er seinen Bruder zumindest davon überzeugen, dass er ins Bett ging, bevor er sich eine Lungenentzündung holte.

„Gut."

Lucas runzelte die Stirn, war aber erleichtert, dass Damian Anstalten machte, aufzustehen, daher sagte er nichts. Die beiden gingen schweigend zum Jagdhaus, wo Damian seinem Bruder eine gute Nacht wünschte und verschwand. Waren sie sich eben noch so nah gewesen, hatte sich Damian wieder in sein Schneckenhaus zurückgezogen.

Als Damian erwachte, brauchte er einen Moment, um sich zu orientieren. Seine Augen brannten. Im Kissen hing immer noch Julias Duft. Langsam kamen die Erinnerungen der letzten Nacht in ihm hoch. Thunder war tot. Er hatte alles kaputt gemacht. Sie hasste ihn. Zum Glück war sie so schlau gewesen, zu gehen. Damian würde seine Pflicht tun und nach einer heißen Dusche zum Frühstück im Haupthaus erscheinen. Es waren ohnehin nur noch ein paar Gäste im Haus, die in ein paar Stunden auch abreisen würden.

Seine Mutter sah ihn besorgt an, als Damian im Speisezimmer eintraf, sagte aber nichts zu seinem Verschwinden vom Ball, als sie ihm einen Kuss auf die Wange gab und ihm einen Platz zuwies. „Darling, guten Morgen. Was für eine Nacht! Die Geschichte mit Thunder tut mir entsetzlich leid." Charlotte strich ihm über die Wange, nahm seine Hand und hielt sie einen Moment schweigend. Dann seufzte sie. „Hast du Lucas schon gesehen?" In ihrem Blick lag Besorgnis und er war ihr dankbar, dass sie ihn nicht auf ein anderes Thema ansprach.

„Lucas ist eben erst aufgestanden, er wird gleich hier sein." Damian löste sich von ihr und nahm an der langen Tafel Platz. Sorgfältig breitete er eine weiße Serviette auf seinem Schoß aus. Lucas hatte eben im Jagdhaus noch einmal versucht, mit ihm über gestern zu sprechen, aber Damian hatte nur abgewunken. Er wollte nicht darüber reden. Er hatte ihn gestern in einem schwachen Moment erwischt. Das Thema war mit Julias Abreise ein für alle Mal erledigt.

Nachdem sich alle Gäste verabschiedet hatten, kam Charlotte zu Damian. Am liebsten wäre er abgehauen, wusste aber, dass es keinen Sinn hatte. Seiner Mutter konnte er nicht entkommen. George zog sich zurück, wie immer, wenn seine Mutter ihm auf den Zahn fühlte.

„Damian. Was ist nur passiert?"

„Ach Mutter. Lass es gut sein. Das geht nur mich und Julia etwas an."

„Ich glaube nicht, mein Lieber. Das Mädchen ist seit gestern Nacht wie vom Erdboden verschluckt. Wie konntest du sie so einfach gehen lassen?"

Damian wurde übel. Was faselte Charlotte da?

„Was meinst du bitte mit ‚verschluckt'? Hat sie denn niemand gefahren?"

„Wie kommst du darauf? Als Lucas aus dem Garten wiedergekommen ist, hat er sie überall gesucht, aber sie war schon weg. Tim hat sie gesehen, wie sie das Grundstück verlassen hat, mitten in der Nacht. Alleine. Und zu Fuß."

„Wie bitte?"

Er musste sich setzen.

„Wieso hat mir keiner was gesagt?"

„Du warst in keinem ansprechbaren Zustand, mein Junge."

„Wo ist sie hin?"

„Das wissen wir nicht, ich habe gedacht, vielleicht weißt du etwas?"

„Mutter, Julia und ich …"

Charlotte winkte ab und setzte sich zu ihm. Plötzlich stand Lucas im Türrahmen, die blaugrauen Augen forschend auf Damian gerichtet. Die alte Dame fuhr fort: „Ich weiß es, Damian. Aber wir haben gedacht, dass ihr doch irgendwie zusammenfindet."

„Du hast es tatsächlich gewusst?"

„Damian, das ist doch jetzt egal. Was ist passiert?"

„Wo ist Julia?"

„Das wissen wir nicht. Hast du eine Ahnung, wo sie sein kann?"

„Sie kennt hier niemanden. Und Taxis gibt es mitten in der Nacht auch keine, das wisst ihr so gut wie ich. Was ist, wenn sie von jemandem mitgenommen wurde … und ihr etwas passiert ist?"

Panik keimte in ihm auf. Julia durfte nichts passiert sein. Das würde er sich bis an sein Lebensende nicht verzeihen.

„Wir werden sie finden."

Lucas kam auf sie zu und holte sein Telefon aus der Innentasche seines Jacketts.

„Wie ist ihre Nummer?"

Damian stand auf und riss Lucas das iPhone aus der Hand. Hektisch tippte er die Nummer in den Bildschirm des Smartphones, aber nur die Mailbox antwortete am anderen Ende.

„Verdammt! Das kann doch nicht sein!"

Er musste sie finden. Er musste wissen, dass mit ihr so weit alles in Ordnung war, dass es ihr gut ging. Auf dem Weg nach draußen stieß er beinahe mit Jan zusammen.

„Jan, auf dich habe ich gerade noch gewartet! Was weißt du von der ganzen Sache?"

Jan blickte erwischt und schuldbewusst drein und trat einen Schritt zurück.

„Was meinst du, Damian?"

„Verkauf mich nicht für dumm!" Damian packte ihn am Kragen und ein kleines Äderchen am Hals pochte heftig. „Was hast du damit zu tun, dass Julia hier in England erschienen ist? Wo ist sie jetzt?"

„Bitte, beruhig dich! Ich verstehe, dass das alles sehr nervenaufreibend ist, aber wir finden sie." Jan legte seine Hände um Damians Handgelenke, Damian ließ ihn los und fuhr sich mit den Händen durch die Haare.

„Weißt du, wo sie ist?", bohrte Damian nach.

„Nein, ich habe keine Ahnung!"

„Wie konntest du mir nur so in den Rücken fallen, ich dachte, wir wären Freunde!" Damians Stimme klang plötzlich sehr müde und leise.

„Ich wollte dir nur helfen, ehrlich."

„Helfen! Gerade von dir hätte ich das nicht gedacht, Jan."

Jan packte ihn an der Schulter, aber Damian schüttelte Jans Hand ab und stürmte davon, um Julia zu suchen.

Es war mittlerweile früher Nachmittag und Damian war nahezu krank vor Sorge. Er hatte alle Mitarbeiter gefragt, ob sie mehr wussten, als dass Julia das Grundstück mit ihrem Gepäck alleine verlassen hatte, aber niemand hatte etwas gesehen. Verdammt noch mal! Wie konnte sie mitten in der Nacht alleine auf die Straße gehen? Die Gegend rund um das Schloss war zwar nicht gerade gefährlich, aber kranke Scheißkerle gab es bekanntlich überall. Als Lucas ihm gesagt hatte, dass Julia fort war, hatte er angenommen, sie sei mit anderen Gästen mit und würde in einem Hotel übernachten und sich am nächsten Morgen von einem Fahrer nach London bringen lassen. Niemals hatte er damit gerechnet, dass diese sture junge Frau mitten in der Nacht ihre Koffer packen würde, um auf eigene Faust abzuhauen. Was sollte er jetzt bloß tun? Alleine der Gedanke daran, dass ihr etwas zugestoßen sein könnte, brachte ihn an den Rand des Wahnsinns.

Er hatte keine Ahnung, wo er noch suchen sollte. Nachdem er die Umgebung mehrmals abgefahren und keine Spur von Julia gefunden hatte, war er ratlos. Dass bei ihrem Telefon nur die Mailbox antwortete, beunruhigte ihn zusätzlich. Der nächste Bahnhof war eine halbe Stunde entfernt – mit dem Auto, nicht zu Fuß. Sie wäre einen halben Tag unterwegs, um dorthin zu kommen. Mitten in der Nacht fand man in dieser Gegend schon gar keine Möglichkeit, per Anhalter weiterzukommen. Verflucht! Er musste Julia finden, schon für sein eigenes Seelenheil. Ihr durfte einfach nichts passiert sein. Um die Polizei einschalten zu können, musste sie vierundzwanzig Stunden vermisst sein. Von dieser Seite konnten sie vorerst keine Hilfe erwarten. Aber er musste etwas tun, er konnte doch nicht untätig herumsitzen. Wo steckte Julia?

Auf Danielle war Verlass. Sie hatte sich sofort ins Auto gesetzt und auf den Weg zu ihrer Freundin gemacht. Julia hatte sich vom Grundstück der Stanhopes geschlichen, nachdem sie ihre paar Habseligkeiten zusammengepackt hatte. Glücklicherweise waren weder Lucas noch Damian aufgetaucht und ihr blieben somit Erklärungen und weitere Peinlichkeiten erspart. Er hatte es die ganze Zeit gewusst! Was jedoch hatte er damit gemeint, als er sagte, *alle* wüssten Bescheid? Julia konnte und wollte sich nicht ausmalen, wie die Gäste hinter ihrem Rücken über sie lachten, weil sie bereits wussten, dass sie nicht Damians Verlobte war, sondern nur ein Niemand, den er für den Auftritt bezahlt hatte. Noch nie in ihrem ganzen Leben war sie so gedemütigt worden. Sie war erleichtert, als sie das Grundstück der Stanhopes verlassen hatte, und dann lief sie einfach bis zur nächsten Bushaltestelle, die kaum mehr als ein paar hundert Meter entfernt lag. Danielle stellte keine großen Fragen, als sie sie dort mitten in der Nacht aufsammelte. Natürlich hatte sie fast zwei Stunden von London nach Derbyshire gebraucht, aber das war Julia egal.

Als sie in London ankamen, dämmerte es bereits. Julia konnte kaum aufrecht stehen, als sie mit dem Lift in den achten Stock des Gebäudes fuhren, in dem Danielle wohnte.

„Komm rein, Darling. Willst du einen Tee?"

„Weißt du, eigentlich möchte ich nur schlafen."

Sie stand barfuß auf dem weißen Marmor, der sich herrlich kühl unter ihren Füßen anfühlte. Ihr ganzer Körper schmerzte.

„Das verstehe ich. Komm mal her ..."

Danielle drückte Julia fest an sich und strich ihr über den Rücken. Das war zu viel für sie und sie fing bitterlich an zu weinen. Julia hatte auf der Fahrt knapp erzählt, was in den letzten Wochen passiert war, aber jetzt brach plötzlich alles über ihr zusammen. Wie hatte sie nur so dumm sein können? Als ihre Tränen versiegten, ließ Danielle sie los und brachte sie ins Gästezimmer. Natürlich hatte Danielle ein Gästezimmer, nicht wie sie nur ein winziges Apartment, in dem man sich auf die Füße trat, wenn man ins Bad gehen wollte. Und ihre Freundin war mitfühlend und warmherzig, kein so kalter Klotz wie Damian, bei ihr war sie sicher und niemand würde sie verletzen. Danielle half ihr beim Ausziehen, holte einen Pyjama aus dem Schrank und legte sich zu ihr ins Bett. Julia hatte weder Zähne geputzt noch sich abgeschminkt, dafür hatte sie einfach keine Kraft mehr gehabt. Die Freundinnen hatten noch nie viele Worte gebraucht, um sich zu verstehen, und Danielle tat genau das Richtige, indem sie sich zu Julia ins Bett legte, bis sie zur Ruhe gekommen war. Dafür war Julia ihrer Freundin unendlich dankbar.

Am nächsten Morgen fand Julia eine Nachricht von Danielle auf der Theke der offenen Wohnküche. Die dunkle Küche war blitzsauber, abgesehen von ein paar Krümeln auf dem Fußboden wies nichts darauf hin, dass hier wirklich jemand lebte. Ihre Freundin hatte offenbar immer noch nicht gelernt, wie man ein Spiegelei zubereitete, geschweige denn, richtig zu kochen. Auf dem Zettel stand, dass Danielle einen wichtigen Termin habe, den sie nicht absagen könne, dass sie aber am frühen Nachmittag zurück sei. Es war erst kurz nach zwölf und Julias Flug ging erst um dreiundzwanzig Uhr, sie würden also noch ein paar Stunden miteinander verbringen können, bevor sie zurück nach Shanghai flog. Der Gedanke an Asien war momentan nicht besonders verlockend. Am liebsten wäre sie für ein paar Tage bei Danielle geblieben, um ihre Wunden zu lecken. Aber sie musste zurück, das Ticket war gebucht und ein neues wollte sie sich nicht leisten. Außerdem hatte sie nur bis morgen Urlaub. Nein, es würde nicht gehen. Daher sagte sie sich ihr Mantra auf, dass sie auch das überstehen würde, wie auch immer.

Seufzend drehte Julia den Hahn der Dusche auf und stieg hinein. Das heiße Wasser entspannte ihre verhärteten Muskeln und sie versuchte, die Erinnerungen an die letzten Wochen abzuwaschen. Natürlich gelang es ihr nicht, dennoch fühlte sie sich erfrischt, als sie in ein Badetuch gewickelt zurück ins Gästezimmer lief, um sich anzuziehen.

Ihr Blick fiel auf das Telefon, es war aus und ging auch nicht wieder an, als sie es versuchte. Der Akku war vollkommen leer und sie hatte das Ladegerät in all der Aufregung bei den Stanhopes vergessen. Es gab Schlimmeres, sie würde sich am Flughafen ein neues kaufen. Über einer Tasse Kaffee, die sie sich gemacht hatte, realisierte Julia schließlich, dass die Episode Damian nun endgültig abgeschlossen war. Es fühlte sich an, als ob ihr jemand einen Teil ihres Herzens rausgerissen hätte. Aber sie ließ nicht zu, dass das Gefühl von ihr Besitz ergriff. Es hieß, Zeit heile alle Wunden. Nun, sie würde bald merken, ob etwas Wahres daran war. Sie war stark und würde sich nicht wegen eines Mannes den Rest ihres Lebens grämen. Als Erstes würde sie sich ein spätes Frühstück zubereiten, sofern in Danielles Kühlschrank überhaupt etwas Essbares zu finden war. Mit einem vollen Bauch fühlte man sich doch immer besser.

„Julia, es wäre so schön, wenn du noch ein paar Tage bei mir bleiben könntest. Ich würde mir auch ganz viel Zeit für dich freischaufeln! Und Suzie würde dich sicher auch gerne sehen!"

Das Angebot klang verlockend, aber sie konnte nicht, sie musste zurück. Gedankenverloren rührte Julia in ihrer Kakaotasse, die auf dem Küchentresen stand. Wenn der blöde Geburtstag ihrer Mutter nicht auch noch gewesen wäre, für den sie den restlichen Jahresurlaub eingeplant hatte, dann ...

„Nein, es geht leider nicht. Richte Suzie einen ganz lieben Gruß von mir aus. Beim nächsten Mal, ja? Mach es mir nicht noch schwerer, Süße."

Wenn jemand den treuen Hundeblick wirkungsvoll einsetzen konnte, dann Danielle. Ihre grünen Augen leuchteten flehend und den mit Lipgloss geschminkten Mund verzog sie zu einer Schnute. Männer würden vermutlich alles für sie tun, wenn sie sie so anhimmelte, aber bei Julia versagte sie. Ihr Leben war schon chaotisch genug, sie wollte es sich nicht auch noch mit ihrem Chef verscherzen.

„Na gut. Offenbar bist du immun gegen meinen unwiderstehlichen Charme." Danielle konnte nie lange böse sein. „Dann erkläre ich dir wenigstens noch die neuesten Entwicklungen zu *Every Life Matters*, du erinnerst dich? Meine eigene Wohltätigkeitsorganisation mit ausgewählten Projekten für Kinder in Asien?"

Innerlich stöhnte Julia auf, ließ sich aber nichts anmerken und spielte mit einer pinken Tic-Tac-Packung, deren erdbeerigen Inhalt sie in den letzten fünfzehn Minuten vernichtet hatte. Danielle hatte ständig neue Ideen. Hauptsächlich drehte es sich um Hilfsprojekte für Kinder, bevorzugt in Asien, wie auch das letzte, für das Julia zu der Hongkonger Wohltätigkeitsveranstaltung gefahren war, bei der sie Damian kennengelernt hatte. Sie würde sich nicht noch einmal von Danielle einspannen lassen. Aber weil es eine Herzensangelegenheit ihrer Freundin war, hörte sie sich die Ideen geduldig an. Da Danielles Vater ein großes, traditionsreiches Handelsunternehmen innehatte, war Danielle bereits als Kind oft in Hongkong und im alten China gewesen. Dort wurde sie Zeugin, wie ein Kind brutal überfahren und ohne Hilfe durch die Umstehenden gestorben war. Sie hatte den Fahrer gebeten, anzuhalten, aber der hatte sich an die Anweisung, sie zu ihren Eltern zu bringen, gehalten. Dieses Erlebnis hatte Danielle so mitgenommen, dass sie es sich auf die Fahne geschrieben hatte, vor allem Kindern zu helfen. Und Hilfe war immer nötig, egal, wo man hinkam. Es gab einfach zu viele hilflose kleine Menschen auf der Erde, die hungern mussten, Krankheiten hatten, die man nur mit teuren Behandlungen lindern oder heilen konnte, die sich die armen Eltern nicht leisten konnten. Danielle suchte eine Datei auf ihrem Computer und war kaum zu bremsen.

Nachdem sie ihr die kompletten fünfundachtzig Seiten der Präsentation im Detail erklärt hatte, blickte sie Julia erwartungsvoll an.

„Was sagst du?"

„Es ist wirklich eine ganz tolle Idee, Operationen und Behandlungen für kranke Kinder in Asien zu finanzieren! Teures Equipment wird ganz bestimmt in vielen Krankenhäusern gebraucht."

„Und?"

„Was, und?"

„Na, ich meine, hättest du nicht Lust, mit einzusteigen?"

„Ähm. Ja. Ich werde es mir überlegen. Aber du weißt doch, wie wenig Zeit mir neben dem Job im Hotel bleibt. Sollte man sich da nicht voll reinhängen, dass es auch wirklich etwas bringt? Außerdem, wäre es nicht sinnvoll, mit jemandem zusammenzuarbeiten, der etwas einflussreicher ist als ich? Ich meine, Celebritys öffnen doch viel einfacher Türen, als ich es je könnte!"

Puh. Julia war erleichtert, dass ihr diese Idee gekommen war. Danielle versuchte andauernd, Julia für ihre Wohltätigkeitszwecke einzuspannen, ihrer Freundin war auch nach all den Jahren noch nicht klar, dass Julia für diese Art der Öffentlichkeitsarbeit einfach nicht geschaffen war.

„Das ist ein guter Punkt! Ich werde darüber nachdenken."
Danielle klappte das Notebook zu und umarmte Julia.

„Was würde ich nur ohne dich machen! Warum musst du auch so weit weg wohnen. Versprich mir, dass wir uns bald wiedersehen, ja?"

„Wenn du das neue Projekt in Angriff nimmst, bist du doch sicher wieder mehr in China, oder?"

„Ja, das stimmt. Obwohl mein Vater natürlich gerne hätte, dass ich mich hier in London mehr ins Geschäft einbringe. Meine Eltern werden es wohl nie verstehen."

Danielle seufzte und legte das Kinn in ihre Hände. Lange hatte sie versucht, ihre Eltern davon zu überzeugen, dass sie die geborene Kinderärztin wäre. Aber da sie ein Einzelkind war, brauchten sie einen Nachfolger für die Firma.

„Ach, meine liebe Weltretterin. Weißt du was? Am einfachsten wäre es, du suchst dir einen geschäftstüchtigen Mann, dann kann der sich um den Laden kümmern."

Julia kicherte bei dem Gedanken daran. Sie kannte die Fanes und konnte sich beim besten Willen nicht vorstellen, dass sie irgendeinen Schwiegersohn für ihre Prinzessin willkommen heißen würden, egal, wie perfekt er auch wäre. Danielle wurde besser behütet als ein Augapfel, und genau das hatte ihre Tochter schon immer gehasst.

Danielle verdrehte die Augen. „Ja, echt jetzt. Gute Idee. Sag das mal den Männern! Ich hab einfach kein Glück und treffe nur Holzköpfe. Hmpf."

„Was war denn mit deinem letzten, äh, Date?"

„Vergiss es. Ging gar nicht. Und dabei ist er *genau* der Typ, den meine Eltern für mich wollen."

„Schade."

„Ja, wirklich. Schade ist 'ne glatte Untertreibung. Es ist zum Verrücktwerden! Langsam habe ich es satt, mich ständig selbst um meine sexuelle Befriedigung kümmern zu müssen."

„Du bist echt ein böses Mädchen, Danielle. Ich werd gleich rot. Bitte erspar mir die Details deines Plastikliebhabers!"

„Du Spinnerin!"

„Selber."

Danielle kniff Julia in den Arm und lachte schallend. Es war ein schönes Gefühl, mit der alten Vertrautheit auf dem Sofa rumzualbern. Leider würde sie bald zum Flughafen nach Heathrow losmüssen. Eingecheckt hatte sie bereits online, dann ging es schneller. Den Koffer konnte sie beim Drop-off-Schalter abgeben und dann entspannt durch die Sicherheitskontrolle gehen, ohne Zeit in der Warteschlange am Check-in zu verlieren. Ab dann war sie wieder auf sich alleine gestellt. Julia machte sich keine Sorgen, dass sie Damian in Shanghai über den Weg laufen könnte.

Die Stadt war viel zu groß und sie bewegten sich zudem in völlig unterschiedlichen Kreisen. Wenn er nicht komplett hirnverbrannt war, würde er sie auch nicht noch einmal im Hotel aufsuchen. Sie glaubte nicht, dass er nach dem Sommerball das Bedürfnis hatte, sie überhaupt noch mal zu treffen, die Nummer mit der Verlobten hatte sich ja wohl gründlich erledigt. Julia hatte keine Ahnung, ob sich so was wie ein Verlobungsbetrug bis nach Asien herumsprechen konnte, allerdings hatten mit Sicherheit einige der Gäste auch geschäftliche Beziehungen nach China, so wie die Stanhopes oder die Fanes. Die Welt war, was das betraf, kleiner, als man dachte. Sie schüttelte den Gedanken ab, denn es sollte ihr wirklich egal sein, was die High Society über sie dachte. Das war ausnahmsweise mal nicht ihre Baustelle – und Damian ... konnte ihr gestohlen bleiben. Energisch öffnete Julia die Zellophanhülle einer neuen kleinen Tic-Tac-Dose und schüttete sich ein paar Bonbons auf die Handfläche. Der klassische Minzgeschmack breitete sich tröstend im ganzen Mund aus.

„Boah, du isst das Zeug immer noch? Hast du nach all den Jahren Tic-Tac-Abhängigkeit nicht den ganzen Mund voller Karies?"

„Sei nicht so fies zu mir! Ich leide gerade!"

„Na gut. Aber du solltest wirklich aufhören mit dieser Zuckerdroge!"

Schließlich brachen sie auf, Danielle begleitete Julia mit nach Heathrow. Der Abschied vor der Security-Line war kurz, wenn auch nicht ganz schmerzlos, Tränen flossen bei beiden. Danielle hatte das Terminal bereits verlassen, als Julia noch damit beschäftigt war, sich die Nase lautstark zu schnäuzen. Mit einem Mal packte sie jemand unsanft an der Schulter.

Was sollte das?

Als sie sich umdrehte, blieb ihr das Tic Tac im Hals stecken und sie bekam einen Hustenanfall. Was wollte *er* denn hier?

Damian war ein massiver Felsen vom Herzen geplumpst, als er die Nachricht gesehen hatte, dass Julia sich für den von Jan gebuchten Flug eingecheckt hatte. Er hatte sich sofort auf den Weg nach Heathrow gemacht, um sich selbst davon zu überzeugen, dass es ihr wirklich gut ging. Bereits während der zweistündigen Fahrt war seine Erleichterung einem wachsenden Grollen gewichen, das sich innerhalb kürzester Zeit zu einem Orkan entwickelt hatte. Was hatte sie sich nur dabei gedacht, einfach mitten in der Nacht spurlos zu verschwinden? Und seine ganze Familie in schlimme Besorgnis zu stürzen!

Seine Mutter war nahe an einem Nervenzusammenbruch gewesen beim Gedanken, dass Julia etwas passiert sein könnte. Er selbst war drauf und dran gewesen, die Pathologien der umliegenden Krankenhäuser nach ihr zu durchforsten. Als er sie gesund und munter im Terminal sah, wie sie sich von einer anderen Frau verabschiedete, nahm er nichts mehr wahr außer ihrer Unversehrtheit und das kurze Lachen, als die beiden sich trennten. Julia erwies sich als kerngesund und vergnügt, während er umkam vor Sorgen! Als ihre Freundin um die Ecke gebogen war, ging er schnurstracks auf sie zu. Damian wollte nicht grob sein, aber er hatte sich nur mit Mühe unter Kontrolle. Das wurde langsam, aber sicher zu einem beängstigenden Dauerzustand.

Julia riss die Augen weit auf, als sie ihn erkannte. Natürlich hatte sie nicht mit ihm gerechnet.

„Was hast du dir dabei gedacht, einfach mitten in der Nacht abzuhauen?", zischte Damian so leise wie möglich.

„Bist du verrückt? Lass mich los!"

Julia wand sich aus Damians eisenhartem Griff und trat einen Schritt zur Seite.

„Entschuldige, ich wollte dir nicht wehtun."

Das klang zweideutiger, als er beabsichtigt hatte. Julia legte ihren Kopf zur Seite und trappelte ungeduldig mit ihren schwarzen Ballerinas auf den glänzenden Steinboden.

„Was willst du hier, Damian?", fragte sie gereizt.

Er war sich nicht sicher, was er von ihr wollte. Eigentlich hatte er sich nur vergewissern wollen, dass es ihr wirklich gut ging. Er hatte nicht vorgehabt, sie so anzufahren. Aber offenbar war er, was Julia betraf, nicht Herr seiner selbst.

„Wir haben uns Sorgen gemacht."

„Ach, wirklich? Was soll das jetzt? Erspar mir das Gesülze!" Ihre Stimme klang eisig und ihre Augen sprühten Funken.

„Dir hätte sonst was passieren können!"

„Was interessiert dich das? Außerdem bin ich erwachsen. Im Gegensatz zu dir. Und was unseren Deal betrifft, den sehe ich hiermit als beendet. Das habe ich sogar schriftlich, also verpiss dich!"

Sie hatte recht. Trotzdem spürte er das Bedürfnis, sie zu umarmen, an ihrem weichen Haar zu riechen und ihr über den Rücken zu streichen und ihre Wärme zu spüren. Aber das konnte nicht sein, und er würde ihr mehr Respekt entgegenbringen, als er es zuletzt geschafft hatte. Damian straffte seine Schultern und hob seinen Blick, um sie anzusehen. Ihre blauen Augen blickten ihn mit einer Mischung aus Wut und Traurigkeit an, sie wirkte ein wenig verwirrt, aber er täuschte sich bestimmt. Sein Herz klopfte schneller, sie war so nah, er müsste nur seine Hand ausstrecken, um über ihre Wange zu streichen. Er unterdrückte den Impuls und räusperte sich.

„Ja, natürlich. Ich wünsche dir eine angenehme Reise. Und, Julia – es tut mir wirklich sehr leid. Ich wollte nicht im Gerinsgten, dass das passiert."

Julia schluckte. Sie sah aus, als würde sie gleich weinen. Verdammt. Wenn sie weinen würde, war es um seine Beherrschung endgültig geschehen.

„Gut. Dann war es das jetzt wohl?"

Ihre Stimme klang dünn.

Damian nickte, er wollte gerade auf sie zugehen, als sie einen weiteren Schritt zurückwich. Sie hob die Hand, als wollte sie ihn abwehren.

„Nicht. Ich kann das nicht, Damian. Es tut mir auch leid. Alles. Ich war einfach die Falsche für den Job."

Er musste schlucken, denn er wusste, sie war genau die Richtige. Deswegen war es so kompliziert geworden. Aber er musste sie gehen lassen. Es war besser für sie, er war nicht der Mann, den er sich für sie wünschte.

„Okay. Dann. Ja, ich wünsche dir alles Gute."

Damian streckte ihr seine Hand entgegen, die sie ergriff. Sie war warm und weich. Er fühlte sich wie ein Idiot, als er ihr, nach allem was passiert war, die Hand hinreichte, als würde er einen Geschäftspartner verabschieden.

„Na, also. Ich muss dann mal los." Sie drehte sich halb zur Seite und zeigte mit dem Daumen über ihre Schulter in Richtung Sicherheitskontrolle. „Sonst verpasse ich noch meinen Flug."

„Danke für alles, Julia. Es tut mir wirklich mehr als leid, was passiert ist."

Er fühlte sich hundeelend und hoffte, sie würde nicht bemerken, wie verwirrt er war.

„Ich wünschte, ich könnte sagen, es ist okay, aber ich kann es nicht. Tut mir leid, Damian."

Damit drehte sie sich um und lief in den Bereich, den man nur noch mit Bordkarte betreten durfte. Damian konnte den Blick nicht von ihr wenden, er wollte eigentlich gehen, aber seine Beine waren wie festgemauert. Als sie ihren Rucksack in eine der grauen Plastikschalen legte, trafen sich ihre Blicke. Er konnte auch aus der Entfernung erkennen, dass sie weinte.

Verdammt, Julia!

Hilflos wandte sich Damian ab und verließ das Flughafenterminal fluchtartig.

Der Rückflug war trotz der Annehmlichkeiten der Businessclass lang und freudlos. Julia hatte nur eins im Kopf: Damian. Damian und sein unvorhersehbares Verhalten. Erst war er sauer gewesen, aber als sie sich zum Gehen gewandt hatte, hatte sie etwas anderes in seinen Augen gesehen. Sie hatte begriffen, dass ihm wirklich etwas an ihr lag. Es war dumm von ihr gewesen, keine Nachricht zu hinterlassen, als sie das Schloss verließ. Aber in dieser Nacht hatte sie kaum einen klaren Gedanken fassen können, sie hatte schlicht und ergreifend nicht daran gedacht. Im ersten Moment war sie zu überrumpelt gewesen, um zu begreifen, warum Damian wütend am Terminal aufgetaucht war, aber jetzt hatte es klick gemacht. Nur leider – war es zu spät.

Julia fühlte sich zu verletzt, zu gedemütigt, als dass sie einen Schritt auf ihn hätte zugehen können. Mittlerweile waren ihre Tränen versiegt, aber ihre Augen brannten und ihr Bauch fühlte sich an, wie durch den Wolf gedreht. Manchmal war Liebe nicht genug. Damit würde sie klarkommen müssen. Im Moment fehlte ihr die Kraft dazu und sie musste versuchen, irgendwie ihr seelisches Gleichgewicht so weit wiederherzustellen, dass sie ihren Alltag bewältigen konnte. Es sollte nicht sein, und wenn sie ganz ehrlich zu sich selbst war, wusste sie das seit der ersten Begegnung. Schon den kleinen Funken Hoffnung – den es natürlich gegeben hatte – zuzulassen, war dumm gewesen. Jetzt würde sie Monate brauchen, um damit fertigzuwerden, vielleicht würde sie sich nie wieder richtig verlieben können. Einem Mann wie Damian nahezukommen, das war so einmalig und besonders, würde ihr kaum noch mal passieren. Damian war einfach perfekt, als wäre sein Körper das passende Gegenstück zu ihrem. An dieser Stelle angelangt, wurde ihr Schmerz so groß, dass Julia die Tränen heruntschluckte und sich zwang, mit dem Weinen aufzuhören.

Sie ließ sich tiefer in den dunkelgrauen Ledersitz sinken und schloss die Augen. Prompt hatte sie Damians Gesicht vor sich. David Grays Stimme aus dem iPhone rundete die melancholische Stimmung ab. Julia ließ es zu. Dieser Flug würde die notwendige Distanz zwischen sie und Damian und allem, was geschehen war, bringen. Es würde ihr bestimmt bald besser gehen, wenn sie wieder in ihrem Alltag angekommen war und nicht so viel Zeit hatte, an ihn zu denken. Er war kein Teil ihres Lebens und dabei würde es auch bleiben.

Glücklicherweise gelang es ihr, ein paar Stunden wegzudämmern. Mit der Landung in Shanghai war die Schonzeit vorbei. Die Arbeit rief. Immer wenn sie in den kommenden Tagen entnervt oder überlastet war, rief sich Julia ins Gedächtnis, dass jegliche Ablenkung willkommen war. Schon die Vorstellung, alleine in ihrem Apartment in Shanghai zu sitzen, löste leichte Panik in ihr aus. Keine weiteren Gedanken an Damian, die Familie Stanhope und, am allerschlimmsten, ihre und vielleicht seine möglicherweise vorhandenen Gefühle, und wenn sie vor Müdigkeit umkippte, umso besser. Vielleicht sprang ja eine Gehaltserhöhung dabei heraus.

Damian fuhr nicht nach Ragley Manor zurück, sondern buchte sich in einem Hotel in London ein. Es würde ihm guttun, einige Tage im Londoner Büro nach dem Rechten zu sehen. Das würde ihn auf andere Gedanken bringen, jetzt wo das Kapitel Julia endlich beendet war. Seine Familie hatte er informiert, dass er sie gefunden hatte und dass alles bestens war. Er bat Charlotte, sein Gepäck in die Hauptstadt bringen zu lassen, damit er sich wenigstens darüber keine Gedanken machen brauchte.

Den nächsten Tag würde er mit Sitzungen und Terminen vollpacken. Es tat gut, wieder in den Alltag zurückzukehren und sich um das zu kümmern, wovon er wirklich etwas verstand. Julia war sicher bereits in Shanghai gelandet und ebenfalls zurück in ihrem Leben.

Gegen zehn am Abend verließ er das Büro, es war bereits dunkel, aber die Nacht war für Londoner Verhältnisse ungewöhnlich lau und schwül. Auf seiner Haut bildete sich ein kleiner Schweißfilm, sodass er die Krawatte lockerte und kurz stehen blieb, während er nach einem Taxi Ausschau hielt.

Plötzlich trat ein Schatten aus der Hauswand hervor. Damian erschrak, versuchte aber, sich nichts anmerken zu lassen. Der dunkel gekleidete Mann war groß und hager. Ihm blieb das Herz beinahe stehen, als er erkannte, dass sein leiblicher Vater vor ihm stand. Er war alt geworden – und dünn. Seine Haut war fahl und in seinen Augen lag ein merkwürdiger Glanz. Eine Gänsehaut kroch an Damians Rücken hoch.

„Damian!"

„Woher wusstest du, dass ich hier bin? Was willst du hier?"

„Glaubst du wirklich, ich bin ein solcher Idiot?" Die Stimme seines Vaters klang rau, sein Gesicht war eingefallen und obwohl es nicht sehr hell beleuchtet war, konnte Damian den Gelbstich in seinen Augen erkennen. „Dein feiner Mr. King verfolgt mich doch schon seit Wochen, es war nicht schwer, die Verbindung herauszubekommen."

„Wenn du Geld willst, spar es dir. Es ist zwecklos."

„Damian, sieh dich doch an. Sieh mich an. Ich bin dein Vater. Ich bin krank. Ich werde nicht mehr lange leben."

„Das hast du dir selbst zuzuschreiben. Wer jahrelang säuft und raucht, muss sich am Ende nicht mehr wundern."

„Bitte, Damian, ich wollte dich nur wiedersehen." Er hielt Damian am Arm fest.

Damian schüttelte die Hand seines Vaters ab. „Lass mich in Ruhe. Von mir bekommst du nichts, du hast mein Leben zerstört." Damit ging er davon.

„Warte, lass mich hier nicht so stehen!"

Damian drehte sich noch einmal um und sagte kühl: „Ich sage es dir zum letzten Mal: Lass mich in Ruhe, ansonsten besorge ich mir eine einstweilige Verfügung gegen dich. Da du vorbestraft bist, sollte das nicht so schwer sein. Meine Mutter ist tot, meine Schwester leidet immer noch deinetwegen. Ich hasse dich und ich will dich nie wieder sehen. Kapier das endlich!"

Dann ging er mit schnellen Schritten um die Ecke und hoffte, dass er den Mann damit endgültig zum letzten Mal gesehen hatte. Als er im Taxi saß, wählte er die Nummer seines Privatdetektives.

„Wer bezahlt Sie eigentlich?!", herrschte Damian King an, als dieser sich meldete.

„Mr. Stanhope, was kann ich für Sie tun?"

„Sie haben meinem Vater gesagt, wo er mich finden kann?"

„Ja, das habe ich. Meine Nachforschungen haben ergeben, dass er ernsthaft erkrankt ist, und er wollte eine letzte Chance, um Sie noch einmal zu sehen und …"

„Das haben Sie ihm abgenommen? Er würde alles sagen, um an Geld zu kommen."

„Es ist dieses Mal wirklich die Wahrheit, er hat mir die Bilder der Computertomografie gezeigt."

Damian brauchte einen Moment. Der Mistkerl würde also wirklich sterben.

„Wie dem auch sei. Machen Sie das nicht noch einmal."

Dann legte er auf und fuhr sich durch die Haare. Er hatte nicht damit gerechnet, seinem Erzeuger noch einmal zu begegnen. Aber das alles änderte nichts – er war und blieb ein widerlicher Dreckskerl.

Am Ende der Woche war Damian auf dem Weg zurück nach Shanghai und ließ mit einem Blick über die Wolken unter sich die Gedanken schweifen. Es war viel passiert, vielleicht zu viel. Seinem Vater auf der Straße zu begegnen, war ein Schock gewesen, er hatte schlecht ausgesehen. Der jahrelange

Alkoholmissbrauch hatte ihn schwer gezeichnet. Aber nichts konnte rückgängig machen, dass er seine Familie zerstört hatte, Mitleid hatte er nicht verdient. Viele liebe Menschen hatten seinetwegen leiden müssen, nicht mal sein Tod konnte das wiedergutmachen.

Auf der Fahrt zu seiner Wohnung telefonierte er mit Lucas und berichtete ihm knapp von der Begegnung. Sie hatten sich seit dem Sommerfest nicht mehr gesprochen und er war immer noch reichlich wütend auf seinen Bruder, wollte ihm aber diese Neuigkeit nicht verschweigen. Lucas ging sofort ran. Seine Stimme verriet Überraschung, Damian überging aber ihre persönlichen Differenzen. Als er die Neuigkeit erzählt hatte, regte sich Lucas furchtbar auf, war aber in seiner Meinung ganz klar: Er wolle nichts mit dem Mann zu tun haben. Egal, wie es um ihren Vater stand. Immerhin hier waren sie einer Meinung, dachte Damian grimmig, als er auflegte.

Kapitel 17

Shanghai

Damian seufzte und stützte seinen Kopf in beide Hände. Er saß in seinem Shanghaier Büro und versuchte seit geraumer Zeit vergeblich, das Monatsergebnis zu analysieren, aber die Zahlen verschwammen vor seinen Augen und ständig erschien Julia in seinem Kopf. Es war wie verhext. Er hatte gehofft, dass die Erinnerungen an sie mit der Zeit etwas verblassen würden, dass er irgendwann einfach weitermachen konnte wie früher. Aber auch nach einigen Wochen konnte er sich nur schwer auf sein altes Leben konzentrieren.

„Damian, was ist los?"

Jan war in das Büro gekommen und er hatte es nicht einmal bemerkt. Damian hatte Jan vergeben, dass er ihn hintergangen hatte. Sein Freund hatte ihm mehrmals beteuert, dass er ihm wirklich nur helfen wollte, weil er dachte, Julia wäre gut für ihn. Damian brauchte ihn an seiner Seite, er wollte ihn nicht auch noch verlieren.

„Nichts", antwortete er kraftlos. Es beunruhigte ihn, wie schlecht es ihm in letzter Zeit gelang, die eiserne Maske aufrechtzuerhalten. Er beneidete Jan und bewunderte ihn jeden Tag dafür, wie gut er nach dem Hochzeitsdesaster den starken Mann gespielt hatte. Sein Freund setzte sich zögernd auf den betagten Mahagonistuhl, der vor Damians Schreibtisch stand.

„Ich kann das nicht länger mit ansehen. Du bist mein bester Freund, du bist wie ein Bruder für mich. Es geht so nicht weiter, Damian."

„Was meinst du?"

„Verdammt, Damian. Dass du so stur sein musst! Wann hast du das letzte Mal warm gegessen?" Jan klang aufgebracht und er blickte Damian herausfordernd in die Augen. Dieser wandte den Blick ab und ließ ihn zum Fenster schweifen.

Er konnte sich nicht daran erinnern. Seit Julia fortgelaufen war, lebte er nur noch mechanisch. Er stand auf, duschte, ging zur Arbeit, erledigte seine Aufgaben, so gut es ihm möglich war, blieb bis spät abends im Büro. Aber für alles andere hatte er keine Kraft. Daher zuckte er nur mit den Schultern und lehnte sich zurück in den großen Chefsessel.

„Wie kann ich dich nur zur Vernunft bringen, Damian? Du machst dich kaputt! Du bist nur noch ein Schatten deiner selbst!"

Damian wusste, dass er so nicht weitermachen konnte, aber er hatte keine Ahnung, wie er etwas verändern sollte, wenn das eine, was helfen würde, nicht möglich war. Er hatte es nicht geschafft, Julia fernzubleiben, aber er hatte immer dafür gesorgt, dass er unbemerkt blieb. Er sah sie oft, wenn sie das Haus verließ und zur Arbeit fuhr. Sie war dünn geworden und sah blass aus, als er sie heute Vormittag gestalkt hatte. Er musste damit aufhören, aber er konnte es nicht.

„Irgendwann wird es besser. Ist doch immer so, oder?"

Jan seufzte.

„Da liegst du falsch, mein Freund. Wenn es helfen würde, würde ich dich schütteln. Bitte, lass dir helfen."

„Ich brauche keine Hilfe, und jetzt lass mich endlich in Ruhe arbeiten."

Jan stand glücklicherweise wortlos auf, er schob lediglich den Mahagonistuhl energischer zurück, als nötig gewesen wäre, und verschwand aus dem Büro.

„Wir müssen etwas tun! So geht es nicht weiter mit ihm! Irgendwann reißt mir die Geduld und ich prügele mich mit ihm, nur um für ein paar Minuten dieses Elend aus seinem Gesicht zu vertreiben!"

Lucas schmiss sein iPhone auf den Tisch, seufzte und verschränkte die Hände hinter dem Kopf. „Mit mir redet er ja überhaupt nur noch, wenn er gezwungen ist. Aber wenn ich es mir recht überlege – mein Büro wollte ich dir tatsächlich nicht überlassen."

Jan unterbrach seinen Gang durch Lucas' Büro und hob den Kopf. „Daran habe ich gar nicht mehr gedacht. Ich muss von Sinnen sein. Andererseits: Plattensammlung oder bester Freund – keine Frage."

„Büro und einen Bruder zum Feind – oder Plattensammlung", griff Lucas den Scherz auf. „Aber wenn alles gut geht und unser Romeo zur Besinnung kommt, ohne dass alle am Ende tot sind, redet er vielleicht auch wieder mit mir *und* ich habe deine Platten. Dafür lohnt sich die Anstrengung ja fast schon wieder. Also, was schlägst du vor, Winkeladvokat?"

„Damian hat dir doch längst verziehen, er kann nur nicht so einfach über seinen Schatten springen. Du kennst den alten Dickschädel doch auch nur zu gut, ist ja im Pronzip der gleiche wie deiner!"

Lucas zog eine Fratze, sagte aber nichts. Jan setzte seinen Gang fort und überlegte angestrengt. „Es ist klar, dass Julia der Grund für seinen Zustand ist. Wir wissen, warum er unglücklich ist. Das Problem ist, dass er denkt, dass er nicht gut genug für sie ist. Ich habe keine Ahnung, wie wir das aus seinem Kopf kriegen."

„Ich glaube, an meinem Bruderherz haben sich schon ganz andere die Zähne ausgebissen, nicht zuletzt unsere geliebte Adoptivmutter. An ihn kommen wir nicht ran. Vielleicht sollten wir mit Julia reden?"

Jans Miene hellte sich auf. „Das ist eine gute Idee! Wenn der Prophet nicht zum Berg kommt, oder wie war das?"

Lucas schaute durch Jan hindurch und nahm die Arme runter. Für einige Momente starrte er mit leerem Blick auf die Notebooktastatur vor sich. Dann huschte ein spitzbübischer Ausdruck über sein Gesicht und er lachte. „Wie wäre es, wenn unser Romeo 500 Jahre nach Shakespeare eine kleine Plotänderung erlebte?"

„Kommt drauf an – willst du Julia scheinsterben lassen? Ich trau ihm zu, den ursprünglichen Plot noch mal aufzulegen."

„O nein, viel raffinierter. Oder einfacher ..."

Eine halbe Stunde später grinsten sie sich zufrieden an. Jan ließ einen bedauernden Blick über das Büro und aus dem Fenster schweifen, sagte jedoch nichts weiter als: „Bleibt nur zu hoffen, dass Julia immer noch etwas von Damian will."

Lucas, dem Jans Blick nicht entgangen war, lachte sich ins Fäustchen. „Guter Verlierer, Herr Anwalt. Ja, aber da bin ich mir ziemlich sicher – unsere Julia ist ganz auf meiner Seite."

Es kam nicht oft vor, dass Julia in die Bar gebeten wurde, weil jemand nach dem Manager verlangte. Sie dachte flüchtig an die Szene mit der sturzbetrunkenen Chinesin vor einigen Wochen, die sich übergeben hatte, als Damian und Jan … ärgerlich wischte sie die Erinnerung fort. Ihr Chef war auf einer Dienstreise, also war es ihre Aufgabe, mit der Person zu sprechen. Vermutlich handelte es sich nur um eine Beschwerde, sie bereitete sich mental auf Ärger vor. Als sie in der Bar eintraf, setzte ihr Herz einen Schlag aus. Im ersten Moment dachte sie, Damian säße auf dem Ledersofa in der Ecke, aber es war Lucas. Die Bedienung wies eindeutig in seine Richtung, er hatte sie rufen lassen. Was wollte er hier? War Damian etwas zugestoßen?

Ihre Hände waren feucht vor Aufregung, als sie am Tisch angelangte. Lucas stand lächelnd auf und küsste sie auf die Wange. Ganz entspannt, wie alte Vertraute.

„Hallo, Julia. Schön, dich zu sehen!"

Julias Verunsicherung wuchs; was wollte er nur von ihr?

„Hey, Lucas. Gleichfalls."

„Setz dich doch bitte. Möchtest du etwas trinken?"

„Lieber nicht. Ich arbeite ja noch. Also, wenn du dich nicht gerade beschweren willst, dann …"

„Komm schon, Julia, ich kann auch so tun, als wäre ich ein Kunde, der sich über den miesen Service hier auskotzen will." Lucas zwinkerte ihr zu und seine weißen Zähne kamen zum Vorschein, als er sie verschmitzt angrinste.

„Schon gut, also, dann nehme ich einen Ipanema."

„Siehst du, es geht doch."

Sie hielt es keine Minute länger aus und es schoss aus ihr heraus: „Warum bist du hier?"

„Es geht um Damian."

Julias Herz schlug bis zum Hals. Was war mit ihm?

„Ich brauche deine Hilfe. Es geht ihm nicht gut."

„Was ist los? Hatte er einen Unfall?"

Lucas grinste noch etwas breiter. Also konnte es nicht so schlimm sein.

„So in etwa, ich würde aber eher von einer schweren organischen Erkrankung sprechen, die nur mit einer gezielten, öhm, Operation geheilt werden kann."

„Ich verstehe nicht ..."

Sie legte den Kopf schief und kniff die Augen ein wenig zusammen.

„Damian liebt eine gewisse Julia." Lucas machte eine Kunstpause, Julia hielt die Luft an. „Er quält sich, wenn mich nicht alles täuscht, seit er dich das erste Mal getroffen hat, weil er denkt, er wäre nicht gut genug für dich."

„Was? Er denkt, er wäre nicht gut genug ...?"

Ihr Herz hämmerte in ihrer Brust.

„Es ist eine lange Geschichte, Julia. Ich weiß nicht, was genau du über unsere Familie, unsere Vergangenheit und unsere leiblichen Eltern weißt, aber es hat damit zu tun."

Sie war immer noch nicht wieder fähig, sich vernünftig zu artikulieren, daher nickte sie nur, um Lucas zu zeigen, dass er fortfahren sollte. Das musste ein Scherz sein!

„Es ist so, unser leiblicher Vater war ein Kinderschänder und gleichzeitig ein Alkoholiker. Dann wurde unsere Mutter krank, unheilbar krank. Sie ist innerhalb weniger Wochen an Bauchspeicheldrüsenkrebs gestorben. Dann haben uns Charlotte und George aufgenommen, uns aus dem Elend geholt und liebevoll aufgezogen, als wären wir ihre Kinder und nicht nur Nichte und Neffen. Aber Tamara, unsere ältere Schwester, hat all das nie verkraftet und uns am Ende verlassen, um ein zurückgezogenes Leben ohne uns zu führen. Damian ist bisher nur verlassen worden. Deshalb denkt er, um es küchenpsychologisch knapp zu halten, es sei besser, alleine zu bleiben, kein Risiko mehr einzugehen. Er macht es aus Selbstschutz, wahrscheinlich hat er Angst, dass er einen weiteren Verlust nicht verkraften würde."

Julia schluckte.

„Damian glaubt, dass er wie unser Vater ist, weil wir ihm sehr ähnlich sehen. Aber in Damian steckt nichts von ihm, Charlotte hat sogar psychologische Tests mit ihm gemacht."

„Wie kann er nur denken, er wäre wie sein Vater? Doch nicht Damian!"

„Dass Tamara uns nicht mehr sehen will, hat ihm irgendwie das Genick gebrochen. Er macht sich Vorwürfe, dass er ihr mehr hätte zur Seite stehen müssen, aber wir waren selbst noch Kinder."

Lucas sah mit einem Mal sehr traurig aus. Julia legte eine Hand auf seinen Arm, um ihn zu trösten.

„Natürlich könnt ihr nichts dafür! Wie um alles in der Welt kann er das nur denken?"

„So ist er eben. Es war keine einfache Kindheit, Julia."

„Das glaube ich, es muss grauenhaft gewesen sein!" Die Geschichte zerriss Julia fast das Herz. „Es tut mir leid, Lucas. Was für eine fürchterliche Last! Hat euer Vater euch auch …?"

Lucas blaugraue Augen waren ernst. Er schüttelte mit dem Kopf.

„Nein, das hat er nicht. Wir hatten Glück, weil wir Jungen waren."

Julia wusste nicht, was sie sagen sollte, und nickte verständnisvoll. Für einige Momente herrschte Schweigen. Schließlich atmete Lucas hörbar durch und wandte sich ihr zu. „Julia, ich will zum Punkt kommen. Bevor ich weiterrede, muss ich wissen, liebst du Damian?"

Sie schluckte.

„Das ist aber eine sehr persönliche Frage."

„Ja, ist es, aber ich will es wissen, weil mein Bruder leidet. Er isst nicht, wahrscheinlich schläft er auch nicht, er ist eine wandelnde Leiche. So habe ich ihn lange nicht gesehen und so wollte ich ihn auch nie wieder sehen. Und weil er so dumm ist zu glauben, dass er nicht mit dir zusammen sein kann, weil ihr am Ende beide unglücklich sein würdet, schreite ich ein. Eineiige Zwillinge haben einen besonderen Draht, ich weiß, was er denkt und fühlt – in etwa: ‚Du verdienst einen besseren Mann, der nicht so viel Seelenmüll wie er mit sich herumschleppt' und so weiter."

„Das ist ja total hirnverbrannt!"

Hoffnung flackerte in Julia auf. Vielleicht hatte sie sich nicht getäuscht und er hatte in der Nacht wirklich das Gleiche empfunden wie sie.

„Es ist so. Es macht echt keinen Spaß, seinen Zustand mit anzusehen. Ich kann ihn nicht auch noch verlieren."

Lucas war sicher nicht zu ihr gekommen, um zu lügen. Aber hatte er recht? Julias Kehle war staubtrocken.

„Was kann ich denn tun, er ist so verschlossen. Mit mir würde er doch niemals darüber reden!"

„Wenn du ihn nicht liebst, dann kannst du nichts für ihn tun. Wenn doch, dann lassen wir uns etwas einfallen."

„Ja, ich liebe ihn", seufzte Julia. „Ich hab's mir selbst nicht eingestehen wollen ... Aber ich mochte ihn vom ersten Augenblick an. Und – ich dachte auch, dass er viel zu gut für mich ist."

Lucas schlug sich mit der Hand an den Kopf.

„Mein Gott, ihr beide habt euch wirklich verdient!"

„Hey, was soll das denn jetzt heißen?" Julia boxte Lucas erleichtert in die Seite.

Damian liebte sie! Sie konnte es immer noch nicht glauben.

„Es wird nicht einfach, das ist dir doch klar?"

Julia stöhnte laut auf.

„Dass Damian eine harte Nuss ist, war mir von Anfang an bewusst!"

„Dann ist es ja gut! Bist du dir auch wirklich sicher?"

„Oh, Lucas! Du kannst mir glauben. Die letzten Wochen, ach, was sage ich, seit ich Damian kenne, bin ich nicht mehr ich selbst! Ohne Damian zu sein, ist, als hätte man mein Herz durch eine Pumpe ersetzt, die zwar mein Blut durch meinen Kreislauf befördert, aber jegliches Gefühl fehlt!"

Lucas riss Julia in seine Arme und drückte sie fest an sich.

„Ich bin so froh", murmelte er. „Ich weiß, dass es Damian genauso geht wie dir! Aber jetzt lass uns überlegen, wie wir es anstellen!"

„Aber morgen geht mein Flug nach Hamburg, den Trip habe ich schon seit Ewigkeiten geplant, das kann ich jetzt nicht verschieben! Meine Mutter feiert einen runden Geburtstag, ich muss da leider hin."

„Wie lange bleibst du?"

„Nur ein paar Tage, aber…"

„Wir haben sowieso noch einiges zu organisieren, das ist also kein Problem", fiel ihr Lucas ins Wort. „Und jetzt müssen wir überlegen, wie wir Damian zur Vernunft bringen!"

Kapitel 18

„Und jetzt pusten!", rief ihr Bruder, als Julias Mutter vor dem Geburtstagskuchen stand. Julia war müde und genervt. Tobias hatte sich kein Stück verändert, er war immer noch so ein Arschkriecher wie früher. Rosanna legte einen Arm um sie und flüsterte ihr ins Ohr: „Mein süßes Mäuschen, ohne dich wäre das hier ein Weihnachtsfest mit Familienkrach. Ich freu mich so, dass du da bist."

„Danke, Tantchen. Ich hab dich auch sehr vermisst."

„Du bist nur ein bisschen blass um die Nasenspitze, geht's dir nicht gut? Ich dachte, in Asien scheint 360 Tage im Jahr die Sonne."

Julia fühlte sich tatsächlich etwas flau im Magen, schob es aber auf die neuerliche Zeitverschiebung und den Stress der letzten Wochen.

„Sicher nur der Jetlag. Du dagegen siehst toll aus, wie machst du das nur!"

Rosanna kicherte und drückte sie noch fester an sich.

„Ich freue mich des Lebens. Unter und mit allen Umständen. Das ist das Geheimrezept!"

Julias Mutter hatte die Kerzen ausgeblasen und alle Gäste jubelten. Das kleine Haus der Schröders war mit den zwanzig Leuten gefüllt, die sie zu ihrer Feier eingeladen hatte. Julia hatte die letzten beiden Tage pausenlos bei den Vorbereitungen geholfen und war froh, dass es bald vorbei sein würde. Plötzlich fühlte sie sich schwindelig, schnell setzte sie sich auf den Stuhl, der neben der Tür stand.

„Alles okay?", fragte Rosanna, die es bemerkt hatte.

„Ja, natürlich. Wie gesagt, der Jetlag …"

„Ich hole dir ein Wasser. Sonst kippst du noch um. Wann hast du denn das letzte Mal gegessen? Ich klinge gerade wie deine Mutter, aber dass ihr jungen Dinger nicht besser auf euch achtgebt ...!"

Rosanna schwebte davon und Julia schnaufte einmal auf. Verdammt, so kannte sie sich gar nicht. Normalerweise war sie nicht so empfindlich. Glücklicherweise nahmen die anderen Gäste keine große Notiz davon.

Nachdem sie das Wasser ausgetrunken hatte, ging es ihr schon besser. Kurz darauf gab es Kaffee und Kuchen für alle. Nur noch ein paar Stunden, und sie hatte es überstanden.

Ihre Mutter kam herein, als Julia später in der Küche den Geschirrspüler einräumte.

„Da bist du ja. Ich hab schon gedacht, du wärst mal wieder ausgeflogen." Julia unterdrückte eine bissige Antwort.

„Nein, Mama. Ich wollte nur etwas aufräumen, es ist ja genug zu erledigen."

„Das ist nett von dir. Dann hast du das also im Hotel doch etwas gelernt?"

„Stell dir vor, eine Spülmaschine konnte ich auch schon vorher bedienen." Es war hoffnungslos, ihre Mutter würde nie kapieren, was sie als Assistant Manager zu tun hatte. Und sie hatte auch keine Lust, es ihr noch einmal vorzukauen.

„Na also, wann kommst du wieder nach Hamburg?"

Jetzt schnaubte sie doch auf.

„Gar nicht, Mama. Jedenfalls nicht in naher Zukunft. Meine Arbeit macht mir Spaß." Julia kippte Krümel in den Müll und stellte den nächsten Teller in die Maschine. Ihre Mutter stand mit verschränkten Armen neben ihr und schaute sie zwischen zusammengekniffenen Augen an.

„Erzähl mir doch nichts. Das kann doch nicht dein Ernst sein. Wem willst du etwas beweisen?"

„Gar niemandem. Willst du dich nicht lieber um deine Gäste kümmern? Ich mach das hier schon."

Ihre Mutter seufzte melodramatisch, dann antwortete sie: „Was habe ich bei dir nur falsch gemacht. Ja, ich denke, ich geh besser wieder rein."

Als sie alleine in der kleinen Küche war, lehnte Julia sich einen Moment an die Arbeitsplatte. Sie konnte es kaum erwarten, endlich im Flieger nach Shanghai zu sitzen. Das alles erdrückte sie hier.

Kapitel 19

Shanghai

Obwohl sie die halbe Nacht damit beschäftigt gewesen war, sich vorzubereiten, war sie bereits vor dem Weckerklingeln wach. Und das, obwohl ihr die Hamburgwoche noch in den Knochen steckte. Dort war sie zum Schluss mehr oder weniger nur noch körperlich anwesend gewesen, im Geiste hatte sie das Zusammentreffen mit Damian hundertmal durchgespielt, womit sie mehr als einen Anschiss ihrer Mutter kassiert hatte, wie wenig Interesse sie an ihrer eigenen Familie zeigte. Im Grunde stimmte das sogar, also hatte sie es über sich ergehen lassen. Das lag für ihr Gefühl weit zurück. Denn sie war auf dem Weg zu einem Treffen mit Damian. Julia fühlte sich lebendiger als je zuvor und ihr Puls lag weit über der gesunden Grenze. Ihr Herz schlug wie wild, sie war schon aufgeregt, wie er reagieren würde, wenn er erfuhr, was Lucas und Jan ausgeheckt und ihr vorgeschlagen hatten. Würde er über seinen Schatten springen und es einfach zulassen? Würde er überhaupt kommen?

„Komm schon, Damian, lass uns kurz spazieren gehen."

„Es ist heiß da draußen, und ich habe zu tun. Ich habe keine Lust, in einem schwarzen Anzug bei fünfunddreißig Grad in Shanghai *spazieren* zu gehen."

Lucas drückte seinem Bruder einen Pappbecher mit Kaffee in die Hand und forderte ihn erneut auf, mitzukommen. „Jetzt zier dich nicht wie eine alte Jungfer und beweg deinen mageren Hintern, wenn du von deinem Bruder schon mal aufgefordert wirst, mit ihm spazieren zu gehen!"

Damian stöhnte, zog sich das Jackett aus und lockerte seine Krawatte. Er war nicht lebensmüde, wenn er tatsächlich in diese brütende Hitze ging, dann sicher nicht im Anzug.

„Okay, du Nervensäge! Wenn ich dich so loswerde."

Er nahm einen Schluck Kaffee, er schmeckte seltsam, aber wer wusste schon, welchen Mist die bei Starbucks in die Bohnen mischten, und dachte sich nichts weiter dabei.

Wie erwartet, war es in der Mittagssonne unerträglich und Damian wünschte sich, er wäre nicht auf die Drängelei seines Bruders eingegangen. Sie wanderten durch eines dieser Expat-Ghettos mit europäischem Flair, das die großen Konzerne für ihre ausländischen Mitarbeiter hochgezogen hatten. Plötzlich waren sie bei einem Spielplatz und Lucas blieb stehen.

„So, Damian. Jetzt sieh genau hin. Hier sind viele Kinder. Süße Mädchen. Sind sie nicht goldig?"

„Was willst du, spinnst du?"

„Na, geht dir einer ab, wenn du das Mädchen da hinten siehst?" Lucas' Miene war grimmig.

„Was ist in dich gefahren?"

„Überleg ganz genau. Ich weiß, dass du denkst, du wärst wie unser Vater. Aber das bist du nicht."

Damian schien zu überlegen. Er sagte eine Weile nichts.

„Ja. Vielleicht hast du damit recht. Aber du kennst unsere Vergangenheit."

„Verdammt noch mal. Du warst jahrelang in Therapie, vielleicht zu lange. Jeder hat eine Vergangenheit. Lass sie endlich hinter dir und fang an zu leben!" Dann riss ihm Lucas den Kaffee aus der Hand und schüttete ihn aus.

„Was zur Hölle soll das?", herrschte Damian ihn an.

„Da waren K.-o.-Tropfen drin."

„Wie bitte?"

„Ich wollte dich eigentlich betäuben, damit du endlich mit Julia redest."

„Du hast wohl einen Sonnenstich!?"

„Nein. Ganz und gar nicht."

„Was soll das dann?"

„Sie liebt dich. Rede mit ihr. Triff dich mit ihr."

„Du weißt so gut wie ich, dass das nicht geht."

„Dann sag ihr doch, warum. Sie denkt, du willst sie nicht."

„Was?" Damian fuhr sich durch die Haare.

„Julia wartet am Flughafen auf dich."

Damians Mund war trocken. Sein Herz klopfte schnell.

„Wieso am Flughafen?"

„Ich habe was für euch arrangiert, keiner kann weglaufen. Es würde euch guttun, eine Weile auf einer Insel aneinandergebunden zu sein."

„Du hast einen echten Schaden." Damian fuhr sich durch die Haare und stierte ins Leere. Er konnte es nicht leugnen, Julia hatte ihn verändert, er vermisste sie. Vielleicht brauchte er sie sogar. Die letzten vier Wochen waren die Hölle gewesen.

„Vielleicht passt ihr ja gar nicht zusammen, aber du wirst es nie wissen, wenn du es nicht zumindest versuchst!"

Damian wusste genau, dass er niemals eine andere Frau so lieben würde wie Julia. Aber würde sie nicht nach kürzester Zeit merken, mit welchem Psychoknacks er verflucht war?

„Ich weiß nicht."

„Muss ich dich wirklich betäuben, oder kommst du nun endlich mit? Glaub mir, Junge, ich würde dich lieber nicht k. o. schlagen!"

Damian stand immer noch wie angewurzelt vor dem Spielplatz und sah ein Mädchen weinend zu ihrer Nanny rennen.

„Was ist, wenn sie mitbekommt, was ich für ein Psycho bin? Sie wird schreiend davonlaufen."

„Damian, jeder hat sein Päckchen zu tragen. Du bist ein toller Kerl. Merk es dir, denn so oft werde ich dir das nicht mehr sagen. Julia liebt dich, euch beiden würde es besser zusammen gehen als alleine. Meine Meinung."

Damian atmete tief ein. Dann nickte er zögernd. Er würde sie niemals vergessen können. Es fühlte sich an wie Liebe.

„Okay. Ich komme mit."

Lucas stieß ein „Halleluja" aus und zog Damian mit sich.

Die Fahrt zum Flughafen dauerte eine Ewigkeit und er konnte sich kaum im Sitz halten. Einerseits war er unglaublich aufgeregt, sie wiederzusehen, andererseits hatte er Angst, sie könnte es sich in der Zwischenzeit anders überlegt haben. Was, wenn sie nicht da war? Die dreißig Minuten zogen sich unendlich in die Länge, gerade als er glaubte, sie würden das Terminal niemals erreichen, bogen sie auf die Straße zu den Abflügen ein. Damians Hände wurden feucht. Er hatte keine Ahnung, was er zu ihr sagen sollte.

„Was erwartet Julia von mir?", fragte er Lucas.

„Damian, fliegt zusammen weg, schaut, wie ihr klarkommt. Der Rest ergibt sich. Glaub mir."

„Weil du der Beziehungsexperte bist, oder wie?"

„Ich kenne die Frauen. Eine Privatinsel, Sonne und viel Sex, das hat bisher allen gefallen."

Damian schnaubte laut und zahlte dem Taxifahrer mit etwas zittrigen Händen sein Geld. Sie betraten das Gebäude, Lucas schob ihn vor sich durch das Gewusel der Menge in Richtung Privatterminal.

Sein Herz setzte für einen Moment komplett aus, als er Julia erkannte. Sie trug ein bodenlanges, geblümtes Sommerkleid und ihre blonden Haare waren im Nacken zu einem lockeren Knoten geschlungen. Julia hatte die Augen weit aufgerissen, als sie ihn sah. Sie lächelte ihn schüchtern an. Sie brachte sein Herz zum Schmelzen.

Damian lief die restlichen Meter zu ihr, dann schloss er sie in die Arme und atmete ihren blumigen Duft ein.

„Ich habe dich so vermisst, Julia."

Sie schmiegte sich noch enger an ihn.

„Ich dich auch, Damian."

„Na endlich", mischte sich Lucas ein, der mittlerweile bei ihnen angekommen war. „Dann lass ich euch mal alleine. Hier ist dein Pass, Damian. Deine Klamotten hat Julia, habe dir was besorgt. Du hast ja ohnehin keine Freizeitkleidung, alter Workaholic. Das wird sich nun hoffentlich ändern." Lucas grinste breit und deutete eine Verbeugung an.

Julias Herz pochte besorgniserregend schnell und ihre Knie waren plötzlich ganz weich.

Damian war blass und hatte abgenommen, seine Wangen waren etwas eingefallen, aber trotzdem sah er immer noch atemberaubend gut aus.

„Ähm. Ja. Was machen wir jetzt?", versuchte sie, ihre Nervosität zu überspielen.

Sie hatte mindestens hundertmal durchgespielt, was sie sagen wollte, aber in diesem Moment wollte ihr nichts mehr davon einfallen. Damians bloße Anwesenheit verhinderte, dass sie einen einzigen klaren Gedanken fassen konnte.

„Ich weiß nicht. Willst du auf eine einsame Insel?"

„Kannst du denn weg?"

„Julia, mein Herz, ich denke, wir sollten reden. Lucas hat recht, zwischen uns ist vieles unausgesprochen. Ich würde überall mit dir hingehen oder -fliegen. Ich kann ohne dich nicht leben, das weiß ich jetzt."

„Wenn du wüsstest, wie glücklich du mich damit machst! Kann man die Reise stornieren? Das war Lucas' Idee."

„Das habe ich mir schon gedacht. Klar, können wir das. Willst du woanders hin? Paris?"

„Damian, ich will dich. Egal, an welchem Ort wir sind."

„Dann komm. Lass uns zu mir gehen. Dort haben wir Ruhe. Ist das okay?"

„Ja, total." Sie spürte, wie sie errötete. „Ich würde gerne sehen, wie du lebst."

„Das freut mich. Aber jetzt möchte ich etwas tun, wonach ich mich seit Wochen gesehnt habe." Damians Pupillen weiteten sich und in Julias Bauch tummelten sich Millionen von Schmetterlingen, als er sich ihrem Mund näherte. Sie schloss die Augen und spürte die Wärme, die von ihm ausging. Dann senkten sich seine Lippen auf ihre und es zog ihr beinahe die Füße unter dem Boden weg. Es fühlte sich so gut an, so zart, sanft, als wären seine Lippen nur für sie gemacht. Sie erwiderte seinen Kuss und drängte sich dicht an ihn, vergrub ihre Hände in seinen Haaren und genoss die Nähe und Intensität des Moments.

„Julia, was hast du nur mit mir gemacht?", sagte Damian atemlos, als er sich schließlich von ihr löste.

„Komm!", meinte er. Dann legte er einen Arm um sie und zog sie mit sich. Julia war ganz wackelig auf den Beinen. Es fühlte sich gut an, ihn an ihrer Seite zu haben. Sie hatten viel zu klären, sie hatte noch so viele Fragen. Aber alles würde gut werden, denn er war gekommen. Das war ihre größte Angst gewesen, dass Lucas alleine kommen würde, weil Damian sie nicht wollte. Aber als er schließlich fast rennend, laufend auf sie im Terminal zugekommen war, hatte sie Liebe in seinen Augen gelesen, und sie war unendlich erleichtert gewesen.

Kurz darauf saßen sie in einem Taxi auf dem Weg zu seinem Penthaus. Damian hielt ihre Hand und strich ihr zärtlich mit dem Daumen über den Handrücken. Es hatte sich nichts verändert, es war immer noch so, dass jede Berührung kleine Stromschläge auf ihrer Haut erzeugte. Es war vollkommener Quatsch gewesen anzunehmen, dass sie ihn mit der Zeit vergessen könnte. Seine einzigartige Wirkung auf sie würde für immer gleich bleiben. Sie sprachen nicht viel.

Auf dem Weg zu seiner Wohnung hielt er seine Hand mit ihrer verflochten, in der anderen zog er den Trolley mit ihren und seinen Kleidungsstücken hinterher. Sie passten kaum zusammen mit dem Koffer in den kleinen Aufzug, aber sie konnte ihm ohnehin kaum nah genug sein. Sie hatte ihn mehr vermisst, als sie es jemals für möglich gehalten hätte. Aber jetzt würde alles gut werden. Damian schien ebenso nervös zu sein wie sie, er lächelte sie verlegen an, als er die Tür zu seinem Penthaus öffnete und ihr den Vortritt ließ.

„Willkommen in meinem Leben, mein Herz."

Julia trat ein und schluckte. „Wow!", entfuhr es ihr. Ihr wurde noch einmal klar, dass er und sie in verschiedenen Welten lebten. Es würde eine Weile dauern, bis sie sich daran gewöhnen würde.

„Bitte, fühl dich wie zu Hause. Möchtest du erst einmal ein Glas Wasser?"

„Ja, gern", antwortete sie, plötzlich schüchtern. Damian küsste sie auf den Scheitel und zog sie mit sich in die moderne Küche. Er rückte ihr einen der Barhocker zurecht.

„Setz dich, bitte." Dann ging er zu einem der Küchenschränke und holte zwei Gläser. Er öffnete den Kühlschrank, nahm Mineralwasser heraus und füllte beiden ein. Dann umrundete er die Kochinsel und setzte sich neben sie.

„Und jetzt reden wir."

Ihr Herz stockte einen Moment.

„Ja", brachte sie hervor und nahm einen Schluck.

„Lucas hat gesagt, du liebst mich?" Damians blaugraue Augen waren auf sie gerichtet und fixierten sie. Mit einer so direkten Frage hatte sie nicht gerechnet und sie verschluckte sich. Julia hustete und brauchte einen Moment. Dann drehte sie sich zu ihm und nahm seine Hände in ihre.

„Ja, Damian, ich liebe dich. Es ist einfach passiert." Er sah erleichtert aus. Das verwirrte sie einen Moment. „Ich dachte, das wäre dir so ungefähr klar gewesen. Vor allem nach unserer gemeinsamen Nacht. Du weißt schon." Sie senkte den Blick verlegen. Dann sah sie ihm wieder in die Augen.

„Julia, ich weiß nicht, was ich sagen soll."

„Hast du denn Gefühle für mich?"

Damian verdrehte die Augen. „Mein Herz, ich glaube, um mich war es schon seit dem Wohltätigkeitsball in Hongkong geschehen. Du hast mich verhext. Ich kann nicht ohne dich leben. Ich hab alles versucht, um mich davon zu überzeugen, dass das mit uns keine Zukunft hat. Aber es war aussichtslos, alles hat sich verändert."

Julia lächelte.

„Heißt das, ja?"

Damian küsste jeden einzelnen Finger, bevor er antwortete: „Julia, ich liebe dich mehr als mein Leben. Ohne dich ist der Himmel nicht mehr blau, ohne dich fehlt das Salz in der Suppe. Nicht, dass ich viel gegessen hätte in den letzten Wochen. Aber es ist so."

„Wenn du nur wüsstest, was es mir bedeutet, diese Worte zu hören ..."

„Aber es gibt andere Dinge, die du wissen musst", unterbrach er sie. „Ich habe eine Vergangenheit, eine schlimme Vergangenheit. Meine Familie ist daran zerbrochen, dass mein leiblicher Vater meine Schwester missbraucht hat. Meine Mutter wurde krank, schwer krank. Sie ist gestorben, da war ich kaum drei Jahre alt. Und Tamara, meine Schwester, hat sich Jahre später nach einem Suizidversuch von der Familie losgesagt. Sie kam mit dem Leben nicht mehr klar. Im Rahmen ihrer Therapie hat sie für sich entschieden, dass es besser für sie wäre, wenn sie mit ihrer Vergangenheit abschließt. Selbst meine Schwester will uns nicht sehen, weil wir die Ebenbilder unseres Vaters sind."

Julia strich über seine Wange, er hatte leise gesprochen, suchte ihren Blick.

„Es tut mir leid, was du alles durchmachen musstest. Aber jetzt bist du nicht mehr allein. Lass mich für dich da sein, Damian."

„Ich weiß nicht, ob ich das so schnell kann. Ich habe so lange alleine gelebt, mit mir und meinen Dämonen."

„Wir haben alle Zeit der Welt. Das Wichtigste für mich ist, dass du ehrlich zu mir bist. Wenn etwas nicht stimmt, sprich mit mir. Mach nicht zu. Ich konnte nicht verstehen, warum du nach unserer Nacht so kalt zu mir warst."

„Es tut mir so leid, Julia. Aber ich verspreche dir, ich werde es wiedergutmachen. Wenn du mich nur lässt."

„Ist schon in Ordnung. Sprich mit mir. Das Wichtigste ist, dass ich dich liebe. Alles andere schaffen wir zusammen."

„Und ich liebe dich. Danke, dass du mir eine Chance gibst."

Dann küsste er sie, sanft und zärtlich. Aber aus dem zaghaften Kuss wurde schnell mehr, dann stand er auf, schob seinen Stuhl zurück und drängte sich an sie. Julias Arme hielten seine Hüften umfangen und sie spreizte ihre Beine, sodass er noch näher bei ihr stehen konnte. Sie konnte nicht mehr klar denken, atmete schwer. Damians Zunge tanzte mit ihrer in einem uralten Rhythmus, der sie um den Verstand brachte. Plötzlich löste er sich von ihr und sagte mit heiserer Stimme, während er sie vom Barhocker in seine Arme hob: „Du machst mich verrückt. Und jetzt zeige ich dir unser Schlafzimmer, uns trennt viel zu viel Stoff."

„Ich kann es kaum erwarten", hauchte sie in sein Ohr und knabberte zärtlich an seinem Ohrläppchen, was ihm einen leisen, zufriedenen Seufzer entlockte.

Kapitel 20

„Aufwachen, du Schlafmütze!" Damian weckte Julia mit sanften Küssen. Es war bereits hell, also musste sie lange geschlafen haben. Aber in der letzten Nacht hatte sie auch äußerst wenig Schlaf bekommen. Bei der Erinnerung an den heißen Sex mit Damian breitete sich eine wohlige Wärme in ihrem Inneren aus.

„Guten Morgen, Damian. Hast du gut geschlafen?"

„Ich habe niemals besser geschlafen, mein Herz."

Als sie das Kosewort hörte, wurde ihr gleich noch drei Grad wärmer. Er hatte seine Meinung nicht wieder geändert. Sie setzte sich auf und spürte, wie ihr Magen rebellierte. Ohne zu antworten, sprang Julia aus dem Bett und lief ins Badezimmer, um sich in die Kloschüssel zu übergeben. Damian war mit wenigen Schritten bei ihr, um sie zu stützen.

„Was ist los? Kann ich dir helfen?"

„O Gott, nicht, das ist so peinlich!"

Sie würgte erneut.

„Vor mir muss dir nichts peinlich sein, Julia, ich bin immer für dich da."

Damian kniete sich neben sie, um ihr die Haare aus dem Gesicht zu halten.

Nach einigen Sekunden setzte sie sich auf den Boden und trocknete sich den Mund mit Toilettenpapier.

„Es geht schon wieder."

Damian stand auf, ging zum Nachttisch und holte ihr ein Glas mit Wasser.

„Hier, trink einen Schluck."

Er hob sie vom Boden auf und trug sie zum Bett.

„Lass mich runter, ich kann selber gehen!", protestierte sie. „Es geht mir schon viel besser."

Damian setzte sich neben ihr aufs Bett und schaute sie stirnrunzelnd an.

„Gut, mein Herz. Du ruhst dich noch ein wenig aus, ich bin gleich wieder da."

„Was soll der Quatsch. Mir geht's gut. Ich weiß gar nicht, was los war, bestimmt nur die Aufregung!"

„Keine Widerrede, meine holde Maid. Ich bin gleich wieder bei dir."

Damian zog sich Shorts über und verschwand. Kurz darauf hörte sie ihn mit Tellern und Gläsern hantieren, er bereitete offenbar Frühstück vor. Beim Gedanken an Essen knurrte ihr Magen lautstark. Obwohl er ihr verboten hatte, aufzustehen, sprang sie schnell im Badezimmer unter die Dusche. Die Zahnbürste in der Hand ließ sie das heiße Wasser über ihren Körper fließen.

Er hatte zwar keine große Übung darin, Essen zuzubereiten, aber Eier braten war kein Kunststück. Wenn er mit seiner Vermutung richtig lag, würde Julia sicher gleich ordentlich zugreifen. Immer noch kam es ihm unwirklich vor, dass er sich mit Julia in seinem Penthaus in Shanghai befand. Alles, was zwischenzeitlich geschehen war, schien wie ein intensiver Traum, aus dem er jeden Moment aufwachen konnte. Unterschwellig war ihm schon länger klar gewesen, dass er Julia liebte, aber er hatte zu große Angst gehabt, es sich einzugestehen. Jetzt war alles gut. Damian lächelte in sich hinein. In der Küche breitete sich der verführerische Duft von geröstetem Toast und Spiegeleiern aus und die Kaffeemaschine spuckte einen Latte macchiato aus, nachdem er die chromfarbene Taste gedrückt hatte.

Er hörte, wie Julia leise aufstand und ins Bad ging. Aus Damians Lächeln wurde ein breites Grinsen. Natürlich ließ sie sich von ihm nicht bevormunden, seine kleine widerspenstige Rebellin hatte ihren eigenen Kopf und genau deswegen liebte er sie so unendlich.

„Damian, bist du bald fertig?", rief sie aus dem Bad.

Sein Grinsen wurde noch breiter, Geduld gehörte auch nicht zu ihren Stärken. Schnell nahm er die Spiegeleier aus der Pfanne, legte sie auf die vier vorbereiteten, mit Butter beschmierten Toasts, dann stellte er die Teller auf ein Tablett, bevor er ins Schlafzimmer zurückeilte. Julia saß nackt im Bett, nur ihre langen blonden Haare bedeckten die Brüste, sodass er den Ansatz der verführerischen Rundungen erkennen konnte.

„Geht es dir besser, meine Liebe?"

Sie grinste. Am liebsten hätte er sie direkt noch einmal geliebt, aber essen ging vor, sie musste bei Kräften bleiben.

„Ja, es geht mir gut. Ich sagte doch, es war nichts. Nur die Aufregung."

Damian setzte sich zu ihr aufs Bett und sie langte sofort zu.

„Ich hoffe, es schmeckt dir?", fragte er.

„Ausgezeichnet, Schatz! Ab sofort darfst du das jeden Tag machen!"

Ihre zwei Spiegeleier waren schnell verschwunden und sie trank den Orangensaft in einem Zug aus.

„Da hat aber jemand Hunger", scherzte Damian. Er legte seine Gabel zur Seite. Seine Boxershorts spannten bereits unangenehm und er hatte nicht vor, sich noch länger zurückzuhalten. Als Julia bemerkte, was er vorhatte, kicherte sie und zog sich das Laken bis zum Hals.

„Du Lüstling! Wenn ich das vorher gewusst hätte, dann ...!"

„Dann was?"

Damian war von der anderen Seite unter das Laken gekrochen und arbeitete sich von den Schenkeln langsam nach oben vor, er konnte es kaum abwarten, Julia zu reizen, bis sie sich vor Lust unter ihm wand. Alleine der Gedanke brachte ihn an den Rand der Selbstbeherrschung.

Julias Protest ebbte nach kürzester Zeit ab und sie bog sich ihm willig entgegen ...

Damian hatte sich den Tag freigenommen, aber sie hatten es nicht aus dem Penthaus geschafft. Nach dem von Julia zubereiteten Abendessen fielen ihr beinahe die Augen zu. Liebe war offenbar anstrengender, als sie bislang bemerkt hatte. Sie gähnte herzhaft, als sie Damians Lachen hörte.

„Ja, du hast mich fertiggemacht, du Hengst!", witzelte sie.

„Wenn ich ehrlich bin, geht es mir ähnlich. Was hältst du davon, wenn ich einfach *mit* dir ins Bett komme?"

Damians anzügliches Grinsen konnte nur eins bedeuten. Der Mann war tatsächlich unersättlich. Julia lachte.

„Ich fürchte, ich kann nicht mehr. Ich kann kaum laufen, also ehrlich!"

Damian lachte und machte sich größer, als er ohnehin schon war. Julia hatte angefangen, den Tisch abzuräumen.

„Das nehme ich mal als Kompliment! Komm, lass die Teller stehen, ich mache das nachher."

„Wirklich? Das ist echt süß von dir."

„Tja, man tut, was man kann, um die Dame seines Herzens zu beeindrucken. Oder schneller zum wesentlichen Teil zu kommen."

Er nahm sie an der Hand und zog sie ins Schlafzimmer, wo er ihr mit einem Ruck das Trägerkleid über den Kopf zog.

„Leg dich schon mal hin, ich hole dir deine Zahnbürste."

Er sah, dass Julia in die Mitte des Doppelbettes krabbelte und es sich dort unter dem dünnen Laken gemütlich machte.

„Wow, das ist ja mal ein Service, ich hoffe, das bleibt alles so!", murmelte sie schlaftrunken.

Als Damian zwei Minuten später aus dem Badezimmer zurückkam, war sie bereits eingeschlafen. Er setzte sich an den Rand des Bettes und strich ihre blonden Haare aus der Stirn.

„Gute Nacht, mein Herz."

Er konnte sein Glück immer noch nicht fassen.

Kapitel 21

Verdammt, was war nur los mit ihr? Sie musste sich etwas eingefangen haben.Damian saß neben ihr und stützte ihren Kopf, als sie sich erneut erbrach.

„Alles ist gut, Julia. Lass es nur raus", hörte sie seine melodische und beruhigende Stimme.

Nach ein paar Minuten fühlte sie sich besser und machte Anstalten aufzustehen.

„Sei vorsichtig mit deinem Kreislauf. Warte, trink erst mal."

Wie machte er das nur – Damian hatte bereits wieder ein Wasserglas griffbereit.

Das eiskalte Wasser schmeckte äußerst wohltuend. Sie trank es in einem Zug aus.

Ganz vorsichtig stand sie auf, aber alles war gut.

„Komm, setz dich kurz hin, nicht, dass du umkippst."

Damians Blick war besorgt.

„Es ist alles gut, *mir* geht's gut."

„Wirklich, Julia?"

„Ja. Ich will jetzt erst mal Zähne putzen. Das ist ja eklig. Darf ich mal drei Minuten um Privatsphäre bitten?"

Damian grinste und verbeugte sich vor ihr. Er war ebenso unbekleidet wie sie und mittlerweile kam es ihr gar nicht mehr neu vor, sondern so, als wären sie schon seit hundert Jahren zusammen. Kaum zu glauben, dass sie erst vor zwei Tagen am Flughafen gestanden hatte und ihr davor graute, wie die Geschichte enden würde.

Als sie ins Schlafzimmer zurückkam, lag Damian in der Mitte des Bettes, klopfte auf den Platz neben sich und bedeutete ihr, dass sie zu ihm kommen solle.

„Was ist? Du kannst doch nicht schon wieder …?"

Damians Gesicht hellte sich auf, als er schallend lachte.

„Ich *könnte* schon, aber jetzt will ich etwas anderes mit dir besprechen. Komm her, Julia."

„Ui, das klingt aber ernst."

Er wartete, bis sie bei ihm war, und stützte sich auf den Ellenbogen, um sie anzusehen.

„Wann hattest du das letzte Mal deine Tage?"

Julia riss die Augen auf.

„Also, bist du jetzt nicht ein wenig indiskret?"

„Wir haben viel mehr geteilt als diese Information, wenn ich dich daran erinnern darf."

Da hatte er natürlich recht. Trotzdem empfand sie das als einen Eingriff in ihre Intimsphäre. Sie überlegte.

„Hm. Ich bin mir nicht sicher."

Damian schaute sie erwartungsvoll an. Ihr Herz stolperte.

Ach, du liebe Güte!

Julia schlug sich die Hände vor den Mund und Damian begann zu grinsen.

„Und? Was sagst du? Wann?"

„Du meinst doch nicht …!?"

„Meine Liebe, ich bin zwar nur ein Mann. Aber ich bin nicht blind. Und wenn ich mir eines eingeprägt habe, dann die Form deiner Brüste. Unter anderem …"

Julia kniff ihm grinsend in den Arm. „Also, wenn das die Hauptsache ist", unterbrach sie ihn.

„Natürlich nicht", verteidigte er sich. „Aber ich weiß, dass sie jetzt deutlich größer sind und deine Brustwarzen, lieber Himmel, ich weiß gar nicht, wie ich das beschreiben soll, ohne wieder von dir verprügelt zu werden. Und dann kotzt du morgens und futterst danach wie ein Scheunendrescher, um abends noch vor einundzwanzig Uhr hundemüde ins Bett zu fallen. Also eindeutiger geht's wohl kaum."

„Ich kann es nicht glauben!"

„Wir haben nicht verhütet, oder? So wie die letzten zwei Tage auch nicht."

„Du konntest ja nicht wissen, ob ich nicht die Pille nehme."

„Das wusste ich auch nicht, aber ganz ehrlich, in der ersten Nacht habe ich an alles gedacht, nur nicht daran, zu verhüten, Julia. Ich war außer mir vor Verlangen."

Damians Augen verdunkelten sich und Julia spürte, wie sie langsam errötete.

„Aber, das ist doch unmöglich!"

Sie streichelte mit ihren Fingern über den noch flachen Bauch. Damian legte seine starken, warmen Hände auf ihre und strahlte sie an.

„Also, ich glaube, den Test können wir uns sparen, mein Herz."

„Ich glaube, mir wird gleich wieder schlecht."

Julia ließ sich auf den Rücken zurückfallen und schloss die Augen. Sie konnte unmöglich schwanger sein. Das hatte sie nicht geplant. Aber seit sie Damian kannte, stand ihr Leben einfach Kopf. Vielleicht war es doch möglich. Es war nur logisch. In den letzten Wochen war ihr oft übel gewesen, aber sie hatte es auf den Liebeskummer geschoben und nicht weiter beachtet. Es war außerdem nicht ungewöhnlich, dass sie nach einem langen Arbeitstag müde ins Bett fiel.

Aber er hatte recht, obwohl sie abgenommen hatte, waren ihre Brüste voller und das Ausbleiben ihrer Regel war eindeutig. Bisher hatte sie sich nichts dabei gedacht und es auf den Stress geschoben. Was war, wenn er das Kind nicht wollte? Panik stieg in ihr auf. Aber als sie die Augen öffnete, lag Damian noch immer grinsend neben ihr. Er kniete sich hin und küsste ihren Bauch.

„Ich kann mein Glück immer noch nicht fassen!"

„Du freust dich wirklich? Ist es nicht noch zu früh für uns um Kinder zu kriegen?"

„Ich kann mir nichts Schöneres vorstellen. Die letzten Wochen haben mir die Augen geöffnet. Ich brauche dich. Du bist mein Leben! Was sollte es also Schöneres geben als den Beweis unserer Liebe?"

„Du spinnst."

„Da bist du nicht der erste Mensch, der das denkt."
Julia kicherte und Damian zog sie in seine Arme.
„Ich liebe dich, Julia."
„Und ich liebe dich, mein verrückter, poetischer englischer Gentleman."

Epilog

Lucas stürmte in Jans Büro und schrie ihn an.

„Das hast doch bestimmt du eingefädelt, du schmieriger Anwalt!"

„Ich weiß nicht, was du meinst?"

„Wohltätigkeit? Sagt dir das was?"

„Nein."

„Du willst dich an mir rächen wegen deiner scheiß Plattensammlung!"

Jan grinste süffisant zurück und lehnte sich noch behaglicher im Stuhl zurück.

„Ach, mein Lieber. Das habe ich doch gar nicht nötig. Aber ich könnte dir sagen, auf wessen Mist das Ganze gewachsen ist, wenn …"

Lucas schlug mit der Faust auf Jans Schreibtisch, bevor er losbrüllte. „Ihr könnt mich alle mal kreuzweise. Ich werde auf keinen Fall den Deppen auf irgendeiner scheiß Charity spielen!" Dann rannte er türenknallend aus Jans Büro und ließ den Anwalt lächelnd zurück. Lucas hatte eine interessante Zeit vor sich und wie Damian Jan mitgeteilt hatte, war die Dame, deren Wohltätigkeitsgesellschaft Lucas auf Vordermann bringen sollte, eine gleichermaßen hübsche wie anstrengende Person, die ihm das Leben sicher zur Hölle machen würde …

ÜBER DIE AUTORIN

Wenn ich nicht schreibe, was ziemlich häufig der Fall ist, verbringe ich die Zeit mit meinen beiden Kleinsten, meinem Mann und dem Rest unserer internationalen Patchwork Familie. Manchmal wundere ich mich selbst, dass ich trotz meines Alltags überhaupt etwas zu Papier bringe. Und dann sind die Kinder im Kindergarten, der Hund schläft müde auf seinem Kissen und ich sitze wieder am PC und vergesse die Welt um mich herum. Endlich hacke ich wieder auf die Tastatur ein und schreibe, bis ich Krämpfe in den Händen bekomme. Dann weiß ich wieder wieso, denn das Schreiben ist für mich die schönste Zeit des Tages.

Ich bin Jahrgang 1979 und lebe seit vielen Jahren in der Lüneburger Heide, komme ursprünglich aber aus Süddeutschland.

Hoffentlich kann ich euch mit meinen Büchern ein paar schöne und unterhaltsame Stunden bescheren – denn das ist es was ich möchte. Für Fragen oder Anregungen freue ich mich über eure Kontaktaufnahme mit mir.

Bis bald
Karin Lindberg
karinlindbergschreibt@gmail.com

Alle Infos zu meinen Veröffentlichungen gibt es unter www.karinlindberg.info